長い旅がようやく終わったので

1. 勇者しちゃった神託勇者さん（ティティルシィ）
   思いっきり愚痴（ぐち）りたい

2. 勇者しちゃった学生さん（地球国家）
   ようこそおっつー☆
   安心と安定の学生さん、参上☆

3. 勇者しちゃった冒険者さん（デイラ）
   よーっすお疲れさん
   なんだか知らんが、思いっきり愚痴れ（笑）

4. 勇者しちゃった賢者さん（空中庭園）
   愚痴りたくなるような旅だったのか、おつ

   てか、ん？
   ティティルシィ世界の勇者さん……ん？

5. 勇者しちゃった軍人さん（グルム帝国）
   どうした、賢者の

   神託勇者の、まずは務めご苦労だったな
   まあ愚痴れ

6. 勇者しちゃった学者さん（時空図書館）
   お疲れ様です、が……
   ……ティティルシィ世界の勇者……はて、なにやら記憶が

7. 勇者しちゃった行商人さん（ユユルウ）

   ひとまず神託勇者さん、お疲れ

   それで、賢者さんと学者さんは、神託勇者さんに心当たりがあるのかな？
   なうにいたんだ？

8. 勇者しちゃった軍人さん（グルム帝国）
   いた……か？
   俺は知らんが、見落としてただけか？

9. 勇者しちゃった学生さん（地球国家）
   えー、僕も知らないよー？

   ていうかー、賢者さんと学者さんだけ心当たりあるってことはー
   神託勇者さんってばー、けっこう長く勇者してたの？
   でもってー、勇者板に来るのずいぶん久しぶり？

10. 勇者しちゃった神託勇者さん（ティティルシィ）
    おう、まあな
    つうか、俺がしばらく見てないうちに組合でずいぶん面白ぇことがあったらしいな（笑）

11. 勇者しちゃった冒険者さん（デイラ）
    ん？
    あのどこのスレ見ても首突っ込んでやがる学生が知らなくて、学者と賢者だけ心当たりがあって、勇者板に久しぶり？

現役勇者板「この世界は俺を殺そうとしている」	187
現役勇者板「道連れができてしまいました」	201
退役勇者板「世界に平和がおとずれた」	215
現役勇者板「魔王が目の前にいるんだが」	227
退役勇者板「勇者をもてなし中なう」	239
現役勇者板「同行者からの視線が痛い」	249
現役勇者板「もう帰りたい……」	261
現役勇者板「なにこの超展開」	275
退役勇者板「勇者はいまだ現れず」	285
総合勇者板「困った時にはご相談☆スレ」	295
総合勇者板「[鍵] どうか助けてください」	323

■勇者互助組合とは■

様々な世界に存在する『勇者』を、
時空を超えてサポートする組織である。
過去に役目を終えた退役勇者によって運営されており、
「俺たちの後輩を助けようぜ!」をモットーに、
現役勇者へのフォローを優先して活動している。
『退役勇者板』、通称『若気のいたり板』(いたり) や、
『現役勇者板』、通称『勇者してるなう』(なう) などの
交流型掲示板の設置や、親睦会の開催など、
現役勇者や退役勇者同士の交流にも力を入れている。

なお、それぞれの世界により
科学や術式など文化の発達度合いが異なるため、
各勇者が平等に利用できるよう、
組合の術式によって作成された『掲示板』は
頭の中に直接表示される仕組みになっており、
自動翻訳などの機能も有している。

神託勇者はあれか、不老不死かなんかなのか？
でもって賢者はともかく、学者も不老不死だったのか？

12. 勇者しちゃった行商人さん（ユユルウ）
神託勇者さんのことはわからないけど、学者さんは不老不死じゃなくて単に長命種
だよね、学者さん？

13. 勇者しちゃった学者さん（時空図書館）
え……ええ、まあ
ほんの150年弱しか生きていない若輩者ですが

14. 勇者しちゃった軍人さん（グルム帝国）
人間種から見りゃ、それはほんのとは言わん（笑）

15. 勇者しちゃった神託勇者さん（ティティルシィ）
ちなみに俺が最後に書き込んだスレは……なんだったか……あれだ……
ええと……みんなで飲みながら愚痴ろうぜ、みてえなの

16. 勇者しちゃった行商人さん（ユユルウ）
その時のスレも愚痴関係だったのかい（笑）
どんな旅だったのかな（笑）

17. 勇者しちゃった学者さん（時空図書館）
……あ！
ああ、思い出しました！

以前なうにあった「勇者なんざ飲まなきゃやってられるか」ですね！

18. 勇者しちゃった賢者さん（空中庭園）
あっ！
あった、あったな、それだ！
あの伝説の、なうの勇者がここぞとばかりに殺到（さっとう）した！

19. 勇者しちゃった学生さん（地球国家）
あー、それってば噂で聞いたことある！
なうの勇者さんたちの怒濤（どとう）の書き込みで、組合掲示板パンクさせたってやつ！
あの組合伝説のひとつになってる！

えー
あれ、でも、あれって

20. 勇者しちゃった冒険者さん（デイラ）
……知ってるか？

21. 勇者しちゃった軍人さん（グルム帝国）
知らん

22. 勇者しちゃった行商人さん（ユユルウ）
うーん、知らないかな

23. 勇者しちゃった学者さん（時空図書館）
あの時のティティルシィ世界の勇者さんといえば……

ああ、なるほど

24. 勇者しちゃった軍人さん（グルム帝国）

学者の、ひとりで納得するな
でもって学生のの歯にものが挟まったような言い様はなんだ?

25. 勇者しちゃった学生さん（地球国家）
うーん、これは

期待ａｇｅ☆

26. 勇者しちゃった賢者さん（空中庭園）
ａｇｅってなんだ

てか、なんだっけ、もう記憶がおぼろげなんだけど

27. 勇者しちゃった神託勇者さん（ティティルシィ）
あのスレに書き込みした時点では……

つうか、初見の奴らにゃ初めから話したほうがいいか

28. 勇者しちゃった行商人さん（ユユルウ）
うん、よろしく

29. 勇者しちゃった軍人さん（グルム帝国）
頼んだ

30. 勇者しちゃった神託勇者さん（ティティルシィ）
そもそもの始まりはだ、俺の世界には伝説があってな
まだ世界が混沌だった時、最初に兄弟神が生まれた
兄弟神は力を合わせて天を造り地を造り
しかしそこに住まうものを造る時になって争いとなった
それぞれ己が祝福を授けた生物を造りたいって理由でな

そして争いの末に兄神が勝利し、地に住まう人と動物を造った
敗北した弟神は消滅する間際に呪いを吐き、魔物を造った
そして魔王の種をいずこかの地に植え、これが芽吹（めぶ）いた時に人は滅びると言い残した

兄神にも弟神の呪いを消すことはできなかった
そこで勇者の芽を人の中に植え、魔王の種が芽吹いた時には、勇者もまた生まれ魔王を滅するとした

そんでまあ、俺は勇者として生まれついたわけだ

31. 勇者しちゃった冒険者さん（デイラ）
なんつうか、よくある伝説だな

32. 勇者しちゃった行商人さん（ユユルウ）
普通にあるよね、そういう伝説

33. 勇者しちゃった学生さん（地球国家）
それでそれで？

34. 勇者しちゃった神託勇者さん（ティティルシィ）
それでよ、成人になった18の時、夢に神が現れて、魔王を倒す旅に出ろって言うわけだ
そりゃまあ勇者として生まれついちまったからにゃ、魔王を倒す旅に出たわけだ

> んで、道中で仲間になってくれた奴らと一緒に旅をしてついに魔王を倒したわけだ

35. 勇者しちゃった軍人さん（グルム帝国）
> うむ、一件落着だな
> ……違ったのか？

36. 勇者しちゃった賢者さん（空中庭園）
> あー、だんだん思い出してきた
> 違ったんだよなー

37. 勇者しちゃった学者さん（時空図書館）
> 違ったんですよね……

38. 勇者しちゃった神託勇者さん（ティティルシィ）
> 戦いの果てにようやく魔王を倒したその時、消滅しながら奴はこう言った
> 「我が滅びようとも大魔王さまの種が残る限り、この地の災禍（さいか）は止まらぬ……！」
>
> 魔王の上に大魔王がいた

39. 勇者しちゃった行商人さん（ユユルウ）
> そりゃあ、一件落着じゃないねえ
> 大魔王か、珍しいね

40. 勇者しちゃった賢者さん（空中庭園）
> だけど話はそこで終わらないんだよな……

41. 勇者しちゃった軍人さん（グルム帝国）
> なんだ賢者の、どういうことだ？

42. 勇者しちゃった神託勇者さん（ティティルシィ）
> 些細（ささい）な噂を頼りに北へ南へ、そこら中の国をまわりまわって、つっても噂はしょせん噂で、さんざん無駄足踏みながらとにかく魔物討伐して、でも魔物がまだ活性化してるってことはやっぱり大魔王はいるんだろってことで辺境という辺境にぜんぶ足を運んで、もう世界コンプリートしてねえか？
> ってところでようやく判明した大魔王の居場所
> それは海を渡った先にある、人の住まない最果ての小島だった

43. 勇者しちゃった学生さん（地球国家）
> それでそれでそれで？
> ｗｋｔｋ☆

44. 勇者しちゃった行商人さん（ユユルウ）
> それで……ええと、大魔王を倒して一件落着……じゃないのかい？

45. 勇者しちゃった軍人さん（グルム帝国）
> なんだ、学生のの反応を見るとそれだけでは終わらんようだが
> 賢者のと学者のはともかく、学生のの反応はなんだ？

46. 勇者しちゃった神託勇者さん（ティティルシィ）
> 仲間と海を渡って、魔物をなぎ倒しながら辿（たど）り着いた城で大魔王と戦い
> ようやっと勝利したと思ったら大魔王が消滅しつつ吐いたこの言葉

「我が滅びようとも魔界に眞王（まおう）さまがいる限り、この地の災禍は止まらぬ……！」

そして崩れ落ちた大魔王城跡にぽっかり空いた異界に続く穴

47. 勇者しちゃった行商人さん（ユユルウ）
えっ

48. 勇者しちゃった軍人さん（グルム帝国）
えっ

49. 勇者しちゃった冒険者さん（デイラ）
えっ

50. 勇者しちゃった学生さん（地球国家）
エンドレース☆

51. 勇者しちゃった神託勇者さん（ティティルシィ）
俺らの世界ではな、勇者の存在意義って魔王を倒すことなわけよ
で、魔王は倒してんのよ、大魔王まで倒したわけよ
魔界なんつわれてもどうすりゃいいの？
ってとりあえず各国首脳陣に便りを出したら
返ってきたのは「地上への災禍が止まらないなら行ってこい」と

そこで、仲間がふたり離脱した俺はやけになって勇者板で酒飲み愚痴スレに参加して掲示板をパンクさせた

52. 勇者しちゃった賢者さん（空中庭園）
あー、そのタイミングだったよなあ

53. 勇者しちゃった学者さん（時空図書館）
ええ、そのタイミングでしたね

54. 勇者しちゃった冒険者さん（デイラ）
仲間が離脱って……なんでだよ？
ある意味、本当の戦いはそれからじゃねえのか？
敵地に乗り込むことになるわけだしよ

55. 勇者しちゃった神託勇者さん（ティティルシィ）
離脱した仲間の剣士と魔術師は、両方女だった
女剣士の鬼気（きき）迫る叫びは今でも忘れられん

「これ以上進んだら、完全に婚期を逃すじゃない!!」

旅に出てから大魔王の討伐まで、既（すで）に5年が経っていた

56. 勇者しちゃった学生さん（地球国家）
あっちゃー☆

57. 勇者しちゃった軍人さん（グルム帝国）
それは　ええと　なんだ？

58. 勇者しちゃった行商人さん（ユユルウ）
なんだろう、なんだろうな

59. 勇者しちゃった神託勇者さん（ティティル　シィ）
旅を始めた時は齢（よわい）18と

16の花も恥じらうような乙女だった奴らは、5年の荒旅を経て肉体的にも精神的にもすっかり逞（たくま）しくなっていた
男の裸を見てもすっかり動じなくなってしまった女どもに、
大酒飲んでシモネタにガハハと笑えるようになってしまった女どもに、
お前ら嫁になんざ行けるのか、という言葉をかけるのはさすがに自重した

ちなみにうちの世界での結婚適齢期は、まあ18から22くらいだな

60. 勇者しちゃった学者さん（時空図書館）
  もうぎりぎり……どころか、片方ははみ出していますね……

61. 勇者しちゃった行商人さん（ユユルウ）
  いやまあ……女性としては気になるところかもしれないけれど
  それが理由かい

62. 勇者しちゃった賢者さん（空中庭園）
  王命とか使命とかでついてきたんじゃなくて
  参加するのも離脱するのも自由意志だったってことだろー
  その子らだって、そもそも5年も旅することになるとは想定してなかっただろうしな

63. 勇者しちゃった軍人さん（グルム帝国）
  しかし、勇者の仲間としての自覚が足りん、とは思わざるを得ない

64. 勇者しちゃった神託勇者さん（ティティルシィ）
  賢者さんの言う通り、勇者の仲間っつっても好意で力を貸してくれてたわけだからよ
  まあ責めるわけにゃいかんし、5年もかかるとは確かに計算外だった
  そのうえ魔界だろ？
  人界で5年かかって、それから未知の世界に突入するわけだろ？
  止められないだろ、気持ちよく別れたぜ、手紙預けてな

65. 勇者しちゃった冒険者さん（デイラ）
  手紙？

66. 勇者しちゃった神託勇者さん（ティティルシィ）
  おう、俺の婚約者に届けてもらった……いつ帰れるかマジでわからんから、他にいい人みつけたら結婚しろってな……！

67. 勇者しちゃった学者さん（時空図書館）
  ……そしてあのスレで大荒れしたんですよね

68. 勇者しちゃった賢者さん（空中庭園）
  ……あれもまあ、一種のお祭り騒ぎだったな

69. 勇者しちゃった学生さん（地球国家）
  掲示板システムバンクしちゃったから、その辺のログって残ってないんだよね
  伝説だけが残っててー、うー、見てみたかったー！

70. 勇者しちゃった軍人さん（グルム

帝国）
……なんだ、うん

71. 勇者しちゃった行商人さん（ユユルウ）
ええと、それから……魔界に？

72. 勇者しちゃった神託勇者さん（ティティルシィ）
おう、行ったぜ、残ってくれた仲間と一緒にな

でもって魔物ひしめく魔界を旅して、ようやく探し出した魔王を倒したら
「我が滅びようとも大眞王さまがいる限り、人界の災禍は止まらぬ……！」

73. 勇者しちゃった行商人さん（ユユルウ）
えっ

74. 勇者しちゃった賢者さん（空中庭園）
あー

75. 勇者しちゃった神託勇者さん（ティティルシィ）
大眞王をようやく倒したら、
「我が滅びようとも暴眞王さまがいる限り、人界の災禍は止まらぬ……！」
暴眞王をようやく倒したら、
「我が滅びようとも禍眞王さまがいる限り、人界の災禍は止まらぬ……！」
禍眞王をようやく倒したら、
「我が滅びようとも呪眞王さまがいる限り、人界の災禍は止まらぬ……！」
呪眞王をようやく倒したら、
「我が滅びようとも災眞王さまがいる限り、人界の災禍は止まらぬ……！」
災眞王をようやく倒したら、
「我が滅びようとも殺眞王さまがいる限り、人界の災禍は止まらぬ……！」
殺眞王をようやく倒したら、
「我が滅びようとも凶眞王さまがいる限り、人界の災禍は止まらぬ……！」
凶眞王をようやく倒したら、
「我が滅びようとも厄眞王さまがいる限り、人界の災禍は止まらぬ……！」
厄眞王をようやく倒したら、
「我が滅びようとも悪眞王さまがいる限り、人界の災禍は止まらぬ……！」
悪眞王をようやく倒したら、
「我が滅びようとも真王（まおう）さまがいる限り、人界の災禍は止まらぬ……！」

76. 勇者しちゃった学者さん（時空図書館）
えっ

77. 勇者しちゃった軍人さん（グルム帝国）
えっ

78. 勇者しちゃった冒険者さん（デイラ）
なんつうか、おい

79. 勇者しちゃった学生さん（地球国家）
それなんて
エンドレース☆

80. 勇者しちゃった神託勇者さん（ティ

ティルシィ)
眞王シリーズを倒したら真王シリーズが現れ
真王シリーズを倒したら麻王(まおう)シリーズが現れ
なんであいつらそれぞれ10人いんのかね、と思ったぜ

81. 勇者しちゃった行商人さん(ユユルウ)
なんだろう
なにを言うべきかわからないな……

82. 勇者しちゃった軍人さん(グルム帝国)
どれだけの……魔王……と言っていいのか……を、倒したんだ……?

83. 勇者しちゃった学者さん(時空図書館)
あの後・……姿をお見かけしないと思っていたら、そんなことに……

84. 勇者しちゃった賢者さん(空中庭園)
なんだ、なんだろな

……何人斬り?

85. 勇者しちゃった魔王103斬り勇者さん(ティティルシィ)
おう、名前変えたぜ!
これでどうだこんちくしょう!

86. 勇者しちゃった行商人さん(ユユルウ)
ひゃく……さん

87. 勇者しちゃった軍人さん(グルム帝国)
103の……魔王か……

88. 勇者しちゃった学生さん(地球国家)
ひゃっくさーんにーん☆

それってー、
ふたりは人界にいた魔王と大魔王だよね?
でもって、もうひとりはラスボスだよね☆

89. 勇者しちゃった冒険者さん(デイラ)
なんだ おい
魔界ってなあどんだけ広いんだよ

90. 勇者しちゃった魔王103斬り勇者さん(ティティルシィ)
ものっすげえ広かったわ!
地上、つか人界の何倍あるかってくらい広かったわ!

こちとら事前情報もなく地図もなく飛び込んでんだから、現れた魔王みてえなのをとりあえず倒すしかねえんだよこんちくしょう!
でもって「我が滅びようともなんたら」言われたら次に向かうしかねえんだよ!
どこで終わるかとマジで呆(あき)れたわ!
仲間たちからも、もう乾いた笑いしか出てこなかったわ!!

91. 勇者しちゃった学者さん(時空図書館)
ええ ええとですね あの
それでも、まあ……終わった、のですよね?

92. 勇者しちゃった賢者さん(空中庭園)
そんだけ魔王がいると、魔王レベルが気になるな

退役勇者板「長い旅がようやく終わったので」

やっぱりだんだん上がっていくのか？

93. 勇者しちゃった軍人さん（グルム帝国）
気にするところがそれか‼
これだから空中庭園世界の魔術師は‼

94. 勇者しちゃった賢者さん（空中庭園）
え、だってやっぱそこは気になるところだろ？
滅ぼされる時の発言からすると、次に出てくる魔王は倒した魔王の上司っぽいし
てことはやっぱり、魔王レベルは上がっていくんじゃないか？
すごくないか？

95. 勇者しちゃった学者さん（時空図書館）
これだから空中庭園世界の魔術師は……

……しかし、一理ありますね
その辺りはどうなっているのでしょう、ティティルシィ世界の文献はどこにありましたか、さて

96. 勇者しちゃった軍人さん（グルム帝国）
学者のも、これだから時空図書館世界の住人は……！

97. 勇者しちゃった学生さん（地球国家）
ねー
知識の宝物殿（笑）

98. 勇者しちゃった冒険者さん（デイラ）
お前らなあ、揃いも揃って！

99. 勇者しちゃった賢者さん（空中庭園）
いやだって、103 だぞ？

魔王 103 だぞ？
その過程で強さがどう比例してくのか知りたくもなるだろ？

100. 勇者しちゃった軍人さん（グルム帝国）
ならねえよ！

101. 勇者しちゃった学生さん（地球国家）
てゆっかー、ラスボスって結局どんな魔王だったのー？
魔界の魔王の総元締め☆だよね？

102. 勇者しちゃった魔王 103 斬り勇者さん（ティティルシィ）
ああ、それか

……神だった

103. 勇者しちゃった軍人さん（グルム帝国）
えっ

104. 勇者しちゃった学者さん（時空図書館）
えっ

105. 勇者しちゃった冒険者さん（デイラ）
えっ

106. 勇者しちゃった魔王 103 斬り勇者さん（ティティルシィ）
死んだはずの伝説の弟神が魔神神として君臨（くんりん）してた

107. 勇者しちゃった学生さん（地球国家）
うわちゃー☆

それなんて無理ゲー

108. **勇者しちゃった賢者さん（空中庭園）**
    神ってったら、組合設定レベル10だろ？

    えっ、勝ったの？
    勝てたの、幻の最高レベルに？

109. **勇者しちゃった学者さん（時空図書館）**
    数々の魔王……仮称、と戦うことで、レベル10に匹敵する実力がついたのですか？
    とはいえ、退役勇者にも武力レベル10のかたは実在しているわけですから、無茶というわけでも……

110. **勇者しちゃった軍人さん（グルム帝国）**
    いやいやいや無茶だろ
    無茶だろ!?

111. **勇者しちゃった冒険者さん（デイラ）**
    いたりの中に、術式じゃなくて武力でレベル10なんているのか？
    組合の中のひとじゃなくてか？

112. **勇者しちゃった行商人さん（ユユルウ）**
    神殺者（しんさつしゃ）さんとかじゃないかな？
    あと剣聖さんとか
    天堕剣（てんだけん）さんもだな

113. **勇者しちゃった学者さん（時空図書館）**
    ええ、あの非常識なかたがたですよ

114. **勇者しちゃった学生さん（地球国家）**
    で、魔王103斬り勇者さんもレベル10の仲間入り？
    すごいねー、それなんて胸熱☆

115. **勇者しちゃった魔王103斬り勇者さん（ティティルシィ）**
    いや無理だから
    無茶だったから
    相手が創世神だとわかった時点で諦（あきら）めようかと思ったわ
    つうか魔王神が俺ら見て最初のひとことがこれだぜ

    「え、なんで不老不死ついてないの」

116. **勇者しちゃった賢者さん（空中庭園）**
    は？

117. **勇者しちゃった冒険者さん（デイラ）**
    はぁ？

118. **勇者しちゃった軍人さん（グルム帝国）**
    なんだ？

119. **勇者しちゃった学生さん（地球国家）**
    どゆことー？

120. **勇者しちゃった魔王103斬り勇者さん（ティティルシィ）**
    なんかなー、勇者の旅に出る時、まあ18の頃だ、神が夢に出てきたって言ったろ？
    その時「おぬしに不老不死を与えよう」っつわれたんだけど、断ったんだわ

    だって不老不死だぜ？
    普通に嫌だろ？

退役勇者板「長い旅がようやく終わったので」

121. 勇者しちゃった賢者さん(空中庭園)
えっ

122. 勇者しちゃった行商人さん(ユユルウ)
賢者さん(笑)

123. 勇者しちゃった学者さん(時空図書館)
賢者さん(笑)

124. 勇者しちゃった軍人さん(グルム帝国)
賢者の(笑)

125. 勇者しちゃった魔王103斬り勇者さん(ティティルシィ)
**こんな長い旅になるなんて微塵(みじん)も思ってなかったわけだしよ
魔王倒す使命を果たしたら普通に婚約者と結婚して普通に生きるつもりだったから**

まあ、魔王神に辿り着くまでに、魔界の100斬りで20年かかったんだけどな!!

126. 勇者しちゃった冒険者さん(デイラ)
**ってこたあ ええと
18で旅に出て人界で5年かかってて**

127. 勇者しちゃった学生さん(地球国家)
魔王神に辿り着いた時、魔王103斬り勇者さんは、43歳☆

まあでも、えっとー、1年で魔王的なのを5人は倒してるんだからー、けっこういいペース?

128. 勇者しちゃった賢者さん(空中庭園)
いいペースだな(笑)

129. 勇者しちゃった学者さん(時空図書館)
むしろハイペースですね

130. 勇者しちゃった軍人さん(グルム帝国)
つうかその歳だと、もうピーク超えてるんじゃ……ないか?

131. 勇者しちゃった行商人さん(ユユルウ)
ピークを超えてる……ね

132. 勇者しちゃった魔王103斬り勇者さん (ティティルシィ)
**それが神がしつこく不老不死を押し付けてこようとした理由だったなんて
まだ旅に出る前でぴちぴちのうら若き俺にわかるかー!!**

133. 勇者しちゃった学者さん(時空図書館)
わかりませんね……

134. 勇者しちゃった賢者さん(空中庭園)
まあ、わからないよな(笑)

135. 勇者しちゃった魔王103斬り勇者さん(ティティルシィ)
**そしたら、目の前でいきなり思念通話始める魔王神
「もしもし兄貴? ちょっとこれどうなってんの?」**

136. 勇者しちゃった賢者さん(空中庭園)
えっ

137. 勇者しちゃった冒険者さん（デイラ）
はあ!?

138. 勇者しちゃった魔王 103 斬り勇者さん（ティティルシィ）
**「なに言ってんだよ！ だから兄貴はいっつも詰めが甘いんだっつの
不老不死なんて無理矢理やっちゃえばよかったんだよー
どうすんのこれどうにもなんないじゃんォッサンだよ
せっかく魔王大量生産してレベルアップさせてきたはずなのにさー
オッサンだよー？」**

**オッサンで悪かったな！
最後まで付き合ってくれた仲間もみんなとうにオッサンだったわ!!**

139. 勇者しちゃった学者さん（時空図書館）
**といいますか、ええと、なんでしょう
……なんですか？**

140. 勇者しちゃった行商人さん（ユユルゥ）
うん、なんだろう

141. 勇者しちゃった学生さん（地球国家）
**えー、兄弟神は実は仲良くって？
勇者をレベルアップさせるために魔王量産してて？
最終計画は弟神を倒させることだった？**

ってなにそれー

142. 勇者しちゃった魔王 103 斬り勇者さん（ティティルシィ）
**魔王神……つうか、もう弟神でいいや、弟神の言うことにはな
本当は魔的な存在、魔物やら魔界やらが生まれたのはアクシデントだったらしい
光があれば必ず影ができてしまうとか言ってたけどよくわからん
が、ともかく人界が発展するとともに魔界もどんどん膨（ふく）れ上がってしまうから、それをリセットするための装置が勇者なんだと、よ！**

143. 勇者しちゃった軍人さん（グルム帝国）
それは……なんだ

144. 勇者しちゃった冒険者さん（デイラ）
ああ、なんつうかな

145. 勇者しちゃった賢者さん（空中庭園）
**うん、なんだろう
……魔王 103 斬り勇者さん、おつ**

146. 勇者しちゃった学者さん（時空図書館）
魔王……も、舞台装置というわけ……ですか

147. 勇者しちゃった魔王 103 斬り勇者さん（ティティルシィ）
**実は弟神は生まれてしまった魔的な存在と融合してその力を抑えつつ、魔王を量産することで、むしろ魔的な存在の抑止力にしてたんだそうだ、よ！
魔的な要素をどんどん消費して減らしてたんだって、よ！**

148. 勇者しちゃった学生さん（地球国家）
そんでー、結局弟神さんは倒し

たの?
ていうかさー、最初っから倒される
つもりならー、頼んだらやられてく
れるんじゃないの?

149. 勇者しちゃった行商人さん(ユユ
ルウ)
**だよなあ
弟神さんは倒されるつもりだったわ
けだろう?**

150. 勇者しちゃった魔王103斬り勇者さ
ん(ティティルシィ)
**手を抜いて倒されるなんて神のプラ
イドが許さないって
ふざけてんのかこんちくしょう!!**

151. 勇者しちゃった賢者さん(空中庭園)
うわちゃー

152. 勇者しちゃった学者さん(時空図
書館)
**……まあ、神はどこまでも神、です
からね……ひとの都合など気にも留
めませんよ**

153. 勇者しちゃった冒険者さん(デイラ)
**つうかよ、兄神と共謀(きょうぼ
う)してる時点でそいつ悪じゃなく
ねえか?**

154. 勇者しちゃった軍人さん(グルム
帝国)
なあ?

155. 勇者しちゃった魔王103斬り勇者さ
ん(ティティルシィ)
**そんでもって弟神がこっち見て、
「兄貴が全盛期まで若返らせてくれ
るっつってるから、そこ並べや**

でもって不老不死になるから、そこ
んとこよろしく」

……だ れ が、

なってたまるかボケー!!
こっちにだってさんざん魔王倒し
てきたプライドってもんがあるん
じゃー!!

156. 勇者しちゃった行商人さん(ユユ
ルウ)
ああ……

157. 勇者しちゃった冒険者さん(デイラ)
**そりゃ、魔王103斬り勇者の積み
重ねた努力をガン無視だもんな……**

158. 勇者しちゃった学生さん(地球国家)
**なんてゆーか、
神殺者さんあたりが聞いたら嬉々
(きき)として退治しに行きそうな
神様たちだねー☆**

159. 勇者しちゃった学者さん(時空図
書館)
**ですから、神など基本的に自分本位
な存在なのですよ……**

160. 勇者しちゃった賢者さん(空中庭園)
**そんで結局、相手はレベル10だっ
たみたいだけど、
倒したんだよな?**

161. 勇者しちゃった魔王103斬り勇者さ
ん(ティティルシィ)
**倒したわ!
倒したわ、3年かかってな!!!**

162. 勇者しちゃった行商人さん(ユユ

ルウ）
ええー
3年？

163. 勇者しちゃった軍人さん（グルム帝国）
なんだ、その
……どうやって？

164. 勇者しちゃった魔王103斬り勇者さん（ティティルシィ）
ちまちま削って倒したわ！
蓄積ダメージの回復だけはしないでくれって頼み込んで、ちまちまちまちま毎日通って3年かけて倒したわ！

ようやく倒した時の、あの弟神のやれやれ顔が忘れられねえんだよ！！

165. 勇者しちゃった行商人さん（ユユルウ）
まあー……お疲れ様、だな

166. 勇者しちゃった軍人さん（グルム帝国）
ああ、お前はよくやった

167. 勇者しちゃった冒険者さん（デイラ）
もう休めよ……

168. 勇者しちゃった学生さん（地球国家）
ていうかトータルで28年かー
18歳で旅に出て、46歳になっちゃったのかー

おっつ☆

169. 勇者しちゃった学者さん（時空図書館）
学生、あなたは軽いにもほどがあります！

170. 勇者しちゃった賢者さん（空中庭園）
3年かけたらレベル10……

171. 勇者しちゃった軍人さん（グルム帝国）
賢者の、考えるべき場所はそこじゃねえ！

172. 勇者しちゃった魔王103斬り勇者さん（ティティルシィ）
弟神を倒したらなあ、いらん親切心で故郷に転移させてくれたんだけどなあ、
元婚約者は成人した子どものいる立派な主婦になってたわ！
俺はもう立派なオッサンで、みんなに「誰？」とか言われたわ！
魔界に行ってた勇者です、つったら「あ、そんな奴もいた」みてえな反応でな！

こんちくしょう！！！

173. 勇者しちゃった学者さん（時空図書館）
なんとも……言えません、ね……

174. 勇者しちゃった軍人さん（グルム帝国）
なんだ あれだ

飲むか！

175. 勇者しちゃった行商人さん（ユユルウ）
そうだね、飲もうか

飲んですっきりしよう

176. 勇者しちゃった賢者さん（空中庭園）
付き合うぞー

177. 勇者しちゃった冒険者さん（デイラ）
よし、飲むか！

178. 勇者しちゃった魔王 103 斬り勇者さん（ティティルシィ）
飲まなきゃやってられるかー！！！

179. 勇者しちゃった学生さん（地球国家）
魔王 103 斬り勇者さん、おつ☆

よく分かる用語解説①

・組合設定レベル：

勇者に対しそれぞれ『武力』と『術式』、そして『魔王』について勇者互助組合が規定した強弱の水準を数字で表したものです。5を平均として、最弱の1から最強の10まで存在します。

退役勇者板
「久方ぶりに帰ってみれば」

久方ぶりに帰ってみれば

> 1. 勇者しちゃった界旅師さん（ワナ・ア＝ディン）
> **故郷が可笑（おか）しなことになっていたよ**
> **こりゃもう賢者を笑えんなあ**

2. 勇者しちゃった学生さん（地球国家）
あっれー界旅師（かいりょし）さん、おひっさー☆
ていうか戻ったんだねめっずらしー！
おかえりーノシ

3. 勇者しちゃった神官さん（フロイ・レガス）
おや界旅師さん、お帰りになったのですか
なにか心境の変化でも？

4. 勇者しちゃった賢者さん（空中庭園）
界旅師さん、おかえりーノシ

ていうかなんで俺？（笑）
なにがあったんですか？（笑）

5. 勇者しちゃった魔術師さん（ミリュ・ミ）
とりあえずおつ

てか賢者、なんで敬語だよ？
界旅師……さん、って俺は初めて会ったんだけど、なにもんだ？
長いひとなのか？

6. 勇者しちゃった学生さん（地球国家）
うん、長いひとだよ☆

界旅師さんはねー、
その名の通り！
ずーっと世界を旅行してるんだよ☆

7. 勇者しちゃった賢者さん（空中庭園）
ちなみに『世界』ってのは、時空を超えた意味での『世界』な
だから『故郷』は『自世界』ってこと

8. 勇者しちゃった魔術師さん（ミリュ・ミ）
えっ

9. 勇者しちゃった稀乃鬼さん（天天）
おうおうなんじゃ界旅師よ、久しいではないか
ふらふらほっつき歩きよってこの放蕩者（ほうとうもの）めが

10. 勇者しちゃった剣聖さん（セェユラ）
界旅師が故郷に戻るなぞ、天変地異（てんぺんちい）の前触れぞな
里心でもついたぞや？

11. 勇者しちゃった魔術師さん（ミリュ・ミ）
えっ

12. 勇者しちゃった仙人さん（位相軸地球）
ほうほう、
これまたなんの気紛（きまぐ）れかのう

13. 勇者しちゃった龍主さん（ロイル・レム）

14. 勇者しちゃった魔術師さん（ミリュ・ミ）
    えっ

15. 勇者しちゃった界旅師さん（ワナ・ア＝ディン）
    なによ、ぬしらは相も変わらず徒党（ととう）を組んでおるのかよ
    土産（みやげ）でもたかりにきたのかな？

16. 勇者しちゃった賢者さん（空中庭園）
    あー、古参のみなさんお揃いで（笑）

17. 勇者しちゃった神官さん（フロイ・レガス）
    まあ、スレ主が界旅師さんですからね……

18. 勇者しちゃった魔術師さん（ミリュ・ミ）
    えっ

    界旅師……さんって、古参のひと……なのか？

19. 勇者しちゃった学生さん（地球国家）
    うん、古参組だよ☆

20. 勇者しちゃった稀乃鬼さん（天天）
    なんじゃ、土産はないのか？
    ちゃちゃっと出せい、ほれほれほれ

21. 勇者しちゃった剣聖さん（セェユラ）
    おのれならばすぐさま寄越すこともできようぞな
    術式馬鹿の本領発揮ぞ、ほれ送れ

22. 勇者しちゃった仙人さん（位相軸地球）
    ほうほう、
    ちなみに如何様（いかよう）な世界を旅してきたのかのう？

23. 勇者しちゃった龍主さん（ロイル・レム）
    ぬ

24. 勇者しちゃった界旅師さん（ワナ・ア＝ディン）
    如何様な世界と言われてもなあ
    足の向くまま気の向くまま、転々としてきたよ

25. 勇者しちゃった魔術師さん（ミリュ・ミ）
    ええ……と、なんだ、おい
    ……界旅師さんって、もしかして術式レベル化け物級？

26. 勇者しちゃった賢者さん（空中庭園）
    そりゃそうだよ
    だって時空をまたいで旅してるくらいだから（笑）

27. 勇者しちゃった神官さん（フロイ・レガス）
    時空に干渉するだけでも、術式レベル8は必須らしいですからね
    組合に勤務できる域ですよ

28. 勇者しちゃった学生さん（地球国家）
    すっごーい実力のー、
    古参のー、
    旅行好き☆なおじーちゃんだよー

29. 勇者しちゃった魔術師さん（ミリュ・ミ）

おい

おい……なんだこの場違い感

30. 勇者しちゃった稀乃鬼さん（天天）
なんじゃ魔術師よ、それでも術者の端（はし）くれか
おのれも高みを目指さんでどうする

31. 勇者しちゃった剣聖さん（セェユラ）
術式馬鹿はもういらんぞな

32. 勇者しちゃった仙人さん（位相軸地球）
ほうほう、そうは言うてものう
術者を名乗るならば、時空にちょいと手を出せるくらいにはならんといかんのう

33. 勇者しちゃった龍主さん（ロイル・レム）
ぬ

34. 勇者しちゃった界旅師さん（ワナ・ア＝ディン）
そうよ、時空術くらい使えるようにならんとなあ、魔術師よ

35. 勇者しちゃった魔術師さん（ミリュ・ミ）
うわっ矛先がこっち向きやがった！

36. 勇者しちゃった賢者さん（空中庭園）
魔術師さん（笑）

37. 勇者しちゃった学生さん（地球国家）
魔術師さん（笑）

38. 勇者しちゃった神官さん（フロイ・レガス）
それくらいにしてあげてください
魔術師さんは不老不死でもないのですから、みなさまのようにはいきませんよ

39. 勇者しちゃった魔術師さん（ミリュ・ミ）
……あれ、なんか神官のフォローにかえってムカついたんだけどよ、なんだこれ

40. 勇者しちゃった賢者さん（空中庭園）
あー　まあ
術者のジレンマ？（笑）

41. 勇者しちゃった稀乃鬼さん（天天）
ふん、不老不死くらいおのれに術をかければ雑作もないわ

42. 勇者しちゃった学生さん（地球国家）
もーおじーちゃんたち、それくらいにしてよー
界旅師さんの話が聞きたいんだからー

43. 勇者しちゃった剣聖さん（セェユラ）
たまには学生も良いことを言うぞな
術の話なぞどうでも良かろうぞや

44. 勇者しちゃった賢者さん（空中庭園）
界旅師さんが自世界に戻ったのって、どれくらいぶりなんですか？
で、なんで俺は引き合いに出されたんですか？（笑）

45. 勇者しちゃった界旅師さん（ワナ・ア＝ディン）
そうさなあ……かれこれ300年ぶりくらいになるよ

46. 勇者しちゃった仙人さん(位相軸地球)
ほうほう、
そのあいだ幾世界ほど旅をしたのかのう?

47. 勇者しちゃった界旅師さん(ワナ・ア=ディン)
数など数えておらんよ
時々にテーマは決めていたがなあ

48. 勇者しちゃった龍主さん(ロイル・レム)
ぬ

49. 勇者しちゃった界旅師さん(ワナ・ア=ディン)
そうさなあ、
・美食世界巡り:食い道楽の旅
・美酒世界巡り:飲んだくれの旅
・美女世界巡り:耽溺(たんでき)の旅
・絶景世界巡り:眼福の旅
・温泉世界巡り:くつろぎの旅
・古来文明世界巡り:観光の旅
・独特文明世界巡り:発見の旅
・科学文明世界巡り:物見遊山の旅
・術式文明世界巡り:研究の旅
などよ

50. 勇者しちゃった賢者さん(空中庭園)
ちょ(笑)
最後の(笑)

51. 勇者しちゃった学生さん(地球国家)
かんぜーんに、趣☆味
だ ね!(笑)

52. 勇者しちゃった稀乃鬼さん(天天)
どうせ術式世界で足止めでもくらっておったんじゃろ
して、なにか珍しい術式でも見聞したか?

53. 勇者しちゃった界旅師さん(ワナ・ア=ディン)
まあなあ、世界は広きもの、術式も様々なもの
なかなかに興味深かったよ

54. 勇者しちゃった龍主さん(ロイル・レム)
ぬ

55. 勇者しちゃった仙人さん(位相軸地球)
ほうほう、そうさのう龍主(りゅうしゅ)殿
その世界の摂理に基づいた術式は、
他では見られんからのう
やはり現地に足を運ばんとのう

56. 勇者しちゃった神官さん(フロイ・レガス)
だからといって、誰もがほいほい他の世界に行けるわけではないのですよ……

57. 勇者しちゃった魔術師さん(ミリュ・ミ)
……なんだこれ、話してることのレベルが違いすぎる……!!!

58. 勇者しちゃった賢者さん(空中庭園)
古参のみなさんならこんなもんだよ(笑)

59. 勇者しちゃった学生さん(地球国家)
賢者さんに言われたくないけどねー(笑)

60. 勇者しちゃった剣聖さん（セェユラ）
    ふん、術などなにが面白いのかわからんぞや

61. 勇者しちゃった稀乃鬼さん（天天）
    それは貴様が筋肉馬鹿だからじゃわい

62. 勇者しちゃった神官さん（フロイ・レガス）
    ……いえ、複数の系統の術式を使えるかたなどそうはいませんからね みなさんの常識が違うんですよ……

63. 勇者しちゃった賢者さん（空中庭園）
    えー、そんなの言い訳だろ？

64. 勇者しちゃった魔術師さん（ミリュ・ミ）
    違うっつーの!!
    つうかこのメンツ、術者が多いのになんだこのアウェイ感……!!

65. 勇者しちゃった学生さん（地球国家）
    ちょーっと常識はずれのひとが揃っちゃったねー（笑）
    古参のみなさんだからしょうがないけどねー（笑）

66. 勇者しちゃった龍主さん（ロイル・レム）
    ぬ

67. 勇者しちゃった仙人さん（位相軸地球）
    ほうほう、心外だのう

68. 勇者しちゃった魔術師さん（ミリュ・ミ）
    それで、あー　なんだっけか

    あー

    あ？

69. 勇者しちゃった学生さん（地球国家）
    魔術師さん、キャパオーバーしないの（笑）

    界旅師さん界旅師さん、それで、久しぶりに故郷に帰ったらどうしたの？

70. 勇者しちゃった界旅師さん（ワナ・ア＝ディン）
    おう、それよ

    奇跡の神聖主よ（笑）

71. 勇者しちゃった稀乃鬼さん（天天）
    なんじゃ？

72. 勇者しちゃった剣聖さん（セェユラ）
    なんぞや？

73. 勇者しちゃった仙人さん（位相軸地球）
    ほうほう？

74. 勇者しちゃった龍主さん（ロイル・レム）
    ぬ？

75. 勇者しちゃった神官さん（フロイ・レガス）
    奇跡の……神聖主？

76. 勇者しちゃった界旅師さん（ワナ・ア＝ディン）
    なにやらよ、世界あちこち、がらりと様変わりしておってなあ

77. 勇者しちゃった賢者さん（空中庭園）
そりゃあ、300年も留守にしてたら変化があってもおかしくないですよ

78. 勇者しちゃった魔術師さん（ミリュ・ミ）
どっかの世界にゃ、100年ぽっちで文化が完全に変化したとかなんとかいうとこもあるらしいしな

79. 勇者しちゃった学生さん（地球国家）
あ、それ僕のとこだ（笑）

80. 勇者しちゃった界旅師さん（ワナ・ア＝ディン）
地球系列世界の日本の変化とはまた違うものよ

そうよな、例に挙げるならば、我が世界のとある大陸には、古来3人に2人が踏破（とうは）の途中で命を落とすと言われる広大な砂漠があるのよ
水場もまったくなき、『死の砂漠』と呼ばれるところでなあ

81. 勇者しちゃった剣聖さん（セェユラ）
ふむ？

82. 勇者しちゃった龍主さん（ロイル・レム）
ぬ

83. 勇者しちゃった界旅師さん（ワナ・ア＝ディン）
帰ってみたら、そのど真ん中に水の都ができておってなあ

84. 勇者しちゃった魔術師さん（ミリュ・ミ）
えっ

85. 勇者しちゃった仙人さん（位相軸地球）
ほうほう

86. 勇者しちゃった界旅師さん（ワナ・ア＝ディン）
なんでも『奇跡の神聖主』と呼ばれる者がかつて居り、『死の砂漠』を旅せねばいかん者のために水脈を掘ったそうでなあ
その水場を中心に村が出来、町となり、現在では『生の水都（すいと）』と言われる都にまで発展したそうよ
死の砂漠にて命を落とす者も、滅多にいなくなったとなあ

87. 勇者しちゃった稀乃鬼さん（天天）
ふん、成る程な（笑）

88. 勇者しちゃった賢者さん（空中庭園）
あー

ああ（笑）

89. 勇者しちゃった学生さん（地球国家）
おー（笑）

他には他には？

90. 勇者しちゃった界旅師さん（ワナ・ア＝ディン）
そうよな、我が世界のとある国と国の間に、『恨みの森』と呼ばれるところがあってなあ
恨みを持って死んだ魂が『怨樹（おんじゅ）』なる樹木に呼び寄せられて宿り、通ろうとする者を恨み惑わ

> し、正気を失わせるという森でなあ

91. 勇者しちゃった剣聖さん(セェユラ)
   恨みを抱き死ぬは弱者ぞな

92. 勇者しちゃった神官さん(フロイ・レガス)
   ……心を強く持てる生き物ばかりではありませんよ

93. 勇者しちゃった界旅師さん(ワナ・ア=ディン)
   しかし帰ってみたら、その森は『悼(いた)みの森』になっておってなあ

94. 勇者しちゃった神官さん(フロイ・レガス)
   えっ

95. 勇者しちゃった龍主さん(ロイル・レム)
   ぬ

96. 勇者しちゃった界旅師さん(ワナ・ア=ディン)
   なんでも『奇跡の神聖主』と呼ばれる者がかつて居り、恨みに縛られた魂を哀れみ悼み、その秘術をもって『怨樹』を浄化し、死者が安らかに眠れる『睡樹(すいじゅ)』へと変えたそうでなあ
   現在は恨む魂がこの木に宿っては安らぎ、天へ昇る聖森(せいしん)となったそうよ

97. 勇者しちゃった魔術師さん(ミリュ・ミ)
   なんか……世界がよくなった……ってだけじゃねえのか?

98. 勇者しちゃった神官さん(フロイ・レガス)
   そのような見方もできます……が

99. 勇者しちゃった稀乃鬼さん(天天)
   して、真意はなんじゃ?

100. 勇者しちゃった賢者さん(空中庭園)
    そこですよねえ(笑)

101. 勇者しちゃった界旅師さん(ワナ・ア=ディン)
    砂漠で喉(のど)が乾いたから適当に水を掘ったなあ

102. 勇者しちゃった魔術師さん(ミリュ・ミ)
    えっ

103. 勇者しちゃった龍主さん(ロイル・レム)
    ぬ

104. 勇者しちゃった学生さん(地球国家)
    ですよねー(笑)

105. 勇者しちゃった剣聖さん(セェユラ)
    そんなことだろうと思ったぞや

106. 勇者しちゃった仙人さん(位相軸地球)
    ほうほう、
    『恨みの森』はなにかのう?

107. 勇者しちゃった界旅師さん(ワナ・ア=ディン)
    『怨樹』が喧(やかま)しかったから力づくで浄化したなあ

108. 勇者しちゃった魔術師さん(ミ

リュ・ミ）
えっ

109. 勇者しちゃった学生さん（地球国家）
ですよねー（笑）

110. 勇者しちゃった稀乃鬼さん（天天）
じゃろうな

111. 勇者しちゃった龍主さん（ロイル・レム）
ぬ

112. 勇者しちゃった賢者さん（空中庭園）
ああ、それで俺か（笑）

113. 勇者しちゃった界旅師さん（ワナ・ア＝ディン）
そうよ。ただひきこもっておるだけで『森の賢者様』呼ばわりされておる賢者を笑えんよ

とある小国が『護国の宝球』に守られて魔物に襲われんのも
とある毒湿原に『白き聖橋』がかかっておるのも
とある王家に『祝福の聖剣』が伝わっておるのも
なにやら『奇跡の神聖主』とやらが衆生（しゅじょう）を想うたがゆえという伝承だが、はてさてどうなっておるのやら

ひっきりなしに国境を襲う魔物退治に駆りだされるのに嫌気がさして障壁展開の魔法球を作ったことはあったがなあ
毒湿原に浸かるなんざまっぴらだから橋を造ったことはあったがなあ
魔物と戦う術（すべ）がないと引き止められて魔を斬る剣を作って押し付けたことはあったがなあ

114. 勇者しちゃった魔術師さん（ミリュ・ミ）
ええー

なんだ

ええー

115. 勇者しちゃった神官さん（フロイ・レガス）
現在では『奇跡の神聖主』の御業（みわざ）と祭り上げられていても……当時は、界旅師さんによる自分本位の行動だったわけですね……

116. 勇者しちゃった賢者さん（空中庭園）
あるある（笑）

117. 勇者しちゃった学生さん（地球国家）
ないない（笑）

118. 勇者しちゃった剣聖さん（セェユラ）
民なぞ所詮（しょせん）さようなものぞや

我輩は蘇魔（そま）を斬っておったらいつしか勇者なるぞと崇（あが）められ、地上の蘇魔を屠（ほふ）り終え、更なる頂を目指して蘇魔窟に飛んで100年ばかり研鑽（けんさん）し帰ったら、生家の村が『勇者生誕の都』なるものになっておったぞや

単に我輩は剣の腕を磨いておっただけだというに

119. 勇者しちゃった稀乃鬼さん（天天）
そうじゃな、我が眠りにちょっかいをかけてきよった生意気な夜魔（よま）に、それほど睡眠を好むならばおのれが眠れいと昏睡（こんすい）の術をかけてやったら、長年眠ったままじゃった国の帝（みかど）が床（とこ）から覚めた時にはたまげたな

なんぞ祭りに呼ばれたが、無論姿を隠したわ

120. 勇者しちゃった龍主さん（ロイル・レム）
ぬ

121. 勇者しちゃった仙人さん（位相軸地球）
ほうほう、
ワシは召喚勇者だからのう、きっとそんなことはなかろうのう

いつだったか、ちょいと兵に追われていた身分ありげな若造を拾って逃がしてみたら、他国で王になっておったのには驚いたがのう

122. 勇者しちゃった学生さん（地球国家）
えっ

それってえっと、トンデモ歴史とかでありがちな、歴史上の死んだと思われてたあのひとが実は落ち延びて、歴史上のあっちのひとと同一人物だった！ 的な!?
そんなことしてたの仙人さん!?

123. 勇者しちゃった魔術師さん（ミリュ・ミ）
ええー
なんかもう、俺の常識とか術者のプライドとか
おい

124. 勇者しちゃった神官さん（フロイ・レガス）
古参の方々の前では……一般的な実力の元勇者などかわいいものですよ、仕方がありません

125. 勇者しちゃった賢者さん（空中庭園）
うん、やっぱ『森の賢者様』くらいならかわいいもんだよな
俺なんかまだまだ甘い甘い

126. 勇者しちゃった魔術師さん（ミリュ・ミ）
ねえよ！！！

127. 勇者しちゃった神官さん（フロイ・レガス）
それはありませんよ！！！

128. 勇者しちゃった学生さん（地球国家）
比較対象が悪すぎるよねー（笑）

現役勇者板
「もしかして、もしかしなくても」

もしかして、もしかしなくても

1. 勇者している勇者さん（ヌア・ノーヴァイール）
   俺、いらなくね？

2. 勇者を見守る騎士長さん（レヴィランド）
   どういうことですか
   あなたも勇者でしょう、気概（きがい）をしっかり持ってください

3. 勇者を見守る国王さん（アレーシア）
   そんな気持ちになるなんて、いったいどんな状況なのかな（笑）

4. 勇者を見守る学者さん（時空図書館）
   まずは、お疲れ様、と言っておきましょう
   しかしどのような事態なのか……興味深いですね

5. 勇者を見守る学生さん（地球国家）
   勇者板のお目付役☆学生さん、参上なんだよ☆

   ていうか、どゆこと？（笑）

6. 勇者を見守る暗殺者さん（レトヴァー）
   よぉ、お疲れさん
   で、なにがあったんだぁ？

7. 勇者している勇者さん（ヌア・ノーヴァイール）
   いやまあ、なんつうか、よ

   ……勇者なんて、本当に必要なのか？

   てか、勇者が必要だとしても、俺じゃなくてもよくね？

8. 勇者を見守る国王さん（アレーシア）
   だから、どうしてそう思うようになったのかな？
   詳しく聞かせてもらえるかい？

9. 勇者を見守る騎士長さん（レヴィランド）
   勇者の任を受けながら、そのような言葉は嘆（なげ）かわしいとしか言えません
   おのれを見失うような出来事でもあったのですか？

10. 勇者を見守る暗殺者さん（レトヴァー）
    『もしかしなくても』『テメエがいらねえ』状況かよ
    なんだってんだぁ？

11. 勇者を見守る学生さん（地球国家）
    うーん、ここは経緯ｋｗｓｋ☆聞きたいとこだねー

12. 勇者を見守る学者さん（時空図書館）
    ヌア・ノーヴァイール世界……さて、文献はどこにありましたか

13. 勇者を見守る国王さん（アレーシア）
    そもそも君は、どんな過程で勇者になったのかな？

14. 勇者している勇者さん（ヌア・ノーヴァイール）
    どんな過程……って、勇者の印が

持って生まれついちまったから、問答無用で俺が勇者……なんだけどよ

15. 勇者を見守る学生さん(地球国家)
へー、生匠勇者さん☆かーおつなんだよ☆

16. 勇者を見守る騎士長さん(レヴィランド)
勇者の責を負って生まれたのであれば、全うすれば良いだけではありませんか
なぜ立ち止まってしまったのです、情けないですね

17. 勇者を見守る暗殺者さん(レトヴァー)
つうかよぉ、勇者の印を持って生まれた
……ってこたぁ、ヌア・ノーヴァイール世界にゃ勇者は必要だってこったろ?
違うのかよ?

18. 勇者している勇者さん(ヌア・ノーヴァイール)
いや、なんつうか……『勇者』ってもんは必要だとは思わなくも……ねえ

19. 勇者を見守る国王さん(アレーシア)
それはなぜかな?

20. 勇者している勇者さん(ヌア・ノーヴァイール)
『魔王』っつう脅威を取り除くための存在として……つうか、なんつうか

21. 勇者を見守る学生さん(地球国家)
あー、お約束☆の、勇者と魔王のワンセット(笑)
それが世界の定めってやつなんだよね☆

22. 勇者を見守る騎士長さん(レヴィランド)
ならば、なにを迷うことがあるのですか

23. 勇者を見守る学者さん(時空図書館)
文献をあたってきましたが……
ヌア・ノーヴァイール世界は典型的な、人間族を脅(おびや)かす『魔王』と、それに対峙するための『勇者』が存在する世界ですね

……どんな問題があるというのです?

24. 勇者を見守る暗殺者さん(レトヴァー)
つうかよぉ、テメエも『勇者』ってもんは必要だと思ってるんだよなぁ?
けどよぉ、……『テメエ』はいらねえ、ってなぁどういうこったぁ?

25. 勇者を見守る国王さん(アレーシア)
ああ、『勇者』は要るけれど、『自分』ではなくとも良い、と
……本当に、どういう状況なんだい?

26. 勇者を見守る学生さん(地球国家)
やっぱりここはー、勇者さんに、経緯kwsk☆

27. 勇者している勇者さん(ヌア・ノーヴァイール)

kwskってなんだよ？

28. 勇者を見守る騎士長さん（レヴィランド）
もうその質問には飽きました

29. 勇者している勇者さん（ヌア・ノーヴァイール）
えっ

30. 勇者を見守る暗殺者さん（レトヴァー）
とりあえずょ、なんでそんな考えになったのか、説明しろやぁ

31. 勇者している勇者さん（ヌア・ノーヴァイール）
えっ
まあ、わかった

ええとだな、さっきも言ったけどよ、俺は勇者の印を持って生まれた勇者だ
でもって成人したんで、魔王を倒すために旅に出た

32. 勇者を見守る学生さん（地球国家）
成人したから……って、えっとー、勝手に？
王様に言われて、とかじゃなくて？

33. 勇者している勇者さん（ヌア・ノーヴァイール）
なんで王に命令されたりしなきゃいけねえんだよ！
これでもまあ、なんつうか、俺は……いちおう、仮にも、勇者だぞ？

34. 勇者を見守る国王さん（アレーシア）
一応、とか、仮にも、とか、なんでそんな言葉をつけるんだい（笑）

35. 勇者を見守る騎士長さん（レヴィランド）
あなたの世界では……勇者にはそのような裁量（さいりょう）が許されているのですか？
国家の許可もなく？

36. 勇者している勇者さん（ヌア・ノーヴァイール）
へ？
だって勇者って魔王を倒すもんだろ？

37. 勇者を見守る学者さん（時空図書館）
……その辺りは、世界の有り様、としか言えませんね
ヌア・ノーヴァイール世界の『勇者』と『魔王』は対応する『個人』であり、国家などが介入する余地はないものなのですよ

38. 勇者を見守る暗殺者さん（レトヴァー）
生誕勇者の本能……みてぇなもんかぁ？
マジで世界はいろいろ、だわなぁ？

39. 勇者を見守る学生さん（地球国家）
だねー☆
ってことは、
「勇者よ、魔王を倒し世界を救うのだ！」
みたいなイベントはないんだねー

ていうか、それじゃ国が決めた同行者とかもいないんだ？

40. 勇者している勇者さん（ヌア・ノーヴァイール）
そりゃ、魔王を倒すのは勇者の役目じゃねえか
なんで他の奴を巻き込んだりしなきゃいけねえんだ？

41. 勇者を見守る騎士長さん（レヴィランド）
本当に……世界は様々、ですね

42. 勇者を見守る国王さん（アレーシア）
まあ、今更な話だ（笑）

43. 勇者を見守る学生さん（地球国家）
じゃあ、勇者さんはさびしーくひとり旅☆してるのー？

44. 勇者を見守る暗殺者さん（レトヴァー）
親近感が湧くじゃねえか、えぇオイ？

45. 勇者している勇者さん（ヌア・ノーヴァイール）
いや、まあ……旅立った時はひとりだったんだけどよ……

……途中で、連れができた

46. 勇者を見守る学者さん（時空図書館）
途中で協力者が現れる、というのは……まあ、ある種のパターンではありますね

47. 勇者を見守る国王さん（アレーシア）
パターンなのかい？

48. 勇者を見守る学生さん（地球国家）
そうだねー

ごめんねー、『ひとりでさびしーくこっそり旅して勇者になった』暗殺者さん☆

49. 勇者を見守る暗殺者さん（レトヴァー）
ケッ

50. 勇者を見守る騎士長さん（レヴィランド）
しかし先程……他人は巻き込まないとおっしゃっていませんでしたか？
矛盾（むじゅん）していますね

51. 勇者している勇者さん（ヌア・ノーヴァイール）
そりゃ、断ったっつうの！

……だけど押し切られたんだよ……

52. 勇者を見守る暗殺者さん（レトヴァー）
押し切られた、だぁ？
どんな奴なんだ、オイ？

53. 勇者を見守る学生さん（地球国家）
ここからスレタイに繋がっちゃうのかなー
期待ａｇｅ☆

54. 勇者している勇者さん（ヌア・ノーヴァイール）
ひとり目は……旅してる途中で立ち寄った村にいた、爺さんだった

55. 勇者を見守る国王さん（アレーシア）
爺さん？

56. 勇者を見守る暗殺者さん（レトヴァー）

ジジイ?

57. 勇者を見守る学者さん(時空図書館)
    ご老人……ですか?

58. 勇者を見守る騎士長さん(レヴィランド)
    ご老人を……魔王討伐の旅などという危険にさらしているのですか!?

59. 勇者している勇者さん(ヌア・ノーヴァイール)
    魔物を討伐(とうばつ)しながらどれくらい旅をした頃だったか……ちっと寂(さび)しくなってたんだろうな、俺……

    「勇者としてのおぬしの覚悟はようわかる、しかしおぬしひとりが全てを背負うは重かろう、話し相手くらいにはなれるわい、身を守るくらいのことはできるわい、嫌だと言われてもついていくぞ」

    その真剣な目に……負けた

60. 勇者を見守る暗殺者さん(レトヴァー)
    まあよぉ、初めてひとり旅する若造が、人生経験豊富なジジイにそんなこと言われちまったらなぁ

61. 勇者を見守る国王さん(アレーシア)
    ……まあ、押し切られても仕方ない、かな

62. 勇者を見守る騎士長さん(レヴィランド)
    心に響く言葉では……ありますね

63. 勇者を見守る学生さん(地球国家)
    **そんなでー、お爺ちゃんがひとり目! って言ってたよねー?
    ふたり目の説明プリーズ☆**

64. 勇者している勇者さん(ヌア・ノーヴァイール)
    **ふたり目は女だ
    王家の事情で……修道院に預けられたっつう、隠された王女……だった**

65. 勇者を見守る騎士長さん(レヴィランド)
    **王女!?
    隠された!?**

66. 勇者を見守る国王さん(アレーシア)
    ……まあ、王族にはよくある話だね

67. 勇者を見守る暗殺者さん(レトヴァー)
    あぁ、よぉくある胸糞悪い話だわなぁ、オイ?

68. 勇者を見守る学生さん(地球国家)
    王宮には権謀術数(けんぼうじゅっすう)がうずまくんだよ☆

69. 勇者を見守る学者さん(時空図書館)
    しかし、なぜ王女が同行することになったのですか?

70. 勇者している勇者さん(ヌア・ノーヴァイール)
    **「わたくしは秘された王女、隠された王女
    けれど王族に血を連ねる者であることに変わりはないのです
    あなたは『勇者』を、『魔王を倒すもの』だとおっしゃいました**

けれど王族は、民を救うためのものなのです
魔王を倒すこと、すなわち民を救うこと
わたくしは民を救うため、王族の義務を全うします」

その気迫さえ感じる言葉に……負けた

71. 勇者を見守る暗殺者さん（レトヴァー）
    アァ……

72. 勇者を見守る学者さん（時空図書館）
    まあ……．

73. 勇者を見守る国王さん（アレーシア）
    それは．ね

74. 勇者を見守る学生さん（地球国家）
    **うーん、断れないかなー☆
    で、押し切られちゃうかなー☆**

75. 勇者を見守る騎士長さん（レヴィランド）
    **しかし、老人と、王女……ですか……
    ……心配ですね**

76. 勇者している勇者さん（ヌア・ノーヴァイール）
    **3人目は、子どもだった
    とある村で迫害されていた……子どもだった**

77. 勇者を見守る騎士長さん（レヴィランド）
    子ども!?

78. 勇者を見守る学者さん（時空図書館）
    子ども!?

79. 勇者を見守る国王さん（アレーシア）
    子ども!?

80. 勇者を見守る暗殺者さん（レトヴァー）
    迫害されていた、ってぇこたぁ……なんか理由があんだろ？

81. 勇者している勇者さん（ヌア・ノーヴァイール）
    **ああ、その子どもは魔族の血を継いでいたんだ
    半分人間、半分魔族だな
    でも魔族の特徴が強く出てて、人間である母親が流行病（はやりやまい）で死んで、それから庇護者（ひごしゃ）もなく迫害されてたらしい**

82. 勇者を見守る国王さん（アレーシア）
    それは……なんというか、ね

83. 勇者を見守る騎士長さん（レヴィランド）
    いくら半魔であるとはいえ、子を迫害するなど愚行も甚（はなは）だしい！

84. 勇者を見守る学生さん（地球国家）
    **そうは言ってもねー
    人間ってそゆとこあるよねー**

85. 勇者を見守る学者さん（時空図書館）
    **そうですね
    しかもヌア・ノーヴァイール世界では、魔族と人間族ははっきりと敵対していますからね**

86. 勇者を見守る暗殺者さん(レトヴァー)
   その村の奴らにとっちゃ、いい標的だわなぁ
   ケッ

87. 勇者している勇者さん(ヌア・ノーヴァイール)
   石を投げられてるとこを助けて……
   他の村にでも預けようかと思ったんだが
   本人が「人間が僕を受け入れてくれるはずない」つってて
   しかも……正直、それも当たってて、どうしようかと思ってたら……

   「僕は、半分魔族です
   あなたは魔族を退治する勇者です
   僕のことなんて放っておいてもよかったのに、助けてくれました
   恩返しを、させてください」

   決意を秘めた眼差(まなざ)しに……負けた

88. 勇者を見守る騎士長さん(レヴィランド)
   だからといって、魔王討伐に子どもを連れて行くなど……
   いえ、置いて行くわけにもいかないのはわかりますが……

89. 勇者を見守る国王さん(アレーシア)
   人間族に預けたら、また迫害されるかもしれないんだろう?
   なら、手元に置いて守るしかない……のか?

90. 勇者を見守る暗殺者さん(レトヴァー)
   勇者なんだからよぉ、戦いながら守りやがれ(笑)

91. 勇者を見守る学者さん(時空図書館)
   まあ、そのような相手を放っておけないあたりは……勇者らしい、でしょうか

92. 勇者を見守る学生さん(地球国家)
   そんでそんでー?
   4人目もいるの?

93. 勇者している勇者さん(ヌア・ノーヴァイール)
   いや、連れはこれで全員だ
   今は4人で旅してる

94. 勇者を見守る騎士長さん(レヴィランド)
   勇者と……ご老人と、王女と、そして子ども……

95. 勇者を見守る暗殺者さん(レトヴァー)
   あぶなっかしいことこの上ねぇなあ、オイ?

96. 勇者を見守る国王さん(アレーシア)
   異色の勇者パーティだね(笑)

97. 勇者を見守る学者さん(時空図書館)
   果たしてそのメンバーで魔王を倒せるのでしょうか……
   不安でなりません

98. 勇者している勇者さん(ヌア・ノーヴァイール)
   不安どころじゃ なかった

99. 勇者を見守る学者さん(時空図書館)

えっ

100. 勇者を見守る騎士長さん（レヴィランド）
えっ

101. 勇者を見守る国王さん（アレーシア）
えっ

102. 勇者を見守る暗殺者さん（レトヴァー）
ァァ？

103. 勇者を見守る学生さん（地球国家）
なにそれkwsk！

104. 勇者している勇者さん（ヌア・ノーヴァイール）
4人旅を続けているんだが……
例えば、魔物の集団に囲まれたとする

105. 勇者を見守る騎士長さん（レヴィランド）
はあ

106. 勇者を見守る国王さん（アレーシア）
うん

107. 勇者を見守る学生さん（地球国家）
うんうん！

108. 勇者している勇者さん（ヌア・ノーヴァイール）
俺が魔物を一体倒す時には、魔物の集団は全滅してる

109. 勇者を見守る学者さん（時空図書館）
えっ

110. 勇者を見守る国王さん（アレーシア）
は？

111. 勇者を見守る暗殺者さん（レトヴァー）
なんだぁ？
オイ、どういうこったぁ？

112. 勇者を見守る学生さん（地球国家）
これは　なる☆ほど！

スレタイの意味がわかってきた
わかってきましたよー

113. 勇者を見守る騎士長さん（レヴィランド）
詳しい説明を……お願いします

114. 勇者している勇者さん（ヌア・ノーヴァイール）
爺さんは……旅に出る時、
「老いぼれとて、おぬしの負担にはならん
これでも昔はちょいとならしたもんだ」
と剣を物置から取ってきた

……そして爺さんが剣を振るえば、
魔物は一撃必殺
俺には爺さんの動きが見えない

115. 勇者を見守る学生さん（地球国家）
つ・ま・り

ズバリ☆お爺さんの正体は!?

116. 勇者している勇者さん（ヌア・ノーヴァイール）
かつて王家への仕官を求められても
断って、各地を回り魔物を退治して

現役勇者板「もしかして、もしかしなくても」　43

きた
伝説の『瞬光(しゅんこう)の救世剣士』だなんて、想像できるかー!!

117. 勇者を見守る学者さん(時空図書館)
ええと……

118. 勇者を見守る騎士長さん(レヴィランド)
そう……ですね

119. 勇者を見守る国王さん(アレーシア)
想像は……できない、かな?

120. 勇者を見守る暗殺者さん(レトヴァー)
んで、テメエより強ぇ、と(笑)

121. 勇者している勇者さん(ヌア・ノーヴァ イール)
王女は……旅に出る時、
「わたくしにも身を守る術はあります
勇者様の負担にはなりませんわ」
と紋章が刻まれた棒を持ってきた

そして王女が棒に口づけると、それは戦棍(メイス)に早変わり
ドレスに包まれた細腕が戦棍を振るえば、魔物は一撃粉砕

122. 勇者を見守る学生さん(地球国家)
つ・ま・り—
ズバリ☆王女様が隠されてた理由は!?

123. 勇者している勇者さん(ヌア・ノーヴァ イール)
王家に伝わる……使い手により姿を変える変幻古代武器の唯一の適合者で、5歳の時に魔物の侵攻を止めて兄王子の手柄を横取りしてから姿を消した
伝説の『血まみれ撲殺幼姫(ぼくさつようき)』だなんて想像できるかー!!

124. 勇者を見守る国王さん(アレーシア)
できないなあ……

125. 勇者を見守る学者さん(時空図書館)
できませんねえ……

126. 勇者を見守る騎士長さん(レヴィランド)
できるわけが……ないでしょう……!!

127. 勇者を見守る暗殺者さん(レトヴァー)
んで、やっぱりテメエより強ぇ、と(笑)

128. 勇者を見守る学生さん(地球国家)
そして!
ラストの子どもは半分魔族☆
これは期待するしかないね!

129. 勇者している勇者さん(ヌア・ノーヴァ イール)
ああ……
あいつは……旅に出るとき頭をさげて、
「勇者様の足手まといにならないように頑張ります」
と言った……

そして戦場では……無詠唱で……絶好調に……大規模魔術を炸裂(さくれつ)させる

130. 勇者を見守る学生さん（地球国家）
つ・ま・り―

ズバリ☆子どもの出生の秘密は!?

131. 勇者している勇者さん（ヌア・ノーヴァイール）
高位魔族でも使えないような魔術をさらっと使いこなして、
「おかげで無責任に人間である母さんに手を出して僕を生ませたバカ男を殴りに行けます」なんてよ……
魔王の息子だったなんて想像できるかー!!

132. 勇者を見守る騎士長さん（レヴィランド）
ええ……

133. 勇者を見守る学者さん（時空図書館）
そうですね……

134. 勇者を見守る国王さん（アレーシア）
そうだね……

135. 勇者を見守る暗殺者さん（レトヴァー）
んで、これまたやっぱりテメエより強ぇ、と（笑）

136. 勇者している勇者さん（ヌア・ノーヴァイール）
俺がよ……
一体の魔物に手こずってる間によ……
包囲してた魔物たち全滅してるんだぜ……？

なあ、俺、いるの？
いらなくね？

137. 勇者を見守る国王さん（アレーシア）
それ、は……どうだろう、騎士長さん

138. 勇者を見守る騎士長さん（レヴィランド）
どう……でしょうね、学者さん

139. 勇者を見守る学者さん（時空図書館）
……どうですか、学ｓ……暗殺者さん!!

140. 勇者を見守る学生さん（地球国家）
えーちょっとー
なんで僕を飛ばしたのー
ぶーぶー

141. 勇者を見守る暗殺者さん（レトヴァー）
……ァア、まあ、なんだぁオイ

そいつらひとりひとりがテメエより強かったとしてもよぉ
そいつらを集めたのは、テメエが勇者だったからだぜぇ
テメエがいなけりゃ、そいつらが魔王を倒しに行くこともなかっただろ

……って思っとけ、勇者よぉ

142. 勇者を見守る学生さん（地球国家）
というわけで、勇者さんの真の存在意義はー

スカウト☆

だということが判明しましたー（笑）

143. 勇者を見守る学者さん（時空図書館）
学生！

現役勇者板「もしかして、もしかしなくても」

144. 勇者を見守る国王さん(アレーシア)
学生！

145. 勇者を見守る騎士長さん（レヴィランド）
学生！

146. 勇者している勇者さん（ヌア・ノーヴァイール）
そうか……
……そうか俺スカウトかあ、うん、納得したははは

147. 勇者を見守る暗殺者さん（レトヴァー）
いやオイ、なんだぁ……まあよぉ
……魔王を倒すにゃ、もってこいのメンツだわなぁ

148. 勇者している勇者さん（ヌア・ノーヴァイール）
………ですねーはは、ははははは

現役勇者板
「夫婦喧嘩は犬も喰わない」

夫婦喧嘩は犬も喰わない

1. 勇者している勇者さん（久遠宮）
   てぇわけで、正直やってらンねェん
   で茶店（ちゃみせ）で団子を食って
   やす
   さァて、どうしたもんでしょうねェ

2. 勇者を見守る店主さん（ジステル公国）
   タイトルの意味がさっぱりわからん、
   どういうことだ？
   詳しい経緯を教えてくれ

3. 勇者を見守る巫女姫さん（サレンダリア）
   勇者としてのお務めと、夫婦喧嘩に
   どんな関係があるのでしょう？
   詳細をうかがいたいですわ

4. 勇者を見守る学生さん（地球国家）
   学生さん、参上☆
   お団子はおいしいよねー

5. 勇者を見守る暗殺者さん（レトヴァー）
   なんだぁ、面白そうじゃねえかぁ
   詳しく聞かせろやぁ

6. 勇者を見守る探偵さん（平行世界4群）
   どうも、初めまして、探偵と申し
   ます
   さて、詳しいお話を聞きたいところ
   ですね

7. 勇者を見守る軍人さん（グルム帝国）
   勇者活動お疲れさん、ってわけでも
   なさそうだな

経緯頼む

8. 勇者している勇者さん（久遠宮）
   どうも皆さん、わざわざお集りいた
   だきまして
   まァ題名通り、くだらねェ夫婦喧嘩
   に巻き込まれちまいましてねェ
   勇者だなんてお笑いぐさでさァ

9. 勇者を見守る探偵さん（平行世界4群）
   夫婦喧嘩と勇者を結びつけるも
   の……一体なんでしょう
   気になりますね

10. 勇者を見守る軍人さん（グルム帝国）
    夫婦喧嘩で勇者になった？
    意味がわからん

11. 勇者している勇者さん（久遠宮）
    さァて、先にアタシの世界、久遠宮
    （くおんきゅう）の説明をしたほう
    がよさそうですねェ
    こりゃまァ、神話のたぐいなんです
    がね

    創世の時代、世界にふたりの神が生
    まれましてねェ
    光と闇と相容れぬ存在であったふた
    りは、十月十日（とつきとおか）戦
    い続け
    結局勝敗はつかなかったそうでやす
    その後ふたりの神は大陸の両端に、
    それぞれ自ら守護する国を造り
    互いの国を不可侵（ふかしん）とし
    たと伝わっておりやす

ま、今では国も分裂して、ごっちゃになってやすがねェ
それでも光種と闇種ってェ種族の違いは存在してやして
創世国として聖光国（せいこうこく）と眞闇国（しんあんこく）ってェ大国が残ってまさァ

12. 勇者を見守る店主さん（ジステル公国）
なんつうか、よくある神話じゃねえか？

13. 勇者を見守る暗殺者さん（レトヴァー）
あぁ、よくある神話だなぁ

14. 勇者を見守る学生さん（地球国家）
それでそれで？
勇者さんはどうしてー、勇者さんなの？
でもって、夫婦喧嘩ってなに？

15. 勇者を見守る巫女姫さん（サレンドリア）
学生さん、急かしてはいけませんわ
ここはきちんと勇者さんのお話を聞きませんこと？

16. 勇者を見守る探偵さん（平行世界4群）
そうですね、続きをどうぞ

17. 勇者している勇者さん（久遠宮）
聖光国と眞闇国の皇宮には、神がふるったといわれる神剣が伝わっておりやす
光種と闇種はまァ相容れない種族ですから、過去に小競（こぜ）り合いもありやしてねェ

争いが起きた時には聖光国と眞闇国が先頭にたって、神剣を旗印にしてるんでさァ

18. 勇者を見守る暗殺者さん（レトヴァー）
どんな世界でも争いってのは絶えねえなぁ、オイ？

19. 勇者を見守る巫女姫さん（サレンドリア）
悲しいことですわね……

20. 勇者している勇者さん（久遠宮）
アタシはまァ、聖光国に皇族の一員として生まれやしてねェ
とはいえアタマが回るわけでもなし
上に兄姉が12人もおりやすからねェ
不肖（ふしょう）の末息子としてガキの頃にとっとと皇宮を出て、ぶらりあちこち旅をしてやす
渡り鳥みたいなもんでさァ

21. 勇者を見守る巫女姫さん（サレンドリア）
じゅ、12人……兄弟姉妹が多くていらっしゃいますわね……

22. 勇者を見守る探偵さん（平行世界4群）
皇族の血を引くものは多ければ多いほどいい、という観点でしょうか？

23. 勇者を見守る店主さん（ジステル公国）
この勇者、まさかの皇族様か

24. 勇者を見守る軍人さん（グルム帝国）
それを店主のが言うか……

25. 勇者を見守る暗殺者さん（レトヴァー）
ァァ？　どういうこった？

26. 勇者を見守る学生さん（地球国家）
店主さんはねー、出身はお貴族様☆なんだよー

27. 勇者を見守る店主さん（ジステル公国）
俺はちゃんと務めを果たしてから家を出た！

28. 勇者を見守る学生さん（地球国家）
↑ドヤ顔☆

29. 勇者を見守る探偵さん（平行世界4群）
**勇者さんは、出自と今回勇者になったことが関係しているのですね？
その神剣というものも関係しているのですか？**

30. 勇者している勇者さん（久遠宮）
**えェまァ、先日聖光国の皇王である母親に呼び戻されやしてねェ
ちょっと眞闇国の皇王をボコってこいと、神剣を押し付けられやした
神剣を授かっちまったことが勇者の証のようですねェ**

31. 勇者を見守る巫女姫さん（サレンダリア）
……眞闇国の皇王を……ボコってこいと……？

32. 勇者を見守る暗殺者さん（レトヴァー）
そんで、スレタイが夫婦喧嘩なんだよなぁ？

33. 勇者を見守る学生さん（地球国家）
**ってことは
まさか**

34. 勇者を見守る探偵さん（平行世界4群）
勇者さんの父親は……眞闇国の皇王である、ということですか？

35. 勇者している勇者さん（久遠宮）
**えェまァ、そういうことでさァ
母親がまだ皇女だった頃に、小競り合いがあったらしくてねェ
戦場で眞闇国の皇子だった父親と出会って、お互い一目惚れしたそうでさァ
両者とも跡取りだったんですが、その場で婚姻（こんいん）の誓いを立てやがったそうでねェ
おかげで小競り合いは有耶無耶（うやむや）に終息しちまったそうで、母親が聖光国の皇王、父親が眞闇国の皇王を継いで各々統治してる今は平和なもんでさァ**

36. 勇者を見守る店主さん（ジステル公国）
平和な世の中になって、夫婦喧嘩で、勇者か……

37. 勇者を見守る暗殺者さん（レトヴァー）
テメエの母親はなんでまた親父をボコれなんつったんだぁ？

38. 勇者を見守る軍人さん（グルム帝国）
そんなことをしたら、いらん争いを引き起こすだけじゃないのか？

39. 勇者を見守る探偵さん（平行世界4群）
　　夫婦喧嘩になるからには、なにがしかの原因があるのでは？

40. 勇者している勇者さん（久遠宮）
　　あの熟年バカップルの夫婦喧嘩に正当な理由なんてあるもんですかィ
　　今でもひと月にいっぺんは外交と称して道瀬（おうせ）を満喫して、そのうえ毎日文通してる熱々馬鹿夫婦ですぜ？
　　13人もぽんぽこガキをこさえた万年イチャイチャ夫婦ですぜ？
　　理由なんざ「一週間手紙が来ないから」ってなもんでさァ

41. 勇者を見守る巫女姫さん（サレンダリア）
　　わたくしは羨ましくなぞありませんわ
　　わたくしは羨ましくなぞありませんわ
　　わたくしは羨ましくなぞありませんわ
　　わたくしは羨ましくなぞありませんわ
　　わたくしは羨ましくなぞありませんわ

42. 勇者を見守る軍人さん（グルム帝国）
　　巫女姫の（笑）

43. 勇者を見守る暗殺者さん（レトヴァー）
　　巫女姫よぉ（笑）

44. 勇者を見守る学生さん（地球国家）
　　巫女姫さん（笑）
　　スレタイ見ればわかったことでしょー？

45. 勇者を見守る探偵さん（平行世界4群）
　　すみません、巫女姫さんの反応はな

んですか？

46. 勇者を見守る店主さん（ジステル公国）
　　あー、巫女姫さんはなぁ
　　一生清らかな身体でいなけりゃいけない不老不死なんだよ

47. 勇者を見守る探偵さん（平行世界4群）
　　『一生』と『不老不死』の間に矛盾を感じますが……
　　理解はしました

48. 勇者している勇者さん（久遠宮）
　　そんでまァ、阿呆らしいにもほどがあるってもんでねェ
　　どうしたもんかと、スレ立ててってもんをしてみたわけでさァ

49. 勇者を見守る暗殺者さん（レトヴァー）
　　どうしたもんかっつってもよぉ
　　そのままばっくれちまえばいいんじゃねえかぁ？

50. 勇者を見守る軍人さん（グルム帝国）
　　いや待て、国宝的な神剣を持ってるわけだろ？
　　でもって勇者になっちまったわけだろ？
　　なにかしないといけないんじゃないか？

51. 勇者を見守る巫女姫さん（サレンダリア）
　　羨ましくなぞありませんわ

52. 勇者を見守る学生さん（地球国家）
　　巫女姫さんってばー（笑）

現役勇者板「夫婦喧嘩は犬も喰わない」　51

自爆だね☆

53. 勇者を見守る探偵さん（平行世界4群）
    しかし勇者さんの母君は、公人として公私をわきまえるべきですね
    平和な世界なのに、勇者さんの行動によっては戦争の火種となるのではないですか？

54. 勇者を見守る店主さん（ジステル公国）
    探偵、もうその段階は過ぎてるから（笑）
    聖光国の勇者認定されちまってるから（笑）

55. 勇者している勇者さん（久遠宮）
    父親のこととなると脳内桃色になる母親はもうしょうがありやせん
    しかしまァ、どうしたもんですかねェ

56. 勇者を見守る軍人さん（グルム帝国）
    というかそんな熱々夫婦なら、父親が宥（なだ）めに行けばいいだけじゃないか？

    一週間分の手紙でも持って、謝罪付きでな

57. 勇者を見守る学生さん（地球国家）
    ふっふっふ

58. 勇者を見守る暗殺者さん（レトヴァー）
    なんだぁ？

59. 勇者を見守る店主さん（ジステル公国）
    軍人がいいこと言ったと思ったら、学生どうした

60. 勇者を見守る学生さん（地球国家）
    行動に困った時に！
    スレ住民に相談したい時に！
    地球系列世界の掲示板には、便利な文化があるんだよー☆

    その名も、安価！

61. 勇者を見守る店主さん（ジステル公国）
    安価？

62. 勇者を見守る暗殺者さん（レトヴァー）
    安価ぁ？

63. 勇者を見守る探偵さん（平行世界4群）
    安価……ああ、アンカーですか

64. 勇者を見守る軍人さん（グルム帝国）
    探偵のは知ってるんだな？
    探偵のが説明しろ、学生は黙れ

65. 勇者を見守る学生さん（地球国家）
    ええーひっどーい

66. 勇者を見守る店主さん（ジステル公国）
    日頃の行いだっての

67. 勇者を見守る探偵さん（平行世界4群）
    安価とは、アンカーのネットスラングで、レスアンカーが語源です
    掲示板のレス、つまり書き込みの番号を指定してレスポンスすることで

すね

転じて、あえて先の番号を指定し、無作為に書き込まれたその番号の行動をそのまま採用する行為のこと……だったと思います

すみません、あまり掲示板には詳しくないので

68. 勇者を見守る暗殺者さん（レトヴァー）
いや、よくわかったぜぇ
勇者が番号を指定して、俺らが一斉に書き込んで、その番号の内容を実行しろってこったろぉ

69. 勇者を見守る学生さん（地球国家）
ぶーぶー
それくらいの説明ならちゃんとするよー

でも、人数少ないから、番号じゃなくて
『何番目に発言した人』とかのがこの掲示板ではいいかなー？

70. 勇者を見守る店主さん（ジステル公国）
なるほど理解した

71. 勇者を見守る軍人さん（グルム帝国）
了解した

72. 勇者している勇者さん（久遠宮）
面白い文化がありやすねェ
それでは皆さん、よろしいですか？

73. 勇者を見守る店主さん（ジステル公国）

おうよ

74. 勇者を見守る暗殺者さん（レトヴァー）
おっしゃ

75. 勇者している勇者さん（久遠宮）
アタシがこの後どうするべきか、4番目のかたにお願いしやす

76. 勇者を見守る軍人さん（グルム帝国）
父親に会いに行って事情を説明する

77. 勇者を見守る探偵さん（平行世界4群）
父君に会って手紙が不通である原因を確かめる

78. 勇者を見守る学生さん（地球国家）
取って返して母毋をボコッちゃう☆

79. 勇者を見守る暗殺者さん（レトヴァー）
とりあえず父親に会いに行っとけよぉ

80. 勇者を見守る巫女姫さん（サレンドリア）
イチャイチャ夫婦を破滅に導く

81. 勇者を見守る店主さん（ジステル公国）
とりあえず父親に会いに行って謝らせる

82. 勇者を見守る探偵さん（平行世界4群）
さて、どうなりましたか？

暗殺者さんの案が採用ですね

現役勇者板「夫婦喧嘩は犬も喰わない」 53

父親に会いに行く、ということで

83. 勇者を見守る店主さん(ジステル公国)
どうなった?
っておい、ちょ待、前後がヤバいじゃねえか!

84. 勇者を見守る軍人さん(グルム帝国)
結果はどうだ?
って巫女姫の!　学生の!　危ねえな!!

85. 勇者を見守る暗殺者さん(レトヴァー)
なんだ俺かよォ
……ってオイ、学生はともかく巫女姫よォ

86. 勇者を見守る巫女姫さん(サレンダリア)
なにかいけないことがありましょうか
さっぱりわかりませんわ

87. 勇者を見守る学生さん(地球国家)
安価ってねー、スリリングなんだよ☆

88. 勇者している勇者さん(久遠宮)
んじゃまァ、父親に会いに行きますかねェ
といっても、実は既に眞闇国には入ってるんですがねェ
こっからならさくっと皇宮に転移できやすねェ
闇法展開《転移、皇宮》

さァて、着きやしたぜ

89. 勇者を見守る店主さん(ジステル公国)
展開が早いなおい!

90. 勇者を見守る暗殺者さん(レトヴァー)
てめえ聖光国の皇族じゃねぇのかよぉ
……眞闇国の皇族でもあるのかぁ?

91. 勇者を見守る探偵さん(平行世界4群)
魔法が使えるのですか、ふむ、興味深い

92. 勇者している勇者さん(久遠宮)
アタシはまァ、それぞれ半分ですからねェ
光法も闇法も、どっちもある程度は使えまさァ

皇宮に入ったはいいんですがねェ
兄貴がすっ飛んできましたよ
まァ、神剣なんて持ってちゃァねェ

93. 勇者を見守る学生さん(地球国家)
おにーさんって、12人いる兄姉のうちのひとり?
眞闇国にもいるんだー

94. 勇者している勇者さん(久遠宮)
半分が聖光国で母親に、半分が眞闇国で父親に仕えてるんでさァ
光族闇族の特徴が強いほうに引き取られてやしてねェ
アタシみたいな完全に両方引き継いでのは、まァ珍しいんでさァ

さて、兄貴に問いつめられているわけでやすが、安価しやしょう

| **3番目のかたにお願いしやす** |

95. 勇者を見守る軍人さん（グルム帝国）
    えっあっ
    事情を説明する

96. 勇者を見守る暗殺者さん（レトヴァー）
    おっと
    なんだぁ、父親に取り次ぎを頼めよぉ

97. 勇者を見守る学生さん（地球国家）
    問答無用で殴り倒す☆

98. 勇者を見守る巫女姫さん（サレンダリア）
    情人がいるならば○し
    独り身ならば見逃す

99. 勇者を見守る店主さん（ジステル公国）
    おっ
    事情を説明して案内してもらう

100. 勇者を見守る探偵さん（平行世界4群）
     説明してともに父君のもとへ向かう

| 101. 勇者している勇者さん（久遠宮）
     おおっと、こりゃぁまた（笑） |

102. 勇者を見守る店主さん（ジステル公国）
     どうなった？
     って、うわああああぁ！

103. 勇者を見守る軍人さん（グルム帝国）
     学生の！
     お前な!!

巫女姫のも！
お前な!!

104. 勇者を見守る探偵さん（平行世界4群）
     ああ、やってしまいましたね

105. 勇者を見守る暗殺者さん（レトヴァー）
     学生よぉ……おい勇者、聞くんじゃねぇぞぉ

     ってか巫女姫もよぉ、どんだけ根に持ってんだオイ

106. 勇者を見守る巫女姫さん（サレンダリア）
     なにかいけないことがありましょうか
     さっぱりわかりませんわ

107. 勇者を見守る学生さん（地球国家）
     ふっふー、ひゃっほー！
     安価は絶対なんだよー☆

108. 勇者を見守る店主さん（ジステル公国）
     やめとけ、勇者！
     さすがにそれはまずいだろ！

| 109. 勇者している勇者さん（久遠宮）
     と、言われやしてもねェ

     もう、やっちまいました（笑） |

110. 勇者を見守る軍人さん（グルム帝国）
     勇者あああああ！！！

111. 勇者を見守る暗殺者さん（レトヴァー）

現役勇者板「夫婦喧嘩は犬も喰わない」

勇者よぉ、テメエなぁ……

112. 勇者を見守る探偵さん（平行世界4群）
ああ、いらぬ戦争の火種が……

113. 勇者を見守る学生さん（地球国家）
安価ひゃっほい！

114. 勇者している勇者さん（久遠宮）
ところで気絶した兄貴なんですが、どういたしやしょうかねェ？
……この堅っ苦しい兄貴にゃガキの頃さんざん、勉学に励めと机に縛りつけられたり、両親を守る力を付けろと訓練場でボコボコにされたりしてたんですがねェ

2番目のかたにお願いしやす

115. 勇者を見守る学生さん（地球国家）
えっと
服を脱がして放置☆

116. 勇者を見守る探偵さん（平行世界4群）
回復の魔法を使えるのでしたら、応急処置をほどこす

117. 勇者を見守る巫女姫さん（サレンダリア）
かつての恨みを思うがままに晴らす

118. 勇者を見守る軍人さん（グルム帝国）
近くにいる奴に事情を説明して身柄を預ける

119. 勇者を見守る暗殺者さん（レトヴァー）
もうほっときやがれぇ

120. 勇者を見守る店主さん（ジステル公国）
なんだ
起こして一緒に父親のところに行く、か？

121. 勇者している勇者さん（久遠宮）
さァて、結果は……こりゃまたつまらないことになりやしたねェ
しかし安価は絶対でやすかぃ、仕方ありませんや

122. 勇者を見守る店主さん（ジステル公国）
どうなった！

……セーフか!!

123. 勇者を見守る軍人さん（グルム帝国）
結果は!?

……よくやった、探偵の！

124. 勇者を見守る学生さん（地球国家）
ぶー
つまんないのー
でもー
勇者さんが！ 倒してー
からの
勇者さんが！ 回復☆

おにーさん、大混乱☆だ ね！

125. 勇者を見守る暗殺者さん（レトヴァー）
……マジでテメエらぁ、学生、巫女姫よぉ

126. 勇者を見守る巫女姫さん（サレンダリア）

なにかいけないことがありましょうか
さっぱりわかりませんわ

127. 勇者を見守る店主さん（ジステル公国）
しかし勇者の発言もただの逆恨みだろ……
皇族教育は義務じゃねえのか

128. 勇者を見守る探偵さん（平行世界4群）
安価の内容を誘導しようとしたとしか思えませんね……
けれど……まあ、ほっとしました

129. 勇者を見守る軍人さん（グルム帝国）
暗殺者のも、こんな状況で投げるな！
下手を打ったら一大事だぞ!!

130. 勇者している勇者さん（久遠宮）
さて、騒がしくなってきたんでさくっと父親のところに向かいまさァ
最後に、父親に会った時にどう行動するか、安価だけ聞いておきますぜ

5番目のかたにお願いしやす

131. 勇者を見守る店主さん（ジステル公国）
えっ
事情を説明する？

132. 勇者を見守る軍人さん（グルム帝国）
おっ
手紙を出さなかった理由を聞く

133. 勇者を見守る探偵さん（平行世界4群）
母君の怒りの理由を説明する

134. 勇者を見守る学生さん（地球国家）
皇王の地位を乗っ取る☆

135. 勇者を見守る巫女姫さん（サレンダリア）
戦いなさい！

136. 勇者を見守る暗殺者さん（レトヴァー）
母親に謝るように説得しろよぉ

137. 勇者している勇者さん（久遠宮）
了解しやした
ソンじゃまァ、ありがとうごぜえやした！

138. 勇者を見守る探偵さん（平行世界4群）
さて、どうなりましたか？
……これは

139. 勇者を見守る軍人さん（グルム帝国）
結果はどうなった？
……こらぁい、巫女姫の！！！

140. 勇者を見守る暗殺者さん（レトヴァー）
巫女姫よぉ、やってくれたなぁ？

141. 勇者を見守る学生さん（地球国家）
巫女姫さん、グッジョブ☆

142. 勇者を見守る店主さん（ジステル公国）
謎の夫婦喧嘩から、謎の親子喧嘩、か……

143. 勇者を見守る巫女姫さん（サレンダ

リア）
**なにかいけないことがありましょ
うか
さっぱりわかりませんわ**

よく分かる用語解説②

・伏せ字：

悪質な意図をもって書き込まれた過激な言葉などが、自動的に『〇』へと変換されるシステムだよ。例えば『殺す』という言葉自体は制限されないけど、それが悪意から発された行動意思であるならば、『〇す』となるんだ。

伝説の剣を……抜いた

1. 勇者している勇者さん(ウルメニアス)
   やべえ
   逃げたい

   どうしよう

2. 勇者を見守る店主さん(ジステル公国)
   おお、新勇者の誕生か、おめ

   つか逃げてえってなんだ(笑)

3. 勇者を見守る騎士長さん(レヴィランド)
   伝説の剣を抜いておきながら、逃げたい、ですか?
   どういうつもりですか?
   勇者としての誇りを持ってください

4. 勇者を見守る外法師さん(ヴェヴェド)
   剣を抜いたことになんか問題でもあるってェことか?
   詳しく話せや

5. 勇者を見守る女帝さん(蓮源)
   ふむ、なんら事情がありそうじゃのう
   存分に語って楽しませるがよいわ

6. 勇者を見守る渡り鳥さん(久遠宮)
   まァ、アタシみてェに突発的に勇者なんてもんになっちまった可能性もありやすからねェ
   ひとつお話を聞くことにしましょうや

7. 勇者を見守る学生さん(地球国家)
   みんなのアイドル☆学生さん、参上!
   逃げたいってどゆことー

   ってあれ、渡り鳥さんってー

8. 勇者を見守る店主さん(ジステル公国)
   ん?
   あれ、久遠宮世界で……勇者っていやあ

9. 勇者している勇者さん(ウルメニアス)
   タイムリミットまであと6時間……
   逃げるか……どこに……どうやって

10. 勇者を見守る騎士長さん(レヴィランド)
    逃げるなどという情けない考えは捨てて、勇者の試練に立ち向かったらどうですか?

11. 勇者を見守る外法師さん(ヴェヴェド)
    タイムリミットってェのはなんだっつんだよ

    てか、渡り鳥ってなァ初めて会うな店主と学生は知ってンのか?

12. 勇者を見守る店主さん(ジステル公国)
    つ【現役勇者板「夫婦喧嘩は犬も喰わない」】

無事に勇者の試練が終わった……つうか、
とりあえず片付いたんだな、よかったな

13. 勇者を見守る女帝さん（蓮源）
ほう、これはまた面白可笑しなスレではないかえ
如何様（いかよう）に決着がついたのじゃ？

14. 勇者を見守る学生さん（地球国家）
渡り鳥さんの話も気になるけどー
勇者さんのタイムリミットも気になるなー

15. 勇者を見守る渡り鳥さん（久遠宮）
あぁ、すいやせんねェ、お初のかたはお初にお目にかかりやす
アタシ…店主さんのおっしゃったスレを立てたもんでさァ
勇者さんのお話が気になるんでざっくり結論だけ言っちまいやすと
親父が一番下の兄貴を簀巻（すま）きにして母親のところにすっ飛んでいって、
元鞘（もとさや）に収まりやした

16. 勇者を見守る店主さん（ジステル公国）
へっ

17. 勇者を見守る学生さん（地球国家）
ええー

18. 勇者を見守る騎士長さん（レヴィランド）
ええと…→なんですか

19. 勇者を見守る外法師さん（ヴェヴェド）
オイ、間がすっぽり抜けてンじゃねェか！

20. 勇者を見守る女帝さん（蓮源）
それではむしろ気になるでないか！

21. 勇者している勇者さん（ウルメニアス）
うん、気になる
経緯詳しく

22. 勇者を見守る店主さん（ジステル公国）
ってちょ

勇者（笑）

23. 勇者を見守る騎士長さん（レヴィランド）
勇者さん（笑）

24. 勇者を見守る学生さん（地球国家）
勇者さん、いいのー？

25. 勇者を見守る外法師さん（ヴェヴェド）
タイムリミットが迫ってンじゃねェのかよ？

26. 勇者している勇者さん（ウルメニアス）
こうしてひとりでじりじりしてると悪い未来ばっか考えちゃうんだよ！
タイムリミットは迫ってくるけどどうしようもないんだよ！
むしろ俺に楽しい話をしてくれ！
気晴らしが欲しい！

27. 勇者を見守る女帝さん（蓮源）

勇者よ（笑）

28. 勇者を見守る渡り鳥さん（久遠宮）
    ンじゃあ、まァ話すといたしやしょうかねェ

    あれから眞闇国の皇宮にある皇王の部屋に行きやしたらねェ
    なんだか父親がしょんぼりしながら政務してるわけでさァ
    でまァ、安価通りに斬り掛かってみやしたらねェ
    さすが皇王ってなもんで、がっちり止められて戦いが始まったわけでして

    でもま、さすがに聞かれたんでさァ
    「貴様なにをしておる、それにその剣はどうした!?」
    とねェ

29. 勇者を見守る店主さん（ジステル公国）
    まあ、そりゃそうだろうな（笑）

30. 勇者を見守る学生さん（地球国家）
    なにせ、武器がー
    聖光国の神剣☆だもんねー

31. 勇者を見守る女帝さん（蓮源）
    して、なんと答えたのじゃ？

32. 勇者を見守る渡り鳥さん（久遠宮）
    そりゃま、正直に事情を説明いたしやしたよ
    そうしたらですねェ、父親の顔色がさっと変わって、いきなりアタシを突き飛ばして走って部屋を出て行ったんでさァ
    ほっぽりだされたこっちも慌てて追いかけやしてねェ

33. 勇者を見守る外法師さん（ヴェヴェド）
    それが、なんだ？
    一番下の兄貴の簀巻きってェのと繋がってンのか？

34. 勇者している勇者さん（ウルメニアス）
    つうかなんで簀巻き？

35. 勇者を見守る渡り鳥さん（久遠宮）
    えェ、なんでも外交担当の下っ端になった一番下の兄貴が、まあ毎日ですからねェ、仕方ねェやとも思いやすけども、手紙を出すのが面倒になって、親父の手紙を放ったらかしにしてたそうでねェ
    父親が落ち込んでたのも、母親から返事が来なかったかららしいでさァ

    それでま、事情を聞き出した父親が速攻で兄貴を簀巻きにして、国境までは父親の闇法で転移して、そっから聖光国の皇宮にはアタシが光法で転移いたしやしてねェ、あとはま、イチャコラ夫婦に元通りでさァ

36. 勇者を見守る騎士長さん（レヴィランド）
    それは……なんですか
    まあ……よかった、ですね……

37. 勇者を見守る店主さん（ジステル公国）
    いや、一箇所だけ気になる

38. 勇者を見守る学生さん（地球国家）

うん、気になるところがあるねー☆

39. 勇者を見守る女帝さん（蓮源）
簀巻きはどうなったのじゃ？

40. 勇者を見守る渡り鳥さん（久遠宮）
ァア、一番下の兄貴のことですねェ

両親にボコボコにされた後、簀巻きで一週間ばかり聖光国の皇宮のてっぺんから吊るされてやした

41. 勇者を見守る外法師さん（ヴェヴェド）
手紙の運び役はどうなったってンだよ？
てめェが代わりにやったのか？

42. 勇者を見守る渡り鳥さん（久遠宮）
いえ、その間は『外交』と称して父親も聖光国に滞在してやしてねェ
アタシは眞闇国で政務の手伝いに駆り出されてやしたよ
まったくあの夫婦にも困ったもんでさァ、これ以上兄弟はいりやせんよ

43. 勇者している勇者さん（ウルメニアス）
両親の仲がいいのはいいことじゃないか？
ハッピーエンドだろ

44. 勇者を見守る女帝さん（蓮源）
うむ、ハッピーエンドじゃな
しかし勇者よ、おのれの問題は解決しておらぬことがわかっておるか？

45. 勇者している勇者さん（ウルメニアス）
うわあああ！

どうしよう
どうしよう
どこに逃げたらいいと思う？

46. 勇者を見守る店主さん（ジステル公国）
だから、そもそもなんで逃げんのが前提なんだよ（笑）

47. 勇者を見守る騎士長さん（レヴィランド）
正々堂々勇者として戦ってください

48. 勇者を見守る学生さん（地球国家）
ていうかー、なにが嫌なのー？
ていうかー、なんでやばいのー？

49. 勇者を見守る外法師さん（ヴェヴェド）
でもって、タイムリミットってェのはなんなンだよ？

50. 勇者を見守る渡り鳥さん（久遠宮）
さァて、話が長くなってすいやせんねェ
勇者さんの話を聞きやしょうや

51. 勇者している勇者さん（ウルメニアス）
うー　あー　あのだな
タイムリミットっていうのは……

……勇者が来る

52. 勇者を見守る騎士長さん（レヴィランド）
えっ

53. 勇者を見守る店主さん（ジステル公国）

えっ

54. 勇者を見守る外法師さん(ヴェヴェド)
はァ？

55. 勇者している勇者さん(ウルメニアス)
勇者つうか、勇者としての資格を試すために選抜メンバーが伝説の剣を抜きに来る

56. 勇者を見守る学生さん(地球国家)
えっとー

どゆこと？

57. 勇者を見守る女帝さん(蓮源)
伝説の剣は……抜いてしもうた、のではないのかえ？

58. 勇者を見守る渡り鳥さん(久遠宮)
こりゃまた、面白そうな話ですねェ

勇者さん、伝説の剣ってなァ、なんでまた抜いちまったんです？

59. 勇者している勇者さん(ウルメニアス)
あー あのだな

俺はまあ、ウィメス国のとある小さな村に住んでるわけだが、この村って実は、伝説の剣を祀(まつ)る村、なんだよな
村の奥の洞窟(どうくつ)に伝説の剣が封印されてる、つうか突き刺さってる
で、伝説の剣を抜いた奴が勇者ってわけだ

60. 勇者を見守る店主さん(ジステル公国)
うん

61. 勇者を見守る渡り鳥さん(久遠宮)
ヘェ

62. 勇者を見守る騎士長さん(レヴィランド)
よくあるたぐいの話……ではありますね

63. 勇者している勇者さん(ウルメニアス)
で、最近になって、村に王宮から勇者の資格を試しに候補者たちが来るって連絡があったんだが
伝説の剣の洞窟って、祀(まつ)られてはいるけどこっそり子どもの遊び場になってるんだ
今日……いや昨日か、もうすぐ選抜メンバーが着くって連絡があって、村で遊んでる子どもたちの姿がやたら少ないから、これはと思って洞窟に行ったんだよ

64. 勇者を見守る学生さん(地球国家)
うーん、見えてきたねー☆

65. 勇者を見守る外法師さん(ヴェヴェド)
おォ、見えてきたぜ

66. 勇者している勇者さん(ウルメニアス)
案の定子どもたちは洞窟の伝説の剣のところで遊んでて、つうか抜こうとしてて
なにやってんだっつったら
「もってかれちゃうの嫌！」って

だけど歴史を見ると王宮からの選抜メンバーが来ても必ず抜けるとは限らないから、「こんなんそう簡単に抜けないから大丈夫だっつの」って剣を抜く真似をしたら

すぽっと

67. 勇者を見守る店主さん（ジステル公国）
すぽっと（笑）

68. 勇者を見守る外法師さん（ヴェヴェド）
すぽっと（笑）

69. 勇者を見守る女帝さん（蓮源）
抜けて、しもうたんじゃな（笑）

70. 勇者している勇者さん（ウルメニアス）
とどめとばかりにきらきらと俺に舞い降りてくる精霊の加護
加護を受けてきらきらと輝く俺の身体

……うん

71. 勇者を見守る外法師さん（ヴェヴェド）
クハハッ、もう完全に勇者じゃねェか！

72. 勇者を見守る騎士長さん（レヴィランド）
ええ、完全に勇者ですよ、それは

73. 勇者を見守る学生さん（地球国家）
もう諦めて、勇者☆として名乗りあげちゃったほうがよくなーい？

74. 勇者を見守る女帝さん（蓮源）
男子（おのこ）は肚（はら）を括ることも肝要じゃぞ？

75. 勇者を見守る店主さん（ジステル公国）
もう勇者だなあ
まあがんばれよー

76. 勇者を見守る渡り鳥さん（久遠宮）
ちなみにその後ァどうしたんですかィ？

77. 勇者している勇者さん（ウルメニアス）
勇者だって名乗りをあげる？
そんなことできるわけないだろ！

俺にできたのは、一部始終を目撃していた子どもたちに口止めをして、家に逃げ帰って引きこもることだけだった……

だって明日王宮から勇者の資格を問いにやってくる選抜メンバーって、
・第一王子
・第二王子
・王弟
・公爵家嫡男（騎士団長）
だぞ!?
うちの村はあくまで『伝説の剣を祀る村』なんだぞ!?
どのツラさげて、
「実は、抜けちゃいました」
とか言えると思ってるんだー!!

78. 勇者を見守る女帝さん（蓮源）
それはなんとまあ、豪華な顔ぶれじゃのう

79. 勇者を見守る外法師さん(ヴェヴェド)
クハハッ、国のトップが勢揃いじゃねェか

80. 勇者を見守る店主さん(ジステル公国)
それは……確かに顔向けできないな

81. 勇者を見守る渡り鳥さん(久遠宮)
アンタにゃ資格があったんでさァ、正々堂々としてりゃいいんです

82. 勇者を見守る学生さん(地球国家)
えーでも、国のいっちばーんお偉いさんたちを敵に回すー、みたいな？ それなんて胸熱☆

83. 勇者を見守る騎士長さん(レヴィランド)
確かにその顔ぶれは……問題がありそうですね
王族に公爵家、しかも騎士団長ですか……

84. 勇者を見守る学生さん(地球国家)
ていうかー、勇者さんの世界って絶対王政？

85. 勇者している勇者さん(ウルメニアス)
うん……
王様偉い　すごくえらい
王族高貴　くものうえ

86. 勇者を見守る店主さん(ジステル公国)
詰んだ

87. 勇者を見守る外法師さん(ヴェヴェド)
詰んでンな(笑)

88. 勇者を見守る学生さん(地球国家)
詰んじゃったね☆

89. 勇者している勇者さん(ウルメニアス)
「ご尊顔を拝謁(はいえつ)するだけで感激に涙する」とか
「お声をかけていただけば僥倖(ぎょうこう)にて寿命が延びる」とか
そんなこと言われてる雲上人(うんじょうびと)なんだぞ!?

つってもうちの村はまあ特殊なんで、実際にちょいちょい来てるわけだから、そこまでなんつうか、一生に一度遠くから見られれば幸運とかそういう常識からは外れてるんだけど
でも選抜メンバーを聞いた村の爺さん婆さんたちはうずくまってありがたがってたんだぞ！

それを！
それなのに！

90. 勇者を見守る騎士長さん(レヴィランド)
……本当に、詰んでいますね

91. 勇者を見守る学生さん(地球国家)
勇者さんってば、大ピンチ☆
だ　ね！

92. 勇者を見守る渡り鳥さん(久遠宮)
そこまで極端な身分社会なんですかィ
うちはもう少し開かれてやすぜ(笑)

しかし確かに、そりゃあまた大問題ですぇ

93. 勇者を見守る店主さん（ジステル公国）
まあ、言えねえわな（笑）
逃げたくもなるわな（笑）

94. 勇者を見守る外法師さん（ヴェヴェド）
逃げるわけにゃァいかねェンだけどな（笑）

95. 勇者を見守る女帝さん（蓮源）
ときに、伝説の剣は今は何処（どこ）にあるのじゃ？

96. 勇者している勇者さん（ウルメニアス）
ヤバい！　と思って咄嗟（とっさ）にもとあった場所にぶっ刺し直してきた……
明日誰か抜いてくれたらいいなーなんてハハハ

97. 勇者を見守る渡り鳥さん（久遠宮）
しかし、勇者としての加護はもうもらっちまったわけでしょう？

98. 勇者を見守る騎士長さん（レヴィランド）
そのうえ子どもたちに目撃されているのですよね？
いくら口止めしたとしても……

99. 勇者している勇者さん（ウルメニアス）
怖いこと言うなー！
考えないようにしてるのにー!!

だから夜逃げしようかって思ってるんだよ！
タイムリミットまであと5時間！

100. 勇者を見守る渡り鳥さん（久遠宮）
タイムリミットってェのは、選抜メンバーが到着するまでの時間ですかィ？

101. 勇者を見守る外法師さん（ヴェヴェド）
なァ、ちなみにょォ勇者よォ、ちぃっと
「剣よ来い」
つってみろや

102. 勇者を見守る学生さん（地球国家）
えー外法師（げほうし）さんってば、なになに？

103. 勇者している勇者さん（ウルメニアス）
え？
剣よ来い

えっ！！！

104. 勇者を見守る外法師さん（ヴェヴェド）
クハハッ!!
無事に来たみてェだなァ、オイ？
その伝説の剣ってやつァ、もう完璧に
てめェをご主人様だと思ってやがるぜ？

105. 勇者を見守る店主さん（ジステル公国）
外法師お前……さすが外法師

退役勇者板「伝説の剣を……抜いた」

106. 勇者を見守る女帝さん（蓮源）
これまた、難儀（なんぎ）なことよのう（笑）

107. 勇者している勇者さん（ウルメニアス）
ええー伝説の剣が目の前に現れたんですけどー
どうしたらいいのかマジでわからないんですけどー

108. 勇者を見守る騎士長さん（レヴィランド）
タイムリミットまであと５時間、なんですよね……
やはり勇者としての名乗りをあげる……
いや、しかし王族への反逆と受け取られる可能性も……

109. 勇者している勇者さん（ウルメニアス）
だれが反逆なんて考えるかー！

ぽろっと抜けたわ！
ぽろっと！

110. 勇者を見守る外法師さん（ヴェヴェド）
クハハッ、よっぽどてめェに抜いてもらいたかったみてェじゃねェかよかったなァ、オイ？

111. 勇者を見守る学生さん（地球国家）
ほんっとーに、気に入られちゃったんだねー☆
ていうか、もう加護まで受けちゃった
勇者☆だもんねー

しょうがないよ☆

112. 勇者を見守る渡り鳥さん（久遠宮）
そうですねェ
マァ、人の口にゃあ戸を立てられないんで、根回ししてから小芝居したらどうですかィ？

113. 勇者を見守る女帝さん（蓮源）
なんじゃ渡り鳥よ、策があるのかえ？

114. 勇者を見守る店主さん（ジステル公国）
小芝居ってどういうことだ？

115. 勇者している勇者さん（ウルメニアス）
助けてくれ！
頼む！

116. 勇者を見守る渡り鳥さん（久遠宮）
ガキってェのは、マァ秘密ってなんは
かえって話したくなるもんでさァ
勇者さんが伝説の剣を抜いちまったのは、すぐに知れ渡るでしょうや
だったら先に村長だか村の偉い人間に報告しちまって、あとは村ぐるみで知らないふりして王族たちを迎えて帰るまで芝居すりゃいいんでさァ

117. 勇者を見守る騎士長さん（レヴィランド）
王族を……騙（だま）す、というのですか？
それはあまりに不敬ではありませんか？

118. 勇者を見守る店主さん（ジステル

公国》
つったって、他にもうどうしようもなくないか?
抜けちまったもんは抜けちまったわけだし
加護までもらっちまって勇者になったわけだし

119. 勇者している勇者さん（ウルメニアス）
村長さんに……話す……鉄拳制裁コースだ絶対……
こわい

120. 勇者を見守る女帝さん（蓮源）
これ勇者よ
男子ならば肚を括りゃ

121. 勇者を見守る学生さん（地球国家）
で一、みんなで騙すってことはー、伝説の剣は元のとこにまーた刺しなおしてくるってことでＦＡ?

122. 勇者を見守る外法師さん（ヴェヴェド）
ＦＡってなァなんなんだか知らねェけどよ、それっきゃねェわな

123. 勇者を見守る渡り鳥さん（久遠宮）
ついでに一回抜けちまった剣が、他の人間でもぽろっと抜けちまうもんなのか
試しといたほうがよかありやせんかねェ

124. 勇者を見守る店主さん（ジステル公国）
だなあ
もし王族だのなんだのが抜いちまったらそり━それで大問題なわけだしな

125. 勇者を見守る外法師さん（ヴェヴェド）
なァに言ってやがる
ンなもん、心配スンまでもねェだろうが

126. 勇者を見守る騎士長さん（レヴィランド）
外法師さん、どういうことですか?

127. 勇者を見守る外法師さん（ヴェヴェド）
呼んだら来ちまうほど、勇者に懐いてやがる剣なんだぜ?
勇者が立ち会って「抜けるな」って命じりゃいいだけじゃねェか

128. 勇者している勇者さん（ウルメニアス）
って、え!?
そんなことしたらバレるだろ!?

129. 勇者を見守る外法師さん（ヴェヴェド）
……思念でやれや

130. 勇者を見守る店主さん（ジステル公国）
頭の中で命じるだけだろ……

131. 勇者を見守る渡り鳥さん（久遠宮）
思考でいいんじゃありやせんかねェ

132. 勇者している勇者さん（ウルメニアス）
って、え!?
そんな手があった!?

133. 勇者を見守る店主さん(ジステル公国)
勇者(笑)

134. 勇者を見守る女帝さん(蓮源)
勇者よ(笑)

135. 勇者を見守る学生さん(地球国家)
**勇者さんってばー、
すっごーく、先行きふぁーん☆**

136. 勇者を見守る騎士長さん(レヴィランド)
**王族を騙すなどと不敬にもほどがありますが……
しかしもはや、取るべき道はそれしかないのでしょうね……**

137. 勇者を見守る女帝さん(蓮源)
**勇者よ、まずは村長へ話しに行くのじゃ
タイムリミットも迫っておろう?**

138. 勇者している勇者さん(ウルメニアス)
**はい……うーあーそれしかないのかー
でも確かに子どもたちの口からバレちゃうよりはマシか
腹を括っていってきます……**

139. 勇者を見守る渡り鳥さん(久遠宮)
**代々伝説の剣を祀る村なんて、さぞかし結束力も固いでしょうや
それに誰だって反逆罪なんて疑われたくありやせんからねェ、
こぞって小芝居にゃ協力してくれるでしょうや**

140. 勇者を見守る学生さん(地球国家)
渡り鳥さんってば、なにげに策士☆

141. 勇者を見守る渡り鳥さん(久遠宮)
**これでも世界のあちこち旅してやすからねェ
いろんなもんを見てきやしたよ**

142. 勇者を見守る店主さん(ジステル公国)
おまけに生まれは皇族だし……

143. 勇者を見守る外法師さん(ヴェヴェド)
ちなみにオイ勇者、王族を追っ払ったらてめェが勇者をヤンだぜ?

144. 勇者している勇者さん(ウルメニアス)
えっ

な ん で ?

145. 勇者を見守る騎士長さん(レヴィランド)
えっ

146. 勇者を見守る学生さん(地球国家)
えっ

147. 勇者を見守る店主さん(ジステル公国)
えっ

驚かれたことにびっくりだよ!!

退役勇者板

「倒した魔王に懐かれた」

倒した魔王に懐かれた

1. 勇者しちゃった勇者さん（ヴェダリア）
国に帰るに帰れない
困った

2. 勇者しちゃった遊び人さん（レンド連邦）
魔王討伐おつー
って（笑）

3. 勇者しちゃった魔術師さん（ミリュ・ミ）
ひとまずお疲れさん
だがどうしてそうなった

4. 勇者しちゃった学生さん（地球国家）
魔王討伐おめ！
な☆つ☆か☆れ☆た☆ひゃほーい！

5. 勇者しちゃった総帥さん（ナラハイダ）
務めご苦労
詳しい経緯が聞きたい

6. 勇者しちゃった学者さん（時空図書館）
ヴェダリア世界の魔王というと
ああ……

7. 勇者しちゃった学生さん（地球国家）
あー！
また学者さんがひとりだけなんかわかったみたい
ぶーぶー

8. 勇者しちゃった魔術師さん（ミリュ・ミ）
これだから頭でっかちの時空図書館
世界の住人は
なにもかも知ったつもりでいやがる

9. 勇者しちゃった遊び人さん（レンド連邦）
なー
知識の宝物殿（笑）

10. 勇者しちゃった総帥さん（ナラハイダ）
学者、どういうことだ？

11. 勇者しちゃった学者さん（時空図書館）
ヴェダリア世界における魔王と勇者というのは、ごく一般的な概念（がいねん）とは少し違うのですよ

しかし詳しい話はご本人に伺いましょう
勇者さん、どうぞ

12. 勇者しちゃった勇者さん（ヴェダリア）
えっ

13. 勇者しちゃった遊び人さん（レンド連邦）
えっ

14. 勇者しちゃった魔術師さん（ミリュ・ミ）
えっ

15. 勇者しちゃった学生さん（地球国家）

えっ

16. 勇者しちゃった勇者さん(ヴェダリア)
    えっ
    あの

    うちって
    ふつうじゃないの?

17. 勇者しちゃった総帥さん(ナラハイダ)
    学者が説明しろ
    その方が早い

18. 勇者しちゃった学者さん(時空図書館)
    ……はあ、わかりました

    まず、ヴェダリア世界において、正式には『魔王』というものは実在しません
    『勇者』と『魔王』に相当する仕組みは存在するので組合に登録されてはいますが、特例措置です

19. 勇者しちゃった学生さん(地球国家)
    mjd

    勇者さん?
    どゆこと?

20. 勇者しちゃった魔術師さん(ミリュ・ミ)
    だから学生、mjdってなんだ
    地球系列世界の奴ら説明しろよ

21. 勇者しちゃった勇者さん(ヴェダリア)
    あ、はい

    そっか、その辺から違うのか

    ええとだな
    うちはざっくり世界が二分されている
    東半分がヴィリス　西半分がダレア

    俺はヴィリスの出身なんだけど、ヴィリスの中にも国がいっぱいある
    けど一番偉いのは神聖教会
    ダレアのことはよく知らん

    で、ヴィリスとダレアは基本的に敵対している

22. 勇者しちゃった魔術師さん(ミリュ・ミ)
    なんで敵対してるんだ?
    やっぱ種族の違いとかあれとかか?

23. 勇者しちゃった遊び人さん(レンド連邦)
    魔術師さん、あれってどれだよ(笑)
    つうか人間と魔族とかじゃなくて?

24. 勇者しちゃった勇者さん(ヴェダリア)
    魔族ってなんですか

25. 勇者しちゃった遊び人さん(レンド連邦)
    えっ

26. 勇者しちゃった魔術師さん(ミリュ・ミ)
    えっ

27. 勇者しちゃった学生さん(地球国家)
    えっ

退役勇者板「倒した魔王に懐かれた」

28. 勇者しちゃった総帥さん(ナラハイダ)
えっ

29. 勇者しちゃった学者さん(時空図書館)
……はあ

ヴェダリア世界には人族、獣族、竜族、精霊族、鬼族、そのほかありとあらゆる種族が存在します
そして種族間において上下関係などはまったくなく、平等に一緒に生活しています
俗に言う『魔族』のような括りはありません

30. 勇者しちゃった総帥さん(ナラハイダ)
……信じられんな

31. 勇者しちゃった遊び人さん(レンド連邦)
世界は広いなー
知ってたけど
思ってたより広いなー

32. 勇者しちゃった勇者さん(ヴェダリア)
えっ
常識じゃないの?

33. 勇者しちゃった学生さん(地球国家)
ないよ!

34. 勇者しちゃった魔術師さん(ミリュ・ミ)
ねえよ!

35. 勇者しちゃった遊び人さん(レンド連邦)
ないねー

36. 勇者しちゃった魔術師さん(ミリュ・ミ)
じゃあなんで争いなんて起こるんだよ

37. 勇者しちゃった勇者さん(ヴェダリア)
えっ
それはもう

……そういうもんだから?

38. 勇者しちゃった学者さん(時空図書館)
歴史、としか言いようがありませんね
ヴィリスとダレアの間には大渓谷があって、交流は基本的にありません
きっぱりと文化が違うのですよ

ヴィリスは智に重きを置いた文明地域
ダレアは力こそが全ての武力地域
そしてなによりも問題なのが
信仰している神が違うという点です

ですよね、勇者さん

39. 勇者しちゃった勇者さん(ヴェダリア)
ですです

40. 勇者しちゃった遊び人さん(レンド連邦)
あー
信仰なー
それは強いよなー

41. 勇者しちゃった学生さん（地球国家）
神様問題は根深いもんねー

42. 勇者しちゃった総帥さん（ナラハイダ）
**それで、そのような世界で
何故（なにゆえ）お前は勇者なのだ？
魔王を倒したとはどういうことだ？**

43. 勇者しちゃった魔術師さん（ミリュ・ミ）
**だから信仰問題なんだろ
相手は邪教の使いなんだから**

44. 勇者しちゃった勇者さん（ヴェダリア）
まあそんなもん

**俺、神託勇者って言うもんのね
神のお告げだって勇者になって
でもってダレアの邪神を討ち滅ぼせと**

**しかし
そこには意外な展開が**

45. 勇者しちゃった遊び人さん（レンド連邦）
お

46. 勇者しちゃった学生さん（地球国家）
自分から

47. 勇者しちゃった魔術師さん（ミリュ・ミ）
ハードルあげたぞ（笑）

48. 勇者しちゃった学生さん（地球国家）
ｋｓｋ

49. 勇者しちゃった遊び人さん（レンド連邦）
**ｋｓｋってなんだ
ｋｗｓｋの仲間か？**

ｋｓｋ

50. 勇者しちゃった魔術師さん（ミリュ・ミ）
ｋｓｋ

これでいいのか？

51. 勇者しちゃった勇者さん（ヴェダリア）
神聖教会から賜（たまわ）った聖剣を片手に俺がダレアの地へ赴くべく大渓谷を渡っていると

なんとそこには！

52. 勇者しちゃった学者さん（時空図書館）
不要な溜めはもう結構です

53. 勇者しちゃった魔術師さん（ミリュ・ミ）
なんとそこには……

裸の美女が!?

54. 勇者しちゃった遊び人さん（レンド連邦）
おばーいハーレムが!?

55. 勇者しちゃった学生さん（地球国家）
18禁の酒池肉林が!?

56. 勇者しちゃった総帥さん（ナラハイダ）

ksk

57. 勇者しちゃった学生さん（地球国家）
総帥さん（笑）

58. 勇者しちゃった遊び人さん（レンド連邦）
総帥さん（笑）

59. 勇者しちゃった魔術師さん（ミリュ・ミ）
総帥さん（笑）
使ってみたいよな（笑）

60. 勇者しちゃった勇者さん（ヴェダリア）
あのー

61. 勇者しちゃった学者さん（時空図書館）
自業自得です

62. 勇者しちゃった学生さん（地球国家）
続きドゾー☆ミ

63. 勇者しちゃった勇者さん（ヴェダリア）
ぐすん

ええとですね
大渓谷ってすっげえ深くて長いんですよ
で、そこを渡ってましたらね
あっちからやってくる人影が

ダレアの勇者でした

64. 勇者しちゃった総帥さん（ナラハイダ）
……勇者？

65. 勇者しちゃった遊び人さん（レンド連邦）
あ

66. 勇者しちゃった学生さん（地球国家）
も
し
かして

67. 勇者しちゃった魔術師さん（ミリュ・ミ）
ヴェダリア世界の
『勇者』と
『魔王』って

68. 勇者しちゃった学者さん（時空図書館）
おそらく、お察しの通りです

ヴェダリア世界においては信仰神が2柱おり、ヴィリスとダレアの両方に勇者が誕生します

そして、
勝った方を『勇者』
負けた方を『魔王』
と認定しているのですよ
つまり、変種の成果勇者のようなものです

勇者さん、ダレアの勇者を討ち取るまで組合からのコンタクトはなかったでしょう？

69. 勇者しちゃった勇者さん（ヴェダリア）
あーはい
勝ったと思ったらいきなり

「おめでとう！ あなたが勇者で

78

> す！」
>
> ってファンファーレが頭の中で鳴り響きました

70. 勇者しちゃった学生さん(地球国家)
組合……

お茶目☆

71. 勇者しちゃった遊び人さん（レンド連邦）
組合……

またそれか（笑）

72. 勇者しちゃった魔術師さん（ミリュ・ミ）
組合……

やっぱりやんのか（笑）

73. 勇者しちゃった総帥さん（ナラハイダ）
組合……

しかし特例措置とはなるほどな

> 74. 勇者しちゃった勇者さん（ヴェダリア）
> **みなさんのおかげで
> 無事に勇者になれました！**

75. 勇者しちゃった学生さん(地球国家)
よかったね！

76. 勇者しちゃった遊び人さん（レンド連邦）
おめでとう！

77. 勇者しちゃった魔術師さん（ミリュ・ミ）
勇者の世界へようこそ！

78. 勇者しちゃった学者さん（時空図書館）
さて、それでは

みなさん、本題を覚えていますか？

79. 勇者しちゃった遊び人さん（レンド連邦）
あっ

80. 勇者しちゃった魔術師さん（ミリュ・ミ）
あっ

81. 勇者しちゃった総帥さん（ナラハイダ）
あっ

82. 勇者しちゃった学生さん(地球国家)
あっ

> 83. 勇者しちゃった勇者さん（ヴェダリア）
> **あっ**

84. 勇者しちゃった学生さん(地球国家)
勇者さん（笑）

85. 勇者しちゃった遊び人さん（レンド連邦）
勇者さん（笑）

86. 勇者しちゃった魔術師さん（ミリュ・ミ）
**勇者（笑）
前置きが長すぎる**

87. 勇者しちゃった総帥さん（ナラハイダ）
そうか、お前が勇者として認定されたということは、相手は魔王として認定されたわけか

それで？

88. 勇者しちゃった勇者さん（ヴェダリア）
うん
ダレアってさ、学者さんも言ってたけど
力こそ全て！ってとこなんだよね

そりゃもう全力で戦いました
ぎりっぎりで勝ちました

懐かれました

89. 勇者しちゃった遊び人さん（レンド連邦）
なんというコンボ（笑）

90. 勇者しちゃった魔術師さん（ミリュ・ミ）
もんだいは
せいべつだ

91. 勇者しちゃった総帥さん（ナラハイダ）
うむ
問題は
性別だ

92. 勇者しちゃった学生さん（地球国家）
ようじょクルー？（笑）

93. 勇者しちゃった学者さん（時空図書館）
みなさん、もう忘れていますね
ヴェダリア世界のあらましを

94. 勇者しちゃった勇者さん（ヴェダリア）
性別って相手の？

雄だけど

95. 勇者しちゃった総帥さん（ナラハイダ）
雄!?

96. 勇者しちゃった遊び人さん（レンド連邦）
オス!?

97. 勇者しちゃった魔術師さん（ミリュ・ミ）
おす!?

98. 勇者しちゃった学生さん（地球国家）
えっ
ていうか

99. 勇者しちゃった勇者さん（ヴェダリア）
「その力、貴殿こそ我が主に相応しい！」とか言われても

俺とあんたは敵でしょうが
あんたも俺も勇者として選ばれたから戦ったんでしょうが
そもそも神様違うんだし文化も全然違うんだし
あんたがヴィリスに来んのは無理だろ
俺だってダレアに行くのは無理だから！
って言ったら

100. 勇者しちゃった総帥さん（ナラハイダ）
いや待て待て

101. 勇者しちゃった遊び人さん（レンド連邦）
ちょっと待って問題発生

102. 勇者しちゃった学生さん（地球国家）
なんか頭の中の映像ががが

103. 勇者しちゃった魔術師さん（ミリュ・ミ）
だよな？
おかしいよな？
雄？『女』……じゃなくて『男』でもなくて

104. 勇者しちゃった勇者さん（ヴェダリア）
ならば最終手段だ！　って

仔　犬（こいぬ）

に変化してみせたりするんだぞ!?
誇り高い獣犬族（じゅうけんぞく）なのに!!
勇者にまで選ばれた獣犬族なのに!!

105. 勇者しちゃった遊び人さん（レンド連邦）
獣

106. 勇者しちゃった総帥さん（ナラハイダ）
犬

107. 勇者しちゃった魔術師さん（ミリュ・ミ）
族

108. 勇者しちゃった学生さん（地球国家）
まさかの

人　外　キター（笑）

109. 勇者しちゃった学者さん（時空図書館）
そんなことだろうと思いましたよ

110. 勇者しちゃった勇者さん（ヴェダリア）
ころっころなんだぞ!?
ふわっふわのもっふもふなんだぞ!?
肉球ぷにっぷにだぞ!?
うるうるお目目だぞ!?

勝てるかー!!

111. 勇者しちゃった総帥さん（ナラハイダ）
うむ……

112. 勇者しちゃった学生さん（地球国家）
うん……

113. 勇者しちゃった魔術師さん（ミリュ・ミ）
ああ……

114. 勇者しちゃった遊び人さん（レンド連邦）
まあ……

115. 勇者しちゃった学者さん（時空図書館）
既に勝っていますけどね

116. 勇者しちゃった遊び人さん（レンド連邦）

退役勇者板「倒した魔王に懐かれた」

勝ってるけどね……

117. 勇者しちゃった学生さん（地球国家）
　　　勝ってるけどさあ……

118. 勇者しちゃった魔術師さん（ミリュ・ミ）
　　　そりゃ勝てねえな……

119. 勇者しちゃった学者さん（時空図書館）
　　　それで、相手の要求はなんなのですか？
　　　あなたにダレアに来いと？
　　　あなたについてヴィリスに行くと？

120. 勇者しちゃった学生さん（地球国家）
　　　学者さんはいつもクールだね……

121. 勇者しちゃった総帥さん（ナラハイダ）
　　　まったく動じんな……

122. 勇者しちゃった勇者さん（ヴェダリア）
　　　え、あ
　　　聞いてない
　　　ただ、自分の主になってくれって

123. 勇者しちゃった学者さん（時空図書館）
　　　重要なのはそこでしょう
　　　なんで聞かないんですか

124. 勇者しちゃった勇者さん（ヴェダリア）
　　　えっ
　　　なんでおれ
　　　おこられてんの

　　　だって驚くだろ！
　　　混乱するだろ！
　　　どうしたらいいかわかんないだろ！
　　　どうしたらいいかわかんないんだよ！

125. 勇者しちゃった魔術師さん（ミリュ・ミ）
　　　いやいや、当然だから
　　　学者が落ち着きすぎなだけだから

　　　俺だってさっきまで戦ってた魔王に跪（ひざまず）かれて、「ご主人様！」なんて言われたらたまげるわ

126. 勇者しちゃった遊び人さん（レンド連邦）
　　　魔術師さんに一票
　　　びっくりしてスレも立てるわー

127. 勇者しちゃった総帥さん（ナラハイダ）
　　　相違ない
　　　しかし、確かにそれは問題ではある

128. 勇者しちゃった学生さん（地球国家）
　　　ついてきたいっていうなら別にいいんじゃない？
　　　環境とかで苦労するのはワンちゃんなんだし
　　　自分の神様捨ててでもご主人様が欲しいんでしょー？

129. 勇者しちゃった学者さん（時空図書館）
　　　ダレアの住人がヴィリスに溶け込めるとは思いませんけどね
　　　あまりに文化が違いすぎる

130. 勇者しちゃった魔術師さん（ミ

リュ・ミ）
そこはそれ、慣れだろ、慣れ
人間は環境に適応する生き物だろ

人間じゃねえんだけどな

131. 勇者しちゃった学生さん（地球国家）
人間じゃなくても
慣れちゃえばいいじゃない☆
異世界にだって慣れるもんなんだから

132. 勇者しちゃった遊び人さん（レンド連邦）
学者さんもさー
見てきたように言うけどさー
正直それ時空図書館世界の知識だけだよな？
現実にどうなるかわかんないぞー

133. 勇者しちゃった総帥さん（ナラハイダ）
やらねばわからん
という部分はあると思う

134. 勇者しちゃった学者さん（時空図書館）
物事は慎重に進めるべきだと言っているんですよ
勇者が魔王を連れ帰るだなんて前代未聞もいいところです

135. 勇者しちゃった学生さん(地球国家)
あ☆

136. 勇者しちゃった遊び人さん（レンド連邦）
あ？

137. 勇者しちゃった総帥さん（ナラハイダ）
あ？

138. 勇者しちゃった学生さん(地球国家)
勇者と魔王が絡んでるんだから、組合に監視してもらえば？
丸投げしちゃえ☆

139. 勇者しちゃった魔術師さん（ミリュ・ミ）
え

140. 勇者しちゃった総帥さん（ナラハイダ）
ううむ

141. 勇者しちゃった遊び人さん（レンド連邦）
それは
まあ

無理だろー
だって自世界の問題だし

自世界内で解決すべきことは基本的に不干渉じゃなかったっけ？

142. 勇者しちゃった学者さん（時空図書館）
そうですね、不干渉です

143. 勇者しちゃった総帥さん（ナラハイダ）
うむ

144. 勇者しちゃった魔術師さん（ミリュ・ミ）
おう、無理だろ
ってわけで勇者！

退役勇者板「倒した魔王に懐かれた」

145. 勇者しちゃった勇者さん(ヴェダリア)
っひゃい!

146. 勇者しちゃった遊び人さん(レンド連邦)
ちょ(笑)
なにしてたの(笑)

147. 勇者しちゃった勇者さん(ヴェダリア)
あの
ちょっと
肉球を
ふにふにと

148. 勇者しちゃった総帥さん(ナラハイダ)
肉球(笑)

149. 勇者しちゃった学者さん(時空図書館)
肉球(笑)

150. 勇者しちゃった学生さん(地球国家)
肉球ふにふに(笑)

151. 勇者しちゃった遊び人さん(レンド連邦)
肉球ふにふに(笑)

152. 勇者しちゃった魔術師さん(ミリュ・ミ)
肉球ふにふに(笑)

とりあえずスレの最後のほう読み返してから相手とよく話し合え
で、解決しなければもっかいスレ立てろ

153. 勇者しちゃった学生さん(地球国家)
今度はもっと頭のいいひとたち集めてくるからね☆

154. 勇者しちゃった遊び人さん(レンド連邦)
それは

155. 勇者しちゃった魔術師さん(ミリュ・ミ)
ど・う・い・う

156. 勇者しちゃった総帥さん(ナラハイダ)
意味、だろうな?

157. 勇者しちゃった学生さん(地球国家)
フカイイミナンテナイヨ!

んじゃがんばってねー☆

158. 勇者しちゃった魔術師さん(ミリュ・ミ)
逃げやがった(笑)
まあ、がんばれよ!

159. 勇者しちゃった総帥さん(ナラハイダ)
結論が出たら教えてくれ
もしくはその後の経過をな

160. 勇者しちゃった学者さん(時空図書館)
あまりお力になれずすみませんでした

161. 勇者しちゃった遊び人さん(レンド連邦)
よく話し合えよー

162. 勇者しちゃった勇者さん（ヴェダリア）
はい！
ありがとう！

……**肉球**……**やわらかぁ**

現役勇者板
「世界は俺に優しくない」

世界は俺に優しくない

1. 勇者している勇者さん（継銀河系地球→マレスルイカ）
   かつて封印したパンドラの箱の蓋（ふた）が開く……

2. 勇者を見守る外法師さん（ヴェヴェド）
   よーっす
   なんかよくわかんねェけどおつー

3. 勇者を見守る聖騎士さん（リューエン）
   なにやら詩的ですね
   召喚勇者さんですか、お疲れ様です

4. 勇者を見守る暗殺者さん（レトヴァー）
   くっそ頭痛ぇ……
   あぁ、なんだってぇ？

5. 勇者を見守る操縦士さん（カルバ・ガルバ）
   ちょっとどうしたのよ暗殺者（笑）

   あら、召喚勇者なのね
   世界が優しくない……って、どういうこと？

6. 勇者を見守る学生さん（地球国家）
   パンドラの箱が開いちゃっても、最後に残るのが希望ならいいじゃない☆
   召喚おっつー

7. 勇者している勇者さん（継銀河系地球→マレスルイカ）
   あ、みなさんどうもありがとうござ

います

8. 勇者を見守る学生さん（地球国家）
   あれー暗殺者さん、どしたの風邪ー？

9. 勇者を見守る暗殺者さん（レトヴァー）
   チッ、違えよ
   店主の野郎のおかげでこのざまだぜぇクソッタレ
   あの野郎、いきなり勇チャよこしやがってなにかと思ったら
   しょっぱなから絡み酒だぜぇざっけんなぁ

10. 勇者を見守る外法師さん（ヴェヴェド）
    なーんだよ、ただの二日酔いかよ
    にしてもなんか面白そうな話、俺も交ぜろや

11. 勇者を見守る暗殺者さん（レトヴァー）
    ケッ、面白えことがあるもんかよぉ
    こちとら延々と嫁がなんだの娘がなんだのの愚痴聞かされてうんざりだってーの

12. 勇者を見守る聖騎士さん（リューエン）
    元勇者ともあろうものがなにをやっているんですか
    情けない

13. 勇者を見守る学生さん（地球国家）
    あー、なるほどねー

暗殺者さん、ご愁傷（しゅうしょう）様☆

14. 勇者を見守る操縦士さん（カルバ・ガルバ）
 なによ……店主ってば娘さんが勇者になったこと、まだぐだぐだ言ってるの？
 旅に出てからもうずいぶん経ってるじゃない、いい加減諦めればいいのに

 でも暗殺者、あんたも律儀（りちぎ）ね
 そんなの店主からの勇チャ拒否ればいいだけのことじゃない

15. 勇者を見守る暗殺者さん（レトヴァー）
 ったり前だぁ、途中でぶった切ってやったっつーの
 けどあの野郎、切っても切っても延々コールかけてくんだぜぇ？
 国王やら王子にゃ早々に着拒（ちゃっきょ）されたっつって泣きついてきやがって
 ぐだぐだぐだうっとおしくてしゃあねえから、暇な野郎ども召集かけて組合の食堂で飲み会開く羽目になっちまったわ

16. 勇者を見守る外法師さん（ヴェヴェド）
 だーからなんで、ンな面白そうな場所に俺を呼ばねぇんだよ

17. 勇者を見守る学生さん（地球国家）
 そうだよー、
 「第一回 店主さんを慰（なぐさ）めつつ弱みを抉（えぐ）る会」なんてさー、すっごく楽しかったんじゃないのー？
 なんで声かけてくれなかったのさー

18. 勇者を見守る聖騎士さん（リューエン）
 まったく、元勇者の誇りも感じられない嘆かわしい蛮行ですね

 さて勇者さん、放置して申し訳ありません
 相談したいこととはなんですか？

19. 勇者を見守る操縦士さん（カルバ・ガルバ）
 そうね勇者、世界が優しくないってどういう意味よ？
 喚（よ）ばれた世界になにか決定的な問題でもあったわけ？

20. 勇者している勇者さん（継銀河系地球→マレスルイカ）
 え えーと あの
 なんか会話が弾んでるみたいだけど、いいんですか？

21. 勇者を見守る暗殺者さん（レトヴァー）
 ケッ、なにが楽しいもんかよぉ
 元勇者のクソッタレどもが集まった飲み会なんざ、最後にゃどうなるかわかってんだろぉ？

22. 勇者を見守る学生さん（地球国家）
 飛び交う酒瓶！
 爆発する魔法！
 ひらめく剣技！
 始まる腕試し、そして力比べ！
 けれど彼らは飲むのをやめない！

現役勇者板「世界は俺に優しくない」

酔っぱらった元勇者に理性はないんだよ☆

23. 勇者を見守る外法師さん（ヴェヴェド）
**だーから楽しいんじゃねェか
俺も行きたかったぜ**

24. 勇者を見守る操縦士さん（カルバ・ガルバ）
**勇者、いいのよ
バカどもはほっときなさい**

25. 勇者を見守る聖騎士さん（リューエン）
**まったくもって構いませんよ
気にせずお話をどうぞ**

26. 勇者している勇者さん（継銀河系地球→マレスルイカ）
はあ　まあ　いいのかな……？

**ええとですね、多分みなさんわかってることだと思いますが
いきなり異世界に召喚されまして、ようこそ勇者よと言われました**

これなんてファンタジー

27. 勇者を見守る操縦士さん（カルバ・ガルバ）
ああ、まあね、そこはねえ

28. 勇者を見守る聖騎士さん（リューエン）
仕方がありませんよ

29. 勇者を見守る学生さん（地球国家）
**だってそれこそ、
異世界召喚テンプレ☆
なんだから**

30. 勇者している勇者さん（継銀河系地球→マレスルイカ）
**異世界召喚ってなにそのファンタジー
なんの小説ですかなんの漫画ですかなんのアニメですかどこのゲームですか**

**まあ組合ってとこからすぐ連絡きて、この掲示板眺めてたら普通のこと……
というか、一応前例もあるし先人もいるってことはわかりましたけど**

**でもなにこのファンタジー
魔法とかなにこのファンタジー
組合からテレパシーとかなにこのファンタジー
頭の中で掲示板見てる俺もなにこのファンタジー**

31. 勇者を見守る操縦士さん（カルバ・ガルバ）
**ええと、つまりなんていうのかしら
いきなりファンタジーな世界に喚ばれて、現状が受け入れられないってこと？**

32. 勇者を見守る学生さん（地球国家）
**地球系列世界出身者だもんねー
ファンタジーなんてそれこそ小説とか漫画とかアニメとかゲームとかだもんねー
現実感ないのもしょうがないよ☆**

33. 勇者を見守る聖騎士さん（リューエン）
しかし召喚されてしまったのですか

ら、順応するよりないでしょう

34. 勇者している勇者さん（継銀河系地球→マノスルイカ）
正直、二次元であればファンタジー好きです、大好きです
小説とか漫画とかアニメとかゲームとかならひゃっほいできます
しかしいきなり現実になるってちょっとハードル高すぎやしませんか

35. 勇者を見守る暗殺者さん（レトヴァー）
人間、諦めが肝心だぜぇ

36. 勇者を見守る外法師さん（ヴェヴェド）
喚ばれちまったからには、ンなもん諦めて受け入れるしかねェわな

37. 勇者を見守る操縦士さん（カルバ・ガルバ）
そうね、潔く現実を認めて対策を練るしかないわね
仕方がないことなのよ、召喚勇者なら誰しも通る道だわ
アドバイスならいくらでもするから、とりあえず世界を救うためにがんばりなさいよ
それが帰還への早道でもあるんだから

38. 勇者を見守る学生さん（地球国家）
慣れたくなくたってそのうち慣れちゃうものだしね☆

これ、経験者の言葉だよー
嫌でも慣れるんだよー

39. 勇者している勇者さん（継銀河系地球→マレスルイカ）
慣れますかねえ、現代科学にどっぷりと浸ったこの俺が？
どこの中世ヨーロッパ？　みたいなこんな世界に？
ドラゴンもいるってそれもう中世ヨーロッパですらなくない？　みたいなこんな世界に？

40. 勇者を見守る外法師さん（ヴェヴェド）
マァ、文化の違いっつーのは戸惑うかもしれねェけどな

41. 勇者を見守る学生さん（地球国家）
文明レベルが中世ヨーロッパ？
まさかトイレはおまる？（笑）

42. 勇者を見守る聖騎士さん（リューエン）
おまるとはなんですか？

43. 勇者を見守る操縦士さん（カルバ・ガルバ）
聖騎士、そこは流しなさい

44. 勇者している勇者さん（継銀河系地球→マレスルイカ）
いや、ぱっと見た雰囲気が中世ヨーロッパ風なだけで、文明水準が中世ヨーロッパなわけじゃないです
つうか中世ヨーロッパな文明レベルとか正直わからん
風呂の文化があるのは助かりました
公衆浴場ですけど

ちなみにトイレはちゃんと個室です
でもウォシュレットに慣れた俺のお尻にごわごわ紙はひりひりする

の……

45. 勇者を見守る操縦士さん（カルバ・ガルバ）
ちょっと、下の話題から離れなさいよ

46. 勇者を見守る学生さん（地球国家）
ごっめーん☆

47. 勇者している勇者さん（継銀河系地球→マレスルイカ）
あ、すいません

あと飯が正直……微妙です
なんて言えばいいんだろう……人種が狩猟民族系なのかな
朝も昼も夜も、テーブルに並ぶ肉！肉！肉！肉！そして肉！

野菜が食べたいです……
白米が食べたいです……
納豆食いたいです……

48. 勇者を見守る聖騎士さん（リューエン）
納豆とはなんですか？

49. 勇者を見守る暗殺者さん（レトヴァー）
納豆……聞き覚えあんなぁ

ゲッ、いつかの勇者親睦会（しんぼくかい）の時に学生の馬鹿が持ち込んだ劇物じゃねえか
テメエ勇者、あんなもんが恋しいってのか、ぇぇオイ？

50. 勇者を見守る操縦士さん（カルバ・ガルバ）
ああ……
半径2メートル以内に誰も近寄れなかったあれね……

51. 勇者を見守る学生さん（地球国家）
えー、納豆だって立派な伝統ある食文化なんだよー
身体にだってすごーくいいんだからー

親睦会に持ってったのは、みんなの健康を気遣った親切心なのに☆

52. 勇者を見守る外法師さん（ヴェヴェド）
てめ、あん時ャ完全に悪意があっただろ！
なんで逃げるのーとか言いながら押し付けてきたじゃねェか！

53. 勇者を見守る学生さん（地球国家）
だって外法師さん、見るからに不健康だったんだもーん
納豆食べて元気になってもらいたかったんだもーん

54. 勇者を見守る聖騎士さん（リューエン）
……食文化は様々ですから、コメントは控えます
しかし学生、悪ふざけはいい加減にしなさい

55. 勇者を見守る学生さん（地球国家）
はーい、聖騎士さん
次の親睦会ではもっといいもの持ってくからね☆

56. 勇者を見守る操縦士さん（カルバ・ガルバ）

あんた日!

57. 勇者を見守る外法師さん（ヴェヴェド）
なんも!

58. 勇者を見守る暗殺者さん（レトヴァー）
持ってくんじゃねぇ!

59. 勇者を見守る学生さん（地球国家）
えー、ひとりだけ手ぶらなんてそんなの申し訳ないし☆

60. 勇者を見守る聖騎士さん（リューエン）
学生、いい加減にしなさい
また組合に『食物持ち込み禁止令』を出されますよ

さて勇者さん、話を戻しましょう
元の世界との文化の違いに戸惑っているのですか？
しかし、さすがにそれは……慣れるしかないかと

61. 勇者している勇者さん（継銀河系地球→マレスルイカ）
あ、すいません
つい文句言っちゃいましたけどまあ
大丈夫ですだんだん慣れてきてます
というか現在ただ飯食らいなんで、
さすがに苦情とか言えません
大人しくしてます

62. 勇者を見守る操縦士さん（カルバ・ガルバ）
え、じゃあなにが問題なのよ？

63. 勇者を見守る暗殺者さん（レトヴァー）
つうか、ただ飯食らいってこたぁ、
まだ旅にゃ出てねえんだなぁ？

64. 勇者を見守る学生さん（地球国家）
旅に出ないでなにしてんの？
戦闘とかの修業？

65. 勇者を見守る外法師さん（ヴェヴェド）
つーか初（しょ）っ端（ばな）に言ってたパンドラの箱ってェのはなんだ？

66. 勇者している勇者さん（継銀河系地球→マレスルイカ）
あー
あはは　ははは

はーっはっはっは

67. 勇者を見守る操縦士さん（カルバ・ガルバ）
え、勇者？

68. 勇者を見守る暗殺者さん（レトヴァー）
なんだぁ？

69. 勇者を見守る聖騎士さん（リューエン）
勇者さん？

70. 勇者を見守る外法師さん（ヴェヴェド）
おい、勇者？

71. 勇者を見守る学生さん（地球国家）
勇者さんが壊れた!

現役勇者板「世界は俺に優しくない」

え、どしたの?

72. 勇者している勇者さん(継銀河系地球→マスルイカ)
あはは　ふふふ

なんでもですねえ
この世界には大気中だかに『神聖なりし力の源』が満ちているそうです
それで、俺は『誰よりも自在に神聖なりし力の源を操れる』んだそうです
そういう条件で勇者召喚の儀式を行ったんだそうです

73. 勇者を見守る暗殺者さん(レトヴァー)
あぁ?

74. 勇者を見守る学生さん(地球国家)
ふーん?

75. 勇者を見守る外法師さん(ヴェヴェド)
ンで、そのなにが悪ぃんだ?

76. 勇者している勇者さん(継銀河系地球→マレスルイカ)
神聖なりし力の源を操るために必要となってくるのが『言葉』
言葉によって神聖なりし力の源を誘導し制御し具現化するのだそうです

77. 勇者を見守る聖騎士さん(リューエン)
それは『魔法を使うために詠唱する』行為と同義ではないのですか?
どこに問題が?

78. 勇者を見守る操縦士さん(カルバ・ガルバ)
呪文を唱えて術を発動させるなんて普通のことでしょ

……なのよね?
うちの世界、魔術とかないからよくわかんないんだけど

79. 勇者を見守る外法師さん(ヴェヴェド)
マァ、普通だな
世界によっちゃ無詠唱だの詠唱破棄だの荒業使う奴もいるらしいけど

80. 勇者を見守る暗殺者さん(レトヴァー)
魔術のことなんざよく知らねえけどよぉ
結局なにが言いてぇんだよ、オイ?

81. 勇者を見守る学生さん(地球国家)
魔術が使えるのにびっくりしちゃったーとか、そんな単純なことじゃなさそう?

82. 勇者している勇者さん(継銀河系地球→マレスルイカ)
ちなみに言葉に決まった形はありません
個々の魂より生まれいずるものであり、魂に根付いていないと発動しないそうです
そして言葉の使い方によって、発動する術の威力や効力が異なります

83. 勇者を見守る外法師さん(ヴェヴェド)
ヘェ、定型呪文がねェってなァ珍しいな
定石的な魔術が存在しねェってこと

だろ

84. 勇者を見守る聖騎士さん（リューエン）
論点がよくわからないのですが……
結局、問題はなんなのですか？

85. 勇者を見守る操縦士さん（カルバ・ガルバ）
ほら勇者、ズバッと言っちゃいなさいよ、ズバッと

86. 勇者している勇者さん（継銀河系地球→マレスルイカ）
「火」と言ってもなにも起こりませんでした
「火よ灯れ」と言ったらほんの一瞬ちっちゃーいのが出て消えました
「火よ明々と照らし出せ」と言ったらようやくマッチで擦（す）ったくらいの火が出ました

なにやってるんだ、と術の先生に怒られました

87. 勇者を見守る暗殺者さん（レトヴァー）
そりゃ……なぁ

88. 勇者を見守る学生さん（地球国家）
怒られそうな出来ではあるねー

89. 勇者を見守る操縦士さん（カルバ・ガルバ）
神聖なりし力の源を一番活用できるはずの勇者を召喚してるんだもの、その程度じゃまだまだよね
でも、力の使い方を試してみただけなんでしょ？
違うの？

90. 勇者を見守る外法師さん（ヴェヴェド）
ンで、どうしたんだよ？

91. 勇者している勇者さん（継銀河系地球→マレスルイカ）
嫌だと言ってもなだめられて
無理矢理尻を叩かれて
修練場に引きずっていかれて
隙をみて逃げ出して
追いかけられて
捕まえられて
ふんじばられて
怒られて

そんな毎日を過ごすこと 10 日
うっかり キレ ました

92. 勇者を見守る操縦士さん（カルバ・ガルバ）
なにやってんのよあんた……

93. 勇者を見守る聖騎士さん（リューエン）
なにがそんなに嫌だったのですか？

94. 勇者を見守る学生さん（地球国家）
キレ☆ちゃっ☆た☆ひゃっほーい！

で？
で？
で？

95. 勇者している勇者さん（継銀河系地球→マレスルイカ）
ふふふ　ははは

やりました
やってやりましたよ

> 「煌々（こうこう）と閃（ひらめ）きし赤き刃よ
> 触れなば切れん磨（と）がれし刃よ
> 悉（ことごと）く蹂躙（じゅうりん）する青き獣よ
> 鋭き牙に四肢（しし）持つ爪にて引き裂く獣よ
> 綺羅（きら）に舞いし黄龍よ
> うねり吼え大気揺るがす誇り高き龍よ
> 常闇（とこやみ）すら呑み込む白光よ
> 見（まみ）えることすら能（あた）わぬ眩（まばゆ）き光よ
> 我が元に集え
> 我が想いを成し
> 我が力と成れ
> 我が進む道を邪魔せし存在（もの）を舐（な）め尽くせ
> 爆（は）ぜよ滅せよ
>
> 《爆彩炎（オーロラ・フレイム・バースト）》」

96. 勇者を見守る操縦士さん（カルバ・ガルバ）
 なっが！

97. 勇者を見守る聖騎士さん（リューエン）
 ……えー

98. 勇者を見守る暗殺者さん（レトヴァー）
 なんつうか、オイ

99. 勇者を見守る外法師さん（ヴェヴェド）
 なァ、おい

100. 勇者を見守る学生さん（地球国家）
 ははっ
 はははっ
 ひー ひー

 あっちこっちの神話とか伝承とかいろいろ混ざってるねー（笑）
 めっちゃくちゃだねー（笑）

101. 勇者している勇者さん（継銀河系地球→マレスルイカ）
 修練場は瓦礫（がれき）の山になりました
 術の先生は「そう、これだよ！ これこそが君の真骨頂（しんこっちょう）だ！」と大絶賛してくれました
 その手に握られているのは

 実家の
 押し入れの
 奥にあるはずの

 なぜか
 一緒に
 召喚されてきた

 俺の
 処分しそこねた
 黒歴史ノート

102. 勇者を見守る外法師さん（ヴェヴェド）
 へっ

103. 勇者を見守る操縦士さん（カルバ・ガルバ）
 黒……歴史……ノート？

104. 勇者を見守る学生さん（地球国家）
 うわはは、あははっ、ははっは！

黒歴史ノート！
黒歴史ノート！

昔書いちゃってたんだ？
オリジナル呪文とか考えちゃってたんだ？
どっぷり浸っちゃってたんだ？

105. 勇者している勇者さん（継銀河系地球→マレスルイカ）
　　ああ、そうですよ、そうだよ！
　　ガキの頃に俺は転生した魔法使いだとかそんな想像しちゃって
　　なんかかっこよさげーな言葉繋げてオリジナル呪文作っちゃって
　　転生前の俺は……とか空想しながら唱えてニヤニヤしたりしてたよ！
　　忘れないうちにな……とか言いながらずらずら呪文を超書き連ねてたよ！

　　でも!!
　　俺は生まれ変わったんだ！
　　つうか正気に戻ったんだ！
　　自分が痛い子だったってことは自覚してるんだ！

　　なのに
　　なんなの
　　この

　　罰ゲーム

106. 勇者を見守る操縦士さん（カルバ・ガルバ）
　　ええと……なんかむしろ状況がよくわからなくなっちゃったんだけど
　　地球系列世界に魔法はない……のよね？

107. 勇者している勇者さん（継銀河系地球→マレスルイカ）
　　ありません！
　　全部ガキの頃の俺の妄想です！

108. 勇者を見守る外法師さん（ヴェヴェド）
　　使えもしねェ呪文を考えてた……のか？

109. 勇者している勇者さん（継銀河系地球→マレスルイカ）
　　考えてました！
　　全部ガキの頃の俺の妄想です！

110. 勇者を見守る暗殺者さん（レトヴァー）
　　で、それがマレスルイカ世界ではマジ呪文になってるってぇこと……かぁ？

111. 勇者している勇者さん（継銀河系地球→マレスルイカ）
　　はい！
　　全部ガキの頃の俺の妄想なのにです！

112. 勇者を見守る聖騎士さん（リューエン）
　　今では黒い歴史とすら思っているその呪文を……唱えなければいけないんですか？

113. 勇者している勇者さん（継銀河系地球→マレスルイカ）
　　はい！
　　もう地獄のような苦しみを味わってます！

114. 勇者を見守る学生さん（地球国家）

うわはは
ひーひー

あーお腹痛い
でもさー、勇者の役目を果たさな
きゃ帰れないんだからさー、

うん、がんばってね☆

> 115. 勇者している勇者さん（継銀河系地球→マレスルイカ）
> はい！
> ちっくしょおおおおおおおおおお！！！！！！！！

現役勇者板
「もしかして、これが、恋？」

もしかして、これが、恋?

1. 勇者している勇者さん(オーザムン)
   初めての気持ちに戸惑っています

2. 勇者を見守る操縦士さん(カルバ・ガルバ)
   恋、そしてラブロマンス！
   いいじゃない！

3. 勇者を見守る女帝さん(蓮源)
   微笑(ほほえ)ましいではないかえ
   詳しく聞きたいところよの

4. 勇者を見守る巫女姫さん(サレンダリア)
   恋……素敵ですわね
   お話を伺いたいですわ

5. 勇者を見守る法術メイドさん(サレンダリア)
   きゅっぴーん♪
   恋と聞いて、法術メイドちゃん参上ですです↑

6. 勇者を見守る賞金稼ぎさん(ジグルェイ)
   あれ
   来てみたはいいけど、なんだろうこのアウェイ感

7. 勇者を見守る学生さん(地球国家)
   うーん見事に女のひとばっかだねーってげっ、メイド娘！

8. 勇者を見守る法術メイドさん(サレンダリア)
   きゃーんみなさんこの前の親睦会ぶりですです♪

   そうです！ 学生さん、その節はお世話になりましたです♪
   ってあの時ちゃんとお礼しましたでした？

9. 勇者を見守る学生さん(地球国家)
   だれがてめえにせわなんてするか！
   れいなんていらねえよ！

10. 勇者を見守る女帝さん(蓮源)
    ああ、そういえば法術メイドよ、改めて難儀(なんぎ)であったな
    巫女姫とはうまくやっておるようじゃな、よかったの

11. 勇者を見守る法術メイドさん(サレンダリア)
    はい！
    巫女姫さんにはすっごーくお世話になってます♪
    そういえば、言いましたです？
    巫女姫さんってばすっごーいんですよ！
    お会いしてみたらお胸g

12. 勇者を見守る巫女姫さん(サレンダリア)
    とっとっとっとっともあれ、勇者さん！
    詳しくお話をお願いいたしますわ！

13. 勇者を見守る賞金稼ぎさん(ジグルェイ)
    ……胸？

14. 勇者している勇者さん(オーザムン)
    すみません、まだちょっと混乱して

いるみたいです
動悸(どうき)が収まりません
どこから話したらいいのか……

15. 勇者を見守る賞金稼ぎさん(ジグルェイ)
それじゃ、自己紹介から始めてみれば?

16. 勇者を見守る学生さん(地球国家)
レッツ☆自己紹介ターイム!
どーんといってみよう!

17. 勇者している勇者さん(オーザムン)
はい、わかりました
私は勇者の印を持って生まれた勇者です
勇者の印を持つ者は、成人と共に魔国を統べる魔王を倒すべく旅に出ます
物心ついた時には勇者の技を守る一族の老爺(ろうや)に預けられていました
毎日、勇者の力を育て制御する訓練に明け暮れていました

18. 勇者を見守る女帝さん(蓮源)
ふむ、生誕勇者じゃな

19. 勇者を見守る法術メイドさん(サレンダリア)
法術メイド、ちょっと思うんですけどぉ
生まれた時から職業決まっちゃってるの~てひどいですよねぇ↓

法術メイドはメイドになりたくてメイドになって、法術もやってみたくて法術もやったですぅ

20. 勇者を見守る学生さん(地球国家)
お前はやりすぎなんだよ!
その結果があれじゃ世話ないよ!

21. 勇者を見守る操縦士さん(カルバ・ガルバ)
なによ学生、やっぱ世話したって認めてるんじゃない(笑)
それで勇者、続けてちょうだい

22. 勇者している勇者さん(オーザムン)
大きくなるにつれ、自分が周りと違うことがわかってきました
両親がいないのを嘆いたこともありました
せめて顔だけでも知りたいと祈ったこともありました
可愛い格好をした女の子たちを羨んだこともありました
せめて友達になってはくれないかと願ったこともありました
剣の稽古(けいこ)も、術の練習も、勇者の責務も、なにもかも投げ出してしまいたいと思ったこともありました

けれど、そんな思いのすべてが無駄だということはわかっていました

23. 勇者を見守る賞金稼ぎさん(ジグルェイ)
……無駄?

24. 勇者を見守る操縦士さん(カルバ・ガルバ)
どういうことよ?

25. 勇者を見守る巫女姫さん(サレンダリア)
あの、わたくし、わたくし

不遜（ふそん）かもしれませんけれど、ご神託により選ばれた巫女ですから
少しお気持ちがわかるかもしれませんわ

言うなれば、周囲の方々の眼差し……違いますかしら

26. 勇者している勇者さん（オーザムン）
はい、その通りです
周りの人が私を見る目は、『勇者』を見る目でした
いずれ魔王に匹敵（ひってき）するほどの力を宿す『勇者』を見る目でした

私はいわば爆弾のようなものだったんです
誰が好んで近づこうとするでしょうか
誰が友達になってくれるでしょうか
誰が私という人間自体を見てくれるでしょうか

印を持って生まれてしまったからにはそれは当たり前のことなんです

27. 勇者を見る女帝さん（蓮源）
難儀なことよの……

28. 勇者を見る法術メイドさん（サレンダリア）
そんなのダメです！　ダメダメです！
ひっどいです！＞＜

29. 勇者を見る賞金稼ぎさん（ジグルェイ）
持って生まれたなにがしかによって道が決定されてしまう
そんなの、ごくありふれたことさ

30. 勇者を見る学生さん（地球国家）
そうは言っても、生誕勇者さんにもいろんな扱いがあると思うけどねー
勇者さんはちょっと極端なとこに生まれちゃったみたいだねー

ご愁傷様☆

31. 勇者を見る操縦士さん（カルバ・ガルバ）
ちょっと学生！
このバカ、少しは気を使いなさいよ！

32. 勇者している勇者さん（オーザムン）
いえ、現実は変わりませんから、はっきり言っていただくほうが嬉しいです

王に拝謁してお言葉を頂戴した時も、私を見る目は兵器を値踏みするそれでした
この兵器がどれだけ魔王の脅威となりえるか
この兵器がどれだけ自国の利益となりえるか
それを計っている目でした

33. 勇者を見る操縦士さん（カルバ・ガルバ）
ねえ、こんなこと言うのもなんだけど、
考えすぎってことはないの？

34. 勇者している勇者さん（オーザムン）
ありませんよ、多分

王城で、出立のパーティを開いてもらいました
……恥ずかしいんですが、綺麗なドレスなんか着られるかな、と浮かれました
けれど私に渡されたのは、見事な意匠ではあっても騎士の制服に似た正装でした
後から考えたら、特別に佩剣（はいけん）を許されていたから当たり前なんですけどね

会場に入る時、王子と王女がエスコートってくれました
とても美しい、おとぎ話の中の人のような、王子様と王女様でした

けれど
王子はさりげなく、一度も私に触れませんでした
触れてしまった王女の手は、震えていました
エスコートが終わるとふたりとも逃げるように立ち去っていきました

35. 勇者を見守る巫女姫さん（サレンダリア）
なんと言えばいいのでしょう……いえ、なにも言えませんわね

36. 勇者を見守る女帝さん（蓮源）
安易な慰めの言葉など、軽いわ

37. 勇者を見守る法術メイドさん（サレンダリア）
でもでも、やっぱりひどいです！
勇者さんは勇者さんになりたかったわけじゃないです！＞＜

38. 勇者を見守る操縦士さん（カルバ・ガルバ）
そっか……ごめんね、変なこと聞いて
嫌なこと思い出させたわね

39. 勇者している勇者さん（オーザムン）
いえ、いいんです
むしろすっきりしました
さっさと旅に出よう、って

40. 勇者を見守る賞金稼ぎさん（ジグレイ）
そういえば、成人になったらってことだったけど、勇者さんの世界で成人は何歳？

41. 勇者を見守る学生さん（地球国家）
あとー
仲間とかはいないの？

42. 勇者している勇者さん（オーザムン）
成人は16歳です
仲間はいません

43. 勇者を見守る操縦士さん（カルバ・ガルバ）
16歳!?
あたしより下じゃないの！

44. 勇者を見守る法術メイドさん（サレンダリア）
16歳!?
法術メイドより年下じゃないですか！
それで勇者のひとり旅なんてあんまりです！

45. 勇者している勇者さん（オーザムン）
師匠以外の人間と長く一緒にいたことがなかったので、変に気を使った

現役勇者板「もしかして、これが、恋？」

り使われるよりマシだと思いましたけど

46. 勇者を見守る賞金稼ぎさん（ジグルェイ）
……まあ、あと下手な同行者つけられて、監視されるよりマシ、かな

47. 勇者を見守る女帝さん（蓮源）
ふむ……業腹（ごうはら）じゃがの

48. 勇者を見守る巫女姫さん（サレンダリア）
監視、ですか？

49. 勇者を見守る学生さん（地球国家）
王様は勇者さんのことを損得勘定しながら兵器を見る目だったんでしょー？
だから、王様に連れてけとか言われた奴は、仲間じゃなくて監視者って可能性が高い……ってことだよねー、賞金稼ぎさん？

50. 勇者を見守る賞金稼ぎさん（ジグルェイ）
ま、そういうことさ

51. 勇者している勇者さん（オーザムン）
ああ、そういう可能性があったんですね
考えてもいませんでした

52. 勇者を見守る巫女姫さん（サレンダリア）
そんな……

53. 勇者を見守る法術メイドさん（サレンダリア）
ダメです！　ダメなんです！
そんなの人道に反してるです!!

54. 勇者を見守る学生さん（地球国家）
メイド娘がきゃんきゃん叫んだところでー、現実は変わらないってことだよー

55. 勇者している勇者さん（オーザムン）
監視者なんかつけなくても、逃げ出したりしないのに

私は旅に出て、魔国に入って、戦って、戦って、戦い続けました
そのうちに、自分の生きる意味は戦うことだったんだ、と思うようになりました

56. 勇者を見守る操縦士さん（カルバ・ガルバ）
そんなの……その若さで、ひどすぎるわよ……

57. 勇者を見守る女帝さん（蓮源）
操縦士よ、おぬしの気持ちもわからぬでもないがな
勇者の現実は変わらぬ
同情などする方がいっそ哀れじゃ

58. 勇者を見守る法術メイドさん（サレンダリア）
あ、でも、でもでも！
本題です！　本題なんです！
恋に落ちたんですよね!?

59. 勇者を見守る巫女姫さん（サレンダリア）
そうですわ、そうでしたわ！
恋に落ちたお相手とはいったいどんなかたなのですか？

60. 勇者を見守る賞金稼ぎさん(ジグルェイ)
恋バナになると女は目の色変わるな(笑)

61. 勇者を見守る女帝さん(蓮源)
ほう賞金稼ぎよ、妾(わらわ)らの眼(まなこ)が見えると?

62. 勇者を見守る賞金稼ぎさん(ジグルェイ)
あーいえ、すいませんでした

63. 勇者を見守る学生さん(地球国家)
それでは恋バナ☆プリーズ!

64. 勇者している勇者さん(オーザムン)
はい……あ、なんかまたどきどきしてきました
どうしましょう、ちょっと立ったり座ったりしてます
落ち着かない

65. 勇者を見守る操縦士さん(カルバ・ガルバ)
なによ。可愛いわねえ
いいから話しなさいよ!

66. 勇者を見守る法術メイドさん(サレンダリア)
深呼吸♪
するです!

67. 勇者している勇者さん(オーザムン)
すー、はー、すー、はー

ええと、ですね
魔国は基本的に森深く、領土が縦長になっています
魔王の元へ向かうためには、各地を治める将軍たちを撃破しないといけません

68. 勇者を見守る学生さん(地球国家)
うんうん

69. 勇者を見守る操縦士さん(カルバ・ガルバ)
それでそれで?

70. 勇者している勇者さん(オーザムン)
妖精族は争いを好まないため、見逃してくれました
まずは鬼人の住まう土地を抜けて鬼将軍を撃破し
そして獣人の住まう土地を抜けて獣将軍を撃破し
それから巨人族の住まう土地を抜けて巨将軍を撃破し

それで……ああっ!

71. 勇者を見守る操縦士さん(カルバ・ガルバ)
なによ?

72. 勇者を見守る法術メイドさん(サレンダリア)
来ますか? 来ちゃうんですか?

73. 勇者を見守る巫女姫さん(サレンダリア)
どきどきいたしますわ……

74. 勇者を見守る賞金稼ぎさん(ジグルェイ)
獣人は魔族かい……

75. 勇者を見守る学生さん(地球国家)
賞金稼ぎさん、落ち込まないの(笑)

立派な虎耳、垂れちゃってない？（笑）

76. 勇者を見守る賞金稼ぎさん（ジグレェイ）
    うん、尻尾もちょっとへなへなした（笑）

77. 勇者を見守る女帝さん（蓮源）
    世界は様々あるからしてのう（笑）

78. 勇者している勇者さん（オーザムン）
    すー、はー、すー、はー

    ええとですね
    私は、負けました
    負けたと思ったんです
    しかし、出会ってしまったんです

79. 勇者を見守る法術メイドさん（サレンダリア）
    どんなかたですかっ!?

80. 勇者を見守る巫女姫さん（サレンダリア）
    負けたと思った……ということは、助っ人が現れたのでしょうか？

81. 勇者を見守る操縦士さん（カルバ・ガルバ）
    魔国を単身で颯爽（さっそう）と旅する剣士とか……いいじゃない

82. 勇者を見守る賞金稼ぎさん（ジグレェイ）
    ほんっと、女って

83. 勇者を見守る女帝さん（蓮源）
    賞金稼ぎよ

84. 勇者を見守る賞金稼ぎさん（ジグレェイ）
    わかってますよ（笑）

85. 勇者している勇者さん（オーザムン）
    あの鋭い目！

86. 勇者を見守る学生さん（地球国家）
    うんうん

87. 勇者している勇者さん（オーザムン）
    あの低い声！

88. 勇者を見守る操縦士さん（カルバ・ガルバ）
    うんうん！

89. 勇者している勇者さん（オーザムン）
    あの卓越（たくえつ）した術と技！

90. 勇者を見守る法術メイドさん（サレンダリア）
    きゃーん＞＜

91. 勇者している勇者さん（オーザムン）
    あの艶（つや）やかに輝く触れたら冷たそうな鱗（うろこ）！

92. 勇者を見守る巫女姫さん（サレンダリア）
    はい……えっ

93. 勇者している勇者さん（オーザムン）
    燃えるように赤いふたつに割れた長い舌！

94. 勇者を見守る女帝さん（蓮源）
    ええと……なんじゃ

95. 勇者している勇者さん（オーザムン）

> そのおかたは、竜人族を束(たば)ねる竜将軍!
> 素敵……でした
>
> ああ、思い出すだけで顔が火照(ほて)ります

96. 勇者を見守る賞金稼ぎさん(ジグルェイ)
    ありゃー(笑)

97. 勇者を見守る学生さん(地球国家)
    あちゃー(笑)

98. 勇者している勇者さん(オーザムン)
    > 私より強い相手に出会ったのは初めてでした……
    >
    > おまけに剣を取り落として死を覚悟した私に向かって
    > 「ふん、ひよっこを殺すは種族の恥ぞ」
    > と言ったあの誇り高きお姿……

99. 勇者を見守る女帝さん(蓮源)
    ……うおっほん!
    ええと、なんじゃ

100. 勇者を見守る操縦士さん(カルバ・ガルバ)
     まあ、ええ、うん

101. 勇者を見守る巫女姫さん(サレンダリア)
     そうですわね、ええ

102. 勇者を見守る法術メイドさん(サレンダリア)
     ちょっとびっくりしましたけど!

103. 勇者を見守る操縦士さん(カルバ・ガルバ)
     > アリです!
     > アリアリです!
     >
     > 燃え上がる異種族の恋!
     > あなたは敵将軍、私は勇者!
     > 持ってはいけない恋心、禁断の関係!

103. 勇者を見守る操縦士さん(カルバ・ガルバ)
     > ああ、私はいったいこの使命をどうすればいいの……
     >
     > そうね、アリね!

104. 勇者を見守る巫女姫さん(サレンダリア)
     ええ、アリですわ!

105. 勇者を見守る女帝さん(蓮源)
     > 種族の壁などいくらでも越えられるわ
     > 強い気持ちさえあればな

106. 勇者を見守る賞金稼ぎさん(ジグルェイ)
     なあ学生、ほんっと女って、なあ?

107. 勇者を見守る学生さん(地球国家)
     (笑)

108. 勇者している勇者さん(オーザムン)
     そうですよね!
     種族の壁なんて越えられますよね!

109. 勇者を見守る女帝さん(蓮源)
     無論じゃ!

110. 勇者を見守る巫女姫さん(サレンダリア)

もちろんですとも！

111. 勇者を見守る法術メイドさん（サレンダリア）
あったぼう☆ですです！

112. 勇者を見守る操縦士さん（カルバ・ガルバ）
がんばんなさい！

113. 勇者を見守る賞金稼ぎさん（ジグルェイ）
**おーいもしもーし、
勇者の使命はどうすんだよー**

114. 勇者を見守る学生さん（地球国家）
**本当にいいのー？
いいと思ってるのー？**

115. 勇者している勇者さん（オーザムン）
**はあ……立ち去り際のあのかたの姿が忘れられません
ふっと私にニヒルに笑いかけて
「また挑め、小僧」**

**あああぁ！
みなさん、ありがとうございます！
いってきます！**

116. 勇者を見守る操縦士さん（カルバ・ガルバ）
えっ

……小僧？

117. 勇者を見守る巫女姫さん（サレンダリア）
**えっ
……こぞう？**

118. 勇者を見守る法術メイドさん（サレンダリア）
えっ？

……ということは、です？

119. 勇者を見守る女帝さん（蓮源）
なん……と

いや、なんじゃ……ドレスが着たいなどと……言うておらんだ……か？

120. 勇者を見守る賞金稼ぎさん（ジグルェイ）
**と、いうことはつまり？
周りの反応とかってさ？**

ありゃー（笑）

121. 勇者を見守る学生さん（地球国家）
あちゃー（笑）

現役勇者板
「ちっと状況が読めねぇぜ」

ちっと状況が読めねぇぜ

1. 勇者している勇者さん(平行世界4群→シッラ・ハウ)
   ここはどこだい?

2. 勇者を見守る賞金稼ぎさん(ジグルェイ)
   召喚勇者さん、おつ
   っていっても、こっちも状況が読めないな
   どういうことさ?

3. 勇者を見守るもやチートさん(平行世界8群)
   いきなり召喚なんてされたらポカーンですよね……わかります
   てか、俺の場合はファンキー神様のワンクッションがあったんですけど
   それでもポカーンでしたからね……

4. 勇者を見守る学生さん(地球国家)
   召喚されちゃった勇者さん、おっつー☆
   みんなのアイドル、学生さん☆参上なんだよー

   もしかして:言語チートついてないとか?

5. 勇者を見守る賢者さん(空中庭園)
   召喚勇者さんか、おつー
   あれ、術者とか周りにいないの?
   誰も説明してくれないのか?

6. 勇者を見守る法術メイドさん(サレンダリア)
   召喚勇者さんの心細いお気持ち、わかりますです!

   心配ご無用!
   勇者板の真のアイドル・法術メイド参上ですです♪

7. 勇者を見守る学生さん(地球国家)
   うげっ

8. 勇者を見守る戦メイドさん(クァーリィ)
   勇者様におかれましてはご自分の状況認識困難とのこと
   ご苦慮をお察しいたします

9. 勇者している勇者さん(平行世界4群→シッラ・ハウ)
   メイド……メイド?
   賢者?
   賞金稼ぎ?

   もや……チート?

10. 勇者を見守るもやチートさん(平行世界8群)
    あ、すみません名前についてはこう、流してください
    さらっと

11. 勇者を見守る学生さん(地球国家)
    そうそう、さらっとね☆

12. 勇者を見守る賞金稼ぎさん(ジグルェイ)
    んでまあ、結局どういうことなのさ?
    学生が言うみたいに、言葉が通じなくて意思疎通ができないとか?

13. 勇者している勇者さん(平行世界4群→シッラ・ハウ)
    意思疎通もなんも、ひとっこひとり見えねえぜ

14. 勇者を見守る賢者さん(空中庭園)
    えっ

15. 勇者を見守るもやチートさん(平行世界3群)
    へっ

16. 勇者を見守る戦メイドさん(クァーリィ)
    問います、
    勇者様におかれましては、現在どのような場所にいらっしゃるのでしょうか?

17. 勇者している勇者さん(平行世界4群→シッラ・ハウ)
    あぁん?
    だだっぴろい野っぱらにいるよ
    見渡す限り野っぱらで、あとは森だね

18. 勇者を見守る法術メイドさん(サレンダリア)
    もしかして、召喚ミスじゃないです!?
    大変です!
    勇者さん、異世界で心細い思いをしてるですっ><

19. 勇者を見守る学生さん(地球国家)
    うーん、召喚ミスっぽいかなー
    シッラ・ハウ世界の召喚者さんたち、大慌てだね☆

20. 勇者を見守る賞金稼ぎさん(ジグルェイ)
    そりゃ、そんな状態じゃ自分の状況も読めないよなぁ

21. 勇者している勇者さん(平行世界4群→シッラ・ハウ)
    つうかよ、さっきからアンタらが言ってる召喚ってなぁ、なんなんだい?

22. 勇者を見守る賢者さん(空中庭園)
    え、そこから?

23. 勇者を見守る戦メイドさん(クァーリィ)
    問います、
    勇者様におかれましては、召喚という事象をご存知ないのですか?

24. 勇者を見守るもやチートさん(平行世界8群)
    あーまあ、地球系列世界では普通にあることじゃないですからねえ
    ゲームとかやらないひとだったら、わからないかもしれないですね

25. 勇者している勇者さん(平行世界4群→シッラ・ハウ)
    ゲームだあ?
    パチとスロ以外は軟弱(なんじゃく)だぜ!

26. 勇者を見守る学生さん(地球国家)
    ありゃ、そういうタイプか(笑)

27. 勇者を見守る戦メイドさん(クァーリィ)
    問います、
    パチとスロというのはなんでしょうか?

現役勇者板「ちっと状況が読めねぇぜ」

28. 勇者を見守る学生さん（地球国家）
大人のゲームだよー☆

29. 勇者を見守る賞金稼ぎさん（ジグルェイ）
ええとだな
まあとりあえず、召喚された時のことから確認するか
今いる場所に来る前に、なにがあったか覚えてる？

30. 勇者している勇者さん（平行世界4群→シッラ・ハウ）
つうか、ここはどこなんだい
チッ、わけがわかんねえな！

31. 勇者を見守るもやチートさん（平行世界8群）
あのですね、なにかきっかけがあって、今の場所に……なんて言えばいいんだろ、
あ、瞬間移動したんですよね？
そのきっかけを聞いてるんです
とりあえずそこから始めましょう

32. 勇者を見守る法術メイドさん（サレンダリア）
心細いかもしれませんですけど、みんなついてますです！
ひとつずつ確認していきましょう！

33. 勇者している勇者さん（平行世界4群→シッラ・ハウ）
あぁん？
馬鹿にしてんのかい、別に心細かぁねえよ

そうだな、あれは……いきなり……真っ白い光に……包まれたな

34. 勇者を見守る賢者さん（空中庭園）
それそれ、それが召喚
世界ってのは、勇者さんが生まれ育った他にもいろいろあるんだよ
で、勇者さんは真っ白い光に包まれた、イコール召喚ってのをされて、平行世界4群からシッラ・ハウ世界に移動しちゃったわけだ

35. 勇者している勇者さん（平行世界4群→シッラ・ハウ）
なあ、その平行世界4群ってなぁなんなんだい？

36. 勇者を見守る学生さん（地球国家）
それはねー
勇者さんの生まれ育った地球のことだよ☆

37. 勇者を見守る賞金稼ぎさん（ジグルェイ）
地球系列世界のひとつだけど
ま、勇者さんには地球でいいだろうさ

38. 勇者を見守る戦メイドさん（クァーリィ）
問います、
勇者様におかれましては、異世界召喚という事象を把握できましたか？

39. 勇者している勇者さん（平行世界4群→シッラ・ハウ）
おう、まあ信じられねえけどな……ここは地球じゃねえってことか……なんでこんなとこにきちまったんだい？

40. 勇者を見守る法術メイドさん（サレンダリア）

**それはもう！
誰かが喚んだからなのです！**

41. 勇者を見守る賢者さん（空中庭園）
**術者がポカしたからだな
普通だったら召喚儀式の場所に出現
するはずなんだけど**

**で、勇者さんは、そこには勇者とし
て喚ばれたわけだけど……
勇者ってのはわかる？**

42. 勇者している勇者さん（平行世界4
群→シッラ・ハウ）
英雄だろ？

43. 勇者を見守るもやチートさん（平行
世界8群）
あ、そこはわかるんですね

44. 勇者を見守る学生さん（地球国家）
**でもさー、なんのために喚ばれたの
かは、召喚者に聞かないとわかんな
いよねー
シッラ・ハウ世界がどんな世界かも
わかんないし**

45. 勇者を見守る戦メイドさん（クァー
リィ）
**推察します、
魔王討伐のために召喚されたのでは
ないのでしょうか？**

46. 勇者を見守る法術メイドさん（サレ
ンダリア）
**違うかもしれないです、そうとも限
らないですです＞＜
世界にはいろいろあるんです！**

47. 勇者を見守る賞金稼ぎさん（ジグル
ェイ）
**そうだな、世界はそれぞれだし、な
魔王を討伐するだけが勇者じゃな
いさ**

48. 勇者を見守る賢者さん（空中庭園）
**今のご時世、バリエーション豊かす
ぎるもんなあ**

49. 勇者を見守る学生さん（地球国家）
**うーん、どう動けとか迂闊（うか
つ）に言えないねー
野原で森しかないんだもんね
街とか見えないの？**

50. 勇者している勇者さん（平行世界4
群→シッラ・ハウ）
**なんもねえぜ
森が広がってんのは見えるけどな**

51. 勇者を見守る戦メイドさん（クァー
リィ）
**提案します、
行動しなければ事態は変化しません
森に向かってみるのはいかがでしょ
うか？**

52. 勇者を見守る賞金稼ぎさん（ジグル
ェイ）
**いや、そりゃやめといたほうがいい
だろ
シッラ・ハウ世界のことなんて全然
わからないわけだし
勇者さん、いきなり魔物とかちあっ
ても戦ったりできるのかい？**

53. 勇者を見守る法術メイドさん（サレ
ンダリア）
ダメダメです！

現役勇者板「ちっと状況が読めねぇぜ」

地球系列世界のかたは基本的に戦う力を持ってないはずです！
危険なことはしちゃいけないのです！

54. 勇者している勇者さん（平行世界4群→シッラ・ハウ）
なんだよ、森にカチコみゃいいのか？

55. 勇者を見守るもやチートさん（平行世界8群）
いや待ってください、駄目ですから！

56. 勇者を見守る戦メイドさん（クァーリィ）
問います、
カチコるとはいったいなんですか？

57. 勇者を見守る学生さん（地球国家）
ていうかー
なーんか勇者さんがどういうひとなのかわかってきたかもー

58. 勇者を見守る賞金稼ぎさん（ジグルェイ）
どういうひとって……地球系列世界の住人なんだから、人間種じゃないのか？

うーん、召喚者のほうから迎えは来ないのかな？
召喚ミスだったら……厳しいか？

59. 勇者を見守るもやチートさん（平行世界8群）
まずは情報が欲しいところですよねえ
とりあえずひとと会わないことには

どうにもならなくないですか？

60. 勇者を見守る法術メイドさん（サレンダリア）
街の方角がわかればいいんですけどぉ……
難しいですぅ↓

61. 勇者を見守る賢者さん（空中庭園）
ちょっくらよ

《空間位相断裂》
《次元刻印：平行世界4群》
《直結》

62. 勇者を見守る学生さん（地球国家）
おっ、賢者さんがやる気出した（笑）

63. 勇者を見守る法術メイドさん（サレンダリア）
きゃーん、さっすがです！
賢者さんなら大丈夫です♪

64. 勇者している勇者さん（平行世界4群→シッラ・ハウ）
おい、なにしてんだい？

65. 勇者を見守る賢者さん（空中庭園）
《空間位相断裂》
《次元刻印：シッラ・ハウ》
《時空位相痕跡分析》
《時空位相痕跡追尾》

ちと待ってなー

66. 勇者を見守る賞金稼ぎさん（ジグルェイ）
これだから空中庭園世界の魔術師はなあ（笑）

67. 勇者を見守る戦メイドさん（クァーリィ）
    推察します、
    しかし最善手かと思われます

68. 勇者を見守るもやチートさん（平行世界8群）
    賢者さん……すごい魔術使いますね……
    チート持続中の俺でもそんなことできないすよ……

69. 勇者を見守る学生さん（地球国家）
    もやチートさんの術式レベルもけっこうありそうなのに、そうなのー？

70. 勇者を見守るもやチートさん（平行世界8群）
    いやとぇでもない、時空なんかは絶対無理です
    手ぇ出すこともできませんよ

71. 勇者を見守る賞金稼ぎさん（ジグレィ）
    そういえば賢者さん、しれっと前に組合に勧誘されてたもんな
    術式レベル8以上は確実ってことか

72. 勇者を見守る法術メイドさん（サレンダリア）
    さっすが賢者さん、すっごーいですぅ♪
    ちなみに法術メイドの術式レベルは、5だったみたいです♪

73. 勇者を見守る学生さん（地球国家）
    ……5だってそうとう非常識なんだよこの爆裂メイド娘！

74. 勇者を見守る戦メイドさん（クァーリィ）
    問います、
    術式レベル5というのはどの程度なのでしょうか？

75. 勇者している勇者さん（平行世界4群→シッラ・ハウ）
    おい、なんだよわけわかんねえ話してんじゃねえよ

76. 勇者を見守る学生さん（地球国家）
    あ、ごめんねー勇者さん
    いま賢者さんががんばってるからー、ちょと待って☆

77. 勇者を見守る賞金稼ぎさん（ジグレィ）
    確か、魔王の平均レベルが5だろ？
    で、術式レベル5っていったら、平均的な魔王をひとりで倒せるくらい、かな

78. 勇者を見守る法術メイドさん（サレンダリア）
    ミラの超☆絶対☆法術で魔王なんてイチコロ消し炭でっす♪

79. 勇者を見守る学生さん（地球国家）
    実名でてんだよメイド娘！
    あと一発で魔王倒したってそれ術式レベル6近いよ！
    魔王レベルにもよるけど！

80. 勇者を見守るもやチートさん（平行世界8群）
    はあ
    みなさんすごいんですねぇ……

81. 勇者を見守る賢者さん（空中庭園）

《直結》
《遠視》

おっ

82. 勇者を見守る賞金稼ぎさん（ジグルェイ）
おっ？

83. 勇者を見守る学生さん（地球国家）
おっ？

84. 勇者を見守る賢者さん（空中庭園）
これだこれだ

85. 勇者を見守る法術メイドさん（サレンダリア）
さっすが賢者さんです！
すごいでっす♪

86. 勇者を見守る戦メイドさん（クァーリィ）
申しあげます、
賢者様の手腕におかれましては感服いたします

87. 勇者を見守る賢者さん（空中庭園）
よーしおっけー見つけ

……うわあ

88. 勇者を見守る賞金稼ぎさん（ジグルェイ）
えっ

89. 勇者を見守るもやチートさん（平行世界8群）
へっ

90. 勇者を見守る戦メイドさん（クァーリィ）
問います、
賢者様におかれましてはいかがされましたか？

91. 勇者を見守る賢者さん（空中庭園）
えーと
あれ

うん

92. 勇者を見守る法術メイドさん（サレンダリア）
賢者さん、まさかの問題発生です!?

93. 勇者を見守る学生さん（地球国家）
どしたのー？

94. 勇者している勇者さん（平行世界4群→シッラ・ハウ）
だから、さっきからなんだってんだい！

95. 勇者を見守る賢者さん（空中庭園）
なんだろう
勇者さんを
みつけたんだけど

パンチが
きいてるね

96. 勇者を見守る法術メイドさん（サレンダリア）
えっ？

97. 勇者を見守る戦メイドさん（クァーリィ）
？

98. 勇者を見守る賞金稼ぎさん（ジグル

ェイ)
パ↑ン→チ?

99. 勇者を見守るもやチートさん（平行世界3群）
パ↑ン→チ?

100. 勇者を見守る学生さん（地球国家）
あ、やっぱりそれ的な?
的な?

101. 勇者している勇者さん（平行世界4群→シッラ・ハウ）
なんだよ、もしかして見てんのか?
パンチがきいてるってなぁ褒め言葉じゃねえか!
どうだい、イカしてんだろ?

102. 勇者を見守る賢者さん（空中庭園）
ええと　うん

ちなみにだ、勇者さんどれ?
立ってくれる?

103. 勇者を見守るもやチートさん（平行世界8群）
えっ

何人もいるんですか?

104. 勇者を見守る賞金稼ぎさん（ジグルェイ）
てことは．まさかの複数同時召喚?

105. 勇者を見守る法術メイドさん（サレンダリア）
勇者さん．ひとりじゃなかったんです?
ちょっとほっとしましたです>＜

106. 勇者を見守る学生さん（地球国家）
立ってくれるってことはー
座ってるってことでー

やっぱあの座りかたー?（笑）

107. 勇者している勇者さん（平行世界4群→シッラ・ハウ）
なんだよ、おう、立ったぜ

108. 勇者を見守る賢者さん（空中庭園）
りょーうかい
勇者さんはっけーん

んじゃあ、周囲探索するからなー
《広域遠視》

109. 勇者を見守る学生さん（地球国家）
ちなみにー、
勇者さんってばー、

総長的な?
ヘッド的な?

でもって召喚された時って、集会的な?

110. 勇者している勇者さん（平行世界4群→シッラ・ハウ）
なんだよ、おう、よくわかったな

アタイは埼玉烈風レディース苦世威情亜図の三代目総長、ミコト様よ!

111. 勇者を見守るもやチートさん（平行世界8群）
苦　世　威　情　亜　図

112. 勇者を見守る戦メイドさん（クァーリィ）

現役勇者板「ちっと状況が読めねぇぜ」　119

問います、
読みのわからない単語の羅列が表示
されましたが、これはなんですか

113. 勇者を見守る法術メイドさん（サレンダリア）
**あれれ？
法術メイドのとこもおかしいですぅ
バグです？**

114. 勇者を見守る賞金稼ぎさん（ジグルェイ）
ん、バグかな？

115. 勇者を見守るもやチートさん（平行世界8群）
くる……せい……だあず

116. 勇者を見守る学生さん（地球国家）
**うわっは　ははっは　ひー
お腹痛ーい☆**

117. 勇者している勇者さん（平行世界4群→シッラ・ハウ）
**なに笑ってるんだい！
ド頭（たま）カチ割られたいのかい！？**

118. 勇者を見守る戦メイドさん（クァーリィ）
**問います、
学生様はなぜ笑っていらっしゃるのですか？**

119. 勇者を見守る法術メイドさん（サレンダリア）
**もぉ、地球系列世界のみなさんだけで楽しんでてぇ
わけわかんないですぅ（ぶんぶん！）**

120. 勇者を見守るもやチートさん（平行世界8群）
**いや……これは……あの
……うわあチキンなもやしは目をあわせちゃいけない種類のひとだ**

121. 勇者している勇者さん（平行世界4群→シッラ・ハウ）
**あぁ？
なんだってんだい！**

122. 勇者を見守るもやチートさん（平行世界8群）
**いえ、すんません！
なんでもないです、すんません！**

123. 勇者を見守る学生さん（地球国家）
もしかしてー、チームみーんな、召喚されちゃったのー？

124. 勇者している勇者さん（平行世界4群→シッラ・ハウ）
**おう、集会の時に光に包まれてな……

アタイは総長（ヘッド）としてみんなの命（タマ）を預かってんだよ
ここが地球じゃないってんなら、みんなを連れて帰る役目があるってもんさ！**

125. 勇者を見守る法術メイドさん（サレンダリア）
**勇者さん、かっこいいです！＞＜
上に立つひとの鏡です♪**

126. 勇者を見守る学生さん（地球国家）
ちなみに賢者さんがパンチがきいてるって言ったのってー

もしかして、特攻服?
さらしに特攻服?

127. 勇者している勇者さん（平行世界4群→シッラ・ハウ）
それ以外になにがあるってんだい?
集会なんだぜ?
気合い入れてキメんに決まってんだろ?
苦世感情亜図の総長に代々引き継がれる由緒正しい特攻服だぜ!
渋いレッドに金の刺繍（ししゅう）!

128. 勇者を見守る戦メイドさん（クァーリィ）
問います、
特攻服とはいったいなんでしょうか?

129. 勇者を見守るもやチートさん（平行世界8群）
勇者さんの……晴れ姿っすよ……

130. 勇者を見守る学生さん（地球国家）
うん、晴れ姿だねー（笑）

131. 勇者を見守る賢者さん（空中庭園）
なー、ちょっといい?

132. 勇者を見守る賞金稼ぎさん（ジグルェイ）
あ、賢者さん、そういやがんばってたな（笑）

133. 勇者を見守る戦メイドさん（クァーリィ）
問います、
賢者様におかれましては首尾はいかがでしたか?

134. 勇者を見守る学生さん（地球国家）
賢者さん、おっかえりー☆

135. 勇者を見守る賢者さん（空中庭園）
うん、南……ええと、勇者さんたちから見て太陽の方角だな、そっちの森を抜けたところにそこそこでっかい街がある
で、なんか召喚した勇者を捜して神殿からの使いが回ってるっぽい

136. 勇者を見守る法術メイドさん（サレンダリア）
お迎え、きてたですぅ♪
よかったです!

137. 勇者を見守る賞金稼ぎさん（ジグルェイ）
合流すれば一段落、か
まあ、よかった……のか?
勇者としての活動はこれからじゃなかったかい?

138. 勇者を見守るもやチートさん（平行世界8群）
そういえば、終わったような気分になりましたけど
まだ始まってもいなかったんですね……

139. 勇者している勇者さん（平行世界4群→シッラ・ハウ）
おう、太陽のほうに行きゃあいいんだな?

140. 勇者を見守る学生さん（地球国家）
えー、ていうかー、
森を抜けるのに危険はないのー?

141. 勇者を見守る戦メイドさん（クァー

リィ)
申しあげます、
カチコめばよろしいのではないかと

142. 勇者を見守るもやチートさん（平行世界8群）
……戦メイドさん、わけわかってないですよね？

143. 勇者を見守る賢者さん（空中庭園）
うん、それがだなー
まあざっと調べてみたんだけど、魔物はちょこちょこいるっぽい
危険がないとはいえないんだな、これが

144. 勇者している勇者さん（平行世界4群→シッラ・ハウ）
へっ、そんなもんアタイらみんなで蹴散（けち）らしてやるよ！

145. 勇者を見守る賞金稼ぎさん（ジグルェイ）
でも、武器とかないんだろ？
どうするのさ？

146. 勇者している勇者さん（平行世界4群→シッラ・ハウ）
武器だぁ？
ンなもん、持ってるに決まってんじゃねえか
アタイたちをなんだと思ってんだよ！

147. 勇者を見守る戦メイドさん（クァーリィ）
問います、
勇者様におかれましてはなんなのですか？

148. 勇者している勇者さん（平行世界4群→シッラ・ハウ）
そんなもん、埼玉最強烈風レディース、苦世威惰亜図に決まってんだろ！

149. 勇者を見守る賞金稼ぎさん（ジグルェイ）
さっぱり……わからない、な

150. 勇者を見守る法術メイドさん（サレンダリア）
なんかすっごーいかたがたなんです？

151. 勇者を見守るもやチートさん（平行世界8群）
異世界で言ったらなんになるんだろう
なんて説明すればいいんだろう
……わからない

152. 勇者を見守る賢者さん（空中庭園）
見ればなんとなーくわかるけどな
特殊な武装集団みたいなもんだろ？

153. 勇者を見守る学生さん（地球国家）
うーん、ちょおっと違うかなー？

154. 勇者している勇者さん（平行世界4群→シッラ・ハウ）
とりあえず、南だな！
テメエラ、いいかぁ？
ぶっ込むぜ！

155. 勇者している勇者さん（平行世界4群→シッラ・ハウ）
オー！オー！オー！オー！オー！
オー！オー！オー！オー！オー！
オー！オー！オー！オー！オー！

**オー！オー！オー！オー！オー！
オー！オー！オー！オー！**

156. 勇者を見守る法術メイドさん（サレンダリア）
　……バグです？

157. 勇者を見守る賞金稼ぎさん（ジグルェイ）
　……バグ、かな？

158. 勇者を見守るもやチートさん（平行世界8群）
　これは……

159. 勇者を見守る学生さん（地球国家）
　**ひー☆
　お腹痛い（笑）**

露
夜 苦世威惰亜図
死 苦

現役勇者板
「ぼっちになりました」

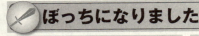
ぼっちになりました

1. 勇者しているフリーターさん（ミラースト→万華塔）
   超寂しいっす！
   でも超解放感っす！

   俺のテンションは！ 今、高い!!

2. 勇者を見守る国王さん（アレーシア）
   なんだ、君か（笑）
   なにがあったのかな（笑）

3. 勇者を見守る神官さん（フロイ・レガス）
   フリーターさん、またですか（笑）

4. 勇者を見守る外法師さん（ヴェヴェド）
   よーっす
   ンで、今度は一体なにがありやがったんだ？

5. 勇者を見守る学生さん（地球国家）
   フリーターさんの旅はまだまだ続くね☆

6. 勇者を見守る学者さん（時空図書館）
   万華塔（まんげとう）世界……ああ、なるほど

7. 勇者を見守る傀儡師さん（オイディル）
   これよ、時空図書館世界の学者はのいつも勝手にひとり得心（とくしん）したような顔をしてくれてな

8. 勇者しているフリーターさん（ミラースト→万華塔）
   えっと、今はぼっちになったんすけど、その前の話からしたほうがいいすかね？
   現状から話したほうがいいすかね？

9. 勇者を見守る外法師さん（ヴェヴェド）
   どっちでも構わねェよ
   好きにしろや

10. 勇者を見守る学生さん（地球国家）
    なーんか前の世界の話は面白そうだからー、ここは現状からいっとく？

11. 勇者を見守る国王さん（アレーシア）
    そうだね、学者くん、補足を頼めるかい？

12. 勇者を見守る学者さん（時空図書館）
    了解しました

13. 勇者しているフリーターさん（ミラースト→万華塔）
    お察しの通り、前の世界で魔王を倒すまでに、つか倒してからもいろいろあって
    ちょうど現れた召喚陣に逃げるようにして飛び込んだんすよね

14. 勇者を見守る傀儡師さん（オイディル）
    しかしま
    まこととんでもない召喚体質だわな（笑）

15. 勇者を見守る神官さん（フロイ・レガス）

ええ……もはや呪われているとしか思えませんね

16. 勇者を見守る学生さん（地球国家）
フリーターさんの召喚体質は半端じゃないよ☆

17. 勇者を見守る国王さん（アレーシア）
いざどこかに腰を落ち着けて召喚拒否権をもらったとしても、まだ召喚されそうな気がひしひしとするね（笑）

18. 勇者を見守る学者さん（時空図書館）
ええ、そういえば魔女さんが、解剖……解析してみたいとおっしゃってましたよ
特異な体質ですからね

19. 勇者しているフリーターさん（ミラースト→万華塔）
学者さん、さらっと怖いこと言わないでくださいよ！

てか、魔女さん？

20. 勇者を見守る学生さん（地球国家）
古参のひとだよー
ほっとんど自分の世界にひきこもってるけどー
ほんっとごくごくたまーに組合にいるよー
この術式が美しくないってダメ出ししてる（笑）

21. 勇者を見守る神官さん（フロイ・レガス）
そんなかたがいらしたのですか……知りませんでした

22. 勇者を見守る外法師さん（ヴェヴェド）
アァ、俺も知らねェな

23. 勇者を見守る傀儡師さん（オイディィル）
我も知らんな

24. 勇者を見守る国王さん（アレーシア）
僕は、武勇伝だけは……耳にしたことがあるね
……うん

25. 勇者を見守る学生さん（地球国家）
もうもう術式についてはこだわり半端じゃなくてー
組合の中のひとたちだってたじたじさせちゃうすっごいおばーちゃんだよ☆

26. 勇者しているフリーターさん（ミラースト→万華塔）
って、そんな怖い古参のひとに解剖したいとか言われてるんすか俺！
怖いすよ！

27. 勇者を見守る学者さん（時空図書館）
……まあ、あのかたも滅多に自世界から出ることはありませんから
魔女さんの世界に……召喚されないと、いいですね……

28. 勇者しているフリーターさん（ミラースト→万華塔）
なんで諦めた風なんすか学者さん！やめてくださいよ！

29. 勇者を見守る国王さん（アレーシア）
もし出会う場所が組合なら……きっと中のひとたちが死ぬ気で止めてく

れるよ
止まると……いいね

30. 勇者しているフリーターさん（ミラースト→万華塔）
なんで希望的観測風なんすか国王さん！
まじで怖いんすけど！

31. 勇者を見守る傀儡師さん（オイディル）
励めよな、フリーター

32. 勇者を見守る外法師さん（ヴェヴェド）
応援だきゃあ心の底からしといてやるよ

33. 勇者を見守る学生さん（地球国家）
みーんな、フリーターさんのことは忘れないからね☆

34. 勇者しているフリーターさん（ミラースト→万華塔）
ちょ、なんすかマジでこの空気！
超怖いんすけど！

35. 勇者を見守る国王さん（アレーシア）
さて、それで万華塔世界への召喚陣に飛び込んだら……
独りぼっちになったのかい？

36. 勇者を見守る学生さん（地球国家）
現状ｋｗｓｋ☆

37. 勇者しているフリーターさん（ミラースト→万華塔）
あ、了解っす
召喚陣に飛び込んで、出た場所は雲の上までそびえ立つ真っ黒い塔の入口
でもって響き渡る女神様のお告げ

「どうかこの塔を白に染めてください……頼みました、勇者よ」

そんだけっす！

38. 勇者を見守る外法師さん（ヴェヴェド）
ア？
そんだけか？

39. 勇者を見守る傀儡師さん（オイディル）
あれ、異世界召喚の約束事はなかったのか？
神官に囲まれるだの王族に見定められるだの聖なる剣を授かるだの、さような

40. 勇者しているフリーターさん（ミラースト→万華塔）
まったくもってこれっぽっちもありませんでしたね
なんせ人影ゼロ！ なんもなし！
あるのは塔だけ！

41. 勇者を見守る学生さん（地球国家）
え、住んでるひとっとかもいないの？

42. 勇者を見守る神官さん（フロイ・レガス）
どういう世界なんですか、学者さん？

43. 勇者を見守る学者さん（時空図書館）
万華塔世界は、名の通りひとつの塔が存在する、それだけの世界です
その塔の支配を、最上に住まう白蒼

赤青の四色の神が争っています
支配している神の色によって塔の色も変わり、また住まうものも変化します
現在塔が黒い……ということは、黒神の守護のもと黒種が繁栄しており、お告げから察するに、フリーターさんは白神によって白種の勇者として喚ばれたのでしょう

44. 勇者を見守る外法師さん（ヴェヴェド）
なアンか、めんどくせェ世界だな、オイ？

45. 勇者を見守る神官さん（フロイ・レガス）
あの、支配する神により住人も変わる……のですよね？
つまり、住人たちはなにも悪事をしていないのに……フリーターさんに倒されるのですか？

46. 勇者を見守る傀儡師さん（オイディル）
理不尽（りふじん）な話よな

47. 勇者を見守る国王さん（アレーシア）
支配する神を倒したら住人もまるごと入れ替わるのかな？
極端な世界だね

48. 勇者を見守る学生さん（地球国家）
ていうかー、ラスボスって神？
幻のレベル10？

49. 勇者しているフリーターさん（ミラースト→万華塔）
えー、ひとりで神に挑めって、そりゃ無理っすよ（笑）

50. 勇者を見守る学者さん（時空図書館）
名義的には神ですが、実質的には塔の支配権を握る存在であり、レベル10ではありません
そして他のご質問には……

51. 勇者を見守る外法師さん（ヴェヴェド）
ンだ？

52. 勇者を見守る傀儡師さん（オイディル）
には？

53. 勇者を見守る学者さん（時空図書館）
……そういう世界だから、としかお答えできませんね

54. 勇者を見守る国王さん（アレーシア）
おいおい（笑）

55. 勇者を見守る学生さん（地球国家）
ズコー（笑）

56. 勇者を見守る学者さん（時空図書館）
理由はあるのですよ、きちんと
本来万華塔世界は、どの色が突出してもいけないのです
世界のバランスが崩れますからね
ですから定期的に色の変化を繰り返すのは、自浄作用のようなものです

57. 勇者しているフリーターさん（ミラースト→万華塔）
ま、世界にはいろいろあるんすねえ
知ってましたけど、やっぱ世界は広いすねえ

でもこれ、召喚慣れしてないひとが喚ばれたら、かなり無理ゲーだと思

いますよ?

58. 勇者を見守る傀儡師さん（オイディル）
召喚慣れ（笑）

59. 勇者を見守る学生さん（地球国家）
ふつーにいないから（笑）

60. 勇者を見守る国王さん（アレーシア）
それはまた、なんでかな？

61. 勇者しているフリーターさん（ミラースト→万華塔）
だって、
・ぼっち
・武器なし
・塔めっちゃでかい
すよ？
さくっと心折れるんじゃないすかね

62. 勇者を見守る神官さん（フロイ・レガス）
武器も……ないのですか？

63. 勇者しているフリーターさん（ミラースト→万華塔）
ないっすね

64. 勇者を見守る傀儡師さん（オイディル）
どうするよな？

65. 勇者しているフリーターさん（ミラースト→万華塔）
あ、自前装備あるんで俺は大丈夫っす
前の前の前あたりの世界から愛用してるのがあるんで

66. 勇者を見守る学生さん（地球国家）
えー、武器って現地調達が基本じゃないの？
勇者の剣！　とか
聖なる剣！　とか

67. 勇者を見守る学者さん（時空図書館）
まあ、フリーターさん以前に喚ばれたかたも、なにかしら武道の達人であったりしたのでしょうね……

68. 勇者を見守る国王さん（アレーシア）
ああ、普通に戦いのある世界から戦士を喚ぶってことかい

69. 勇者を見守る外法師さん（ヴェヴェド）
それにしても、地球系列世界出身の勇者が多すぎんだよな

70. 勇者しているフリーターさん（ミラースト→万華塔）
勇者の剣とか聖なる剣とかも世界ごとにあるんすけどねー
これはもう愛用品つか、カスタム品なんで

71. 勇者を見守る傀儡師さん（オイディル）
フリーターは、もはやいっぱしの戦士よな（笑）

72. 勇者を見守る国王さん（アレーシア）
地球系列世界出身なのにね（笑）

73. 勇者を見守る学生さん（地球国家）
それがフリーターさん☆クオリティ！

74. 勇者を見守る神官さん（フロイ・レ

ガス)
なにはともあれ、武器を持っていてよかったですね……

---

75. 勇者しているフリーターさん（ミラースト→万華塔）
ぼっちの旅が辛くなったら勇チャ構ってください（笑）

---

76. 勇者を見守る国王さん（アレーシア）
わかったよ（笑）

77. 勇者を見守る外法師さん（ヴェヴェド）
おうよ（笑）

78. 勇者を見守る学生さん（地球国家）
さーてさて☆

そんなぼっち旅一直線のフリーターさんですが！
なーんで、解放感なのかなー？

79. 勇者を見守る傀儡師さん（オイディル）
そうよ、それよ

80. 勇者を見守る神官さん（フロイ・レガス）
前のミラースト世界はどのようなところだったのですか？

81. 勇者を見守る学者さん（時空図書館）
……特に問題のある世界とは思えませんが？

82. 勇者を見守る国王さん（アレーシア）
ふうん、学者くんの知る限り世界には問題がないのか
それならなんで召喚陣に飛び込むことになったのかな？

83. 勇者を見守る外法師さん（ヴェヴェド）
魔王は倒したッつってたよな？
つか、倒してからもなんかあったんだったか？

---

84. 勇者しているフリーターさん（ミラースト→万華塔）
はーははは、はあ、まあ

さあさあみなさんご一緒に！

ハーレム！

---

85. 勇者を見守る神官さん（フロイ・レガス）
えっ
勇者は！

86. 勇者を見守る傀儡師さん（オイディル）
おう？
撲滅（ぼくめつ）！

87. 勇者を見守る学生さん（地球国家）
撲滅☆

88. 勇者を見守る国王さん（アレーシア）
ここにきて、まさかの（笑）

89. 勇者を見守る外法師さん（ヴェヴェド）
ハーレム！

90. 勇者を見守る神官さん（フロイ・レガス）
勇者は！

91. 勇者しているフリーターさん（ミラースト→万華塔）
根絶！

92. 勇者を見守る外法師さん（ヴェヴェド）
根絶！

93. 勇者を見守る学者さん（時空図書館）
**……なぜ、これを今ここで
それに傀儡師（くぐつし）さんも……一員でしたか**

94. 勇者を見守る学生さん（地球国家）
月夜

95. 勇者を見守る神官さん（フロイ・レガス）
ばかりと

96. 勇者を見守る学生さん（地球国家）
思うなよ！

97. 勇者しているフリーターさん（ミラースト→万華塔）
ハーレム！

98. 勇者を見守る傀儡師さん（オイディル）
勇者は！

99. 勇者を見守る神官さん（フロイ・レガス）
巣に

100. 勇者を見守る外法師さん（ヴェヴェド）
帰れ‼

101. 勇者しているフリーターさん（ミラースト→万華塔）
いやーぱちぱちぱち

おつかれさんっしたー！

102. 勇者を見守る学生さん（地球国家）
えー、ていうか、なにー？

103. 勇者を見守る神官さん（フロイ・レガス）
**まあ、身体は咄嗟（とっさ）に反応するわけですが
なぜまた**

104. 勇者を見守る外法師さん（ヴェヴェド）
**てめェがハーレム勇者だったってェのか？
にしちゃ、なんで自分からこれだよ？**

105. 勇者を見守る傀儡師さん（オイディル）
**すっきりしたが
しかしなによな**

106. 勇者しているフリーターさん（ミラースト→万華塔）
いやーははは、ハーレム勇者なんて夢っすわー

107. 勇者を見守る国王さん（アレーシア）
なんだい、また同行者にハーレムを築かれて孤独を味わったのかい？（笑）

108. 勇者を見守る外法師さん（ヴェヴェド）
**やたら力はいってやがったけどよ
なんだよ？**

109. 勇者を見守る学生さん(地球国家)
ハーレム勇者をdisり隊☆なことでもあったのー?

110. 勇者しているフリーターさん(ミラースト→万華塔)
ハーレムがいいことだと思っていた時期が俺にもありました

正直、もう、無理

111. 勇者を見守る神官さん(フロイ・レガス)
……いつぞやスレ立てをしたハーレム勇者もそんなことを言っていましたが……
自慢ですか?
自慢ですね?

112. 勇者を見守る学者さん(時空図書館)
しかし、フリーターさんも昔いずこかでハーレムを築いたことがあったのでは?

113. 勇者を見守る学生さん(地球国家)
あれ、そうだよねー
どっかの世界にハーレム置いてきたんじゃなかったの?

114. 勇者しているフリーターさん(ミラースト→万華塔)
そういえば、俺にもそんな桃源郷(とうげんきょう)がありました

……ミラースト世界の俺は血みどろ地獄でした

115. 勇者を見守る傀儡師さん(オイディル)
血みどろ?

116. 勇者を見守る神官さん(フロイ・レガス)
地獄?

117. 勇者を見守る国王さん(アレーシア)
どういうことかな?

118. 勇者しているフリーターさん(ミラースト→万華塔)
まあ、ハーレムといったらハーレムだったんすよ
ってここでまたコール始めないでくださいね、話続くんで(笑)

119. 勇者を見守る外法師さん(ヴェヴェド)
チッ

120. 勇者しているフリーターさん(ミラースト→万華塔)
ミラースト世界で旅に出た時の編成は、
・騎士/男/24歳
・騎士/男/22歳
・騎士/女/22歳
・魔法師/女/19歳
・回復師/女/18歳
だったんすよね

121. 勇者を見守る学生さん(地球国家)
あれ、ハーレムじゃないよ

122. 勇者を見守る傀儡師さん(オイディル)
ハーレムではないな
余計なものがくっついておるよ

123. 勇者を見守る神官さん(フロイ・レガス)
ええ、余計な筋肉がくっついていま

すね

124. 勇者を見守る国王さん(アレーシア)
まったく(笑)

125. 勇者を見守る学者さん(時空図書館)
あなたがたときたら……

126. 勇者しているフリーターさん(ミラースト→万華塔)
んで、まあ順調に旅してたんですが、だんだんおかしくなってったんすよ

127. 勇者を見守る外法師さん(ヴェヴェド)
おかしく?
なんだ?

128. 勇者しているフリーターさん(ミラースト→万華塔)
俺もまあ、安住の地を探そうと思って毎回召喚陣に飛び込んでるわけっすから、周りとの関係は良好にしときたいじゃないすか
だからまず、人当たりはよくする
でもって男とは気さくに話せるように仲良くなる
女の子には優しくする
ってのを基本にしてるわけなんす

129. 勇者を見守る国王さん(アレーシア)
まあ……対人関係を構築する上で、問題はなさそうだね

130. 勇者を見守る神官さん(フロイ・レガス)
それがどうしたのですか?

131. 勇者しているフリーターさん(ミラースト→万華塔)
そんでもまあ、俺もこれで実績だけはあるわけっすから、メンバーの中で一番強い……つか、周りが見えてるつか、戦いかたを知ってるっつか、そんなわけなんすよね

132. 勇者を見守る外法師さん(ヴェヴェド)
ま、そりゃそうだろ
マジでてめェ何回目だってんだよ

133. 勇者を見守る学生さん(地球国家)
魔王を倒すのが最終目的じゃない時もあったみたいだけどー
地球系列世界では指折りだよねー

134. 勇者を見守る学者さん(時空図書館)
指折りって、他に……
……ああ、仙人さんなどですね

135. 勇者しているフリーターさん(ミラースト→万華塔)
んでまあ、騎士に戦いのコツ教えたりして仲良くなったり、空き時間に術の効率的な使いかたを教えたり、みんなを守ってみたり、そんな感じで旅してたんすよね

136. 勇者を見守る傀儡師さん(オイディル)
先達として、あるべき姿よ

137. 勇者しているフリーターさん(ミラースト→万華塔)
……最初にあれっと思ったのは、洗濯なんすよ

138. 勇者を見守る国王さん(アレーシア)
洗濯?

> 139. 勇者しているフリーターさん（ミラースト→万華塔）
> **それまで全員順番で洗濯してたのに、女の子たちが自分が自分がと言い出したんすよ**

> 140. 勇者を見守る神官さん（フロイ・レガス）
> **……はあ**

> 141. 勇者しているフリーターさん（ミラースト→万華塔）
> **んで男どもは有難いなーとか笑ってたわけっすよ**

> 142. 勇者を見守る外法師さん（ヴェヴェド）
> **おう**

> 143. 勇者しているフリーターさん（ミラースト→万華塔）
> **……踏み洗いが標準のこの世界で、俺の洋服下着類だけ丁寧に手洗いしてるのを**
> **その時にはもう友達になってた騎士の片方が発見したそうでですね**
> **なんかあれはヤバい感じがした、と忠告してくれました**

> 144. 勇者を見守る学者さん（時空図書館）
> **え……は？**

> 145. 勇者しているフリーターさん（ミラースト→万華塔）
> **ある朝いきなり重傷で発見されたもう片方の騎士の証言によると**
> **女騎士が洗う前の俺の洗濯物を……嗅（か）いでいた、と**

> **そして「見てしまった！」と逃げよ**

> **うとする→昏倒（こんとう）**

> 146. 勇者を見守る学生さん（地球国家）
> **うわあ（笑）**

> 147. 勇者しているフリーターさん（ミラースト→万華塔）
> **そっからはもう転げ落ちるようなもんでした**

> **特に仲良くなってた男の騎士は、魔法陣に……なにを疑われたのか考えるのもアレっすけど、戦闘の時に味方識別してもらえなくなりました**

> **宿屋で確かに鍵かけたはずなのに、翌朝になったら隣に女の子の誰かが寝てて**
> **「えへ、おはよー……うふふ恥ずかしい」**
> **なんてはにかまれるのはもう日常で、結界はらないと眠れなくなりました**

> **女騎士がそこそこ仲の良かった騎士（重傷を負ったほう）に**
> **「アンタあのひとを変な目で見てないでしょうね……？」**
> **と剣突きつけてました**
> **それどころか同じ篭手（こて）使ってたんすけど「お揃いじゃない！」と激昂（げっこう）してメッコメコにしました**

> **宿屋の枕カバーとシーツは必ずなくなって弁償しました**

> **回復師はナイフで毎日一本腕に傷をつけて、**
> **「これがあなたと出会ってからの記録……うふ、わざと回復しないの」**

現役勇者板「ぼっちになりました」

> と見せつけてくれました

148. 勇者を見守る国王さん(アレーシア)
    ……なんというか、うん
    被害は……あれだね、男に偏っていたみたいだけど、女性同士ではなにもなかったのかな？

149. 勇者を見守る学者さん(時空図書館)
    そういった……事例では、女性同士の争いも激化しそうなものですが……

150. 勇者しているフリーターさん(ミラースト→万華塔)
    女部屋の……会話を……聞いてしまったことを……後悔しました

    きゃっきゃうふふと話してるんすよ
    きゃっきゃうふふと
    それまでの俺の活躍についてとか……
    ……それぞれが『自分と俺の輝かしい未来』についてとか
    会話はまったくかみ合ってないのに、最後のひとことは一緒

    「みんなで、平等ね」

    俺、三等分にされるのかな、と思いました

151. 勇者を見守る傀儡師さん(オイディル)
    うむ……

152. 勇者を見守る外法師さん(ヴェヴェド)
    おう……

153. 勇者を見守る学生さん(地球国家)
    うわあ

154. 勇者しているフリーターさん(ミラースト→万華塔)
    その頃にはもう、男の騎士たちは身も心もボロボロでしたが、魔王を倒して国に戻って……

    「もうすぐ結婚式ね、あなたの赤ちゃんも、産まれるの喜んでる」

    とそれぞれ腹に手をあてる3人の笑顔を見た俺は……

    召喚陣に　飛び込みました
    既成事実は　ありません

155. 勇者を見守る神官さん(フロイ・レガス)
    なんでしょう

156. 勇者を見守る国王さん(アレーシア)
    うん

157. 勇者を見守る外法師さん(ヴェヴェド)
    ……おつ

158. 勇者しているフリーターさん(ミラースト→万華塔)
    俺は！
    これからの！
    ぼっち旅を！
    満喫する!!

159. 勇者を見守る学者さん(時空図書館)
    お疲れ……様です

160. 勇者を見守る学生さん(地球国家)

ぼっち旅、がんがれ☆

161. 勇者を見守る神官さん(フロイ・レガス)
わかっています
あなたの苦悩は、よくわかりました

ですけれど、それでも……思ってしまうのですよ

……ハーレム勇者は、巣に帰れ

どう好意的に見ても変態です

1. 勇者している勇者さん(平行世界4群)
   本当にありがとうございました
   orz

2. 勇者を見守る騎士長さん(レヴィランド)
   新勇者さんに、お務めお疲れ様です、と言いたいところですが……

3. 勇者を見守る巫女姫さん(サレンダリア)
   ……どういう、ことですの?

4. 勇者を見守る探偵さん(平行世界4群)
   また……私と同じ世界で活躍している勇者さん……なのですね
   もうどのようなものが来ても驚かない心構えで挑みます

5. 勇者を見守る学生さん(地球国家)
   どう好意的にみても変態です☆
   それってどんな勇者さーん?

   てなわけで、学生さん☆参上

6. 勇者を見守る警備員さん(時空治安機構)
   退勤たいきーん
   新勇者、おーっつ

7. 勇者を見守る暗殺者さん(レトヴァー)
   おぉ、面白そうじゃねぇかぁ
   詳しく話せやぁ

8. 勇者している勇者さん(平行世界4群)
   俺だって……俺だって
   ヒーロー的なものに憧れてテレビにかじりついてたガキの時代はありました

   だからってこれはない orz

9. 勇者を見守る騎士長さん(レヴィランド)
   ヒーロー……英雄、勇者ですか?
   ならば勇者としての務めをまっとうすればよいだけでは?

10. 勇者を見守る巫女姫さん(サレンダリア)
    そうですわ、せっかく勇者になれたのですもの
    なにがいけないのでしょう?

11. 勇者を見守る暗殺者さん(レトヴァー)
    つうかよぉ、どう好意的にみても変態な勇者ってなぁ、なんなんだよ?
    さっぱりわかんねぇぜぇ

12. 勇者を見守る学生さん(地球国家)
    あーたぶん、みんなが想像してるヒーローとはちがうっかなー?

13. 勇者を見守る探偵さん(平行世界4群)
    ……ええ、だいぶ隔(へだ)たりがありそうですね
    しかし、子どもの時分テレビにかじ

りついていた、ということは……人間のかたですね？
少し、ほっとしました

14. 勇者を見守る警備員さん（時空治安機構）
地球系列世界でヒーローったら、イコール勇者じゃねーもんなー
つっても、ある意味勇者っちゃ勇者だけど

15. 勇者している勇者さん（平行世界4群）
おれなんもわるいことしてないのになんなのこのしうち orz

16. 勇者を見守る騎士長さん（レヴィランド）
勇者さん、さきほどからあなたはなんなのですか
勇者としての気概を持ってしゃきっとしなさい

17. 勇者を見守る暗殺者さん（レトヴァー）
つうかよぉ、さっきから勇者が連発してる「orz」ってなぁ、なんだ？

18. 勇者を見守る探偵さん（平行世界4群）
「o」＝頭
「r」＝地に手をついた上半身
「z」＝地に膝をついた下半身
を意味する、いわば四肢を地面についてうなだれた人物の絵文字ですよ
絶望している時などに使われます

19. 勇者を見守る巫女姫さん（サレンダリア）
なん……という、こと……ですの

20. 勇者を見守る騎士長さん（レヴィランド）
これは……なるほど

21. 勇者を見守る暗殺者さん（レトヴァー）
おい、すげえなオイ!?

一回そう見たらそうとしか見えなくなったぜぇ……

22. 勇者を見守る警備員さん（時空治安機構）
（笑）

23. 勇者を見守る探偵さん（平行世界4群）
（笑）

24. 勇者を見守る学生さん（地球国家）
（笑）

25. 勇者している勇者さん（平行世界4群）
（笑）

26. 勇者を見守る暗殺者さん（レトヴァー）
なぁオイ、探偵よぉ
この調子で地球系列世界のわけわかんねぇ文字を説明しろよぉ

27. 勇者を見守る騎士長さん（レヴィランド）
orz
……おお

28. 勇者を見守る巫女姫さん（サレンダ

リア）
orz
……まあ

29. 勇者を見守る探偵さん（平行世界4群）
私は別に構いませんが……
勇者さんの話はいいのですか？

30. 勇者を見守る学生さん（地球国家）
ぶー そうだよー

勇者さんが苦悩してるのに、そんな話題転換ダメダメー

31. 勇者を見守る警備員さん（時空治安機構）
んで、なんだっけ
あれか、ヒーローか

……地球系列世界でヒーローっつったら、やっぱあれ？

32. 勇者している勇者さん（平行世界4群）
……はい、あれです

33. 勇者を見守る巫女姫さん（サレンダリア）
どれですの

34. 勇者を見守る学生さん（地球国家）
子どもの頃に憧れたっていったらーやっぱ、変☆身 的な？

35. 勇者している勇者さん（平行世界4群）
……はい、変☆身 的なやつです……

36. 勇者を見守る騎士長さん（レヴィランド）
変身？

37. 勇者を見守る探偵さん（平行世界4群）
変身……ヒーロー、ですか……
……なんなのですか平行世界4群はネタ世界かなにかなのですか？
変形合体ロボといい!!

38. 勇者を見守る学生さん（地球国家）
あのねー、探偵さんだってじゅっぷんネタっぽいからねー？（笑）

39. 勇者を見守る巫女姫さん（サレンダリア）
変身勇者さん、ですの？
なにに変身されるのですか？

40. 勇者している勇者さん（平行世界4群）
ヒーローに変身します

41. 勇者を見守る暗殺者さん（レトゥァー）
ァァ？
変身しねえと勇者じゃねえってのか？

42. 勇者している勇者さん（平行世界4群）
変身しないとごくごく普通の一般人です

43. 勇者を見守る騎士長さん（レヴィランド）
……意味がわかりません

44. 勇者を見守る警備員さん（時空治安

機構）
**なんつかなー、なんつえばいーんだ、変身して初めてヒーローになるっつか、
変身しねーと戦う力を持ってないただの人間っつか**

なんて説明するべき？

45. 勇者を見守る学生さん（地球国家）
魔法少女さんみたいなものだよ☆

46. 勇者を見守る騎士長さん（レヴィランド）
ああ！

47. 勇者を見守る暗殺者さん（レトヴァー）
なるほどなぁ

48. 勇者を見守る巫女姫さん（サレンダリア）
理解いたしましたわ

49. 勇者を見守る警備員さん（時空治安機構）
魔法少女さんの汎用性（はんようせい）の高さにワロタ（笑）

50. 勇者している勇者さん（平行世界4群）
**えっ
魔法少女なんて実在してるんですか!?**

51. 勇者を見守る探偵さん（平行世界4群）
**している……らしいですね
幸い平行世界4群ではありませんが、地球系列世界のどこかに**

52. 勇者している勇者さん（平行世界4群）
俺の他にも同じような境遇のひとがいたのか……！

……てか、正統派の魔法少女ですか？

53. 勇者を見守る学生さん（地球国家）
うん、すっごーく、正統派☆だよー

54. 勇者している勇者さん（平行世界4群）
**魔法少女！
たった今からお前は俺の敵だ!!**

55. 勇者を見守る警備員さん（時空治安機構）
だけど本人は大迷惑してるハタチだぜー（笑）

56. 勇者している勇者さん（平行世界4群）
**魔法少女！
たった今から俺はお前の味方だ!!**

57. 勇者を見守る探偵さん（平行世界4群）
どっちですか……

58. 勇者を見守る暗殺者さん（レトヴァー）
なんだってんだぁ（笑）

59. 勇者を見守る学生さん（地球国家）
**ウザ☆マスコットたちに追い立てられてーハタチにもなってファンシーなデコデコ泡立て器ふって可愛らしいヒラヒラ衣装で
決め台詞とか決めポーズとかやらさ**

れてー
かなり辛いみたいだよー☆

60. 勇者している勇者さん（平行世界4群）
**魔法少女！
こんど一緒に飲もう!!**

61. 勇者を見守る巫女姫さん（サレンダリア）
**……あの、勇者さん？
あなたも、魔法少女さんのように……
不本意に、変身をして、戦っているという認識でよろしいのでしょうか？**

62. 勇者している勇者さん（平行世界4群）
だいたい　あってる

63. 勇者を見守る騎士長さん（レヴィランド）
だいたい……ということは、違うところもあるのですか？

64. 勇者を見守る暗殺者さん（レトヴァー）
**てかよぉ、魔法少女と同系列ってこたぁ、あれかぁ？
女装かぁ？**

65. 勇者を見守る巫女姫さん（サレンダリア）
**女装……！
それは、お辛いでしょうね……お察しいたしますわ**

66. 勇者を見守る警備員さん（時空治安機構）
いやいやいやいや（笑）

67. 勇者を見守る学生さん（地球国家）
ちがうちがーう（笑）

68. 勇者を見守る探偵さん（平行世界4群）
**変身する勇者がすべて魔法少女のようなものではありませんよ
変身ヒーローならば……まったく異なるものでしょうね**

69. 勇者を見守る巫女姫さん（サレンダリア）
あら、そうでしたの……ほっといたしましたわ

70. 勇者を見守る暗殺者さん（レトヴァー）
**つうかよぉ、変態ってくれえだからよぉ
女装してたっておかしかねぇと思ったぜぇ**

71. 勇者を見守る騎士長さん（レヴィランド）
**そういえば、変態、でしたね……
……変態な、変身？**

72. 勇者を見守る警備員さん（時空治安機構）
おっ、気になるなー、どうみても変態な変身ヒーロー（笑）

73. 勇者を見守る学生さん（地球国家）
経緯ｋｗｓｋ☆

74. 勇者を見守る探偵さん（平行世界4群）
……覚悟を決めました

ことの経緯から、どうぞ

75. 勇者している勇者さん（平行世界4群）
    あーはい、
    俺、とある田舎の農家の次男坊なんです
    兄貴は都会で就職して結婚して、もう帰ってくる様子もないし、家継ぐつもりで農業してます
    親は農業なんてやめとけ、おまえだって農家の苦労はわかってるだろ、今からでも大学行ってもいい、どっかに就職してもいいって言ってくれますけど
    自分としてはあってると思うんすよね

    野菜とか果物とか米とか育てんのは、まあ大変ですよ、天候にも害獣にも気に配って、しかも台風ひとつで収穫寸前の林檎（りんご）畑がパアになったりしますしね
    でも、この野菜とか、果物とか、米とかが、誰かの口に入って、美味しいっつってもらって、都会でこれ食った兄貴とか友達の子どもたちが育っていくとか思うと、充実なんすよね
    手なんて抜けるわけねえよなあ、と思うんですよね

76. 勇者を見守る探偵さん（平行世界4群）
    ……偉い、ですね

77. 勇者を見守る騎士長さん（レヴィランド）
    見上げた心遣いですね

78. 勇者を見守る巫女姫さん（サレンダリア）
    ええ、ええ、素晴らしいですわ！

79. 勇者している勇者さん（平行世界4群）
    そんでまあ、ある日いつものように畑で雑草とってたらですね、見たことのない形の雑草が生えてたんですよ
    なんぞこれ、と抜いてみたら……妖精を収穫しました

80. 勇者を見守る警備員さん（時空治安機構）
    おっとｋｔｋｒ

81. 勇者を見守る学生さん（地球国家）
    収穫ｋｔｋｒ☆
    魔法少女さんでいうところのー、黒獣白獣的な？

82. 勇者している勇者さん（平行世界4群）
    今までお目にかかったことのない野菜を更にデフォルメしたような形をした、
    ぽっちゃり二等身の妖精でした

83. 勇者を見守る探偵さん（平行世界4群）
    妖……精……
    いえ、大丈夫です
    そんなものもいるでしょう

84. 勇者を見守る巫女姫さん（サレンダリア）
    魔法少女さんのところにやってきた御使いも、妖精ではありませんでしたかしら？

現役勇者板「どう好意的に見ても変態です」

変身される勇者さんには、お約束なのですかしら?

85. 勇者している勇者さん（平行世界4群）
そいつが言うことには、この地球はいま土壌の栄養を奪う『カンキョ・ハカーイ国』に狙われていると
そしてそれを撃退するには、大地を愛し野菜を愛する俺の力が必要だと

86. 勇者を見守る探偵さん（平行世界4群）
カンキョ・ハカーイ……こく
いえ、大丈夫です
ワルイーゾ帝国もあったのですから

87. 勇者を見守る学生さん（地球国家）
探偵さんが必死に抗（あらが）ってる（笑）

88. 勇者を見守る騎士長さん（レヴィランド）
そして、その妖精から勇者の力を賜（たまわ）ったわけですね?

89. 勇者している勇者さん（平行世界4群）
はい……

90. 勇者を見守る暗殺者さん（レトヴァー）
ふっつーによぉ、真面目に農業に向き合ってるテメェが選ばれたってこったろ?
なにが変態だってんだぁ?

91. 勇者を見守る警備員さん（時空治安機構）
そんじゃま、かけ声からいってみっか?（笑）

92. 勇者している勇者さん（平行世界4群）
「天愛（てんあい）! 地愛（ちあい）!人愛（ひとあい）!」

93. 勇者を見守る暗殺者さん（レトヴァー）
おっ

94. 勇者を見守る騎士長さん（レヴィランド）
えっ

95. 勇者している勇者さん（平行世界4群）
「大地の力よ、俺に宿れ!!」

96. 勇者を見守る巫女姫さん（サレンダリア）
ええと、あの……

97. 勇者している勇者さん（平行世界4群）
片手を高らかにあげてその言葉を発すると、ビシャーン! と、まず身体が茶色の全身タイツに包まれます

ゴボウです

98. 勇者を見守る学生さん（地球国家）
うはっ
ははっは!

ゴボウ☆

99. 勇者を見守る探偵さん（平行世界4群）
ご ぼ う

100. 勇者している勇者さん（平行世界4群）
シュキーン！
シュキーン！

という効果音とともに赤っぽい篭手（こて）が現れます
ニンジンです

101. 勇者を見守る警備員さん（時空治安機構）
あっはっはーっはっは!!

ニンジン！

102. 勇者を見守る探偵さん（平行世界4群）
にんじん……

103. 勇者している勇者さん（平行世界4群）
シャコーン！
シャコーン！

という効果音とともに黄色い脛（すね）当てが現れます
トウモロコシです

104. 勇者を見守る暗殺者さん（レトヴァー）
……なんだぁ、オイ？

105. 勇者を見守る探偵さん（平行世界4群）
もろこし……

106. 勇者している勇者さん（平行世界4群）
シュカーン！
と緑色の胸当てが装着されます
ピーマンです

107. 勇者を見守る騎士長さん（レヴィランド）
あの……なんでしょう

108. 勇者を見守る探偵さん（平行世界4群）
ぴーまん……

109. 勇者している勇者さん（平行世界4群）
カシャーン！
とオレンジ色のパンツが現れます

カボチャです

110. 勇者を見守る巫女姫さん（サレンダリア）
カボチャ……の、パンツというのは……あの、あの……貴族の殿方がお穿（は）きになるという、ふんわりしたかぼちゃパンツ……ですかしら？

111. 勇者している勇者さん（平行世界4群）
違います
野菜であるところのカボチャのパンツです
ごっつごつです

112. 勇者を見守る学生さん（地球国家）
ははっは、ははっは、ひー、げっほ

113. 勇者を見守る探偵さん（平行世界4群）
かぼちゃ……ぱんつ

114. 勇者している勇者さん（平行世界

4群)
最後に、ドビシャーン！ と頭が赤いヘルメットに覆われます

トマトです

115. 勇者を見守る警備員さん（時空治安機構）
あーっはっはっは、げーっほげほげほ

116. 勇者している勇者さん（平行世界4群）
そして、「大地の恵みは我にあり、ここに参上、ベジタヴォーン!!」

以上です

117. 勇者を見守る学生さん（地球国家）
ははっ、ひー、げっほごほ

118. 勇者を見守る警備員さん（時空治安機構）
ごっほごほ、げほ、ぐふっ、あはは

119. 勇者を見守る探偵さん（平行世界4群）
べじた……ぅぉーん……

120. 勇者を見守る暗殺者さん（レトヴァー）
……なんだぁ、オイ

121. 勇者を見守る巫女姫さん（サレンダリア）
か、カラフルな……お衣装、ですのね……

122. 勇者を見守る騎士長さん（レヴィランド）
その……ですね、おっしゃったのは、比喩（ひゆ）……ですね？
それらの……ええと、野菜に、なにかしら、似た

123. 勇者している勇者さん（平行世界4群）
リアルです！
超リアルです！
野菜の質感、ばっちりです！

orz

124. 勇者を見守る学生さん（地球国家）
げっほ

それはー、うーん
ちょおっとおっかしーい、かな☆

125. 勇者を見守る警備員さん（時空治安機構）
ぐふっ、
そりゃ、なかなか、インパクトつええなー（笑）

126. 勇者を見守る探偵さん（平行世界4群）
べじたぅぉーん
それは　めが　いたい　ひーろーです

127. 勇者している勇者さん（平行世界4群）
目が痛いヒーローですよ！
つうか、痛いヒーローですよ！

野菜は愛してる！
変身ヒーローも愛してる！

でもこれはない orz

128. 勇者を見守る騎士長さん（レヴィランド）
それでも、まあ……あの、勇者……なの、ですよね？
戦っている……のですよね？

129. 勇者している勇者さん（平行世界4群）
カンキョ・ハカーイ国の悪者どもと戦ってますよ！
夜にな！

130. 勇者を見守る暗殺者さん（レトヴァー）
夜にだぁ？

131. 勇者を見守る巫女姫さん（サレンダリア）
なぜ……夜限定、ですの？

132. 勇者している勇者さん（平行世界4群）
なぜなう田舎はな、基本的にじーさんばーさんばっかで夜が早いからだよ!!

133. 勇者を見守る騎士長さん（レヴィランド）
……つまり？

134. 勇者している勇者さん（平行世界4群）
誰かに！
見られたら！
俺の人生終わる!!

135. 勇者を見守る警備員さん（時空治安機構）
げふっ、

でも相手は昼とか夜とか待ってくれねーだろ？

136. 勇者を見守る学生さん（地球国家）
ごほっ、

そうだよ、昼にでてきたらどうすんのー？

137. 勇者している勇者さん（平行世界4群）
最初に土下座した！

138. 勇者を見守る巫女姫さん（サレンダリア）
土下座……ですの？

139. 勇者を見守る暗殺者さん（レトヴァー）
なんだぁ？

140. 勇者している勇者さん（平行世界4群）
最初に変身した時にな、畑にいたんだけどな、なんだこりゃーって叫んでな、
自分がどんなもんか確認してて、リアル orz になってな、
俺は夜にしか戦わない絶対戦わないっていうか戦えない無理見られたら首吊りもんだからマジ頼むって妖精に土下座したんだよ！

……そしたら妖精がなんか、カンキョ・ハカーイ国の幹部に交渉したらしくて
必ず夜に登場してくれるようになりました

141. 勇者を見守る巫女姫さん（サレンダ

現役勇者板「どう好意的に見ても変態です」 149

リア）
その……あの、妖精さんは……
カンキョ・ハカーイ国と……繋がって、いますの？

142. 勇者を見守る学生さん（地球国家）
てゆっかー
敵が現れたら必ずヒーローがかけつける！
いこーる、ヒーローが絶対かけつけないって土下座までしてるから敵は現れない！

的な、お約束ー？

143. 勇者を見守る探偵さん（平行世界4群）
そんな お約束が 許されるの ですか

144. 勇者を見守る警備員さん（時空治安機構）
許されてるからいーんじゃね？

145. 勇者を見守る暗殺者さん（レトヴァー）
よかねぇよぉ
つうかよぉ、のんびりした関係だなぁ、オイ？

146. 勇者を見守る騎士長さん（レヴィランド）
勇者と……敵の関係と言うにはあまりにも……馴れ合って、いますね

147. 勇者を見守る巫女姫さん（サレンダリア）
地球系列世界のお約束というものはこれですから……
ああ、気付け薬が欲しくなって参りましたわ

148. 勇者している勇者さん（平行世界4群）
気付け薬ってなんですか？

149. 勇者を見守る暗殺者さん（レトヴァー）
こいつぁ飲んべえ巫女姫なんだよぉ

150. 勇者を見守る学生さん（地球国家）
巫女姫さんの気付け薬はねー、お酒☆だよー

151. 勇者を見守る騎士長さん（レヴィランド）
巫女姫さん、また飲酒ですか……神職にありながら

152. 勇者を見守る警備員さん（時空治安機構）
俺も仕事終わりに楽しい話聞けたから、飲むかー

153. 勇者している勇者さん（平行世界4群）
そうですか……
俺にも 気付け薬 くださいorz

154. 勇者を見守る探偵さん（平行世界4群）
……私にも、気付け薬を……ください

魔王がべそかいて逃げました

1. 勇者しちゃった勇者さん（キノッス）
そして私は勇者……ですか

頭が痛いです

2. 勇者しちゃった行商人さん（ユユルウ）
魔王が泣いて逃げ出したって……
どういうことかな（笑）

3. 勇者しちゃった魔王さん（三界）
ふうん、それはまたずいぶんとまあ情けない魔王ですねえ
詳しい話を聞きたいところです

4. 勇者しちゃった学生さん（地球国家）
えー、魔王を泣かせちゃったのー
でもって逃げられちゃったの－？（笑）

学生さん☆参上なんだよ☆

5. 勇者しちゃった村長さん（タ・バタ）
しかも自分が勇者で頭が痛いってのはどういうこった？
状況詳しく

6. 勇者しちゃった警備員さん（時空治安機構）
たいきーん
今日はシェンラ世界のロロール酒を手に入れちったからちびちびやるぜー

7. 勇者しちゃった勇者さん（キノッス）
飲酒のお話はやめてください……頭痛がさらに酷くなります

8. 勇者しちゃった村長さん（タ・バタ）
へっ、頭が痛いって二日酔いかよ？

9. 勇者しちゃった勇者さん（キノッス）
それもありますが……それだけではありません
まったく、どうしろというのですか……

10. 勇者しちゃった行商人さん（ユユルウ）
どうしろと言われてもなあ、こっちにはまったく状況が見えてないわけで
どうするのかな？

11. 勇者しちゃった魔王さん（三界）
話を聞かないことには、なんとも言えませんねえ

12. 勇者しちゃった警備員さん（時空治安機構）
つか、あれキノッス世界ったら……
え、魔王逃げちゃったわけ？

13. 勇者しちゃった学生さん（地球国家）
あ、警備員さん心当たりがあるっぽい☆
どゆことー？

14. 勇者しちゃった勇者さん（キノッス）
ええ、べそをかいて逃げ出しましたよ……

15. 勇者しちゃった警備員さん（時空治安機構）
もしかして勇者さんってよー、魔王

とジェズしたとか?

16. 勇者しちゃった行商人さん(ユユルウ)
ジェズってなんだい?

17. 勇者しちゃった勇者さん(キノッス)
……よく、おわかりですね

18. 勇者しちゃった魔王さん(三界)
ふうん、さっぱりわかりませんねえ
どういうことですか?

19. 勇者しちゃった村長さん(タ・バタ)
おい警備員、どういうこった?

20. 勇者しちゃった学生さん(地球国家)
ぶー
警備員さんだけわかっちゃってずるいんだー
ぶー

21. 勇者しちゃった警備員さん(時空治安機構)
うはっあっはっは、ははっ!
酒の勢いって怖ぇなあ!!

22. 勇者しちゃった勇者さん(キノッス)
しかも、勇者……ですよ?
蛮勇の象徴である勇者に、この私が!
心外にもほどがあります!

23. 勇者しちゃった行商人さん(ユユルウ)
えっ

24. 勇者しちゃった村長さん(タ・バタ)
えっ

25. 勇者しちゃった学生さん(地球国家)
んー、どゆこと?

26. 勇者しちゃった魔王さん(三界)
ふうん、僕にとっても勇者というのは野蛮な人間が送り出した無謀(むぼう)な侵略者のことですが……
もしや勇者さんは、魔族なのですか?

27. 勇者しちゃった勇者さん(キノッス)
は?
ええ、もちろん私は魔族ですよ
他のなんだというのです?

28. 勇者しちゃった行商人さん(ユユルウ)
えっ

29. 勇者しちゃった村長さん(タ・バタ)
えっ

30. 勇者しちゃった学生さん(地球国家)
えっ

……えっとー、人間とか?
獣人とか?

31. 勇者しちゃった勇者さん(キノッス)
人間?
獣人?
なんですか、それは

32. 勇者しちゃった警備員さん(時空治安機構)
あー、ちょい補足すんな

例えばなんだ、地球系列世界だったら、基本的に住人って人間だけだろ?

同じように、キノッス世界って基本的に住人は魔族だけなんだよ
いるのは魔人と、魔獣あたりな

つまり、まるっとふつうに魔王が統治してる魔族の世界

33. 勇者しちゃった村長さん（タ・バタ）
そんな世界が……あんのか

34. 勇者しちゃった魔王さん（三界）
ふうん、僕もまだまだ世界を知りませんねえ

35. 勇者しちゃった学生さん（地球国家）
そーんな世界で、なんで勇者さんは勇者になっちゃったの？

36. 勇者しちゃった勇者さん（キノッス）
……酒の、過ちです

37. 勇者しちゃった行商人さん（ユユルウ）
どういうことだい……

38. 勇者しちゃった警備員さん（時空治安機構）
てか、魔王にジェズしかけられるくらいいってんだから、勇者さんって魔王の側近じゃなくて？

39. 勇者しちゃった勇者さん（キノッス）
**ええ、まあ
大臣の位をいただいております**

40. 勇者しちゃった行商人さん（ユユルウ）
だから、そのジェズっていうのはなんなのかな

41. 勇者しちゃった村長さん（タ・バタ）
魔王の側近の……大臣が、勇者？

42. 勇者しちゃった魔王さん（三界）
**そして魔王を泣かせて逃げ出させた？
ふうん、興味がわきますねえ**

43. 勇者しちゃった学生さん（地球国家）
**もー、ぜーんぜんわっかんない！
状況ｋｗｓｋ！**

44. 勇者しちゃった勇者さん（キノッス）
ええいやかましい黙らっしゃい!!

45. 勇者しちゃった魔王さん（三界）
えっ

46. 勇者しちゃった行商人さん（ユユルウ）
えっ

47. 勇者しちゃった村長さん（タ・バタ）
へっ

48. 勇者しちゃった学生さん（地球国家）
えっ、なにー？

49. 勇者しちゃった勇者さん（キノッス）
**ああ、申し訳ありません
少々周囲がうるさかったものですから**

50. 勇者しちゃった行商人さん（ユユルウ）
どういうことだい？

51. 勇者しちゃった勇者さん（キノッス）
……説明したくありません

52. 勇者しちゃった村長さん（タ・バタ）
いや、しろよ

53. 勇者しちゃった勇者さん（キノッス）
嫌です、断じて説明したくありません

54. 勇者しちゃった学生さん（地球国家）
もー、勇者さんってばー、なんのためにスレ立てたのー？

55. 勇者しちゃった魔王さん（三界）
ふうん．この自由さはまあ、魔族ですねえ

56. 勇者しちゃった警備員さん（時空治安機構）
なんだよもー

《時空監視網起動》
《検索：キノッス》
《検索：魔王城》
《検出》

んー？

ぶぶっは！　あっはっはっは!!

57. 勇者しちゃった学生さん（地球国家）
えー、なになに？

58. 勇者しちゃった村長さん（タ・バタ）
どうした？

59. 勇者しちゃった警備員さん（時空治安機構）
えーとだな　ぶくく
勇者さんは今、魔王城の大広間にて、酔っぱらった魔族に囲まれて……っつか、

「だーいこう！　だーいこう！　魔王代行就任ばんざーい！」
と酒瓶持った魔族たちが叫びつつ踊りながら、頭を抱えている勇者さんの周りをぐるぐる回っています(笑)

60. 勇者しちゃった勇者さん（キノッス）
なっ！

み、見ているのですか!?

61. 勇者しちゃった行商人さん（ユユルウ）
踊りながら（笑）

62. 勇者しちゃった村長さん（タ・バタ）
回られてんのか（笑）

63. 勇者しちゃった魔王さん（三界）
ふうん、まあ勇者というのが不本意ならば、名前も『魔王代行』にしてしまえばいいんじゃないですかねえ？

64. 勇者しちゃった学生さん（地球国家）
だーよねー☆

65. 勇者しちゃった勇者さん（キノッス）
私は！
魔王代行などではありません！
そんなつもりは毛頭ありません！

66. 勇者しちゃった警備員さん（時空治安機構）
でもさあ、ちょー周り回られてるしみんな大喜びじゃん（笑）

67. 勇者しちゃった学生さん（地球国家）
なんなら名前くらい、ちょろっと変えてもらっちゃおっか☆

68. 勇者しちゃった行商人さん（ユユルウ）
ああ、学生はよくやるよね

69. 勇者しちゃった村長さん（タ・バタ）
おー、よくやるよな（笑）

70. 勇者しちゃった魔王代行さん（キノッス）
……くっ！

71. 勇者しちゃった魔王さん（三界）
諦めだって時には肝心、みたいですからねえ

72. 勇者しちゃった学生さん（地球国家）
だーいこう☆

73. 勇者しちゃった警備員さん（時空治安機構）
だーいこう☆

74. 勇者しちゃった村長さん（タ・バタ）
**んで、なんだ
なんでまた勇者、つか魔王代行になんてなったんだよ？**

75. 勇者しちゃった行商人さん（ユユルウ）
べそをかいて逃げた、というのも気になるね

76. 勇者しちゃった魔王さん（三界）
諦めだって時には肝心、だそうですよ？

77. 勇者しちゃった魔王代行さん（キノッス）
**はい……わかりましたよ
あれは、私が仲間たちと……少々、深酒をしすぎたのが原因でした
今代の魔王は就任して間もなく、まだ若く未熟で、政務をサボって遊びたがる面があり、側近である仲間たちはそれぞれ頭を痛めていたのです……**

魔王に対する愚痴はわき出し、そして日々の仕事への不満も募（つの）り、みなが浴びるように酒を飲んでくだを巻きました

……そして私は少々……酒に飲まれる性質があり、酒の勢いでみなに乗せられるまま、やってしまったのです……

78. 勇者しちゃった行商人さん（ユユルウ）
なにをだい？

79. 勇者しちゃった魔王さん（三界）
なにをですかねえ？

80. 勇者しちゃった魔王代行さん（キノッス）
魔王は、あれほど城下をふらふらするなと言い聞かせていたというのに、街の酒場で遊んでいました

我々はそこに押し掛けて……やってしまったのです

「決闘（ジェズ）!!」

81. 勇者しちゃった警備員さん（時空治安機構）
ぷくっ

82. 勇者しちゃった学生さん（地球国家）

あー

83. 勇者しちゃった行商人さん（ユユルウ）
うん？

84. 勇者しちゃった警備員さん（時空治安機構）
ちなみにキノッス世界での『決闘（ジェズ）』ってのは世界的に認められたもんで、宣言するとともに周囲に魔術壁が構築されて、他に被害が及ばなくなるシステムなー

85. 勇者しちゃった村長さん（タ・バタ）
ああ……

86. 勇者しちゃった魔王さん（三界）
なるほど、ですねえ

87. 勇者しちゃった魔王代行さん（キノッス）
私に指差されて宣言されて酒瓶片手にぽかんとする魔王
決闘（ジェズ）の始まりだ！ とやんややんやと盛り上がる酒場
いけいけ！ と私の背中を押す同僚たち

私は……日頃の鬱憤（うっぷん）のせいで、止まりません……でした

88. 勇者しちゃった学生さん（地球国家）
うんうん、そんなこともあるよねー☆

そんでそんで？

89. 勇者しちゃった魔王代行さん（キノッス）

「召喚！ 前年度の決算書類！」

90. 勇者しちゃった行商人さん（ユユルウ）
えっ

91. 勇者しちゃった村長さん（タ・バタ）
えっ

92. 勇者しちゃった魔王代行さん（キノッス）
「大赤字！」

93. 勇者しちゃった魔王さん（三界）
はあ

94. 勇者しちゃった学生さん（地球国家）
ええー（笑）

95. 勇者しちゃった魔王代行さん（キノッス）
「召喚！ 前年度の視察……という名でなんとか処理したあなたの漫遊費！
穴埋め過ぎ！ 大赤字！

政務から逃げ出すのはまだしもいいえそれもまた言語道断ですがだからといってなにゆえわざわざ地方にまで足を延ばしてあちこちで豪遊（ごうゆう）して帰ってくるんですか馬鹿なんですかあなたは！」
我ながらワンブレスでした

96. 勇者しちゃった警備員さん（時空治安機構）
ワンブレス（笑）

97. 勇者しちゃった行商人さん（ユユルウ）

退役勇者板「魔王がべそかいて逃げました」

魔王代行さん、財務大臣か（笑）

98. 勇者しちゃった魔王代行さん（キノッス）
「召喚！　前年度の接待……という名でなんとか処理したあなたの豪遊費！
さきほどの漫遊費とあわせて穴埋め過多！　大赤字！

働きもしないくせに金銭をばらまいて店中の魔人に奢（おご）るだとか太っ腹なところを見せたいんでしょうね若いんですからでも馬鹿ですかあなたは！」

99. 勇者しちゃった村長さん（タ・バタ）
こりゃよっぽど溜まってたんだな（笑）

100. 勇者しちゃった学生さん（地球国家）
だねー（笑）

101. 勇者しちゃった魔王代行さん（キノッス）
「召喚！　前年度の後宮費！
予算オーバー大赤字！

城になどほとんどいないくせに美女を見つけたらすぐに後宮に引っ張り込んでただでさえ財政を圧迫しているのに豪奢（ごうしゃ）であればあるほど好みだなんて彼女らが無駄に贅沢（ぜいたく）するに決まっているでしょう馬鹿なんですかあなたは！」

102. 勇者しちゃった魔王さん（三界）
ふうん、そんな調子で追いつめたわけですねえ（笑）

103. 勇者しちゃった学生さん（地球国家）
ちなみにー、
どれくらーい、やったの？

104. 勇者しちゃった魔王代行さん（キノッス）
……積もりに積もった鬱憤ですからね……
全て、叩き付けてやりましたよ
全て、ね

衆人環視の中、なにも反論できない魔王がべそをかいて逃げるまで、延々とね……

105. 勇者しちゃった行商人さん（ユユルウ）
なんというか、まあ平和的な決闘だねえ（笑）

106. 勇者しちゃった村長さん（タ・バタ）
魔術壁を張る必要もねえ言葉攻めだな（笑）

107. 勇者しちゃった魔王さん（三界）
しかしその程度で折れるなんて情けない魔王ですねえ
自分が魔王なのだから自分が法だ、くらいに言い張れるようにならないといけませんよ

108. 勇者しちゃった警備員さん（時空治安機構）
まだ若い魔王らしいかんなー
公衆の面前で赤っ恥かいて泣いちゃったんじゃね？（笑）

109. 勇者しちゃった魔王さん（三界）
ふうん、青いですねえ

110. 勇者しちゃった魔王代行さん（キノッス）
……未熟者、なのですよ

「で、でも、じゃあ、税金もっととれば……」
「税金は民のため必要だから必要な分を設定しているのですよ、民から搾（しぼ）り取った金銭で遊ぼうだなんて言語道断です！」
このやりとりに店内で拍手と歓声がおきました

111. 勇者しちゃった村長さん（タ・バタ）
ま、そりゃそうだわな（笑）

112. 勇者しちゃった学生さん（地球国家）
店内にも、もう味方だーれもいなかったんだね☆
かーいそうー☆

113. 勇者しちゃった行商人さん（ユユルウ）
んで、べそかいて逃げ出した、と（笑）

114. 勇者しちゃった魔王代行さん（キノッス）
ええ、非常に情けない姿でした
あれが我うの魔王だなんて、本当に頭が痛いです……

115. 勇者しちゃった警備員さん（時空治安機構）
でもさ、すっきりしたんじゃねーの？

116. 勇者しちゃった魔王さん（三界）
なにせ、すべて叩き付けてやったわけですからねえ

117. 勇者しちゃった魔王代行さん（キノッス）
ええ、すっきりしましたよ……あの時は、ね

ですが現状、魔王は行方をくらましてしまっているのです
これでは政務から逃げ出している時となにも変わりません！

118. 勇者しちゃった学生さん（地球国家）
えー、だからこその、魔王代行☆でしょ？

119. 勇者しちゃった村長さん（タ・バタ）
他の側近の奴らも、盛り上がってるみたいじゃねえか（笑）
踊り回ってんだろ？（笑）

120. 勇者しちゃった魔王代行さん（キノッス）
そんなつもりはなかったんです！
断じて、そんなつもりはなかったんですよ！

……ああ、頭が痛い

121. 勇者しちゃった魔王さん（三界）
ふうん、魔王を追いつめたんですから、責任をとって代行をするしかありませんねえ

122. 勇者しちゃった行商人さん（ユユルウ）
というか、そのほうがうまく政治が回りそうじゃないかな？（笑）

123. 勇者しちゃった学生さん（地球国家）
そんでー、魔王代行さんと側近さんたちががんばってー、

退役勇者板「魔王がべそかいて逃げました」 159

財政が立て直されたあとで、魔王が帰ってきてまたごっちゃになるんだね☆

124. 勇者しちゃった魔王代行さん(キノッス)
……どうしたらいいんですか!

125. 勇者しちゃった警備員さん(時空治安機構)
頑張れ(笑)

現役勇者板
「あきらかにこの旅は、おかしい」

あきらかにこの旅は、おかしい

1. 勇者している勇者さん（平行世界7群→コロム・スタラ）
   ん、だ、ぜ！

   ひゃほう！

2. 勇者を見守る操縦士さん（カルバ・ガルバ）
   召喚勇者ね、お疲れ

   ていうか、おかしいのはあんたのテンションじゃない、どうしたのよ

3. 勇者を見守る店主さん（ジステル公国）
   おお召喚勇者か、おつ
   つかマジでテンションおかしいな（笑）

4. 勇者を見守る総帥さん（ナラハイダ）
   召喚勇者か、務めご苦労
   しかしどうした

5. 勇者を見守る学生さん（地球国家）
   召喚勇者さんに、おっつー☆

   ひゃほう！

6. 勇者を見守る冒険者さん（デイラ）
   なんだこのノリ（笑）
   とりあえずお疲れさん

7. 勇者している勇者さん（平行世界7群→コロム・スタラ）
   テンションアゲアゲでまいりまっす！
   つか、そうでもしないと俺の！

   精神が！
   保たない！

   みなさんお集り有難うございまっす！
   ひゅー！

8. 勇者を見守る総帥さん（ナラハイダ）
   あげ……あげ？

9. 勇者を見守る学生さん（地球国家）
   ひゅー！（笑）

10. 勇者を見守る店主さん（ジステル公国）
    ひゅー（笑）

11. 勇者を見守る操縦士さん（カルバ・ガルバ）
    ねえちょっと、なんなの

12. 勇者を見守る総帥さん（ナラハイダ）
    よほど可笑しな旅なのか？

13. 勇者を見守る冒険者さん（デイラ）
    なんだ、どういう状況なんだ？

14. 勇者している勇者さん（平行世界7群→コロム・スタラ）
    えー、まずは！
    まあ召喚されまして、勇者になりまして、旅に出た時のメンバーからいきまっす！

    ・帝国騎士／男／28歳
    ・帝国騎士／男／26歳
    ・帝国騎士／女／26歳

- 神聖術師／男／24歳
- 神聖術師／女／22歳

15. 勇者を見守る操縦士さん（カルバ・ガルバ）
まあ……普通じゃないの？

16. 勇者を見守る冒険者さん（デイラ）
普通だな

17. 勇者を見守る学生さん（地球国家）
ちょう☆ふつーだね！

18. 勇者を見守る総帥さん（ナラハイダ）
**国からの選抜者として
ごく一般的だな**

19. 勇者を見守る店主さん（ジステル公国）
**ちょい年齢高めかなーと思わなくもないけど実績をとったんだろ
まあ普通じゃないか？**

20. 勇者している勇者さん（平行世界7群→コロム・スタラ）
**そして現在！
旅に出て……60日ちょい、になんのかな
同行メンバーを発表しまっす！**

21. 勇者を見守る冒険者さん（デイラ）
はっ？

22. 勇者を見守る店主さん（ジステル公国）
え、メンバー交代したのか？

23. 勇者を見守る総帥さん（ナラハイダ）
同行者が代わったと？

24. 勇者を見守る操縦士さん（カルバ・ガルバ）
**選ばれた勇者の同行メンバーが……
え、代わっちゃったの？
どういうことよ？**

25. 勇者している勇者さん（平行世界7群→コロム・スタラ）
現在の同行メンバー、じゃじゃーん！

- 馬／っぽい黒い獣、ただし角と牙がついてる／命名：うまたん
- ウサギ／っぽい灰色の獣、ただし俺よりでかい／命名：うさたん
- 熊／っぽい灰色の獣、ただしちっちゃくて二足歩行／命名：くまたん
- 虎／っぽい灰縞（はいしま）の獣、ただし羽がついてる／命名：とらたん
- 猫／っぽい黒い獣、手のひらサイズ／命名：ねこたん

ひゅー！

26. 勇者を見守る店主さん（ジステル公国）
えっ

27. 勇者を見守る冒険者さん（デイラ）
はあ!?

28. 勇者を見守る操縦士さん（カルバ・ガルバ）
ええ!?

29. 勇者を見守る学生さん（地球国家）
じゃじゃーん、ひゅー！

ケモケモ☆祭りだね！

現役勇者板「あきらかにこの旅は、おかしい」

30. 勇者を見守る総帥さん（ナラハイダ）
何故（なにゆえ）……そう、なった

31. 勇者している勇者さん（平行世界7群→コロム・スタラ）
いやぁ！
地球にいた時から、俺ってば動物に懐かれやすかったんだけどね！
近所の野良猫なんか俺のゴールドフィンガーでめろめろ！
近所の飼い犬なんか俺を見たら飛びついてきて涎（よだれ）でべろんべろん！

けど、まさかここにきてこうなるとは思いもよらなかったんですよ、ね！

32. 勇者を見守る冒険者さん（デイラ）
なんだ……おい

33. 勇者を見守る店主さん（ジステル公国）
うん……なぁ？

34. 勇者を見守る操縦士さん（カルバ・ガルバ）
本当に、どうしてそうなったのよ……

35. 勇者を見守る学生さん（地球国家）
もとの同行者さんたちはどこいっちゃったのー？
経緯ｋｗｓｋ☆

36. 勇者している勇者さん（平行世界7群→コロム・スタラ）
経緯ｋｗｓｋ☆いきまっす！

あれは、城下町から出てすぐの森に入った時でした！
「ここから先は凶獣（レセン）が出る……各自警戒を怠るな」
ってなことを帝国騎士の責任者の兄ちゃんが言ってました！

37. 勇者を見守る店主さん（ジステル公国）
凶獣？

38. 勇者を見守る冒険者さん（デイラ）
魔獣とは違うのか？

39. 勇者している勇者さん（平行世界7群→コロム・スタラ）
この世界に、魔物なんていないよ！
普通の獣とかが、『災（レゾ）』ってなんかよくわかんないけど悪いもんに触れておかしくなっちゃったのを『凶獣』って呼んでるらしいよ！
凶獣のわかりやすい判別は、色が灰色から黒だってことだよ！

40. 勇者を見守る総帥さん（ナラハイダ）
魔に触れ、魔に染まる、と似たものか

41. 勇者を見守る学生さん（地球国家）
イメージとしては、わかった、かなー？

42. 勇者を見守る操縦士さん（カルバ・ガルバ）
ていうか、あんたが連れてるのって……みんな黒とか灰色じゃないの！
ぜんぶ凶獣ってわけ⁉

43. 勇者している勇者さん（平行世界7

群ーコロム・スタラ)
さくっと話を続けまっす!
そして森に入ったその時!

▽黒い 馬っぽいやつが 出現した!

帝国騎士は剣を構えて言いました!
「凶獣馬(レセン・ホーズ)だと……!?
このような王都の近くに!
みな、気を抜くな!」

高まる緊張感!
警戒するメンバーたち!

だが、もふもふマスターの俺は気づいた!

▽馬っぽいやつは なにか言いたげだ!

その目が 訴えかけている!
俺に 仲間にしてくれと!

44. 勇者を見守る総帥さん(ナラハイダ)
もふもふ……ますたー

45. 勇者を見守る学生さん(地球国家)
総帥さん、そこじゃない(笑)

46. 勇者を見守る操縦士さん(カルバ・ガルバ)
えっ
ていうか、えっ!?

47. 勇者を見守る冒険者さん(デイラ)
いや、おい
勘違いだったら即死コースだろそれ

48. 勇者している勇者さん(平行世界7群→コロム・スタラ)
もふもふマスターに死角はなかった!
もふもふマスターの観察眼は伊達(だて)じゃねえ!

　たたかう
→はなす
　アイテム
　にげる

俺は右手を馬っぽいやつに差し出して言った!

「ほーらいい子だ、怖くないよー」

49. 勇者を見守る店主さん(ジステル公国)
いやだから、それ一歩間違えば即死コースだろ……
帝国騎士の言葉からすりゃ、高位モンスター扱いなんじゃないのか?

50. 勇者を見守る操縦士さん(カルバ・ガルバ)
勇気と無謀は違うってのよ!?

51. 勇者を見守る学生さん(地球国家)
それ、もと仲間のみんなはポカーンだねー☆

52. 勇者している勇者さん(平行世界7群→コロム・スタラ)
帝国騎士1は呆然としている!
帝国騎士2は呆然としている!
帝国騎士3は呆然としている!
神聖術師1は呆然としている!
神聖術師2は呆然としている!

現役勇者板「あきらかにこの旅は、おかしい」

> 馬っぽいやつはとことこ寄って
> きた!
> 馬っぽいやつは俺に撫でられて気持
> ちよさそうにしている!
>
> ▽馬っぽいやつが 仲間になった!

53. 勇者を見守る店主さん(ジステル公国)
    マジか……

54. 勇者を見守る冒険者さん(デイラ)
    マジなんだな……

55. 勇者を見守る総帥さん(ナラハイダ)
    **まじなのだろうな……
    現在の同行者を見る限り**

56. 勇者を見守る操縦士さん(カルバ・ガルバ)
    **そういうもんなの!?
    それでいいの!?**

57. 勇者を見守る学生さん(地球国家)
    **馬っぽいやつが仲間になった!
    ひゃほーい☆**

58. 勇者している勇者さん(平行世界7群→コロム・スタラ)
    ひゃほーい!

    **そんな感じで現れる凶獣という凶獣
    たちを仲間にしていったら、森を抜
    ける時には、ハーメルン状態になっ
    てましった!**

59. 勇者を見守る操縦士さん(カルバ・ガルバ)
    凶獣という凶獣を……

60. 勇者を見守る総帥さん(ナラハイダ)
    仲間に……したか

61. 勇者を見守る学生さん(地球国家)
    それなんてハーメルン☆

62. 勇者を見守る冒険者さん(デイラ)
    ハーメルンってなんだ?

63. 勇者を見守る店主さん(ジステル公国)
    **どうせまた地球系列世界特有の言い
    回しかなんかだろ……**

64. 勇者している勇者さん(平行世界7群→コロム・スタラ)
    **んでもまあ、そんなハーメルンじゃ
    この先旅すんのも大変だし、その森
    でしか生きていけない凶獣もいるん
    だしってことで説得に費やすこと
    3日!
    20匹近くいたいろんな凶獣をなん
    とか諦めさせて、一番強いらしい最
    初の馬っぽいやつだけがついてくる
    ことになりました!
    命名:うまたん!**

65. 勇者を見守る操縦士さん(カルバ・ガルバ)
    20匹……

66. 勇者を見守る店主さん(ジステル公国)
    最初の森だけで20匹か……

67. 勇者している勇者さん(平行世界7群→コロム・スタラ)
    **しかも説得するのに3日!
    3日かかってしぶしぶ同行を諦める
    凶獣20匹!**

> ほんっとーに、
> それなんてハーメルン☆

68. 勇者を見守る総帥さん（ナラハイダ）
> うむ．なんというはーめるん

69. 勇者を見守る冒険者さん（デイラ）
> 総帥よお（笑）

70. 勇者している勇者さん（平行世界7群→コロム・スタラ）
> んで、森を抜けて！
> 次に湿原を抜けて！
> 次に渓谷を抜けて！
> また森を抜けたあたりで！
> 帝国騎士が疲れ果てた表情で言いました！
> 「我々では……おそらく、貴殿の助けには……なれぬ」
>
> だよねー！

71. 勇者を見守る店主さん（ジステル公国）
> その時点で疲れ果ててたってことは……
> あれか、湿原でも渓谷でも次の森でも同じようなことが繰り返されたわけか

72. 勇者を見守る冒険者さん（デイラ）
> 選抜メンバーったら、戦いのためについてきてるはず……だよな
> それが凶獣が出てくるたびに懐いてくるって……
>
> 俺だって放り出すわ！
> 戦えねえだろ！

73. 勇者を見守る総帥さん（ナラハイダ）
> 任務を投げ出すとは、不忠な

74. 勇者を見守る操縦士さん（カルバ・ガルバ）
> でも、ちょっとこう、なにかしら……
> 常識とか、自分たちの存在意義とか、わからなくなりそうね……
> 凶獣って定義としては魔物と同じなんでしょ？
> 人間を脅かすはずの存在なんでしょ？

75. 勇者を見守る学生さん（地球国家）
> 現れる凶獣たち！
> 警戒する騎士さんたち！
> 戦おうとする騎士さんたち！
> 勇者さんに懐いてくる凶獣たち！
>
> うーん、カオス☆

76. 勇者している勇者さん（平行世界7群→コロム・スタラ）
> まあ、問題はなくもなかった！
> 凶獣が懐いてんのはもふもふマスターであるところの俺だけだから、もと同行者たちはこっそり食われそうになったりしてた！
> 「美味しくないからべっしなさいべっ」って何回もあった！
> だって凶獣だもんね！
>
> だから「うんしょーがないもんなーわかったよー」つって別れた！
> 寂しかった！
> でももふもふたちが慰めてくれたった！

77. 勇者を見守る冒険者さん（デイラ）
> なんつーかよ、おい

現役勇者板「あきらかにこの旅は、おかしい」

……アリなのか?

78. 勇者を見守る店主さん(ジステル公国)
いや、ないだろ

79. 勇者を見守る操縦士さん(カルバ・ガルバ)
ないに決まってるじゃない!

80. 勇者を見守る学生さん(地球国家)
世界って、ひろーい☆

81. 勇者を見守る総帥さん(ナラハイダ)
して、その後は凶獣たちと旅をしておるのか

82. 勇者している勇者さん(平行世界7群→コロム・スタラ)
ですでっす!
だけどこれが、大変で!

83. 勇者を見守る学生さん(地球国家)
なんでー?
凶獣さんたちはもふもふマスター☆
勇者さんのテクにメロメロなんでしょ?

84. 勇者している勇者さん(平行世界7群→コロム・スタラ)
めろめろでっす!
めろめろすぎるんでっす!

85. 勇者を見守る操縦士さん(カルバ・ガルバ)
なによー、懐かれすぎて困ってる……ってこと?
凶獣同士で喧嘩でもするわけ?

86. 勇者している勇者さん(平行世界7群→コロム・スタラ)
いや、凶獣たちはかわいいもんでっす!
仲良くもふもふしてまっす!

だけど、飯時とかにね……

87. 勇者を見守る店主さん(ジステル公国)
ん?

88. 勇者を見守る冒険者さん(デイラ)
なんだ?

89. 勇者している勇者さん(平行世界7群→コロム・スタラ)
こう、町から町が遠すぎて食料の補給できなかったりするじゃないですか
んでまあ、野営しながら食い物探さなきゃなあ、とかするじゃないですか

そっと俺の腰からナイフを引き抜くくまたん
ナイフを横において、腹を上にして寝そべるくまたん
つぶらな瞳で俺に訴えかけるくまたん

かっさばけって!?
かっさばいて食えって!?

無理だから!
無理だから!

90. 勇者を見守る冒険者さん(デイラ)
うわあ……

91. 勇者を見守る店主さん(ジステル

公国)
そりゃまた……

92. 勇者を見守る総帥さん（ナラハイダ）
ある意味……見上げた、忠義か

93. 勇者を見守る操縦士さん（カルバ・ガルバ）
そういう問題でもないでしょ！

94. 勇者を見守る学生さん（地球国家）
てゆっかー、凶獣って食べられるのー？

95. 勇者を見守る操縦士さん（カルバ・ガルバ）
だからそういう問題でもないでしょ!!

96. 勇者している勇者さん（平行世界7群→コロム・スタラ）
俺にできることはナイフをそっとしまってくまたんを抱き上げ、
「俺は……お前たちを食ったりしないよ……」
と優しく語りかけることだけでしった！

97. 勇者を見守る学生さん（地球国家）
うーん

だよねー☆

98. 勇者している勇者さん（平行世界7群→コロム・スタラ）
へたに食料切れを起こすとそんなことがちょいちょいあるんでっす！

野営しながら「ひもじいようひもじいよう」と夜空に涙をこぼしていたら

うさたんが焚（た）き火に突っ込んでった時はどうしようかと思いましった！

99. 勇者を見守る冒険者さん（デイラ）
それは……なんだ

100. 勇者を見守る店主さん（ジステル公国）
自分から……丸焼きか

101. 勇者を見守る総帥さん（ナラハイダ）
誠に見上げた……忠義だな

102. 勇者を見守る操縦士さん（カルバ・ガルバ）
だからそういう問題じゃないでしょおおお！！！

103. 勇者を見守る学生さん（地球国家）
それなんてブッダ（笑）

104. 勇者している勇者さん（平行世界7群→コロム・スタラ）
なんかもうそういう心臓バックバクのお前らちょ自己犠牲やめ！
食わないし！　食えないし！　食おうとも思わないし！
てなことがありすぎて、町についたら真っ先に食料買い込むようになりましった！
戦いとか全然してなくて怪我とかもしないんで、なにをおいてもまず食料！
金を使うのはともかく食料！

で、動物を狩って食ったりしたら絶対こいつらまた自らを捧げようとする！　ってんで、俺実は草食主義者だし！　って嘘主張しましった！

現役勇者板「あきらかにこの旅は、おかしい」

最近はもう基本的に野草とか、野菜と果物しか食ってません!

おにく　たべたい

105. 勇者を見守る学生さん（地球国家）
だよねー（笑）

106. 勇者している勇者さん（平行世界7群→コロム・スタラ）
唯一の救いは川に出たら魚が食えることです……

107. 勇者を見守る店主さん（ジステル公国）
ああ……そりゃあ……

108. 勇者を見守る学生さん（地球国家）
タンパク質、だーいじ☆

109. 勇者を見守る冒険者さん（デイラ）
てか、お前に食われてもいいくらいの忠義って、どんだけ懐かれてんだよ!?

110. 勇者を見守る操縦士さん（カルバ・ガルバ）
本当よね……ちょっと懐かれすぎじゃないの？

111. 勇者を見守る学生さん（地球国家）
ひと目会ったその時からフォーリンラブ！
もふもふマスターは看板だけじゃないんだよ☆

112. 勇者している勇者さん（平行世界7群→コロム・スタラ）
俺だってそう思うけどやめてくれないんだからしょうがない！

焚き火に突入するのはヤメテ！　マジで！
鍋の蓋あけたら中に入ってんのもヤメテ！
マジで！
あとねこたん、俺に自分を捧げようとするうさたんとかくまたんを見てギリギリするのはヤメテ！
手のひらサイズで食うとこないから自分は無理ってそんなことで嫉妬（しっと）するのはヤメテ！
食わないから！

113. 勇者を見守る総帥さん（ナラハイダ）
凶獣の間にも……いろいろあるのだな

114. 勇者を見守る冒険者さん（デイラ）
つうか食われることこそ栄誉みたいなその風潮がマジで怖い

115. 勇者を見守る店主さん（ジステル公国）
つうかよ勇者、おまえ凶獣に懐かれすぎて戦闘とか全然してねえんじゃねえか？

116. 勇者を見守る操縦士さん（カルバ・ガルバ）
あっそういえば
どうすんのよ？

117. 勇者している勇者さん（平行世界7群→コロム・スタラ）
どうするって、どゆことですか？

118. 勇者を見守る総帥さん（ナラハイダ）
勇者としての使命だ

119. 勇者を見守る学生さん（地球国家）

勇者さんってまさかの：レベル１状態だもんねー
ぜんっぜん戦ってないんだもんねー

魔王討伐とかなったら……凶獣ががんばってくれるか☆

120. 勇者を見守る店主さん（ジステル公国）
それでいいのか！

121. 勇者を見守る冒険者さん（デイラ）
それでいいのかよ！

122. 勇者を見守る操縦士さん（カルバ・ガルバ）
いいわけないでしょ！

123. 勇者している勇者さん（平行世界７群→コロム・スタラ）
あーはは　あはは　あはは

124. 勇者を見守る総帥さん（ナラハイダ）
何だ

125. 勇者を見守る学生さん（地球国家）
勇者さんが壊れちゃったー☆

126. 勇者を見守る店主さん（ジステル公国）
いやでも、魔物がいない世界だったら、魔王もいないのか？
その辺どうなんだ？

127. 勇者を見守る冒険者さん（デイラ）
ラスボスはなんなんだ？

128. 勇者している勇者さん（平行世界７群→コロム・スタラ）
まおうなにそれおいしいの

俺のラスボスは……『凶竜（レセン・ドラグ）』です

129. 勇者を見守る操縦士さん（カルバ・ガルバ）
凶竜？

130. 勇者している勇者さん（平行世界７群→コロム・スタラ）
災に触れすぎて理性を失った竜の成れの果て、つわてます
でもってそれを倒すのが俺の役目なんです……が！

131. 勇者を見守る学生さん（地球国家）
が！

132. 勇者を見守る店主さん（ジステル公国）
が！
……だなあ、おい

133. 勇者を見守る冒険者さん（デイラ）
ああ、だなあ

134. 勇者を見守る総帥さん（ナラハイダ）
未来の道筋がひとつしか見えん

135. 勇者を見守る操縦士さん（カルバ・ガルバ）
そうね……ひとつしか見えないわね

136. 勇者している勇者さん（平行世界７群→コロム・スタラ）
凶竜がもし懐いてきちゃったら、俺どうすりゃいいんですか、ね！
世界が敵？
それとも世界平和？

137. 勇者を見守る総帥さん（ナラハイダ）

しかし貴様は召喚勇者
元の世界に帰るのだろう

138. 勇者を見守る店主さん（ジステル公国）
勇者が帰ったら、凶獣が反乱起こしたりするんじゃないか？

139. 勇者を見守る冒険者さん（デイラ）
我らの主をどこにやったー！
とか押し掛けてきそうな気がひしひしとするな

140. 勇者を見守る操縦士さん（カルバ・ガルバ）
なんていうか、もう
……定住しちゃいなさいよ

141. 勇者を見守る学生さん（地球国家）
定住したとしても、勇者さんってば異端オブ異端☆だよね！

142. 勇者している勇者さん（平行世界7群→コロム・スタラ）
俺は異端なんかじゃない！
ただのもふもふマスターだ！

143. 勇者を見守る操縦士さん（カルバ・ガルバ）
それがおかしいのよ!!

現役勇者板
「現実を直視したくない」

現実を直視したくない

1. 勇者している勇者さん(モラガーダ→モラガーダ)
   てかまあ
   こりゃまあ

   夢だよな?
   夢だわな?

   早く起きろ、俺

2. 勇者を見守る剣士さん(ディーライゼン)
   現実逃避してるとこ悪いけどよ、夢じゃねえから(笑)

3. 勇者を見守る渡り鳥さん(久遠宮)
   そうでさァ、諦めてさくっと現実は認めなきゃいけませんや
   でなきゃ前にも後ろにも進めやせんからねェ

4. 勇者を見守る国王さん(アレーシア)
   うん、残念ながら夢オチってことはないよ(笑)
   しかし……召喚勇者のようだけれど、どういうことなのかな?

5. 勇者を見守る暗殺者さん(レトヴァー)
   とっとと諦めて受け入れやがれよぉ

   つうかマジでどういうこった?
   モラガーダ世界内で……召喚されてんのかぁ?

6. 勇者を見守る学生さん(地球国家)
   現実を生きる学生さん☆参上!

   ん―、どういうことだろ?
   これは本人に聞くしかないんだけどー

7. 勇者している勇者さん(モラガーダ→モラガーダ)
   いや夢だろ夢、とっとと起きろ俺
   目覚まし、鳴れ

8. 勇者を見守る学生さん(地球国家)
   勇者さんがこーんな状態だもんねー☆

9. 勇者を見守る剣士さん(ディーライゼン)
   同世界内での召喚……そんなもんあるのか?
   初めての事例じゃないか?
   少なくとも俺は知らねえぞ?

10. 勇者を見守る渡り鳥さん(久遠宮)
    光種が闇種に召喚された……みてェなことでやすかねェ

11. 勇者を見守る暗殺者さん(レトヴァー)
    敵対する陣営に、勇者として召喚されたってことかぁ?

    ……なぁんか、違ぇ気がすんなぁ?

12. 勇者を見守る国王さん(アレーシア)
    へえ、暗殺者くんがそう思うってことは……やっぱり、違うのかな
    同世界内での召喚例……組合の資料をあたってきたほうがいいかい?
    誰か今動けるかな

13. 勇者を見守る学生さん（地球国家）
うーん、勇者さんに目を覚ましてもらうのが一番なんだけどー

14. 勇者している勇者さん（モラガーダ→モラガーダ）
目を覚ます……
そうか……やっぱ夢か
起きろ、俺

15. 勇者を見守る剣士さん（ディーライゼン）
だからよ……

16. 勇者を見守る渡り鳥さん（久遠宮）
夢なんかじゃあ

17. 勇者を見守る暗殺者さん（レトヴァー）
ねぇーっつってんだろこの○○○○○○!!

18. 勇者を見守る国王さん（アレーシア）
暗殺者くん（笑）

19. 勇者を見守る学生さん（地球国家）
暗殺者さん（笑）

20. 勇者を見守る暗殺者さん（レトヴァー）
ケッ、詛合のクソッタレどもがよぉ

21. 勇者している勇者さん（モラガーダ→モラガーダ）
○○○○○○←こりゃなんだ？

22. 勇者を見守る剣士さん（ディーライゼン）
なんつうか、あれだ
暗殺者の渾身（こんしん）の……罵倒の伏せ字だ（笑）

23. 勇者を見守る国王さん（アレーシア）
ちなみに、なんて言いたかったんだい、暗殺者くん？

24. 勇者を見守る学生さん（地球国家）
やんわーりと、やんわーりと、心をこめずに言ってみよう☆

暗殺者さん、さんはい！

25. 勇者を見守る暗殺者さん（レトヴァー）
チンカス野郎

26. 勇者を見守る剣士さん（ディーライゼン）
暗殺者（笑）

27. 勇者を見守る渡り鳥さん（久遠宮）
暗殺者さん（笑）

28. 勇者を見守る国王さん（アレーシア）
暗殺者くん（笑）

29. 勇者を見守る学生さん（地球国家）
暗殺者さん（笑）

30. 勇者している勇者さん（モラガーダ→モラガーダ）
なんつうか、最近の夢はよくできてんな

31. 勇者を見守る渡り鳥さん（久遠宮）
だァから夢じゃねェって言ってるんでやすがねェ
そんなに受け入れがたい召喚ってなァ、どんなもんなんでしょうや

32. 勇者を見守る暗殺者さん（レトヴァー）
同世界内ってだけで異例ってなぁわかるけどよぉ

33. 勇者を見守る学生さん（地球国家）
**なんかも一話が進まないから一
これは夢！ でもいいから一
勇者さんに経緯ｋｗｓｋ！
聞いてみようか？**

34. 勇者を見守る国王さん（アレーシア）
だからそのｋｗｓｋっていうのは……いや、学生に聞くのは無駄だね

**とりあえず、勇者くん？
なんで現状が受け入れがたいのか、話を聞かせてくれないかな？**

35. 勇者を見守る剣士さん（ディーライゼン）
**だな
勇者、とりあえず召喚はされたんだよな？
……いや、これじゃ通じねえか？**

36. 勇者を見守る暗殺者さん（レトヴァー）
**なんで夢だと思ってんだよぉ
その辺詳しく聞かせろやぁ**

41. 勇者している勇者さん（モラガーダ→モラガーダ）
ああ おう ええと

ぜんぶ ほろんでた

38. 勇者を見守る剣士さん（ディーライゼン）
は？

39. 勇者を見守る渡り鳥さん（久遠宮）
はァ？

40. 勇者を見守る暗殺者さん（レトヴァー）
アァ？

41. 勇者している勇者さん（モラガーダ→モラガーダ）
かんぜんに かわってた

42. 勇者を見守る渡り鳥さん（久遠宮）
完全に？

43. 勇者を見守る剣士さん（ディーライゼン）
変わってた？

44. 勇者を見守る学生さん（地球国家）
なにがー？

45. 勇者している勇者さん（モラガーダ→モラガーダ）
こだいへいき だとか いわれた

46. 勇者を見守る剣士さん（ディーライゼン）
だから、なんだってんだよ

47. 勇者を見守る渡り鳥さん（久遠宮）
どういうことですかィ？

48. 勇者を見守る国王さん（アレーシア）
よく……わからないな

49. 勇者を見守る学生さん（地球国家）
うーん、説明不足☆

50. 勇者を見守る暗殺者さん（レトヴァー）
    ……いや、見えてきたぜぇ

51. 勇者を見守る剣士さん（ディーライゼン♪）
    おっ、さすがは暗殺者

52. 勇者を見守る学生さん（地球国家）
    暗殺者さんの勘はいつでも冴え渡る☆
    そこに痺（しび）れる憧れるゥ☆

    で、どゆこと？

53. 勇者を見守る国王さん（アレーシア）
    そうだね、勇者くんではらちがあかなそうだから、ここはひとつ、暗殺者くんの推察を聞かせてもらいたいな

54. 勇者を見守る渡り鳥さん（久遠宮）
    暗殺者さん、頼みまさァ

55. 勇者を見守る暗殺者さん（レトヴァー）
    勇者よぉ、
    テメエ、モラガーダ世界の中で、過去から未来に召喚されたんじゃねえかぁ？

56. 勇者を見守る国王さん（アレーシア）
    ……ああ！

57. 勇者を見守る学生さん（地球国家）
    なーるほど☆

58. 勇者を見守る剣士さん（ディーライゼン）
    そういうことか！

59. 勇者を見守る渡り鳥さん（久遠宮）
    そういうこと……で、あってますかい、勇者さん？

60. 勇者している勇者さん（モラガーダ→モラガーダ）
    そんな　ゆめを　みている

61. 勇者を見守る学生さん（地球国家）
    あってるっぽいねー☆

62. 勇者を見守る剣士さん（ディーライゼン）
    現実だっての（笑）

63. 勇者を見守る暗殺者さん（レトヴァー）
    いい加減現実を直視しろやぁ

64. 勇者を見守る国王さん（アレーシア）
    滅んでいた……というのは、勇者くんがいた時代にあった国などが、未来の世界では滅んでいた、ということでいいのかな？

65. 勇者を見守る渡り鳥さん（久遠宮）
    夢かどうかは置いといて、その辺聞かせてほしいとこですねェ

66. 勇者している勇者さん（モラガーダ→モラガーダ）
    国……てか、まるごと世界が文明レベルで滅んでた
    全然違う文明が築かれてやがる……

67. 勇者を見守る学生さん（地球国家）
    うーん、そういう事例もなくはない、かなー？
    地球系列世界だって天災だかなんかでそゆことあったっぽいしー

現役勇者板「現実を直視したくない」

恐竜だってもういないしー

68. 勇者を見守る暗殺者さん（レトヴァー）
    恐竜……ってのがなんなのかは知らねえけどよぉ、
    勇者よぉ、テメエはどう説明されたんだぁ

69. 勇者を見守る国王さん（アレーシア）
    というか、歴史書なんかにその辺りのことは記されていないのかい？

70. 勇者を見守る渡り鳥さん（久遠宮）
    しかし、そんな状況でよく未来召喚だってのがわかりやしたねェ
    別世界にでも召喚されたんだと勘違いしそうなもんだと思いやすが

71. 勇者を見守る剣士さん（ディーライゼン）
    文明まるごと違うんだもんな
    あれか、組合からのコンタクトとか……勇者板の表記でわかったのか？

72. 勇者している勇者さん（モラガーダ→モラガーダ）
    いや……ここが未来だと確信したのは古代兵器とやらを見せられた時なんだけど、なにより戦う相手が同じだったんだ

73. 勇者を見守る国王さん（アレーシア）
    ここはテンプレ的に、あれかな
    魔王かな？

74. 勇者を見守る学生さん（地球国家）
    世界が文明レベルで滅んでも君臨する魔王！

それなんて胸熱☆

75. 勇者を見守る暗殺者さん（レトヴァー）
    魔王ってなぁしつけえもんなんだぁ、オイ？

76. 勇者を見守る剣士さん（ディーライゼン）
    つうか……おい、この面子（めんつ）だと魔王と戦ったの俺だけじゃねえか？

77. 勇者を見守る渡り鳥さん（久遠宮）
    そうなんですかィ？
    ま、アタシは違いますがねェ

78. 勇者を見守る暗殺者さん（レトヴァー）
    おう、俺も違うぜぇ

79. 勇者を見守る国王さん（アレーシア）
    そうだね、僕も違うな

80. 勇者を見守る学生さん（地球国家）
    なんで忘れるのー！
    僕のラスボスは魔王だったよ！

81. 勇者を見守る剣士さん（ディーライゼン）
    あ、悪い
    なんか学生のことは普通にスルーしてた

82. 勇者を見守る学生さん（地球国家）
    ぶーぶー
    剣士さんってばひっどいーんだ！

83. 勇者している勇者さん（モラガーダ→モラガーダ）

**つが、は、魔王？
そんなもん実在するのか？**

84. 勇者を見守る剣士さん（ディーライゼン）
えっ

85. 勇者を見守る学生さん（地球国家）
えっ

86. 勇者を見守る国王さん（アレーシア）
えっ

87. 勇者を見守る暗殺者さん（レトヴァー）
**てこたぁ、テメエの世界で戦う相手は魔王じゃねえのか
モラガーダ世界ってなぁどういうとこだ？**

88. 勇者を見守る学生さん（地球国家）
**学者さんとか警備員さんあたりなら知ってるんだろうけどー
勇者さんの世界ってどんななの？**

89. 勇者している勇者さん（モラガーダ→モラガーダ）
**どんななの、と言われてもだな……
普通に魔導科学が発展してるだけだぞ**

90. 勇者を見守る暗殺者さん（レトヴァー）
魔導……科学、かぁ

91. 勇者を見守る剣士さん（ディーライゼン）
科学……てことは、地球系列世界に近いのか？

92. 勇者を見守る学生さん（地球国家）
**ファンタジー世界よりは地球系列世界寄りなのかなー？
でも科学に魔導がついちゃってるしー
うーんと**

**魔法とかある？
精霊とかいる？**

そ れ と も

**電気とかある？
機械とかある？**

93. 勇者している勇者さん（モラガーダ→モラガーダ）
**魔法とか精霊なんておとぎ話だろ！
機械は普通にある
が、電気ってのはなんだ**

94. 勇者を見守る国王さん（アレーシア）
これは、地球系列世界とは少し違っていそうだね

95. 勇者を見守る学生さん（地球国家）
**えっとー、なんだろ
機械を使う時の動力ってなにー？**

96. 勇者している勇者さん（モラガーダ→モラガーダ）
**普通に魔素（まそ）だが
……普通じゃねえのか？**

97. 勇者を見守る渡り鳥さん（久遠宮）
**世界にはいろいろありやすからねェ
自分の世界の常識だけが通用するなんてこたァ考えねェほうがいいでさァ**

現役勇者板「現実を直視したくない」　179

98. 勇者を見守る学生さん（地球国家）
ふーん、魔素を動力に動かす機械かー
だから魔導科学かー
なーるほど☆

99. 勇者を見守る剣士さん（ディーライゼン）
こういう時、世界は広いって思うよな（笑）

100. 勇者を見守る暗殺者さん（レトヴァー）
あぁ、思うわなぁ

101. 勇者を見守る国王さん（アレーシア）
ついでに自分の世界で手一杯なこちらからすると、組合……はともかく、学者くんや警備員くんあたりはよくやるな、と思うね（笑）

102. 勇者を見守る学生さん（地球国家）
警備員さんは組合と一緒でお仕事な面もあるけどー
学者さんとかはかーんぜんに趣味☆だもんねー

103. 勇者を見守る渡り鳥さん（久遠宮）
学者さん……っていったらあの、なんでしたかねェ
時空図書館世界とかいうところのかたでしたか

104. 勇者を見守る国王さん（アレーシア）
そうそう、知識の宝物殿（笑）

105. 勇者を見守る学生さん（地球国家）
そんでー、勇者さんは未来のモラガーダ世界に召喚されちゃってー
文明まるっと変わっちゃっててー、
あとなんだっけ
あ、古代兵器！

106. 勇者している勇者さん（モラガーダ→モラガーダ）
おう
古代兵器とか言われて大困惑中だ

107. 勇者を見守る渡り鳥さん（久遠宮）
ようやく話が戻ってきやしたねェ（笑）

108. 勇者を見守る国王さん（アレーシア）
とりあえず、勇者くんは未来に召喚されたということで
古代兵器というのは……勇者くんのいた時代で普通に使われていた兵器、なのかな？

109. 勇者している勇者さん（モラガーダ→モラガーダ）
おう
量産型魔導兵器ザイラだ

110. 勇者を見守る剣士さん（ディーライゼン）
どんな兵器なんだ？

111. 勇者している勇者さん（モラガーダ→モラガーダ）
科学が通じない奴らになんて説明すればわかりやすいんだ……？

簡単に言っちまえば、パイロットが搭乗して操縦する人模（じんも）兵器だ
魔素回路を動力にしてる

112. 勇者を見守る学生さん（地球国家）
うわあ

人型ロボキター!!

113. 勇者を見守る国王さん(アレーシア)
人間の形を模した兵器で、人間が乗り込んで戦う……ということかな?

114. 勇者を見守る暗殺者さん(レトヴァー)
量産型……ってこたぁ、勇者の時代にゃごろごろあった兵器ってことか

115. 勇者を見守る剣士さん(ディーライゼン)
てか、学生のテンションのあがりっぷりはなんだ

116. 勇者を見守る渡り鳥さん(久遠宮)
**ちょっと待ってくだせェ
そんなもんを引っ張りだして勇者召喚したってこたァ……
もしかして、未来の世界では魔導科学が衰退しちまってるんですかィ?**

117. 勇者している勇者さん(モラガーダ→モラガーダ)
**おう、最初はどこの未開の土地かと思ったわ!
あんだけ発達してた魔導科学が、失われた古代の文明だと!?
びびるわ!**

**魔素が『神より与えられた神秘の力』だと!?
科学的に解明されつくした元素の一種だっての!
びびるわ!**

118. 勇者を見守る学生さん(地球国家)
**うわー
高度科学文明が消滅して、ファンタジー世界になっちゃったんだー
そりゃ現実逃避したくもなるねー**

119. 勇者を見守る暗殺者さん(レトヴァー)
**一度滅んだ、ってとこが問題なんだろうぜぇ
魔導科学文明は根こそぎ失われたってこったろぉ**

120. 勇者を見守る国王さん(アレーシア)
**未来に行ったら文明レベルが根本から変わる、どころか後退していたってことかな
それはまあ、驚くね**

121. 勇者を見守る渡り鳥さん(久遠宮)
**しかも勇者さんらが築き上げた文明は滅んでるわけですしねェ
そりゃまァ、現実を直視したくない気分もわかりまさァ**

122. 勇者を見守る剣士さん(ディーライゼン)
てか、モラガーダ世界での敵って結局なんなんだよ?

123. 勇者を見守る学生さん(地球国家)
あ、そういえば

124. 勇者している勇者さん(モラガーダ→モラガーダ)
**穽使徒(そとからくるもの)っつう奴らだ
空から現れてただ殺戮(さつりく)を繰り返す、人外知的生命体って言えばいいのか
俺の時代には奴らの目的もアジトもなにもわかってなくて、魔導兵器で戦って撃退するよりほかなかったん**

現役勇者板「現実を直視したくない」

だが……

……この時代のほうがもっとなにもわかってねえくさい
戦う術も持ってないとかアホか!
やられるままになってまた滅びそうとかアホか!!

125. 勇者を見守る国王さん（アレーシア）
文明レベルが……後退している、からかな

126. 勇者を見守る暗殺者さん（レトヴァー）
勇者の時代もそいつらに滅ぼされた可能性はあるわなぁ

127. 勇者を見守る渡り鳥さん（久遠宮）
ですねェ
それで、勇者さんはその……古代兵器で戦うために、未来に召喚されたんですかねェ?

128. 勇者を見守る学生さん（地球国家）
未来のモラガーダ世界のひとじゃ起動させられなかったとか、そゆこと?

129. 勇者している勇者さん（モラガーダ→モラガーダ）
そうらしい……が!

130. 勇者を見守る学生さん（地球国家）
が?

131. 勇者を見守る剣士さん（ディーライゼン）
が?

132. 勇者を見守る暗殺者さん（レトヴァー）
が?

133. 勇者を見守る国王さん（アレーシア）
なにか問題でも?

134. 勇者している勇者さん（モラガーダ→モラガーダ）
問題なんかありまくりだ!

その1!
古代兵器扱いされてるだけあってザイラはぼろっぽろだっつうの!
起動させただけで朽ち果てそうだ!

その2!
魔導兵器の材料になるアルド合金がこの時代では作れないってどういうことだ!
修理もできねえ! なんもできねえ!

135. 勇者を見守る学生さん（地球国家）
うわちゃー
その時代じゃそれってばオーパーツだもんねー

136. 勇者している勇者さん（モラガーダ→モラガーダ）
その3!
ザイラなんて量産型が1機あるだけじゃ現状の打破にはならん!
穢使徒相手にぼろぼろのザイラ1機だと!? お話にもならねえ!!

137. 勇者を見守る国王さん（アレーシア）
……その時代で材料が作れないなら、更に量産するわけにもいかないか

138. 勇者を見守る暗殺者さん（レトヴ

ァー）
つうかよ、そもそもてめえの時代にゃ量産型を作って戦ってたってこたぁ、量産ぐれえしねえと相手にならねえわけだよなぁ
詰んでんな

139. 勇者している勇者さん（モラガーダ→モラガーダ）
その4！
俺はパイロットじゃなくて機械工だ!!
試運転以外で魔導兵器に乗ったことはない！

140. 勇者を見守る剣士さん（ディーライゼン）
えっ

141. 勇者を見守る渡り鳥さん（久遠宮）
えっ

142. 勇者を見守る学生さん（地球国家）
えっ

143. 勇者している勇者さん（モラガーダ→モラガーダ）
量産型魔導兵器ザイラを設計・開発したのは確かに俺のチームだ！
設計図もなんもかも頭の中にゃ入ってる！
動かし方なんかはそりゃもちろんわかってる！

だけどな、俺はパイロットの訓練は受けてねえんだよ！
パイロットってのはそれなりの訓練受けにゃなれんもんなんだよ！

144. 勇者を見守る学生さん（地球国家）
あちゃー

145. 勇者を見守る国王さん（アレーシア）
それは……

146. 勇者を見守る剣士さん（ディーライゼン）
……どうすんだ

147. 勇者を見守る渡り鳥さん（久遠宮）
どうしやすかねェ……

148. 勇者を見守る暗殺者さん（レトヴァー）
……機械工が喚ばれたことに意味がある、と思ったらどうだぁ？

149. 勇者を見守る剣士さん（ディーライゼン）
ん？

150. 勇者を見守る学生さん（地球国家）
暗殺者さん、どゆことー？

151. 勇者を見守る暗殺者さん（レトヴァー）
パイロットじゃなくて、設計図が頭に入ってる奴が喚ばれたんだろォてこたぁ、その世界で同じもんを量産すりゃあいいんじゃねえのかぁ

152. 勇者を見守る国王さん（アレーシア）
でも、材料がないんだろう？
無理じゃないかな？

153. 勇者を見守る暗殺者さん（レトヴァー）
世界自体は同じなんだぜぇ、そんくらいどうにかして作りやがれ

現役勇者板「現実を直視したくない」

154. 勇者している勇者さん（モラガーダ→モラガーダ）
無茶言うな！
分野が違う！

155. 勇者を見守る暗殺者さん（レトヴァー）
んじゃよぉ、テメエはぼろっぽろの量産型に乗って慣れない戦いして死ぬかぁ？
喚ばれちまったもんはしゃーねぇんだよぉ、技術革命でもなんでもしやがれ

156. 勇者を見守る学生さん（地球国家）
そしたらパイロットも育てなきゃだねー
勇者さん、やることいっぱいだね☆

157. 勇者を見守る渡り鳥さん（久遠宮）
滅ぼされた世界の仇を未来でとるってのは、まぁ面白いもんですねェ

158. 勇者を見守る剣士さん（ディーライゼン）
まだ滅ぼされてないけどな（笑）

159. 勇者している勇者さん（モラガーダ→モラガーダ）
くっ……他人事だと思っておまえら……！
せめて俺だけではなくメルとウィズ……ミラーナあたりがいれば……！

160. 勇者を見守る学生さん（地球国家）
まあねー
人手は足りないよねー

だったら

追加召喚してもらっちゃえ☆

161. 勇者を見守る国王さん（アレーシア）
学生……きみはまた暴論を……

162. 勇者を見守る剣士さん（ディーライゼン）
おいこら、それで全然関係ない人間が喚ばれたりしたらどうするんだ！

163. 勇者している勇者さん（モラガーダ→モラガーダ）
……そうだな、交渉してくる！

164. 勇者を見守る剣士さん（ディーライゼン）
えっ

165. 勇者を見守る渡り鳥さん（久遠宮）
えっ

166. 勇者を見守る国王さん（アレーシア）
ちょ待

167. 勇者を見守る学生さん（地球国家）
いってらがんがれー☆ミ

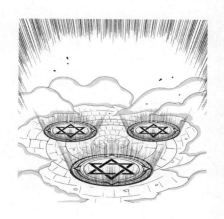

現役勇者板
「この世界は俺を殺そうとしている」

この世界は俺を殺そうとしている

1. 勇者している勇者さん（位相軸地球→ベリア）
   おもに腹筋崩壊的な意味で

2. 勇者を見守る国王さん（アレーシア）
   ずいぶん物騒なスレタイだな、と覗いてみたんだけれど……どういうことかな？（笑）

3. 勇者を見守る学者さん（時空図書館）
   **腹筋崩壊……ですか？
   なにがあったのですか？**

4. 勇者を見守る村長さん（タ・バタ）
   **おいおい、ピンチ勇者かと駆けつけてみたら違うじゃねえか
   どういうこった？**

5. 勇者を見守る学生さん（地球国家）
   おもに腹筋崩壊的な意味で☆

   期待ａｇｅ☆

6. 勇者を見守る警備員さん（時空治安機構）
   たいきーん

   **なんだよ、こりゃ組合緊急救済措置発動か？ と思ったらめっちゃ面白そうじゃねえの
   期待ａｇｅ**

7. 勇者を見守る軍人さん（グルム帝国）
   とりあえず、なんだ、危機的状況に陥ったわけではないんだな？

8. 勇者している勇者さん（位相軸地球→ベリア）
   **いやいや、危機的状況だっつうの
   そろそろ辞世（じせい）の句を読むレベルでヤバいっつうの
   俺の腹筋が
   そして表情筋が**

9. 勇者を見守る軍人さん（グルム帝国）
   だからどうしてそうなった

10. 勇者を見守る学生さん（地球国家）
    だからどうしてそうなった☆

11. 勇者を見守る国王さん（アレーシア）
    **なんだろう、そうだな
    とりあえず詳しい説明を聞かせてもらえるかい、勇者くん？**

12. 勇者している勇者さん（位相軸地球→ベリア）
    了解

    **俺はまあ、ラノベとかゲームとかが好きな地球人だ
    異世界召喚ものとか読むし、ＲＰＧなんかもかなりやる**

13. 勇者を見守る村長さん（タ・バタ）
    **ラノベ？　ってなんだ？
    ゲーム……ってのは、あの地球系列世界にある機械遊戯だよな？
    ＲＰＧってのはなんだ？**

14. 勇者を見守る学者さん（時空図書館）
    **『ラノベ』とは、地球系列世界で言う『ライトノベル』の略称ですね
    厳密な定義づけとして一般文芸との**

線引きはあまり明確ではないようですが……基本的には若年層に好まれる文体、挿絵、内容の小説といったところでしょうか

15. 勇者を見守る警備員さん（時空治安機構）
でもって『RPG』ってのは、地球系列世界の機械遊戯であるところのゲームの中で、自分が主人公となってファンタジー世界を旅して世界を救う物語が一般なもんっつうかなんつうか
あくまで機械遊戯だから、自分が戦うわけじゃねえんだけどな？

16. 勇者を見守る学生さん（地球国家）
それでそれで、なんで腹筋☆崩壊になっちゃったの？
経緯kwsk！

17. 勇者している勇者さん（位相軸地球→ベリア）
始まりは、俺の足下にいきなり現れた魔法陣……っつうか、召喚陣
光に包まれたと思ったら、次の瞬間石造りの部屋の台座の上にいた

そしてどっからどう見ても神官です！ しかも俺様大神官！ みたいなひときわ豪華な神官服を着た爺さんが、杖を片手に感動にうち震えながらこう言った
「おお、おお……召喚魔法が成功した……我らはここに勇者様を召喚したぞ！」

わかりやすい説明ありがとうございました

18. 勇者を見守る国王さん（アレーシア）
うーん、それは（笑）

19. 勇者を見守る軍人さん（グルム帝国）
まあ、なあ、おう

20. 勇者を見守る警備員さん（時空治安機構）
これまた完全に、異世界召喚テンプレ、だわな（笑）

21. 勇者している勇者さん（位相軸地球→ベリア）
うん、俺も冷たい台座の上でうっかり呟（つぶや）いたわ、
「なにこのテンプレ」
って

22. 勇者を見守る学生さん（地球国家）
勇者さん（笑）

23. 勇者を見守る村長さん（タ・バタ）
勇者（笑）

24. 勇者を見守る学者さん（時空図書館）
なんだか適応能力がある勇者さんですね

25. 勇者している勇者さん（位相軸地球→ベリア）
いやまあ、事実は小説より奇なりって言葉もあるくらいだしなあ
マジであるんかい、てなもんで

26. 勇者を見守る学生さん（地球国家）
それでやっぱり、王様に謁見☆コース？

27. 勇者している勇者さん（位相軸地球→ベリア）

退役勇者板「この世界は俺を殺そうとしている」

まあそうだったんだけど、あれだよな
もし召喚に失敗して、出てきたのが危ない奴とかだったらどうすんのかね？
だってそのまま謁見の間に連れてかれたんだぜ？
王様と普通にこたいめーん！だぜ？
暗殺の危険性とか考えないわけ？

28. 勇者を見守る警備員さん（時空治安機構）
……テンプレって言っちまったらそれまでだけどなあ

29. 勇者を見守る軍人さん（グルム帝国）
ということは、身体検査などはなかったのか？

30. 勇者を見守る国王さん（アレーシア）
王に謁見するにあたって正装に着替えたりしないのかい？

31. 勇者を見守る学者さん（時空図書館）
召喚勇者の場合は……そうですね、大抵が召喚が成功したらそのまますぐに権力者と会うようです
……身につけている衣服などから、喚んだ側の世界には存在しない文明の住人だと証明するためでしょうか？

32. 勇者を見守る学生さん（地球国家）
きっと召喚成功して浮かれてるんだよ☆

33. 勇者を見守る村長さん（タ・バタ）
おい、そんなんでいいのか（笑）

34. 勇者を見守る警備員さん（時空治安機構）
あとはまあ、この勇者にゃ当てはまらねえみたいだけど、召喚された奴が混乱状態のうちに、伝説の剣やらなんやらを押し付けて実質的な勇者に仕立て上げちまおうって腹積もりじゃねえの？
事情を把握したら「勇者なんざやらねえよ帰せ！」って反抗されるかもしれねえしな

35. 勇者を見守る国王さん（アレーシア）
ああ

36. 勇者を見守る村長さん（タ・バタ）
あー　なるほどな

37. 勇者を見守る軍人さん（グルム帝国）
……身勝手に召喚しておきながら、身勝手に勇者を押し付けるか

38. 勇者を見守る学者さん（時空図書館）
勇者召喚をするような事態ですからね、急を要しているのでしょう
特に異世界の者しか勇者になれない世界などならば、その機会を逃（の）がすわけにはいきませんから

39. 勇者している勇者さん（位相軸地球→ベリア）
あー、そんな雰囲気はあった、つうか問答無用ではあった

王様の前に連れてかれて、
「ようこそ勇者よ！　どうか魔王を倒し、この世界を救ってくだされ」
と言葉だけは頼んでる風ですが返事は「はい」か「イエス」しか認めないんですねわかります

> でもって目の前に剣を置かれて、
> 「それは勇者のみが振るえると、この国に伝わる神剣だ」
> 持てってことですねわかります、と握ったら剣がいきなり輝いて、光が俺の身体に吸い込まれて、
> 「ここに正式な勇者様が誕生した！」
>
> なんというノンストップ儀式

40. 勇者を見守る学生さん（地球国家）
    ノンストップ儀式☆

41. 勇者を見守る警備員さん（時空治安機構）
    めちゃめちゃ問答無用じゃねえか（笑）

42. 勇者を見守る軍人さん（グルム帝国）
    召喚勇者ってのは……そういうものなのか？

43. 勇者を見守る学者さん（時空図書館）
    極端な例だとは思いますが……あながち、手順としては……間違ってはいないかと

44. 勇者を見守る村長さん（タ・バタ）
    **それで、あれか？
    その光があれか、なんだっけか**

45. 勇者を見守る国王さん（アレーシア）
    ああ、召喚チートってやつかい？

    **しかし、勇者くんはそれでいいのかい？
    完全に勇者を押し付けられているわけだけれど**

46. 勇者している勇者さん（位相軸地球
    →ベリア）
    **いやまあ、状況に流されることにかけては定評のある俺ですよ
    逆らって帰れなくなったり打ち首になったりすんのも嫌だし**

    ……だから俺は必死で表情筋を引き締めた

47. 勇者を見守る学者さん（時空図書館）
    えっ

48. 勇者を見守る村長さん（タ・バタ）
    えっ

49. 勇者を見守る国王さん（アレーシア）
    **えっ
    ……どこに、笑う要素が？**

50. 勇者を見守る軍人さん（グルム帝国）
    もしくはあれか……怒りか？

51. 勇者を見守る学生さん（地球国家）
    泣いちゃいそうだったの？（笑）

52. 勇者している勇者さん（位相軸地球
    →ベリア）
    いやだって、王様なんだもん

53. 勇者を見守る国王さん（アレーシア）
    えっ

54. 勇者している勇者さん（位相軸地球
    →ベリア）
    **キラッキラの王冠！
    重そうな赤いマント！
    ゴテゴテした豪華な服！
    ピッカピカの玉座！
    なんだもん**

55. 勇者を見守る国王さん（アレーシア）
えっ

56. 勇者を見守る軍人さん（グルム帝国）
……なんだ？

57. 勇者を見守る警備員さん（時空治安機構）
ええー と？

58. 勇者を見守る学生さん（地球国家）
あー

テンプレ☆

59. 勇者している勇者さん（位相軸地球→ベリア）
そう、テンプレ☆

あんなテンプレ王様存在するのか、していいのか‼
笑うわ‼

60. 勇者を見守る国王さん（アレーシア）
えっ

61. 勇者を見守る村長さん（タ・バタ）
国王（笑）

62. 勇者を見守る軍人さん（グルム帝国）
国王の（笑）

63. 勇者を見守る学者さん（時空図書館）
……まあ、地球系列世界には……なかなか、いませんね……

64. 勇者を見守る学生さん（地球国家）
いないねー☆

65. 勇者している勇者さん（位相軸地球→ベリア）
めっちゃ駆け足だったけどなんつうテンプレ異世界召喚‼
笑うわ‼

66. 勇者を見守る軍人さん（グルム帝国）
笑いどころ……か？

67. 勇者を見守る警備員さん（時空治安機構）
笑いどころ……かねえ？

68. 勇者を見守る村長さん（タ・バタ）
剛胆な勇者……だな

69. 勇者を見守る学生さん（地球国家）
ていうかー、その時点では現実感あんまなかったんじゃないのー？

70. 勇者している勇者さん（位相軸地球→ベリア）
あー、それはある

71. 勇者を見守る村長さん（タ・バタ）
あー

72. 勇者を見守る軍人さん（グルム帝国）
あー

73. 勇者を見守る学者さん（時空図書館）
ああ……
駆け足……ですからね

74. 勇者を見守る警備員さん（時空治安機構）
で、旅に出たんだよな？
仲間は用意されてたのか？

75. 勇者している勇者さん（位相軸地球→ベリア）

んにゃ、いなかった
つか、魔国の軍勢と戦争してる真っ最中だから、戦力を割けないんだとのたれ死ぬのはごめんだから王宮から金と物資はごっそりむしり取って、神剣持ってひとりで旅に出ることになったわけだが、まあテンプレだわな、途中で仲間ができた
・剣士／男／めっちゃ寡黙
・魔法剣士／男／めっちゃ正義感強い
・大剣使い／男／めっちゃ軽薄

76. 勇者を見守る学生さん (地球国家)
むさいね☆

77. 勇者を見守る警備員さん (時空治安機構)
むさいな

78. 勇者を見守る村長さん (タ・バタ)
むさいな

79. 勇者している勇者さん (位相軸地球→ベリア)
パーティ枠はどうやら4人だったらしい
男3人拾って、あとに立ち寄った村で斧使いの女の子とか魔法使いの女の子とかとも会ったけど、なんだかんだでついてきてくれなかった

……知ってたらひとりくらい置いてきたのに……!!

80. 勇者を見守る警備員さん (時空治安機構)
いやいや、ゲームじゃねえから (笑)

81. 勇者を見守る学生さん (地球国家)
パーティ枠とか決まってないから (笑)

82. 勇者を見守る学者さん (時空図書館)
……あながち、そうとも言い切れませんよ

83. 勇者を見守る国王さん (アレーシア)
どういうことだい、学者くん？

84. 勇者を見守る学者さん (時空図書館)
ベリア世界は……そうですね、簡単に言ってしまえば……『世界の理(ことわり)』とでも言うべき影響力、修正力が強いところです
魔王を倒すメンバーは4人まで、と理で決まっていたのかもしれません

85. 勇者している勇者さん (位相軸地球→ベリア)
知ってたらひとりくらい置いてきたのに!!

86. 勇者を見守る軍人さん (グルム帝国)
あー　なんだ

87. 勇者を見守る村長さん (タ・バタ)
まあ　なんだ

88. 勇者を見守る国王さん (アレーシア)
どんまい、かな (笑)

89. 勇者を見守る学生さん (地球国家)
そいえば、結局あれってあったの？チート的なやつ

90. 勇者している勇者さん (位相軸地球→ベリア)
あー、あったあった
召喚がきっかけか剣を握ったのが

きっかけかはわからねえけど、なんかそこそこ強めの魔法と剣技を使えるようになってた
意識しなくても自然に身体が動くんだけど、それも『世界の理』ってやつなのかね？

91. 勇者を見守る学者さん（時空図書館）
その可能性は大いにあるかと思います

92. 勇者を見守る村長さん（タ・バタ）
なるほどなあ

93. 勇者を見守る軍人さん（グルム帝国）
世界は様々、だな

94. 勇者を見守る警備員さん（時空治安機構）
んで、なんで腹筋崩壊よ？

95. 勇者を見守る学生さん（地球国家）
**あ、そうだそれそれ！
王様のザ・王様っぷりに笑っちゃった！ だけじゃないんでしょ？**

96. 勇者している勇者さん（位相軸地球→ペリア）
……奴らはある日突然現れた

97. 勇者を見守る学者さん（時空図書館）
えっ

98. 勇者を見守る国王さん（アレーシア）
えっ

99. 勇者を見守る村長さん（タ・バタ）
えっ

100. 勇者している勇者さん（位相軸地球→ペリア）
ざくざく魔物を倒しながら旅をしていた俺たちの前に、奴らは突然現れた

「はーっはっは！
貴様が勇者か、なんとも弱そうではないか！ 我らの敵ではないわ！
我は魔王軍四天王がひとり、《炎天》のグレイス！」
「我は魔王軍四天王、《氷天》のセルシア」
「我は魔王軍四天王、《雷天》のマルトル」
「我は魔王軍四天王、《風天》のトラント」

表情筋と腹筋がぶるぶるするのを堪（こら）えながら、戦争ほっぽって四天王なにしてんの、と聞きたいお口にチャックした

だって仲間たちが
「なっ……四天王だと……!?」
とかマジ反応してるんだもん

101. 勇者を見守る警備員さん（時空治安機構）
うっわー

102. 勇者を見守る学生さん（地球国家）
おっ約束ゥ☆

103. 勇者を見守る国王さん（アレーシア）
……お約束、なのかい？

104. 勇者を見守る学者さん（時空図書館）
そう、ですね……

105. 勇者している勇者さん（位相軸地球

→ベリア)

「貴様ごときに総がかりでは四天王の名折れよ!
ここは《炎天》のグレイスがお相手しよう!」

表情筋と腹筋がぶるぶるするのを堪えながら、だったらなんで揃って出てきたの、と聞きたいお口にチャックした

だって仲間たちが
「《炎天》のグレイス……まさかこれほど早く奴と戦うことになるとは!
奴は炎を自在に操る、気をつけろ勇者!」
とかマジ忠告してくれるんだもん

106. 勇者を見守る学生さん(地球国家)
うわっは、ははっは!

107. 勇者を見守る軍人さん(グルム帝国)
……4対4で戦わないのか?

108. 勇者を見守る村長さん(タ・バタ)
え、数としてはちょうどいいだろ?

109. 勇者を見守る国王さん(アレーシア)
これも……お約束、ってやつなのかい?

110. 勇者を見守る学者さん(時空図書館)
そう、ですね……

111. 勇者している勇者さん(位相軸地球→ベリア)
まあ、そんなこんなで
・炎天さんと俺ら4人でバトル
・氷天雷天風天さんはなんか観戦し

てる
→俺ら勝利!

112. 勇者を見守る村長さん(タ・バタ)
まあ、4対1だしな……

113. 勇者を見守る軍人さん(グルム帝国)
なぜ総力を挙げないんだ……?

114. 勇者を見守る国王さん(アレーシア)
ちょっと理解に苦しむね……

115. 勇者を見守る学生さん(地球国家)
これぞ『世界の理』!
ひゃほう!(笑)

116. 勇者を見守る警備員さん(時空治安機構)
ひゃほう!(笑)

117. 勇者を見守る学者さん(時空図書館)
そう来たら、やはり……

118. 勇者している勇者さん(位相軸地球→ベリア)
はい、こう来ます

「く、この《炎天》のグレイスが敗れるとは……!
ま、魔王様あああ!!」
「……ふ、四天王とはいえ新参の《炎天》ではこの程度か」
「これで勇者の力量もわかった……《炎天》よ、貴様はしょせん捨て石だ」
「魔王様に尽くせたこと、感謝するがいい」

そして帰っていく四天王マイナスいち

119. 勇者を見守る警備員さん（時空治安機構）
あっはっは、はーっはっはっはっは！

120. 勇者を見守る学生さん（地球国家）
ははっは、うはっは！

121. 勇者を見守る村長さん（タ・バタ）
……え？
帰った？
なんでだ？

122. 勇者を見守る軍人さん（グルム帝国）
そこは疲弊している勇者に対して追撃するところじゃないのか？

123. 勇者している勇者さん（位相軸地球→ペリア）
表情筋と腹筋がぷるぷるするのを堪えながら、そこまでお約束を踏襲（とうしゅう）しなくていいのよ、と言いたいお口にチャックした

だって仲間たちが
「《炎天》のグレイスを倒せたぞ！やったな！」
とかマジ歓喜してるんだもん
帰っちゃう奴らに疑問も持たないんだもん

124. 勇者を見守る国王さん（アレーシア）
なんだろう……なんだろう、ね

125. 勇者を見守る学者さん（時空図書館）
ええ……そうですね

126. 勇者している勇者さん（位相軸地球→ペリア）
ところで、四天王のひとり《雷天》のマルトルは仮面をつけていたわけだが

127. 勇者を見守る国王さん（アレーシア）
え？

128. 勇者を見守る学者さん（時空図書館）
はい？

129. 勇者を見守る村長さん（タ・バタ）
なんだ？

130. 勇者を見守る軍人さん（グルム帝国）
それがどうした？

131. 勇者している勇者さん（位相軸地球→ペリア）
仲間の軽薄大剣使いが俺についてきた理由は、魔法使いだった兄貴が数年前に行方不明になったから、それを探すためだったわけで

と、いうことは？

132. 勇者を見守る警備員さん（時空治安機構）
ああ（笑）

133. 勇者を見守る学生さん（地球国家）
ああ（笑）
そ・れ・は――、

ズバリ：同一人物！

134. 勇者を見守る軍人さん（グルム帝国）
えっ

135. 勇者を見守る村長さん（タ・バタ）
えっ

136. 勇者を見守る国王さん（アレーシア）
えっ

137. 勇者している勇者さん（位相軸地球→ベリア）
いやもうそいつの設定がもうさあ！
お前が勇者でいいじゃん！
と、何度言いたくなったことか（笑）

138. 勇者を見守る学生さん（地球国家）
あー、設定ねー
死んだ父親が英雄だったとかー？

139. 勇者を見守る警備員さん（時空治安機構）
攫（さら）われた姉妹が神子（みこ）とかのキーパーソンとか？

140. 勇者を見守る国王さん（アレーシア）
……そういうお約束があるのかい？

141. 勇者を見守る学者さん（時空図書館）
……はい

142. 勇者している勇者さん（位相軸地球→ベリア）
軽薄大剣使いはそんなテンプレ設定をコンプリートしてやがった（笑）

143. 勇者を見守る警備員さん（時空治安機構）
（笑）

144. 勇者を見守る学生さん（地球国家）
（笑）

145. 勇者を見守る警備員さん（時空治安機構）
もうそいつが勇者でいいだろ（笑）

146. 勇者を見守る学生さん（地球国家）
勇者さんよりストーリーの軸になっちゃってるね（笑）

147. 勇者している勇者さん（位相軸地球→ベリア）
しかし試しに神剣を使わせてみたけど草一本斬れなかった（笑）

148. 勇者を見守る村長さん（タ・バタ）
それは……お前が勇者だからだろ？

149. 勇者を見守る軍人さん（グルム帝国）
そいつには勇者の資格がない……当然のことじゃないか？

150. 勇者を見守る学者さん（時空図書館）
けれど……人物背景だけならば、確かに地球系列世界にあるゲームなどの『勇者』のテンプレを踏襲していますね……

151. 勇者を見守る国王さん（アレーシア）
そうなの……かい

152. 勇者を見守る村長さん（タ・バタ）
ちなみにその……なんだっけか、
《雷天》はどうなったんだ？
仲間の兄貴だったんだよな？

153. 勇者している勇者さん（位相軸地球→ベリア）
倒したら正気に戻った
つってもフルボッコにしちゃったから、途中の街の医療院に預けてきた（笑）

154. 勇者を見守る国王さん（アレーシア）
それは……まあ、よかった……のかな？

退役勇者板「この世界は俺を殺そうとしている」

155. 勇者を見守る警備員さん(時空治安機構)
仲間入りイベントはなかったわけか?(笑)

156. 勇者している勇者さん(位相軸地球→ペリア)
いやいや、全回復アイテムとかありませんから(笑)
4人がかりでフルボッコにしちゃいましたから(笑)
瀕死(ひんし)になってやっと正気に戻りましたから(笑)
重傷抱えてパーティinとか無理だから(笑)

157. 勇者を見守る学生さん(地球国家)
あー、現実だったらそうだよねー(笑)
でも『世界の理』様々でなんとかなりそうな気もするけどねー(笑)

158. 勇者を見守る国王さん(アレーシア)
あれ、けれどパーティは4人が上限なんだろう?

159. 勇者を見守る村長さん(タ・バタ)
そりゃ無理だ

160. 勇者を見守る軍人さん(グルム帝国)
無理だな

161. 勇者を見守る学者さん(時空図書館)
それで……お約束を突き進みながら、現在はどのような状態なのですか?

162. 勇者している勇者さん(位相軸地球→ペリア)
あー、四天王は倒して(ひとり生きてるけど)、攫われてた魔封じの神子(軽薄大剣使いの姉貴)を救い出して、魔王城が見えるとこまで来た 明日乗り込んで決着だ! ってな感じで今は野営してるんだが

163. 勇者を見守る警備員さん(時空治安機構)
だが?

164. 勇者を見守る学生さん(地球国家)
え、問題発生?

165. 勇者している勇者さん(位相軸地球→ペリア)
「なにも言わぬ俺を信頼してくれたこと、感謝する」
つって……これまでなにも語らなかった寡黙剣士が、自分の過去と仲間になった動機を喋り始めた

166. 勇者を見守る警備員さん(時空治安機構)
えっ

167. 勇者を見守る村長さん(タ・バタ)
えっ?

168. 勇者している勇者さん(位相軸地球→ペリア)
「やーもう、お前についてきてよかったわ、ありがとな!」
つって、軽薄大剣使いが姉と兄を取り戻せたことを感謝してもう思い残すことはないとか言ってくる

169. 勇者を見守る学生さん(地球国家)
えっ

170. 勇者を見守る軍人さん(グルム帝国)
えっ?

171. 勇者している勇者さん（位相軸地球→ペノア）
「魔王を倒したら……平和になるな……」
つって、正義感魔法剣士がこの旅が終わったら叶えたい夢を語りだした

172. 勇者を見守る学者さん（時空図書館）
えっ

173. 勇者を見守る国王さん（アレーシア）
えっ？

174. 勇者を見守る軍人さん（グルム帝国）
それが……どうした？

175. 勇者を見守る村長さん（タ・バタ）
最後の一戦を前にした普通の会話……じゃないのか？

176. 勇者している勇者さん（位相軸地球→ペノア）
いやいやいや

ヤバいよな!?
ヤバいよな!?

177. 勇者を見守る国王さん（アレーシア）
なにが‥…ヤバいんだい？

178. 勇者を見守る学者さん（時空図書館）
それは……なんと言いますか、なんでしょう、あまりにも、あからさまに……

179. 勇者を見守る警備員さん（時空治安機構）
全軍出撃ー！
全軍出撃ー！

180. 勇者を見守る学生さん（地球国家）
警備員さん、軍人さんのマネ（笑）

で　も

全軍出撃ー！
全軍出撃ー！

死亡フラグを止めろー！！

181. 勇者している勇者さん（位相軸地球→ペノア）
そうだよな!!
死亡フラグだよな!!
かんっぜんに死亡フラグだよな!!
こんにゃろめー!!

182. 勇者を見守る国王さん（アレーシア）
死亡フラグ……というのは、なんだい、学者くん？

183. 勇者を見守る学者さん（時空図書館）
言葉のまま……ですよ
『世界の理』に支配された世界で……彼らの発言は、魔王との戦いで死亡する、という未来を暗示しています

184. 勇者を見守る国王さん（アレーシア）
それも……お約束、なのかい？

185. 勇者を見守る警備員さん（時空治安機構）
お約束すぎるっつの！

186. 勇者を見守る学生さん（地球国家）
こんな立派な死亡フラグなかなかないよ！

187. 勇者している勇者さん（位相軸地球→ペノア）

退役勇者板「この世界は俺を殺そうとしている」

> どう折ればいいと思う?
> つか、折れんのか死亡フラグ!?

188. 勇者を見守る軍人さん(グルム帝国)
ぜ、

全軍出撃ー!!

現役勇者板

「道連れができて
しまいました」

道連れができてしまいました

1. 勇者している魔法少女さん（位相軸地球）
大惨事です

2. 勇者を見守る学生さん（地球国家）
あれー魔法少女☆さん、おっつおっつー

3. 勇者を見守る操縦士さん（カルバ・ガルバ）
あら、噂の魔法少女じゃない
今日も元気に泡立て器、振りまわしてる？

4. 勇者を見守る賞金稼ぎさん（ジグルェイ）
へえ、魔法少女さんか
話は聞いてるよ、お疲れ様

5. 勇者を見守る獣爪王さん（けものふ）
暇ぞ
楽しみぞ

6. 勇者を見守る会社員さん（平行世界8群）
おーっと話題のひと・魔法少女さんに初遭遇！
とりあえず、おつー /ノ

7. 勇者している魔法少女さん（位相軸地球）
って、なんなんですかみなさんのその反応！

噂とか！
話題のひととか！
話は聞いてるとか！

どういうことですか!?

8. 勇者を見守る学生さん（地球国家）
えー、そんなのー

ねえ？

9. 勇者を見守る賞金稼ぎさん（ジグルェイ）
なあ？（笑）

10. 勇者を見守る獣爪王さん（けものふ）
うむ

11. 勇者を見守る会社員さん（平行世界8群）
そりゃまあ、なんつうか、なあ？（笑）

12. 勇者を見守る操縦士さん（カルバ・ガルバ）
なによ、みんな応援してるんだから誇りなさいよ
勇者でしょ？

13. 勇者している魔法少女さん（位相軸地球）
誇れませんよ！
勇者かどうかも微妙なのに!!

14. 勇者を見守る賞金稼ぎさん（ジグルェイ）
でも、勇者認定されちゃったわけだろ？
それでこうして勇者板に書き込んでるわけだろ？

となれば、もう立派な勇者じゃないか？

15. 勇者を見守る獣爪王さん（けものふ）
勇者ぞ

16. 勇者を見守る操縦士さん（カルバ・ガルバ）
そうよ、しかもすっっごくメルヘンチックな勇者なんでしょ？
油臭いやら汗臭いやらなこっちからしたら、むしろ羨ましいわよ
魔法少女って、地球系列世界では女の子の憧れって聞いたわよ？

17. 勇者している魔法少女さん（位相軸地球）
女の……子の……憧れ、です、けど……!!
確かに、それはそうなんですけど……!!

18. 勇者を見守る会社員さん（平行世界8群）
まあまあ、もう諦めて受け入れるしかないだろ（笑）

魔法少女活動はまだ続いてんだ？

19. 勇者している魔法少女さん（位相軸地球）
続いてますよ……
もう泡立て器を振る手も慣れたもんです、よ！
慣れてしまった自分が嫌です！

20. 勇者を見守る学生さん（地球国家）
立派な勇者なベテラン魔法少女・パティシエール・マカロンさーん☆

で、道連れができたってどゆこと？
大惨事ってどゆこと？
ｗｋｔｋ☆

21. 勇者を見守る会社員さん（平行世界8群）
あれか、お約束でいったら
ふたり目のパティシエール出現か？

22. 勇者を見守る操縦士さん（カルバ・ガルバ）
ふたり目？
魔法少女って、ふたりいるのがお約束なの？

23. 勇者を見守る賞金稼ぎさん（ジグルェイ）
対の勇者みたいなものかい？

24. 勇者を見守る学生さん（地球国家）
ううん、えーっとねー

5人くらいまではいてもおかしくないかな☆

25. 勇者を見守る獣爪王さん（けものふ）
5人ぞ

26. 勇者を見守る操縦士さん（カルバ・ガルバ）
5人も!?
え、どういうこと!?

27. 勇者を見守る賞金稼ぎさん（ジグルェイ）
また地球系列世界のお約束ってやつか？
にしても、5人もいたら……さぞかし壮観だろうね

現役勇者板「道連れができてしまいました」

28. 勇者している魔法少女さん（位相軸地球）
**……あの
なんか、みなさん……まさかとは思いますけど、
私のこの惨状を……見たことあったりしません、よね？**

29. 勇者を見守る学生さん（地球国家）
えー？（笑）

30. 勇者を見守る会社員さん（平行世界8群）
大丈夫、俺はない（笑）

31. 勇者を見守る獣爪王さん（けものふ）
噂ぞ

32. 勇者を見守る操縦士さん（カルバ・ガルバ）
そうね、噂に聞いてるだけよ

33. 勇者を見守る賞金稼ぎさん（ジグルェイ）
**なんだっけな……
ファンシーで、
メルヘンで、
キラッキラ……だっけ？**

34. 勇者している魔法少女さん（位相軸地球）
**いやあああ!!

どこから
漏れたんですか!!**

35. 勇者を見守る会社員さん（平行世界8群）
……諦めが肝心だよ、魔法少女さん

36. 勇者を見守る学生さん（地球国家）
世界って、意外と狭いものだからね☆

37. 勇者を見守る賞金稼ぎさん（ジグルェイ）
なかなかいないタイプの勇者だし、話が伝わるのが早いのは仕方ないさ（笑）

38. 勇者を見守る獣爪王さん（けものふ）
うむ

39. 勇者を見守る操縦士さん（カルバ・ガルバ）
それに仙人さんがそのうち上ぇｉ

40. 勇者を見守る学生さん（地球国家）
**しーっ！ しーっ！
操縦士さん、お口チャック!!**

41. 勇者を見守る会社員さん（平行世界8群）
それは言わないどいてやれ（笑）

42. 勇者している魔法少女さん（位相軸地球）
**なんか寒気がしたんですけど！
なにがあるんですか!!
仙人さんってどなたですか!!**

43. 勇者を見守る獣爪王さん（けものふ）
流せ

44. 勇者を見守る賞金稼ぎさん（ジグルェイ）
**うん、気にすることはないさ（笑）
それで、道連れができた……っていうのは、そのお約束で
ふたり目の仲間ができたってことで**

いいのかい？

45. 勇者を見守る学生さん（地球国家）
もしかして：ふたり目のパティシエールは年齢相応のJCだった！

とか？
アイター☆

46. 勇者を見守る会社員さん（平行世界8群）
もしくは、大惨事っていうくらいだから

ふたり目のパティシエールは魔法少女さんより年上のアラサーだった！

とか？

47. 勇者を見守る操縦士さん（カルバ・ガルバ）
なによ、予想大会？
それじゃあたしは……なにかしら
魔法少女のお約束ってどういうものかわからないのよね

48. 勇者を見守る獣爪王さん（けものふ）
JCとは
アラサーとは何ぞ

49. 勇者を見守る会社員さん（平行世界8群）
あー、女子中学生……
ええとだな、12歳から15歳くらいの女の子、だな
ほら、魔法『少女』って言うくらいだから、地球系列世界のお約束的には、魔法少女に選ばれるのはそれくらいの年頃の女の子なんだよ

アラサーっていうのは30歳前後……こっちはまあ、魔法少女になってなったら……いや、ならないだろ、ないない

50. 勇者を見守る賞金稼ぎさん（ジグルェイ）
え、でも魔法少女さんはハタチじゃなかったかい？

51. 勇者している魔法少女さん（位相軸地球）
だから不本意なんじゃないですか！

ひらっひらの仮装も！
ぶりっぷりの口上も！決めポーズも！
なにもかもが不本意なんじゃないですか!!

52. 勇者を見守る学生さん（地球国家）
でも慣れてきちゃったんでしょー？

53. 勇者を見守る会社員さん（平行世界8群）
もうけっこう長い期間やってるよな？

54. 勇者している魔法少女さん（位相軸地球）
……だから不本意なんです……

55. 勇者を見守る賞金稼ぎさん（ジグルェイ）
へえ、そんなお約束な年頃の仲間ができちゃったんだ？
そりゃまあ、いたたまれないことこの上ないかも、だな

56. 勇者を見守る操縦士さん（カルバ・ガルバ）

そっか、適性年齢って本当ならそれくらいなのね……
じゃああたしは魔法少女にはなれないんだ、残念

57. 勇者を見守る獣爪王さん（けものふ）
否（いな）

58. 勇者を見守る学生さん（地球国家）
**ハタチ☆な魔法少女さんが実在してるんだからー、
操縦士さんだってイケるイケる☆**

59. 勇者している魔法少女さん（位相軸地球）
っていうか……え？
操縦士さん……え？
やりたい……ん、ですか……？

え？

60. 勇者を見守る操縦士さん（カルバ・ガルバ）
なによ、そりゃあたしは機体ぶん回して無駄に筋肉とかついちゃってるけど、これでも女なのよ？
可愛いものに憧れてなにが悪いのよ？
そんな可愛い勇者なら、やってみたいに決まってるじゃない

61. 勇者している魔法少女さん（位相軸地球）
ええー……
信じられない……

62. 勇者を見守る会社員さん（平行世界8群）
魔法少女さん、地球系列世界とは常識が違うから（笑）

63. 勇者を見守る学生さん（地球国家）
魔法少女さん、勇者じゃないって言い張ってるくらいだから自分でもわかってると思うけど、異例だから（笑）

64. 勇者している魔法少女さん（位相軸地球）
こんな状況に自分から進んで身を置きたいなんて……
黒獣と白獣にこき使われたいなんて……
泡立て器を振り回して戦いたいなんて……
信じられない……

65. 勇者を見守る操縦士さん（カルバ・ガルバ）
なによ、なんでよ

66. 勇者を見守る賞金稼ぎさん（ジグレェイ）
話を聞けば聞くほど、見てみたくなるよな（笑）

67. 勇者を見守る獣爪王さん（けものふ）
うむ

68. 勇者を見守る賞金稼ぎさん（ジグレェイ）
……楽しみ、だな

69. 勇者を見守る獣爪王さん（けものふ）
うむ

70. 勇者を見守る学生さん（地球国家）
さーてさて魔法少女さん☆

それでは、果たして、道連れ☆大惨事！　の正解は!?

71. 勇者している魔法少女さん（位相軸地球）
    あ、すいませんちょっと意識飛んでました
    ええと、仲間みたいなのはできてません

    黒獣と白獣が
    「パティシエールの素質がある子はきっと他にもいるカオ！」
    とか抜かしやがるんで、出身中学校に行ってみたりしたんですけど
    鞄に仕込んでた奴らが「この子たちじゃ若すぎるルク！」とかほざきやがって

    ……若すぎるわけあるかー！
    中学生っていったら適性年齢ですよね！？

72. 勇者を見守る操縦士さん（カルバ・ガルバ）
    あら、なんか、あたしいけそう？
    18 だけどいけそう？

73. 勇者を見守る獣爪王さん（けものふ）
    はしゃぐな

74. 勇者を見守る会社員さん（平行世界8群）
    操縦士さん、そんなにやってみたいのか（笑）

75. 勇者を見守る学生さん（地球国家）
    女の子の夢☆だもんねー

76. 勇者を見守る賞金稼ぎさん（ジグルェイ）
    というか、魔法少女さんの世界……じゃないのかな、黒獣と白獣の世界

    では、魔法少女の適性年齢はお約束より高めなのかい？

77. 勇者している魔法少女さん（位相軸地球）
    ……そんなの、もう少女じゃありません

    ていうか私だって少女じゃありません!!

78. 勇者を見守る学生さん（地球国家）
    魔法少女さん、黒獣と白獣を大学に連れてったりしてるんだよね？
    そこで
    「パティシエールをみつけたカオ！」
    とかいうことにはならないのー？

79. 勇者を見守る会社員さん（平行世界8群）
    あ、そういえば

80. 勇者している魔法少女さん（位相軸地球）
    ふふふふふ
    こんなときわたしはじぶんがりけいでほんとうによかったとおもいます
    じょしの　ひりつが　とても　すくない！
    ぱていしえーるは　いなかった!!

81. 勇者を見守る操縦士さん（カルバ・ガルバ）
    なんでよかったのよ？
    大学って……同じ学校？　の友達が仲間になれば、ちょっとは楽になるんじゃない？
    話も通りやすいでしょ？

82. 勇者を見守る賞金稼ぎさん（ジグル

ェイ)
それに友達も不本意だったら、お互い愚痴ることもできるようになるだろ?

83. 勇者している魔法少女さん (位相軸地球)
友達を!
被害者には!
できません!!

84. 勇者を見守る獣爪王さん (けものふ)
解せぬ

85. 勇者を見守る会社員さん (平行世界8群)
いや、気持ちはわかる (笑)

86. 勇者を見守る学生さん (地球国家)
えー、仲間ができたんじゃないんだー?
じゃあ道連れってなんのこと?

もしかして:ベジタヴォーンさんのこと?

87. 勇者を見守る獣爪王さん (けものふ)
む?

88. 勇者を見守る学生さん (地球国家)
野菜戦士なベジタヴォーンさんだったら、確かに大惨事だけどー

どっかで知り合ったの?

89. 勇者している魔法少女さん (位相軸地球)
ベジタ……ヴォーン?
野菜戦士?

なんですか、それ

90. 勇者を見守る学生さん (地球国家)
あれ、違うのか

つ【現役勇者板「どう好意的にみても変態です」】

91. 勇者を見守る賞金稼ぎさん (ジグルェイ)
うわあ……これは

92. 勇者を見守る獣爪王さん (けものふ)
何とも

93. 勇者を見守る会社員さん (平行世界8群)
こりゃまあ……アレだな

94. 勇者を見守る操縦士さん (カルバ・ガルバ)
って、え、魔法少女とコレって同系列なの!?
地球系列世界では同系列なの!?
どういうことよ、全然違うじゃない!!

95. 勇者している魔法少女さん (位相軸地球)
こんな……境遇のかたが……他にも……
ていうか私よりひどいんじゃ……
涙が出そうです

96. 勇者を見守る学生さん (地球国家)
魔法少女さんは、いちおー、正統派☆だもんねー

97. 勇者を見守る獣爪王さん (けものふ)
ベジタヴォーンは

邪道か

> 98. 勇者している魔法少女さん（位相軸地球）
> **ベジタヴォーンさん、こんど一緒に飲みましょう!!**

99. 勇者を見守る会社員さん（平行世界8群）
思わぬところで絆（きずな）ができたな（笑）

100. 勇者を見守る賞金稼ぎさん（ジグルェイ）
しかも妙な絆だ（笑）

101. 勇者を見守る操縦士さん（カルバ・ガルバ）
……見てみたいわね、ベジタヴォーン

102. 勇者を見守る会社員さん（平行世界8群）
平行世界4群に誰かスネークできるひといなかったか
まあ探偵さんは無理だろうしな（笑）

103. 勇者を見守る学生さん（地球国家）
探偵さんは無理だねー（笑）
情報収集能力はありそうだけどねー（笑）

> 104. 勇者している魔法少女さん（位相軸地球）
> **お願いですから見せ物に……しないであげて、ください……**

105. 勇者を見守る操縦士さん（カルバ・ガルバ）
え、でも仙人さんがあんt

106. 勇者を見守る学生さん（地球国家）
それで結局！

スレタイどゆこと？

107. 勇者を見守る会社員さん（平行世界8群）
そうそう、仲間じゃないなら道連れってなんだ？
しかも大惨事ってなんだよ？

もしかしてあれか、男が……魔法少女に

108. 勇者を見守る操縦士さん（カルバ・ガルバ）
ちょっと、それもう女ですらないじゃない？

109. 勇者を見守る学生さん（地球国家）
地球系列世界には、男の娘（こ）☆って文化もあるんだよー

110. 勇者を見守る獣爪王さん（けものふ）
男の……娘？

111. 勇者を見守る賞金稼ぎさん（ジグルェイ）
男がファンシーでメルヘンでキラキラ……そりゃキツいな
いや、でも仲間ができたわけじゃないって言ってなかったかい？

だよね、魔法少女さん？

> 112. 勇者している魔法少女さん（位相軸地球）
> **あ、すいませんちょっと意識飛んでました**
> **そういえば、ひとつ先に伺いたいん**

> でした
>
> ……悪の女幹部って、現地調達するものですか……?

113. 勇者を見守る賞金稼ぎさん(ジグルェイ)
  悪の?

114. 勇者を見守る獣爪王さん(けものふ)
  女?

115. 勇者を見守る操縦士さん(カルバ・ガルバ)
  幹部?

116. 勇者を見守る会社員さん(平行世界8群)
  え、魔法少女に悪の女幹部?
  って、そんなんいる……か
  いるか、いるな

117. 勇者を見守る学生さん(地球国家)
  いるいる☆
  でも現地調達は、あんまりしないかなー?
  てことはー、ジャンク帝国が、位相軸地球世界……っていうか
  魔法少女さんの地球のひとを悪の女幹部にしたってことでFA?
  それが大惨事ってことでFA?

118. 勇者を見守る獣爪王さん(けものふ)
  FAとは何ぞ

119. 勇者を見守る操縦士さん(カルバ・ガルバ)
  聞くだけ無駄よ、獣爪王さん……

120. 勇者を見守る賞金稼ぎさん(ジグルェイ)
  つまり、
  ・敵対する組織の悪の女幹部が現れた
  ・それが位相軸地球世界の女性だった
  ・そして大惨事
  ってことかい?

  ……なにが大惨事なのさ?

121. 勇者している魔法少女さん(位相軸地球)
  > その悪の女幹部は……ある日、突然現れました……
  > 行き過ぎたボディコン……というか、もうボンテージみたいな衣装でした
  > あちこちを締め付けつつ露出しまくった過剰な衣装でした
  >
  > そしてノリノリでポーズを決めながら口上を言い放ちました
  > 「お肉を食べてボンキュッボン! ジャンク帝国地球支配女幹部、ハイカロリー・ピッツァ、登場なのよん!」

122. 勇者を見守る会社員さん(平行世界8群)
  うわあ……

123. 勇者を見守る獣爪王さん(けものふ)
  其(そ)れは……

124. 勇者を見守る操縦士さん(カルバ・ガルバ)
  なんていうのかしら……

125. 勇者を見守る学生さん(地球国家)
  なりきってるねー

126. 勇者を見守る賞金稼ぎさん(ジグル

ェイ)
ノリノリだな……

127. 勇者している魔法少女さん(位相軸地球)
はい、ノリノリになりきってました
それを見て……あまりの驚きに、私は思わず叫んでしまいました

「なにやってるの……お母さん!!」

128. 勇者を見守る賞金稼ぎさん(ジグルェイ)
えっ

129. 勇者を見守る獣爪王さん(けものふ)
なぬ

130. 勇者を見守る会社員さん(平行世界8群)
ええー

131. 勇者を見守る学生さん(地球国家)
うわあ

132. 勇者している魔法少女さん(位相軸地球)
泣きそう……でした
orz

133. 勇者を見守る獣爪王さん(けものふ)
母……ぞ

134. 勇者を見守る賞金稼ぎさん(ジグルェイ)
しかも露出過剰な衣装……か

135. 勇者を見守る操縦士さん(カルバ・ガルバ)
露出過剰な衣装で悪の女幹部をノリノリでこなす母親……
イヤアアアアアアアア!!!

136. 勇者を見守る会社員さん(平行世界8群)
うん、嫌だな

137. 勇者を見守る学生さん(地球国家)
運命って、過酷☆

138. 勇者している魔法少女さん(位相軸地球)
一瞬びしっと固まった女幹部ハイカロリー・ビッツァは、
すぐに
「えっとあなた○○(←本名)なのかしら
でもわたし○○○○○○(←本名)じゃないわよ」
と自白しました

母……orz

139. 勇者を見守る学生さん(地球国家)
ていうか、
魔法少女さんもお母さんの痛々しいとこ見ちゃったけどー
お母さんも魔法少女さんのことわかっちゃったんだねー

140. 勇者を見守る会社員さん(平行世界8群)
確かにそれは……大惨事、だな……

141. 勇者している魔法少女さん(位相軸地球)
もともとどこかズレたところがある母親だっていうのはわかってましたけど!
わかってましたけど!

> **こんな サプライズは いらない**

142. 勇者を見守る獣爪王さん（けものふ）
     ……難儀な

143. 勇者を見守る賞金稼ぎさん（ジグルェイ）
     うん……言葉もないね

144. 勇者を見守る操縦士さん（カルバ・ガルバ）
     なんで……そんなことになっちゃったの……？

> 145. 勇者している魔法少女さん（位相軸地球）
>   **その場はなんていうか、こう、もう、空気が微妙なものになりすぎたのでいったんお開きになりました**
>
>   **すぐに実家に帰って母親を問いつめました**
>   **なにやってんのお母さん、と**
>   **答えは**
>   **「あら、ただのパートよ」**
>   **でした……**

146. 勇者を見守る学生さん（地球国家）
     パートで！
     悪の女幹部！

     うわっは、ははっは!!

147. 勇者を見守る会社員さん（平行世界8群）
     剛胆（ごうたん）な……お母さん、だな……

148. 勇者を見守る操縦士さん（カルバ・ガルバ）

> **パートってなによ？**

149. 勇者を見守る会社員さん（平行世界8群）
     アルバイトみたいなもの……で、わかるか？
     正社員じゃない労働従事者
     フリーターさんみたいなもん

150. 勇者を見守る賞金稼ぎさん（ジグルェイ）
     ……いや、まあ、正社員な悪の女幹部になるのはやばいだろ
     それにしても、さ

151. 勇者を見守る獣爪王さん（けものふ）
     ……うむ

> 152. 勇者している魔法少女さん（位相軸地球）
>   **求人広告を見たらしいです……**
>   **求人広告なんて出すなよジャンク帝国……**
>   **演劇をしていた若い頃を思い出してノリノリで演じたら採用されたそうです……**
>   **なんか……楽しいみたいです……**
>
>   **「だって普段はこんなハッスルできないもの！ それに私だってまだまだイケてるでしょこの身体！」**
>   **確かに母は年の割にスタイルがいいのです**
>   **だからって**
>
>   **母 orz**

153. 勇者を見守る操縦士さん（カルバ・ガルバ）
     それは……あれね、やめる気は……

ぜんぜんなさそう、ね

154. 勇者している魔法少女さん（位相軸地球）
「独り暮らしなんかしちゃって電話とかメールでしか連絡できないあんたにたびたび会えるようになるのね、嬉しいわ！」

母 orz

155. 勇者を見守る賞金稼ぎさん（ジグルェイ）
前向き……すぎる、かな

156. 勇者を見守る獣爪王さん（けものふ）
うぬう

157. 勇者を見守る会社員さん（平行世界8群）
……頑張れ、魔法少女さん

158. 勇者を見守る学生さん（地球国家）
うーん、これは

……仙人さんに、報告報告ゥ☆

退役勇者板
「世界に平和が おとずれた」

世界に平和がおとずれた

1. 勇者しちゃった画家さん（バレイビア）
   んで俺は、勇者かぁ

   はっはー、もうなにが起きても驚かねえぞー
   どんとこい！

2. 勇者しちゃった王子さん（イ・ダス）
   まずは、勇者活動お疲れ様でした
   バレイビア世界……どなたかご存知ですか？

3. 勇者しちゃった軍人さん（グルム帝国）
   おっす、おつ

   いや、なうでみた記憶は……ねえなつうか、職業画家かよ？

4. 勇者しちゃった遊び人さん（レンド連邦）
   画家がどうやって勇者になったのか、なんか面白そうだなー
   なうにいなかったって、成果勇者系なのかな？

5. 勇者しちゃったもやチートさん（平行世界8群）
   もうなにが起きても、ってことは勇者になったのは予想外ってことですかね？

   あ、お疲れ様です

6. 勇者しちゃった学生さん（地球国家）
   成果勇者さんとかの場合だと一、

   結果的に世界に平和が訪れた！
   そして組合からファンファーレ！
   えっなにそれ自分ってば勇者なの初耳なんだけど！

   みたいなひと、多いもんねー☆
   それでそれで、なんで画家さんが勇者になっちゃったの？

7. 勇者しちゃった画家さん（バレイビア）
   あっと、まずはだな
   この世界の情勢からいっとくな

   この世界……って、バレイビアっていうんだな
   バレイビアは蒸気機関技術が発達してる、簡単にいえばスチームパンク系の世界だ
   魔法とか魔王とか、そういうファンタジー要素はまったくない
   対立する軍事大国がふたつあって、あとは中小国があちこちに散らばってる
   で、軍事大国は他の国を併呑（へいどん）しながら戦争してる
   してた

8. 勇者しちゃった遊び人さん（レンド連邦）
   へえ、わかりやすいね

9. 勇者しちゃった軍人さん（グルム帝国）
   スチームパンク……ってのがよくわからんが、バレイビア世界の用語か？

まあ、成果勇者系のわりにゃ理路整然としてるな
混乱してる様子が見当たらん

10. 勇者しちゃったもやチートさん（平行世界8群）
え、ていうかパレイビア世界って……地球系列世界ですか？
なんかこう……スチームパンクとか

11. 勇者しちゃった学生さん（地球国家）
うーん、なんかこう？
でもこれ掲示板の自動翻訳の範囲なのかな、どうなんだろ？

12. 勇者しちゃった王子さん（イ・ダス）
どうかしましたか、もやチートさん、学生？

13. 勇者しちゃったもやチートさん（平行世界8群）
いえ、なんかちょともにょっとしただけなんで、すみません
画家さん、続きお願いします

14. 勇者しちゃった画家さん（パレイビア）
で、俺が生まれたのは大国のかたっぽの、ベイレイナン国な
ちなみに戦争相手のもうかたっぽの大国がヒューリン国
そんでもって、これが先日発売のうちの新聞の見出し

「ヒューリンとの長きにわたる戦争終結！アレナ元首とヒューリン国ゼガーツォ総統、講和条約締結」

15. 勇者しちゃった軍人さん（グルム帝国）
おお、戦争が終わったのか！
それは……うん、いいことだな

16. 勇者しちゃった王子さん（イ・ダス）
ええ、よいことです……が
それに画家さんが一枚噛んでいる、のですか？

17. 勇者しちゃった遊び人さん（レンド連邦）
勇者認定されたんだもんなー
一介の画家が戦争を終結に導いた……って、どういうことだい？
てか、「うちの新聞」って？

18. 勇者しちゃった画家さん（パレイビア）
ああ、俺は画家というか、新聞社勤務で風刺画（ふうしが）とかを描いてるんだ

もともと反戦色の強い新聞社なんで、政府にはちょっくら目をつけられてるんだが
そこはなんとーか、それとなーく、まあまあ
大人のやりかたで、まあ闇新聞くさいところはあるんだけどな（笑）

それでも検閲（けんえつ）をすり抜けて、政府が隠したがってる戦争の真実とかも書いて
読者からの支持も厚くてそこそこの売り上げはある

19. 勇者しちゃったもやチートさん（平行世界8群）
てことは、その新聞が……じゃないか、勇者認定されたんですもんね
画家さんが描いた風刺画のおかげで、

戦争が終わったってことですか？
風刺画一枚で世界情勢って変わるもんですか？

20. 勇者しちゃった王子さん（イ・ダス）
国が隠蔽（いんぺい）するような醜い戦争の真実を暴く闇新聞のようなものでしたら……民衆に反戦意識を芽生えさせるのも可能、かもしれませんが
逆に作用しそうな気もしますね

21. 勇者しちゃった学生さん（地球国家）
新聞、ねー
風刺画、ねー

うーん、なーんかもやっとするんだよねー

22. 勇者しちゃった軍人さん（グルム帝国）
なんだ、学生の？

23. 勇者しちゃった学生さん（地球国家）
んー？
なんだろ、違和感？
ちょと違うかなー
なんだろー

24. 勇者しちゃった画家さん（パレイピア）
で、蒸気機関技術が発達してるって先に言っといたけどな、戦争には機械兵器が使われてるんだ

主戦力になるのは、AIが組み込まれた自律思考型戦闘兵器
自動索敵機械兵器バラーヌ
近接攻撃型機械兵器エラーム
遠距離攻撃型機械兵器シャローナ

もちろん指揮系統なんかは人間にあるわけで軍人もわんさといるけど
おもに前線にでるのは機械兵器なわけだ

25. 勇者しちゃった軍人さん（グルム帝国）
死者が少なくなる……のは、悪いことではない……か？

26. 勇者しちゃった王子さん（イ・ダス）
命を軽く見積もりかねない、という危険がありはしませんか
「他国を併呑しながら」と先におっしゃっていましたよね？
機械兵器に攻撃される国にいるのは、人間ですから

27. 勇者しちゃった遊び人さん（レンド連邦）
うーん、機械とかの話になっちゃうとお手上げだなー
地球系列世界に近い感じ？

28. 勇者しちゃった学生さん（地球国家）
てゆっかー、
画家さんはパレイピア世界の生まれなんだよね？
でいいんだよね？

29. 勇者しちゃったもやチートさん（平行世界8群）
世界名を見た感じそうみたいですけど……
もにゃっとしますよね？

30. 勇者しちゃった軍人さん（グルム帝国）
なんだ？

地球系列世界の奴らは、自分らに似た文明世界が存在するのが受け入れられんのか？

31. 勇者しちゃった遊び人さん（レンド連邦）
そりゃちょっと、頭が固いってもんだろー

32. 勇者しちゃったもやチートさん（平行世界8群）
いや、そういうわけじゃないんですけど

33. 勇者しちゃった学生さん（地球国家）
うん、それとはちょっと違うこのもやもや感

34. 勇者しちゃった画家さん（パレイピア）
でまあ、俺も反戦色強い新聞社に勤めてるわけだし、戦争なんてまっぴらごめんって思ってたわけだ
でもまあ、国のお偉いさんたちは国土拡張！　とかばっかだし、俺が生まれてからずっと戦争は続いてたわけだ

で、新聞社に就職して風刺画描いて、風刺画描いて、風刺画描いてて、ある時ふっと魔が差したわけだ

35. 勇者しちゃった軍人さん（グルム帝国）
魔が

36. 勇者しちゃった遊び人さん（レンド連邦）
差した？

37. 勇者しちゃった王子さん（イ・ダス）
と、いうと？

38. 勇者しちゃった画家さん（パレイピア）
俺が持てる技術のすべてをつぎ込んで仕上げた渾身（こんしん）のその原稿を編集長に見せた時、
編集長はきっかり3分停止アンド凝視（ぎょうし）
で、「これは……なんだ」
で、「え、風刺画ですよ」
で、「これを……載せるつもりか」
で、「ダメですかね」
で、「少し……考えさせろ」

そして編集長は俺の風刺画を持って社長室に直行した

39. 勇者しちゃった学生さん（地球国家）
なにこの焦らしプレイ（笑）
渾身の風刺画期待ａｇｅ☆

40. 勇者しちゃったもやチートさん（平行世界8群）
これまでの風刺画とは違う、ってことはわかりますけど

なんですかね？

41. 勇者しちゃった画家さん（パレイピア）
編集長と社長は熟考のすえに、決断してくれた

そして出回った新聞は、脅威的な売り上げを記録した
それもひとえに、俺が一面もらって描いた風刺画のせいだった

> **タイトル**
> 「私たち、いつまで傷つけあうの……？
> パラーヌたんとエラームたん、シャローナたんの苦悩」
>
> 人間に酷使されたパラーヌたんとエラームたんとシャローナたんが
> 包帯ぐるぐるの満身創痍(まんしんそうい)になりながら涙をこぼして抱き合う
>
> **兵器擬人化萌えの風刺画**
> **しかも一面ドーン！　てわけだ**

42. 勇者しちゃった遊び人さん（レンド連邦）
    は？

43. 勇者しちゃった軍人さん（グルム帝国）
    へ？

44. 勇者しちゃった王子さん（イ・ダス）
    ……もえ？

45. 勇者しちゃったもやチートさん（平行世界8群）
    えーっと
    えーっと

    ……なんですかね

46. 勇者しちゃった学生さん（地球国家）
    うーん、これ　は　もう

    画家さんってばー、なにもの？

47. 勇者しちゃった画家さん（パレイピア）

> あっと、改めて自己紹介しとくな
>
> 俺、なんか前世の記憶がはっきりあるんだわ
> 前世では地球の日本で、萌え萌えきゃぴるんな作風の漫画家やってた

48. 勇者しちゃったもやチートさん（平行世界8群）
    あー……

49. 勇者しちゃった学生さん（地球国家）
    ああ、なるほどー
    違和感解消、納得ゥ☆

50. 勇者しちゃった王子さん（イ・ダス）
    別世界に転生……して、記憶を保っているのですか……
    珍しい事例ですね

51. 勇者しちゃった軍人さん（グルム帝国）
    そんで勇者かよ
    てか、萌えってなんだ
    兵器擬人化……って、なんだ……

52. 勇者しちゃったもやチートさん（平行世界8群）
    あー、擬人化はもう地球系列世界では定番文化っつうかなんつうか
    まあ簡単に言えばオタク文化なんですけど
    人間以外の無機物とかに、人間の外見とか性格を持たせた絵とか漫画なんかの創作物？
    みたいなもんですかね

53. 勇者しちゃった学生さん（地球国家）
    それまで兵器としか扱ってなかった機械を一、

可愛い女の子にしちゃって描いちゃってー、
「戦いたくないのに戦わされる悲哀」みたいな物語をつけてー、
意識改革しちゃったんだ☆

バレイピア世界ではオタク文化とかなかったんだ?

54. 勇者しちゃった画家さん(バレイピア)
漫画もラノベもアニメも萌えキャラもなんもないな

おかげで発行直後から新聞社の電話は鳴りっぱなしてな
まず必ず「この風刺画はいったいなんなんだ!」から始まって
5割は「戦争の道具だというのに、こんな風刺画は断じて認められん!」
3割は「こんな斬新なアイデアがあったなんて驚いた!」
2割は「いいぞもっとやれ! ていうか見せてくれ!」
やっぱ若年層のが受け入れやすかったみたいだな

55. 勇者しちゃったもやチートさん(平行世界8群)
そりゃあまあ、オタク文化のない世界に、いきなり萌え擬人化投入ですからね……
コペルニクス的転回ってやつですか
しかも画家さんは元漫画家の技量を持ってるわけで

56. 勇者しちゃった王子さん(イ・ダス)
話の筋が……わかるような、わからないような、気がします

57. 勇者しちゃった軍人さん(グルム帝国)
ああ、本筋を理解できてない気がひしひしとするな

58. 勇者しちゃった遊び人さん(レンド連邦)
前線でこきつかわれてる兵器をけなげな可愛い女の子に置き換えた、ってことだろ?
そりゃまあ……びっくりするな

59. 勇者しちゃった学生さん(地球国家)
しかもしょっぱなから萌え擬人化って―
そりゃもうびっくり通り越しちゃうよねー☆

60. 勇者しちゃった画家さん(バレイピア)
んで、売り上げを見た社長がノリノリになったわけだ
それからすぐに、新聞1ページを割いた……つってもこっちだと漫画読む文化とかないから
わかりやすく1ページ大のイラストにしたり、四コマ漫画にしたりして
バラーヌたんとエラームたんシャローナたんが
「戦いたくないのに戦ってる、戦わされてる」
「殺したくないのに殺してしまって苦悩してる」
みたいな連載をはじめた

61. 勇者しちゃった学生さん(地球国家)
あー、漫画知らないひとって、漫画の読み方もわからないみたいだもんねー

退役勇者板「世界に平和がおとずれた」 221

62. 勇者しちゃったもやチートさん（平行世界8群）
え、そうなんですか？

63. 勇者しちゃった画家さん（パレイピア）
うん、コマ割りとか、どう読めばいいのかわからないらしい

社長にこんなんどっすか？ って兵器工場から前線に赴いてぼろぼろになって死ぬエラームたんと、エラームたんの死に悲哀にくれながらも戦わざるを得ないシャローナたんの一大巨編……
つーかまあ不本意だけど絵本みたいな形式だったんだが、漫画単行本の企画を出したら、ゴーサインが出た
まあ闇流通みたいなもんだったんだが

ちょう 売れた

64. 勇者しちゃった学生さん（地球国家）
もしかして：パレイピア世界って娯楽少ない系？

65. 勇者しちゃった画家さん（パレイピア）
ああ、絵っつったら肖像画とか、それこそ風刺画（リアル路線）、もしくは子どもが文字を学ぶための絵本ぐらいしかないな
絵本だって教訓的なリアル路線で、ある意味なんつうか……
日本のサブカルチャーに浸かったオタク前世を持つ身としてはちょっと辛かった

66. 勇者しちゃった遊び人さん（レンド連邦）
えっとー
……王子さんとか軍人さんは、話についていけてる？

67. 勇者しちゃった軍人さん（グルム帝国）
いまいち……わからん

68. 勇者しちゃった王子さん（イ・ダス）
萌えとはなんなのですか……

しかし、パレイピア世界の文化に画家さんが風穴をあけたらしい……ということは、まあ、理解しました

69. 勇者しちゃった画家さん（パレイピア）
でもって『戦場の機械乙女たち』（エラームたんとシャローナたんの漫画）がちょう売れたこともあって、社長が調子に乗った
俺に、そういう傾向の漫画をもっと描けと

いろいろ手を出した
兵器擬人化から国擬人化にも手を出した

70. 勇者しちゃった王子さん（イ・ダス）
国……擬人化……ですか……？

71. 勇者しちゃった軍人さん（グルム帝国）
なんだそりゃ

72. 勇者しちゃった学生さん（地球国家）
あるある（笑）

73. 勇者しちゃった画家さん（パレイ

ピア）
ベイレイナンがヒューリンの友好国のフェンに侵攻かけた時には、それを漫画にした
ある日いきなり戦闘のただなかに放り込まれて蹂躙されたフェンたんが、それでもヒューリンたんの援護を信じて戦いつつ国民の死に涙する物語
戦火に包まれて「ごめんねみんな、ごめんねヒューリンちゃん、大好きだったよ」
というラストシーンで号泣したという感想をめっちゃもらった

やたら売れたのでベイレイナンの属国になったフェンたんの続編を出した
かつて戦友だったヒューリンたんに武器を向ける満身創痍のフェンたん
「フェンおまえ、なぜ……なぜ私に、しかもそのような身体で！」
「ヒューリンちゃん……もう、仕方がないことなの……大好きだった」
そんな人間（？）ドラマに大喝采（だいかっさい）

74. 勇者しちゃったもやチートさん（平行世界8群）
前世萌え漫画家の本領発揮ですね（笑）

75. 勇者しちゃった遊び人さん（レンド連邦）
なんつーか、な？
なんつーんだろ、な？

76. 勇者しちゃった軍人さん（グルム帝国）
人心にはまあ……訴えそうではあるが

77. 勇者しちゃった学生さん（地球国家）
そりゃもう、スットレート☆だよ

78. 勇者しちゃった画家さん（パレイピア）
その辺で俺の漫画とかうちの新聞、闇市で国内にはだいたい出回ってたんだが、他の国にもぼちぼち読まれてるってことがわかり始めた

売り上げも急上昇
社長張り切った

ベイレイナンたんとヒューリンたんの物語では、
互いに兵器を突きつけ合って涙しながら
「ヒューリン……もうやめようよ、傷つけて傷ついてそれでどうなるの!?」
「私だって戦いたくなどない……！けれどどうしようもないのだ！」
「国が、あなたが、戦火に燃えている！ そんなのダメなの、わかってるのに」
「私たちにはどうしようも……ないのだ！」
というような感じのやりとりで泣いた、という読者からの手紙が来た

79. 勇者しちゃった王子さん（イ・ダス）
なんというか……やりたい放題、ですね
そんな文化が自国にあったらと思うとぞっとしますよ
わかりやすい娯楽でもあり、同時に人心を煽動（せんどう）するのですから

80. 勇者しちゃった学生さん（地球国家）

退役勇者板「世界に平和がおとずれた」 223

画家さんが反戦派でよかったねー☆

81. 勇者しちゃった画家さん(パレイピア)
そこはもう、元日本人だからな
平和ボケ上等だ!

しかし平和ボケもしてられなくて、国家反逆罪でお縄になりそうになったんだが
政府の中のひとたちの間でももめた、という情報も入ってきた

82. 勇者しちゃった遊び人さん(レンド連邦)
政府内にも読者、というか支持者がいた……ということかい

83. 勇者しちゃったもやチートさん(平行世界8群)
日本のオタクカルチャーは……怖いもんなんですよ

84. 勇者しちゃった軍人さん(グルム帝国)
そう……みたいだな

85. 勇者しちゃった画家さん(パレイピア)
そんなこんなで、国民に反戦意識つうか擬人化萌えがひっそり浸透してきたところですりかえ作戦を実行した

バラーヌたんエラームたんシャローナたんたちが復興作業だとか福祉だとかに転職して
「こういう仕事……嬉しい」
みたいな漫画を出したらまたどっと売れた

彼女たちを解放してやってくれてありがとう! となんか感謝された

そんでまあ、こっちは身の危険があるからあちこち転々と拠点を移動して、もうある意味ゲリラ活動だったんだが擬人化漫画と新聞発行はやめなかった
その間にあっちの国でもこっちの国でも反戦デモとかなんかいろいろあって

ついでに種を撒いておいた必殺技『二次創作活動解禁』で爆発的に広がった

86. 勇者しちゃった軍人さん(グルム帝国)
二次創作……活動?

87. 勇者しちゃった遊び人さん(レンド連邦)
なんだいそれ?

88. 勇者しちゃったもやチートさん(平行世界8群)
あー(笑)

89. 勇者しちゃった学生さん(地球国家)
あー(笑)

90. 勇者しちゃったもやチートさん(平行世界8群)
そりゃまた、強い切り札ですねえ

91. 勇者しちゃった王子さん(イ・ダス)
……どういうことですか?

92. 勇者しちゃった画家さん(パレイピア)

まず、風刺画とか漫画には必ずこういう注意書きを入れておいたわけだ
「これらの設定等を使用、流用した二次創作活動（小説や舞台脚本等の文章、風刺画や漫画等の創作）を禁止します」

これにはまあ、ふたつばかり目論（もくろ）みがあったんだが

93. 勇者しちゃった遊び人さん（レンド連邦）
目論みっていうと？

94. 勇者しちゃった画家さん（パレイピア）
まずひとつめが、『二次創作』って行為があるってことを教えることだな

95. 勇者しちゃったもやチートさん（平行世界8群）
ああそっか、娯楽少ない系の世界ですもんねえ
二次創作の概念もなかったのか

96. 勇者しちゃった軍人さん（グルム帝国）
でも、わざわざ禁止してるのはなんでだ……いや、当たり前か
その風刺画だのなんなので、お前らは国家反逆罪になりかかったんだからな

97. 勇者しちゃった画家さん（パレイピア）
そういうことだ、それがふたつめ
下手に誰かが手を出してそっちにまで飛び火したら目も当てられん

で、「二次創作って手段もあるんだぞー」と教えておいて、「でもやっちゃだめだぞー」と溜め込ませておいてから、解禁したら途端に爆発したわけだ

98. 勇者しちゃった王子さん（イ・ダス）
ああ……なるほど

99. 勇者しちゃった学生さん（地球国家）
策士☆だね！

100. 勇者しちゃった画家さん（パレイピア）
それで国民にすっかり反戦意識が浸透して、なんやかんやでとうとう国が折れた、っつうわけだ

101. 勇者しちゃった遊び人さん（レンド連邦）
で、それで勇者認定？

102. 勇者しちゃった画家さん（パレイピア）
いや、ファンファーレが鳴ったのは講和条約締結の瞬間だな

だけどまあ、実はこっそり回ってきたファンレターの差出人がな
現役軍人とか
現役兵器開発者とか
現役政府関係者とか
そういうのもあって、イケるとは思ってた
いや、勇者になるとかいう意味じゃなくてだ

103. 勇者しちゃった学生さん（地球国家）
戦争は終わるだろう、って意味で？

104. 勇者しちゃった画家さん（バレイビア）
そうそう
内部瓦解も始まってるし、国民の意識改革もできたし、ってことでな

105. 勇者しちゃったもやチートさん（平行世界8群）
というか、二次創作活動が浸透したら……

……バレイビア世界にオタク文化が花開きますね

106. 勇者しちゃった学生さん（地球国家）
もう、だーいぶ花開いちゃってるけどね☆

107. 勇者しちゃった軍人さん（グルム帝国）
なんかよくわからんが、平和になったのはいいこと……なのか？

108. 勇者しちゃった王子さん（イ・ダス）
それはもちろん、よいことですが

109. 勇者しちゃった遊び人さん（レンド連邦）
……地球系列世界の文化の謎がまたひとつ、だな

現役勇者板
「魔王が目の前にいるんだが」

魔王が目の前にいるんだが

1. 勇者している勇者さん（ニィヌンナィネ）
   どうしたらいい

2. 勇者を見守る店主さん（ジステル公国）
   いや、戦えよ

3. 勇者を見守る冒険者さん（デイラ）
   戦わねえのかよ

4. 勇者を見守る学生さん（地球国家）
   えー、そこはもう

   戦う！

   の一択じゃないの？

5. 勇者を見守る行商人さん（ユユルウ）
   それは……なんだろう、改まって聞くようなことかい？
   戦おうよ

6. 勇者を見守る神官さん（フロイ・レガス）
   戦ってください、勇者でしょう

   それとも、勇者さんの世界では……魔王という存在は、戦うべき相手ではないのですか？

7. 勇者している勇者さん（ニィヌンナィネ）
   いや、確かに俺は魔王を倒すべくこれまで旅をしてきたわけだが

   なんだかいま攻撃してしまうと、だ

まし討ちのような気がするんだ

8. 勇者を見守る行商人さん（ユユルウ）
   だまし討ち？

9. 勇者を見守る学生さん（地球国家）
   なんで？

10. 勇者を見守る神官さん（フロイ・レガス）
    魔王を……だまし討ち、ですか？
    勇者が？

11. 勇者を見守る冒険者さん（デイラ）
    なにしたら勇者が魔王をだまし討ちなんて状況になるんだよ

12. 勇者を見守る学生さん（地球国家）
    勇者さんのー、情報ｋｗｓｋ！

13. 勇者している勇者さん（ニィヌンナィネ）
    それに、つい先程まで肩を組んで一緒に『一匹狼男道』を歌った相手だと思うと
    戦えない

14. 勇者を見守る店主さん（ジステル公国）
    一匹……狼？

15. 勇者を見守る神官さん（フロイ・レガス）
    男……道？

16. 勇者している勇者さん（ニィヌンナィネ）

> 『一匹狼男道』はいぶし銀の男の生き様を描いた大ヒット歌謡曲だ

17. 勇者を見守る冒険者さん（デイラ）
いやおいおい（笑）

18. 勇者を見守る行商人さん（ユユルウ）
そこを聞いてるんじゃないから（笑）

19. 勇者を見守る学生さん（地球国家）
演歌っぽーいタイトル☆だね！

20. 勇者している勇者さん（ニィヌンナィネ）
演歌？

21. 勇者を見守る店主さん（ジステル公国）
いやいやいや（笑）

22. 勇者を見守る冒険者さん（デイラ）
そこも食いつくとこじゃねえから（笑）

23. 勇者を見守る神官さん（フロイ・レガス）
なんというか……マイペースな様子の勇者さん、ですね

ここは、どうしましょう
そうですね、ことの起こりから順番に話してもらえますか

24. 勇者している勇者さん（ニィヌンナィネ）
ああ、わかった
『一匹狼男道』というのはもう50年前くらいからn

25. 勇者を見守る冒険者さん（デイラ）
違うっつの!!

26. 勇者を見守る店主さん（ジステル公国）
そこじゃねえっての!!

27. 勇者を見守る神官さん（フロイ・レガス）
なにを考えているのですか!!

28. 勇者を見守る行商人さん（ユユルウ）
あのねえ、歌については誰も聞いてないから（笑）

29. 勇者を見守る学生さん（地球国家）
魔王が目の前にいるけど倒せない！
倒したらなんかだまし討ちっぽい！

その経緯を一、
順番に、
できるだけ詳しく、

ドゾー

30. 勇者している勇者さん（ニィヌンナィネ）
ああ、そっちか

俺は勇者としてナナィヌ国の田舎で生まれ育った
18歳になった今年、魔王討伐の王命がくだった
各地で暴れる魔物を倒しながら、国を出るまで1ヶ月
それから隣国のネローヌ国に入っt

31. 勇者を見守る学生さん（地球国家）
ちょ待、ストップ！
そこまで詳しくなくていいから(笑)

32. 勇者を見守る神官さん(フロイ・レガス)
    省略できるところはしてください……

33. 勇者を見守る店主さん(ジステル公国)
    なんつうか、なあ

34. 勇者を見守る冒険者さん(デイラ)
    なあ、おい
    ……心配な勇者だな

35. 勇者を見守る行商人さん(ユユルウ)
    それで、旅を続けて……
    今は魔王領とか魔界とかに入ったところかい?
    そういう区分のある世界なのかな?

36. 勇者している勇者さん(ニィヌンナィネ)
    基本的に人間が住んで人間が統治している国が集まったネィラナンと
    基本的に魔族が住んで魔王が統治しているといわれるナィレネンの
    ふたつにわかれている

    今はネィラナンとナィレネンの間にある
    人間と魔族が共存して住む『咎人(とがびと)の地:ニィネ』にいる

37. 勇者を見守る神官さん(フロイ・レガス)
    ネィラナンが人間領、ナィレネンが魔王領、現在地のニィネがどちらにも属さない境界というわけですね

38. 勇者を見守る店主さん(ジステル公国)
    ん?
    今いるのが、そのニィネなんだよな?
    で、これから魔王がいるはずのナィレネンに入る予定なんだよな?

    そこで魔王に会っちまったのか?

39. 勇者を見守る行商人さん(ユユルウ)
    魔王が魔王領から出ている……ってことかい?
    これは面白そうだね

40. 勇者を見守る学生さん(地球国家)
    それじゃ、ニィネに入ったとこから、ドゾー

41. 勇者している勇者さん(ニィヌンナィネ)
    ニィネは人間も魔族も共存している不思議に平和な場所だ
    そして明日ナィレネン入りするからと、装備を一式整備に出して
    道具屋でいろいろ買い込み、宿屋を手配した

    宿屋の親父から飯のうまい酒場があると聞いて、夕食はそこでとることにした

42. 勇者を見守る冒険者さん(デイラ)
    おう

43. 勇者を見守る学生さん(地球国家)
    それでそれでー?

44. 勇者している勇者さん(ニィヌンナィネ)
    酒場に入ったのは夕刻すぎ、すでに客でかなり混んでいて、相席でもい

> いか、と魔族の店員に聞かれた
> 構わない、と答えてその席に行くと、先客の魔族がハイペースで酒を飲んでいた
>
> 酒を飲みながらぶつぶつなにかを呟いているので、これも相席になった縁だと思って「どうかしたのか」と話しかけた
>
> 俺を見た魔族は、泣いた

45. 勇者を見守る神官さん(フロイ・レガス)
へっ

46. 勇者を見守る店主さん(ジステル公国)
えっ

47. 勇者を見守る冒険者さん(デイラ)
泣いたぁ?

48. 勇者を見守る行商人さん(ユユルウ)
いきなりかい?

49. 勇者を見守る学生さん(地球国家)
なんでなんでー?

50. 勇者している勇者さん(ニィヌンナィネ)
おいおい泣いた
どうやら魔族はやけ酒の真っ最中だったらしい
ろれつが回らないながらも詳しく聞いてみたら……哀れだった

51. 勇者を見守る行商人さん(ユユルウ)
哀れ?

52. 勇者を見守る店主さん(ジステル公国)
つうか、この流れだとそいつが魔王……なんだよな?

53. 勇者している勇者さん(ニィヌンナィネ)
結果的には魔王だったがその時は知らなかった
なんでもその魔族は人並み……いや、魔族並み外れた魔力をもっているらしい
意識して抑え込んでいないと近づくだけで普通の魔族程度ならば失神、下位魔族ならば消滅するくらいの膨大な魔力らしい

だからこそ普段は魔力を制御しながら生活しているのだが……アレの時には、つい箍(たが)が外れてしまい、一度も成功したことがないと

54. 勇者を見守る神官さん(フロイ・レガス)
アレ?

55. 勇者を見守る行商人さん(ユユルウ)
あー うん

56. 勇者を見守る冒険者さん(デイラ)
ええと だな

57. 勇者を見守る学生さん(地球国家)
アレっていったら、アレ?

58. 勇者を見守る店主さん(ジステル公国)
いわゆるアレか……夜の生活、ってやつか?

現役勇者板「魔王が目の前にいるんだが」

59. 勇者を見守る神官さん（フロイ・レガス）
爆発すればいい!!

60. 勇者を見守る学生さん（地球国家）
神官さん、どこでそんなネットスラング覚えてきたの（笑）

61. 勇者している勇者さん（ニィヌンナィネ）
**それだ
夜の生活だ**

**100年の長きに生きているというのに未だに一度も成功したことがないらしい
そして先日、最後の希望をもってナィレネンの辺境にある淫魔（いんま）の里に赴き土下座して頼んだのだけれども**

「その魔力の質はすごく魅力的なんですけど……死ぬのはちょっと」

と里の淫魔のひとりひとり、すべて、ことごとく逃げられたらしい

62. 勇者を見守る行商人さん（ユユルウ）
うわあ（笑）

63. 勇者を見守る店主さん（ジステル公国）
それは（笑）

64. 勇者を見守る学生さん（地球国家）
あっちゃー☆

65. 勇者を見守る冒険者さん（デイラ）
なあ？（笑）

66. 勇者を見守る神官さん（フロイ・レガス）
いい気味です!!

67. 勇者を見守る店主さん（ジステル公国）
神官（笑）

68. 勇者を見守る冒険者さん（デイラ）
神官（笑）

69. 勇者を見守る行商人さん（ユユルウ）
神官さん（笑）

70. 勇者を見守る学生さん（地球国家）
**神官さんってば、もー（笑）
自分がそうだからってー☆**

71. 勇者している勇者さん（ニィヌンナィネ）
……神官さんが、どうかしたのか

72. 勇者を見守る行商人さん（ユユルウ）
いや、なんでもないよ（笑）

73. 勇者を見守る店主さん（ジステル公国）
そうそう、なんでもないない

74. 勇者を見守る冒険者さん（デイラ）
話が横道にずれるととんでもなく外れていきそうだからな、この勇者……

75. 勇者を見守る神官さん（フロイ・レガス）
気にしないでください！

76. 勇者している勇者さん（ニィヌンナィネ）

そして魔王領の女魔族は全敗したので、一縷（いちる）の望みをかけてニィネにやってきたが

いざというところになって暴走してしまい逃げられ
いざというところになって暴走してしまい逃げられ
いざというところになって暴走してしまい逃げられ
3日でその所行が知れ渡って誰も相手にしてくれなくなったらしい

77. 勇者を見守る神官さん（フロイ・レガス）
いい気味です!!

78. 勇者している勇者さん（ニィヌンナィネ）
そして、実は俺も経験というものがない

79. 勇者を見守る店主さん（ジステル公国）
えっ

80. 勇者を見守る冒険者さん（デイラ）
おっ

81. 勇者を見守る行商人さん（ユユルウ）
おや？

82. 勇者している勇者さん（ニィヌンナィネ）
「勇者くん、勇者だもんね、私じゃ釣り合わないよ」
「勇者くんはいいひとなんだけど、いつかは旅に出ちゃうんでしょ」
「ごめん勇者くん、正直ちょっと……怖いんだ」

「勇者くんってさ、やっぱどこか普通の人間とは違うよね」
「どこか野蛮っていうか？」
「どこか人間離れしてるっていうか？」

直接言われた言葉を
つい聞いてしまった言葉を
胸が抉られた言葉たちを、俺は忘れない

83. 勇者を見守る冒険者さん（デイラ）
勇者……

84. 勇者を見守る神官さん（フロイ・レガス）
泣いても……いいんですよ

85. 勇者を見守る店主さん（ジステル公国）
つか、勇者いくつだっけ？

86. 勇者を見守る学生さん（地球国家）
18って言ってなかったっけー？

87. 勇者を見守る行商人さん（ユユルウ）
**ならまだまだこれからじゃないか？
そう悲観することはないよ**

88. 勇者している勇者さん（ニィヌンナィネ）
**ナナィヌ国の成人は15、結婚も15からだ
俺はもう……残り物だ**

89. 勇者を見守る神官さん（フロイ・レガス）
泣い……ても、いい、んです、よ……!!

90. 勇者を見守る学生さん（地球国家）
   ていうか、神官さん泣いてない？（笑）

91. 勇者を見守る店主さん（ジステル公国）
   あーそうか、うん

92. 勇者を見守る行商人さん（ユユルウ）
   なんというか、ね？

93. 勇者を見守る冒険者さん（デイラ）
   フォローができねえ……な

94. 勇者している勇者さん（ニィヌンナィネ）
   そしていつしか意気投合した俺と魔族は肩を組んで『一匹狼男道』を歌った

   そして魔族はジョッキを置いて立ち上がり、叫んだ
   「魔王なんてやめてやるー！」
   たまげた

95. 勇者を見守る行商人さん（ユユルウ）
   ……まあ、たまげるだろうね

96. 勇者を見守る店主さん（ジステル公国）
   でも、気づけよ、とも思う

97. 勇者を見守る学生さん（地球国家）
   気づいてもよさそうなもんだよね☆とは思うかなー

98. 勇者を見守る冒険者さん（デイラ）
   気づかねえだろ、この勇者ならよ……

99. 勇者を見守る神官さん（フロイ・レガス）
   私も……『一匹狼男道』を、歌ってみたいです……

100. 勇者している勇者さん（ニィヌンナィネ）
    歌いだしは
    「俺は孤独の一匹狼　俺は孤高の一匹狼
    女なんざぁ」

101. 勇者を見守る店主さん（ジステル公国）
    いやいやいや（笑）

102. 勇者を見守る学生さん（地球国家）
    聞いてみたい気もするけどー

103. 勇者を見守る行商人さん（ユユルウ）
    それはいいから（笑）
    それで、意気投合した相手が魔王だってわかって……
    どうするんだい？

104. 勇者している勇者さん（ニィヌンナィネ）
    どうしたらいい

105. 勇者を見守る冒険者さん（デイラ）
    今、魔王はなにをしてるんだ？

106. 勇者している勇者さん（ニィヌンナィネ）
    演台にあがって『男花道一人旅』を熱唱している

    渋くていい声だ
    大喝采（だいかっさい）を受けている

107. 勇者を見守る店主さん（ジステル公国）
そのコメントは……必要なのか？

108. 勇者を見守る冒険者さん（デイラ）
**つうか、よ
もし自分がそんな……勇者みたいな立場になったら……
どうするよ？**

109. 勇者を見守る行商人さん（ユユルウ）
**どうしようね……
戦い辛いことこの上ないね**

110. 勇者を見守る学生さん（地球国家）
**ていうかー
魔王は勇者さんが勇者だってことは知ってるのー？**

111. 勇者している勇者さん（ニィヌンナィネ）
**相席になった時に自己紹介をした
「俺は勇者で、これからナィレネンに入るところだ」
特にコメントはなかった**

112. 勇者を見守る神官さん（フロイ・レガス）
**『男花道一人旅』……
タイトルを聞いただけで泣けてきますね……**

113. 勇者を見守る店主さん（ジステル公国）
神官さんはともかく

あれか、魔王は許っぱらってて判断力がなかった……とかか？

114. 勇者を見守る行商人さん（ユユルウ）
その可能性は高そうだね

115. 勇者を見守る冒険者さん（デイラ）
**いや、だからって反応しろよ……
仮にも魔王だろ**

116. 勇者を見守る学生さん（地球国家）
**魔王と勇者の間に芽生える友情！
それなんて胸熱☆**

117. 勇者を見守る冒険者さん（デイラ）
んなこと言ってる場合か、学生

118. 勇者している勇者さん（ニィヌンナィネ）
**この気持ちが友情か、なるほど
どうしたらいい**

119. 勇者を見守る店主さん（ジステル公国）
おいおいおい

120. 勇者を見守る行商人さん（ユユルウ）
なんていうか、なんだろう、な

121. 勇者を見守る学生さん（地球国家）
いろいろーと、情緒面の育ってない勇者さん☆だねー

122. 勇者を見守る冒険者さん（デイラ）
環境のせい……か？

123. 勇者を見守る神官さん（フロイ・レガス）
もしや……初めての友人、ですか……？

124. 勇者している勇者さん（ニィヌンナィネ）
魔王も俺に友情を抱いているという

> のならば
> 初めての友人ということになる

125. 勇者を見守る店主さん（ジステル公国）
おいおいおいおい……

126. 勇者を見守る冒険者さん（デイラ）
ツッコむ気力もねえわ

127. 勇者を見守る学生さん（地球国家）
魔王もその魔力のせいで遠巻きにされてたっぽいからー、
もしかして：お互いに初めての友達？

128. 勇者を見守る行商人さん（ユユルウ）
そうとも限らないんじゃないかい？
アレ……夜の生活がうまくいかなくたって、友達のひとりふたりくらいはいてもおかしくないだろ？

129. 勇者を見守る学生さん（地球国家）
えー で も

魔王ってー、すっごーい膨大な魔力なんでしょ？
制御してないと近づけないくらいなんでしょ？
それなのにー、友達とか、できるかなー？

130. 勇者を見守る店主さん（ジステル公国）
ああ、それは……確かにな

131. 勇者を見守る冒険者さん（デイラ）
なんというか……無理そうだな

132. 勇者を見守る行商人さん（ユユルウ）
勇者と魔王が……
下手をしたら、本当に、
互いが初めての友人……かい

なんてコメントしたらいいのかな

133. 勇者を見守る神官さん（フロイ・レガス）
ええと……ですね
魔王……は
その……世界では
倒さなければ……いけない
存在……なのですか

> 134. 勇者している勇者さん（ニィヌンナィネ）
> **王命を受けた**
> **魔王を倒せと**

135. 勇者を見守る学生さん（地球国家）
うーん、こ れ は？

136. 勇者を見守る店主さん（ジステル公国）
世界の問題なのか、国の問題なのか

137. 勇者を見守る行商人さん（ユユルウ）
それによっていろいろと対応も変わるね

138. 勇者を見守る冒険者さん（デイラ）
なんつうか、よ
この勇者見てるとよ……倒さなくてもいいなら倒さなきゃいいんじゃねえか？
って気がしてくるんだが……あれか、元勇者失格か俺は？

139. 勇者を見守る店主さん（ジステル公国）

いや、同感

140. 勇者を見守る行商人さん(ユユルウ)
うん、同感

141. 勇者を見守る学生さん(地球国家)
魔王の魔力が強いからー、魔物も活発になって人里を襲うとかー、そういう話は聞いてないのー?

142. 勇者している勇者さん(ニィヌンナィネ)
そんな話は聞いたことがない

143. 勇者を見守る神官さん(フロイ・レガス)
これは……どうアドバイスしたものでしょう

144. 勇者を見守る店主さん(ジステル公国)
魔王が存在することによって世界の脅威になる、ってことはなさげか?

145. 勇者を見守る行商人さん(ユユルウ)
いや、でも勇者さんが聞いたことがないだけかもしれないぞ?

146. 勇者を見守る冒険者さん(デイラ)
難しいところだな……

147. 勇者している勇者さん(ニィヌンナィネ)
ところで、『男花道一人旅』を歌い終わった魔王から、「もう一軒はしごしようぜ!」と誘われているんだが、どうしたらいい

148. 勇者を見守る学生さん(地球国家)
行けばー?

149. 勇者を見守る店主さん(ジステル公国)
行けば、いいんじゃねえか……?

150. 勇者を見守る冒険者さん(デイラ)
ああ、せっかくだし、な……

151. 勇者を見守る神官さん(フロイ・レガス)
初めての友人、ですからね……

152. 勇者している勇者さん(ニィヌンナィネ)
そうか、ならば行く

153. 勇者を見守る学生さん(地球国家)
じゃねーバ

ていうか、どうなるんだろねー?

154. 勇者を見守る神官さん(フロイ・レガス)
どうなるんでしょうね……

155. 勇者を見守る店主さん(ジステル公国)
酔っぱらいの基本としちゃあ、明日の朝目が覚めて理性が戻ってからが勝負だな

156. 勇者を見守る冒険者さん(デイラ)
なんの勝負だ

157. 勇者を見守る行商人さん(ユユルウ)
いっそふたり仲良くニィネでこっそり暮らせばいいんじゃないかい?

158. 勇者を見守る店主さん（ジステル公国）
行商人、投げたな

159. 勇者を見守る学生さん（地球国家）
魔王と勇者がひっそりと仲良く暮らす『咎人の地：ニィネ』

……これで異性同士だったら操縦士さんあたり飛びつきそうだね☆

160. 勇者を見守る冒険者さん（デイラ）
あー、男と女なら一大恋愛物語になりそうだな

161. 勇者を見守る神官さん（フロイ・レガス）
友情もまだだというのに、恋愛だなんて早すぎますよ

162. 勇者を見守る店主さん（ジステル公国）
お前はあいつらの親かなんかか(笑)

163. 勇者を見守る学生さん（地球国家）
ま、恋愛なんてとーうてい、できなさげーなふたりなんだけどね☆

退役勇者板
「勇者を
もてなし中なう」

勇者をもてなし中なう

1. 勇者しちゃった魔王さん（三界）
さて、どうしましょうねえ？

2. 勇者しちゃった外法師さん（ヴェヴェド）
なにやってんだ（笑）

3. 勇者しちゃった女帝さん（蓮源）
なにをしておる（笑）

4. 勇者しちゃった警備員さん（時空治安機構）
たいきーん

さて、どうすんだ（笑）

5. 勇者しちゃった学生さん（地球国家）
えーっと、どういう状況なの（笑）

6. 勇者しちゃった剣士さん（ディーライゼン）
魔王、いつもは勇者なんて来やがったら、さっさと転移で帰らせてたんじゃなかったか
なにしてんだよ本当に（笑）

7. 勇者しちゃった魔王さん（三界）
僕もまあ、勇者になってなったものですからねえ（笑）
いつもは確かに、丁重にお帰り願っていたんですが
相手をしてみるのもまた一興かと思いまして

8. 勇者しちゃった学生さん（地球国家）
もてなし中ってー、具体的にはなにしてるの？

9. 勇者しちゃった女帝さん（蓮源）
魔王よ、さすがの遊び心じゃな（笑）

10. 勇者しちゃった魔王さん（三界）
普段であれば魔界に踏み込んだところで人界へ帰還させる転移陣が起動するんですけれどねえ、今回はその転移陣の移動先を、我が城にしてみましてねえ

応接間で茶と菓子を振る舞っていますよ（笑）

11. 勇者しちゃった警備員さん（時空治安機構）
それは確かにもてなしてるな（笑）
完全にもてなしてるな（笑）

12. 勇者しちゃった外法師さん（ヴェヴェド）
オイ、なうに「魔王にもてなされてるどうしよう」とかスレ立ってねぇか（笑）

13. 勇者しちゃった剣士さん（ディーライゼン）
さっきざっと確認したけど、見当たらなかったぜ（笑）

14. 勇者しちゃった女帝さん（蓮源）
その勇者、生誕勇者やら召喚勇者ではないのではないかえ？
神託や王命による託宣勇者なれば、組合の網にかからぬのじゃろう？

15. 勇者しちゃった魔王さん（三界）
ええ、出立の時から人界の様子を覗

いていましたけどねえ
彼が勇者になったのは、国に仕える騎士の中で武芸に秀でていたがゆえに、王命を受けたからのようですよ

16. 勇者しちゃった学生さん（地球国家）
あー、ならたぶん、それ組合から勇者認定されてないね☆

17. 勇者しちゃった外法師さん（ヴェヴェド）
クハハッ、そりゃあさぞかし絶賛困惑中だわなァ？

18. 勇者しちゃった女帝さん（蓮源）
しかし魔王よ、ずいぶん思い切ったことをしたものじゃな
自城に転移させるなぞ、一歩間違えば城が戦場（いくさば）になりかねぬというに

19. 勇者しちゃった魔王さん（三界）
そこはきちんと確認していますよ

この勇者、ずいぶん生真面目なようですねえ
出立前から、逆らうことのできない王命と、勇者の行為が単に侵略であることに思い悩んでいるようでしたからねえ

僕は粗野（そや）な人界になど興味はありませんからねえ、ちょっかいをかけたことなどないのですよ
それなのにどうして人界は勇者など送り込んでくるのでしょうねえ、まったく

20. 勇者しちゃった警備員さん（時空治安機構）

あーなるほど、そういう勇者だからもてなしてみようと思ったのか（笑）

21. 勇者しちゃった外法師さん（ヴェヴェド）
クハハッ、そういう勇者だから、からかってみる気になったってェことかよ（笑）

22. 勇者しちゃった女帝さん（蓮源）
これ魔王よ、勇者で遊ぶでないわ（笑）
おのれもまた勇者であろうに（笑）

23. 勇者しちゃった学生さん（地球国家）
でも、あっくまーで、魔王様☆だもんねー（笑）

24. 勇者しちゃった剣士さん（ディーライゼン）
で、茶と菓子でもてなされてる勇者の様子はどうなんだよ？

25. 勇者しちゃった魔王さん（三界）
ふうん、がっちがちに緊張していますねえ
そして戸惑っていますねえ

「なんだ、この状況は……罠か？」
と途方にくれた声で呟いていた、と給仕した女官から聞きましたよ

26. 勇者しちゃった警備員さん（時空治安機構）
つうか、魔王さんはまだ会ってないわけ？

27. 勇者しちゃった魔王さん（三界）
まだ自室にいますよ
魔術《姿見》で様子を見て側近とと

総合勇者板「勇者をもてなし中なう」　241

もに笑っています

28. 勇者しちゃった剣士さん（ディーライゼン）
魔王（笑）

29. 勇者しちゃった女帝さん（蓮源）
魔王よ（笑）

30. 勇者しちゃった外法師さん（ヴェヴェド）
魔王（笑）

31. 勇者しちゃった学生さん（地球国家）
魔王さん（笑）
それなんてドッキリ（笑）
そんで、どうすんのー？

32. 勇者しちゃった魔王さん（三界）
放置しておくのもなんですからねえ、やはりここは姿を現して歓迎したいところですが

第一印象は大切ですからねえ
なんと言うべきかと考えているところですよ

33. 勇者しちゃった剣士さん（ディーライゼン）
ようこそ勇者よ我が城へ！
とかじゃ駄目なのか？

34. 勇者しちゃった警備員さん（時空治安機構）
いや、それじゃ弱いだろ
ここはやっぱり魔王のテンプレにのっとって、

「ククク、よくぞ辿り着いたな勇者よ、我こそが魔王なり！」

みたいな感じはどうよ？

35. 勇者しちゃった外法師さん（ヴェヴェド）
オイ、丁重にもてなしてンのになんだってンだその悪役ゼリフはよ（笑）

36. 勇者しちゃった女帝さん（蓮源）
確かに辿り着いては……いるのじゃが、勇者の手柄ではなかろうしな（笑）

37. 勇者しちゃった魔王さん（三界）
ふうん、魔王にはそんなテンプレがあるのですね
少々僕のキャラではありませんが、それでいってみるとしますかねえ

38. 勇者しちゃった学生さん（地球国家）
魔王テンプレ万歳☆

39. 勇者しちゃった魔王さん（三界）
ふうん、やってみましたよ
わざわざ正装して、応接間に堂々と入りながら
「ククク、よくぞ辿り着いたな勇者よ、我こそが魔王なり！」

……ぎくしゃくと藍茶（あいちゃ）を飲んでいた勇者が口から噴き出しましたよ
まったく、テーブルクロスが汚れたじゃありませんか

魔術《洗浄》

40. 勇者しちゃった剣士さん（ディーライゼン）
いや、噴くだろ（笑）

41. 勇者しちゃった外法師さん（ヴェヴェド）
そりゃ、噴くわな（笑）

42. 勇者しちゃった女帝さん（蓮源）
もてなされておるのか罠なのか、混乱するじゃろうな（笑）

43. 勇者しちゃった魔王さん（三界）
むせこんで
「くっ、ど、毒か!?」
などと言っていますが、嫌ですねえ、そんな卑怯なことはしませんよ

それに最上級の藍茶に毒を仕込むだなんて、そんな冒涜（ぼうとく）をするはずないじゃないですか

44. 勇者しちゃった学生さん（地球国家）
魔王さんってば本当に魔王さーん☆

45. 勇者しちゃった警備員さん（時空治安機構）
最上級の茶でもてなしてんのか（笑）
これが魔王クオリティか（笑）

46. 勇者しちゃった魔王さん（三界）
しかたがないので女官に世話をさせてテーブルセッティングのやり直しです

僕もテーブルにつきますかねえ
さて、どうしましょう

47. 勇者しちゃった警備員さん（時空治安機構）
冗談だよーん、とかどうよ（笑）

48. 勇者しちゃった女帝さん（蓮源）
いや、あながち冗談ではないわ（笑）

49. 勇者しちゃった外法師さん（ヴェヴェド）
ァア、嘘はねェな（笑）

50. 勇者しちゃった学生さん（地球国家）
がらっと路線を変更してみるとかー、どうかな☆

51. 勇者しちゃった剣士さん（ディーライゼン）
どういうことだ？

52. 勇者しちゃった学生さん（地球国家）
魔王さんってー、実年齢はともかく見た目幼体だよね？

53. 勇者しちゃった魔王さん（三界）
ふうん、まあ違いませんねえ

54. 勇者しちゃった学生さん（地球国家）
ならー、無邪気な子どもっぽく振る舞ってみる！

足をぶらぶらさせてー、テーブルに頬杖ついてー、
「ねえねえお兄ちゃん、僕を殺しにきたの？
僕なんにも悪いことしてないよ？」

55. 勇者しちゃった剣士さん（ディーライゼン）
なんつう変わり身（笑）

56. 勇者しちゃった外法師さん（ヴェヴェド）
しかもえげつねェな（笑）

57. 勇者しちゃった警備員さん（時空治安機構）
使命と倫理の狭間で悩んでた勇者に

その仕打ち（笑）

58. 勇者しちゃった女帝さん（蓮源）
**まっこと学生ときたら、悪戯（いたずら）となると張り切るからに（笑）
しかし、それは面白そうよな**

どうじゃ、魔王よ？

59. 勇者しちゃった魔王さん（三界）
**ふうん、それもまた僕のキャラとかけはなれてはいますが……
非常に面白そうではありますね**

やってみますよ

60. 勇者しちゃった警備員さん（時空治安機構）
うわあ勇者カワイソー（笑）

61. 勇者しちゃった外法師さん（ヴェヴェド）
あァ、カーワイソーだわなァ？（笑）

62. 勇者しちゃった剣士さん（ディーライゼン）
**生真面目な勇者にその仕打ちかよ（笑）
……てか、ん？
俺たち、元勇者だよな？
で、いま被害に遭おうとしてるのは、組合認定がないとはいえ勇者なんだよな？
そんでもって俺らが煽（あお）ってるのって、魔王だよな？**

……なんかおかしくねえか？

63. 勇者しちゃった学生さん（地球国家）
おかしくったって、いいじゃなー

い☆

64. 勇者しちゃった外法師さん（ヴェヴェド）
クハハッ、たまにゃァンなことがあってもいいじゃねェかよ？

65. 勇者しちゃった警備員さん（時空治安機構）
そうそう、滅多にない機会だぜー

66. 勇者しちゃった女帝さん（蓮源）
剣士よ

67. 勇者しちゃった剣士さん（ディーライゼン）
あ、はい

68. 勇者しちゃった女帝さん（蓮源）
遊び心なくば、なにが人生じゃ？

69. 勇者しちゃった剣士さん（ディーライゼン）
……あ、はい

70. 勇者しちゃった魔王さん（三界）
ふうん、やってみましたがねえ

71. 勇者しちゃった警備員さん（時空治安機構）
おっ

72. 勇者しちゃった学生さん（地球国家）
きたきた☆

73. 勇者しちゃった外法師さん（ヴェヴェド）
どォんな感じだ？

74. 勇者しちゃった魔王さん（三界）

> 頭を抱えて苦悩しはじめましたよ（笑）
> 「確かに……そう、そうなのだ……しかし私は王命を受け……だからといってこのような幼子（おさなご）に……よもやまさか魔王がこのような幼子などなんといたわしい……」
>
> 聞こえていますよひよっこが
> 余計な世話というものです

75. 勇者しちゃった学生さん（地球国家）
  いくら幼体だからってー、魔王さん100歳近いんだもんね（笑）

76. 勇者しちゃった女帝さん（蓮源）
  対して勇者は人間じゃ、四分の一程度しか生きておらぬわな（笑）

77. 勇者しちゃった外法師さん（ヴェヴェド）
  ソンなのに気の毒がられちまって、プライド傷つくわなァ？（笑）

78. 勇者しちゃった警備員さん（時空治安機構）
  そんじゃま、追撃すっか？

79. 勇者しちゃった剣士さん（ディーライゼン）
  追撃？

80. 勇者しちゃった警備員さん（時空治安機構）
  **「ねえねえお兄ちゃん、僕一生懸命魔王やってきたけど、魔族が人界になにか迷惑かけた？
  なんで僕のこと殺しにきたの？
  なんで僕は殺されなきゃいけないの？
  ねえねえ教えてよお兄ちゃん」**

  キラキラした上目遣いでな（笑）

81. 勇者しちゃった剣士さん（ディーライゼン）
  鬼畜だ……

82. 勇者しちゃった外法師さん（ヴェヴェド）
  クハッハ、いいじゃねェか！

83. 勇者しちゃった女帝さん（蓮源）
  勇者、哀れよの（笑）

84. 勇者しちゃった学生さん（地球国家）
  **つーいげき☆ひっどーい！
  警備員さんってば、ひっどーいんだ☆**

85. 勇者しちゃった警備員さん（時空治安機構）
  この流れにもってきたお前が言うな学生（笑）

> 86. 勇者しちゃった魔王さん（三界）
>   **ふうん、それでいってみましょうかねえ**
>
>   おやおや

87. 勇者しちゃった剣士さん（ディーライゼン）
  ん？

88. 勇者しちゃった外法師さん（ヴェヴェド）
  あン？

総合勇者板「勇者をもてなし中なう」

89. 勇者しちゃった女帝さん（蓮源）
なんじゃ？

90. 勇者しちゃった警備員さん（時空治安機構）
どした？

91. 勇者しちゃった魔王さん（三界）
テーブルに突っ伏しましたよ

簡単に言えば、撃沈ですね

92. 勇者しちゃった学生さん（地球国家）
勇者さん、撃沈の巻☆

93. 勇者しちゃった魔王さん（三界）
……なにかぶつぶつ言っているようですが……うわごとめいていますね

ふうん？

94. 勇者しちゃった外法師さん（ヴェヴェド）
なんだよ？

95. 勇者しちゃった警備員さん（時空治安機構）
どうかしたか？

96. 勇者しちゃった魔王さん（三界）
飼われた犬というのも哀れなものですね

97. 勇者しちゃった剣士さん（ディーライゼン）
どういうこった？

98. 勇者しちゃった学生さん（地球国家）
なになにー？

99. 勇者しちゃった魔王さん（三界）
国に仕える騎士であるがゆえに、王命には逆らえない
しかし騎士の本分とは王を、そして民を護ることであり侵略などもってのほか
剣を捧げた王が急死し、王太子が即位してから国は荒れてしまった
魔族に恨みなどない、むしろ反撃されたら魔力を持たぬ人界の敗北は必至
それがわかっているからこそ魔王討伐中止を何度も進言したのに王は止まらなかった
せめて死ぬのは自分だけでよいと、勇者として覚悟を決めて単身やってきた

まったく、哀れにもほどがありますよ

100. 勇者しちゃった警備員さん（時空治安機構）
これは……

101. 勇者しちゃった剣士さん（ディーライゼン）
……なあ？

102. 勇者しちゃった外法師さん（ヴェヴェド）
あァ

103. 勇者しちゃった学生さん（地球国家）
茶化しちゃってゴメンナサイ☆だねー

104. 勇者しちゃった女帝さん（蓮源）
ふん、自分の成したことを後悔するのは愚か者じゃ

反省も人に見せびらかすものではないわ

105. 勇者しちゃった学生さん（地球国家）
あー、上に立つひとのスタンスってそういうアレだよねー

106. 勇者しちゃった剣士さん（ディーライゼン）
俺らは元勇者とはいえ庶民なんだよ女帝さん……

107. 勇者しちゃった魔王さん（三界）
ふうん、人界の有り様に腹が立ちますね

かといってアルント世界のように統一してしまうのもどうですかねえ
僕は暴君になりたいわけではありませんから

108. 勇者しちゃった女帝さん（蓮源）
おぬしは魔界の主であろう、他の領地にまで無闇に手を出すは愚策じゃ

109. 勇者しちゃった外法師さん（ヴェヴェド）
でも、なんつーか、よ
確かにまァ可哀想だわな、冗談じゃなくてよ、勇者がな

110. 勇者しちゃった警備員さん（時空治安機構）
まあなー

111. 勇者しちゃった女帝さん（蓮源）
ときに魔王よ、魔界とは魔族しか住めぬ環境なのかえ？

112. 勇者しちゃった魔王さん（三界）
ふうん、どういうことですか？

113. 勇者しちゃった学生さん（地球国家）
あー、人界とか邪界とかからの移民っていないの？
魔界は魔族しか住めないの？

114. 勇者しちゃった魔王さん（三界）
ふうん、野蛮な邪界や粗野な人界に嫌気がさしたまともな人間や邪族が、安寧（あんねい）の地を求めて移り住んできたりもしていますよ
確かだいぶ大きな移民の町ができているはずですが

115. 勇者しちゃった女帝さん（蓮源）
なれば、唆（そそのか）せばどうじゃ？

116. 勇者しちゃった学生さん（地球国家）
わーい、そそのかしちゃえー☆

117. 勇者しちゃった剣士さん（ディーライゼン）
国を捨てて魔界に来いって勇者を勧誘する……ってことか？
それは……どうなんだ

118. 勇者しちゃった警備員さん（時空治安機構）
や、三界世界なら別に悪いことじゃないんじゃね？

119. 勇者しちゃった外法師さん（ヴェヴェド）
アン？
そうなのか？

120. 勇者しちゃった警備員さん（時空治安機構）

おう、魔王さんが言ってんのはちょっと主観混じってるにしても、世界情勢はほぼ間違ってねえからさ
時空治安機構の豆知識な（笑）

121. 勇者しちゃった剣士さん（ディーライゼン）
    でも相手、生真面目な騎士なんだろ？
    国に忠誠を誓った生真面目な騎士なんだろ？
    単身勇者になった生真面目な騎士なんだろ？

    無理じゃないか？

122. 勇者しちゃった外法師さん（ヴェヴェド）
    ハッ、そこァ魔王が二枚舌でなんとかしろよ（笑）

123. 勇者しちゃった魔王さん（三界）
    二枚舌とは聞き捨てなりませんねえ（笑）
    しかし……そうですね
    このような哀れな子羊には、手を差し伸べるのも君主の務め

    魔族の《魅了》を駆使してでも、取り込んでみますかねえ

124. 勇者しちゃった女帝さん（蓮源）
    ……そこは正攻法でゆけ、魔王よ

現役勇者板 「同行者からの視線が痛い」

同行者からの視線が痛い

1. 勇者している勇者さん（ソイロン→ノーダムルー）
   ものすごく肩身が狭いのである
   現実は厳しいのである

2. 勇者を見守る賢者さん（空中庭園）
   召喚勇者さん、おつ
   視線が痛いって……なんでまた？

3. 勇者を見守る操縦士さん（カルバ・ガルバ）
   お疲れ様、召喚勇者ね
   同行者……って、パーティメンバーのこと？
   ……なんでそんな状況になったのよ？

4. 勇者を見守る暗殺者さん（レトヴァー）
   なぁんかやらかしちまったのかぁ？
   詳しく話せやぁ

5. 勇者を見守る学生さん（地球国家）
   勇者板のアイドル☆学生さんだよー

   あれ、地球系列世界からの召喚じゃないんだー、珍しいね

6. 勇者しているフリーターさん（万華塔→ツェ＝チウ）
   ども、お互お疲れっす
   肩身が狭いってどういうことっすか？

7. 勇者を見守る学生さん（地球国家）
   ってフリーターさん（笑）

8. 勇者を見守る賢者さん（空中庭園）
   フリーターさん、また世界移動したのか（笑）
   まあ、ぼっち世界じゃ定住はできないだろうけど（笑）

9. 勇者を見守る暗殺者さん（レトヴァー）
   なんだぁオイ、寂しいひとり旅は終わったのかぁ？

10. 勇者しているフリーターさん（万華塔→ツェ＝チウ）
    あ、はい
    ぼっち旅はじゅうぶん満喫したんで、また召喚陣に飛び込みました！
    ……途中からやっぱ寂しくなってきたんでみなさんに勇チャで構ってもらってたんすけどね……

11. 勇者している勇者さん（ソイロン→ノーダムルー）
    うむ？
    フリーターとやらも、召喚されているのか？

12. 勇者を見守る学生さん（地球国家）
    フリーターさんはねー、召喚勇者のプロ☆なんだよ（笑）

13. 勇者しているフリーターさん（万華塔→ツェ＝チウ）
    なりたくてプロ☆になったわけじゃないんすけどね……

    で、俺のことはともかくっす！
    勇者さんはなんでまた、肩身が狭く

なっちゃったんすか?

……もしかして張り切って無双しすぎたりしたんすか?
で、ドン引かれちゃったんすか?
あれはつらいっすよね……

14. 勇者を見守る暗殺者さん(レトヴァー)
フリーターよぉ、テメエでテメエの傷口抉ってどうすんだぁ(笑)

15. 勇者を見守る賢者さん(空中庭園)
ああフリーターさん、そういうこともあったな(笑)

16. 勇者している勇者さん(ソイロン→ノーダムルー)
逆である

17. 勇者を見守る操縦士さん(カルバ・ガルバ)
逆?

18. 勇者を見守る学生さん(地球国家)
ていうとー?
どゆことー?

19. 勇者を見守る賢者さん(空中庭園)
ここはまあ、召喚された時のことから話してもらおうか?

20. 勇者しているフリーターさん(万華塔→ツェ=チウ)
そうすね

21. 勇者している勇者さん(ソイロン→ノーダムルー)
召喚された時、か……

我は普段通りに就寝した
そして目が覚めたら、異世界の召喚陣の間にいた
周囲を取り囲んでいたのは神官どもだった
そしてすぐさま王族の前へと引ったてられ、
「魔王の脅威に対抗すべく、そなたを勇者として召喚した
どうかこの世界を救ってほしい」
などと他力本願な戯(ざ)れ言(ごと)を抜かされたのである

22. 勇者を見守る操縦士さん(カルバ・ガルバ)
なんていうか、この勇者の性格がありありとわかるけど、まあ……

23. 勇者を見守る学生さん(地球国家)
うん、なんという異世界召喚テンプレ☆ですね

24. 勇者を見守る暗殺者さん(レトヴァー)
なんつうかよぉ、こいつの性格がどうにもよぉ、鼻につくがなぁ

そんで、テンプレっつったらアレもついてたのかぁ?

25. 勇者を見守る賢者さん(空中庭園)
ああ、いつもの(笑)

26. 勇者しているフリーターさん(万華塔→ツェ=チウ)
恒例の(笑)

27. 勇者している勇者さん(ソイロン→ノーダムルー)
いつものとは、なんだ

28. 勇者を見守る学生さん(地球国家)
　それは、召喚チート☆

　身体能力強化とかー、
　戦闘能力強化とかー、
　術式能力強化とかー、

　そゆやつ☆

29. 勇者している勇者さん(ソイロン→ノーダムルー)
　……我は、天才なのである

30. 勇者を見守る賢者さん(空中庭園)
　え?

31. 勇者を見守る操縦士さん(カルバ・ガルバ)
　は?

32. 勇者を見守る暗殺者さん(レトヴァー)
　あぁ?

33. 勇者している勇者さん(ソイロン→ノーダムルー)
　謁見の間で、我の前に、ずらりと武器が並べられた
　国中から集めてきたという、名のある剣や槍や斧や弓などである

　そして得手な武器を選べというのである
　まるで施しでもするかのような態度に腸(はらわた)が煮えくり返った

34. 勇者しているフリーターさん(万華塔→ツェ=チウ)
　えっ、珍しいっすね

35. 勇者を見守る学生さん(地球国家)
　勇者の剣!　とかー
　伝説の剣!　とかー

　そういうのじゃないんだ?

36. 勇者を見守る操縦士さん(カルバ・ガルバ)
　あらでも、そっちのほうがよくない?

37. 勇者を見守る暗殺者さん(レトヴァー)
　だなぁ、得意な武器を使やいいんだろぉ?
　弓が得意な狩人が剣渡されるよりゃだいぶんましだろうぜぇ

38. 勇者を見守る賢者さん(空中庭園)
　ああ、いたな
　狩人さんな(笑)

39. 勇者している勇者さん(ソイロン→ノーダムルー)
　……剣は、重いのである

40. 勇者を見守る学生さん(地球国家)
　えっ

41. 勇者しているフリーターさん(万華塔→ツェ=チウ)
　はっ

42. 勇者を見守る操縦士さん(カルバ・ガルバ)
　はぁ?

43. 勇者している勇者さん(ソイロン→ノーダムルー)
　弓は、飛ばぬのである

44. 勇者を見守る賢者さん(空中庭園)
えーっと

45. 勇者を見守る暗殺者さん(レトヴァー)
なんだぁ?

46. 勇者している勇者さん(ソイロン→ノーダムルー)
**我は肉体労働者ではないのである
筋力を誇示するなど能力が欠落しているものが取る選択肢なのである**

47. 勇者を見守る学生さん(地球国家)
**えっとー
剣が重くてー、てことは斧とか槍とか近接戦闘武器全滅でー、弓も撃てなくてー、でもって勇者さんにとってそういう直接的な戦闘は不本意ってことでFA?**

48. 勇者している勇者さん(ソイロン→ノーダムルー)
FAとはなんなのだ

49. 勇者を見守る賢者さん(空中庭園)
ってことは、術か!

50. 勇者を見守る操縦士さん(カルバ・ガルバ)
賢者(笑)

51. 勇者しているフリーターさん(万華塔→ツェ=チウ)
賢者さん(笑)

52. 勇者を見守る暗殺者さん(レトヴァー)
賢者よぉ(笑)

53. 勇者している勇者さん(ソイロン→ノーダムルー)
武器が向かぬということで神聖術を試すことになったのである

54. 勇者を見守る賢者さん(空中庭園)
**神聖術……か
神官のいる世界だから……そうか、そっち方面の術式……**

55. 勇者を見守る学生さん(地球国家)
賢者さん(笑)

56. 勇者している勇者さん(ソイロン→ノーダムルー)
しかし聞くが、お前たちは信じてもいない神に心から祈れるか?

57. 勇者を見守る賢者さん(空中庭園)
えっ

58. 勇者を見守る操縦士さん(カルバ・ガルバ)
えっ えーと

59. 勇者を見守る学生さん(地球国家)
うーん?(笑)

60. 勇者を見守る暗殺者さん(レトヴァー)
ハッ、神なんざいてたまるかよぉ

61. 勇者しているフリーターさん(万華塔→ツェ=チウ)
**いやまあ、あっちこっちの世界には普通にいますけどね
でも、てことは勇者さん……神聖術も使えなかったんすね……?**

62. 勇者を見守る学生さん(地球国家)

武力もなくてー
術も使えなくてー

えっとー、勇者さんは勇者だよね？

63. 勇者している勇者さん（ソイロン→ノーダムルー）
勇者として喚ばれたのである

64. 勇者を見守る操縦士さん（カルバ・ガルバ）
**でも……ええっと
なにかしら　なんだろう　どうすればいいのかしら**

**荷物持ち……とか？
買い出し……とか？**

65. 勇者を見守る暗殺者さん（レトヴァー）
どこが勇者の仕事だってんだぁ（笑）

66. 勇者している勇者さん（ソイロン→ノーダムルー）
しかし魔王の脅威は甚だしく、また我が勇者であるのは事実ということで、騎士3人と神官2人とともに旅に出たのである

**荷物持ちなど勇者にはさせられんと固辞された
貨幣の価値もわからず右も左も知らぬ世界で買い出しなどできないのである**

67. 勇者しているフリーターさん（万華塔→ツェ＝チウ）
あー、それはまあ、すねえ

68. 勇者を見守る操縦士さん（カルバ・ガルバ）
**でも……それじゃあ、えっと……
……あんた、旅の間なにしてるのよ？**

69. 勇者している勇者さん（ソイロン→ノーダムルー）
**旅に出てから数週経った
同行者たちは今では「あれなんでこいつ一緒にいるんだっけ」という目で我を見る
「勇者というか役立たずというかお荷物？」という視線で我を見る**

**ここまで挫折したことなどかつてなかったのである
心が折れそうである**

70. 勇者を見守る暗殺者さん（レトヴァー）
そりゃまぁよ、テメエ実際なんにもできねぇじゃねえか

71. 勇者しているフリーターさん（万華塔→ツェ＝チウ）
勇者とは名ばかりの、すね……

72. 勇者を見守る操縦士さん（カルバ・ガルバ）
ていうか、なんで勇者に選ばれちゃったのよ……

73. 勇者を見守る学生さん（地球国家）
それよりも気になる点がひとつあるんだよねー

天才ってー、なに？

74. 勇者を見守る賢者さん（空中庭園）
あ、そういえば

75. 勇者を見守る暗殺者さん（レトヴァー）
そんなことも言ってやがったなぁ

76. 勇者している勇者さん（ソイロン→ノーダムルー）
我はソイロンでも稀代（きたい）の召喚士なのである
伝説と言われていた88の幻獣と契約を果たした天才召喚士なのである
ソイロンで我の名を知らぬものはいないのである

だがこの世界にきてから召喚が出来ぬのである
ゆえにこの厳しい現状なのである

77. 勇者しているフリーターさん（万華塔→ツェ＝チウ）
ってことは……

召喚チートはついてなくて
召喚時に能力を封印……かなんかされて？

実力者を喚んだはずなのに、実力が発揮できてないってこと……すか？

78. 勇者を見守る操縦士さん（カルバ・ガルバ）
え、ちょっと、なによその状況
本末転倒じゃない？

79. 勇者している勇者さん（ソイロン→ノーダムルー）
召喚士としての実力を見せつけることができればこの視線もなくなるのである
お荷物などと言われなくなるのである

役立たずを見る目ではなくなるのである

だが召喚獣が応えてくれぬのである

80. 勇者を見守る学生さん（地球国家）
うーん

こんなときには！
賢者さん☆無双ターイム！

81. 勇者を見守る賢者さん（空中庭園）
え、俺？
あー、やってみる

《空間位相断裂》
《次元刻印：ソイロン》
《直結》
《空間位相断裂》
《次元刻印：ノーダムルー》
《時空位相痕跡分析》
《時空位相痕跡追尾》

ちょと待ってなー

82. 勇者しているフリーターさん（万華塔→ツェ＝チウ）
さすが頼れる賢者さんっすねえ

83. 勇者を見守る暗殺者さん（レトヴァー）
まぁたさらっととんでもねぇ術かましやがって、こいつの頭ん中ぁどうなってやがるのかと思うわなぁ

84. 勇者している勇者さん（ソイロン→ノーダムルー）
なにをしているのだ

85. 勇者を見守る操縦士さん（カルバ・

ガルバ)
解決への糸口よ、ちょっと待ちなさい

86. 勇者を見守る賢者さん（空中庭園）
《直結》
《追跡》
《遠視》

勇者さん、はっけーん
宿にいるんだ?

87. 勇者している勇者さん（ソイロン→ノーダムルー）
宿にいるのである
独りぼっちの部屋なのである
荷物整理を……しているのである
屈辱（くつじょく）である

88. 勇者を見守る暗殺者さん（レトヴァー）
テメエの無駄なプライドの高さもどうかと思うぜぇ

89. 勇者しているフリーターさん（万華塔→ツェ＝チウ）
まあ、苦労もせずに才能で地位を築いたひとには、ありがちっすかねー

90. 勇者を見守る操縦士さん（カルバ・ガルバ）
ちょっと高飛車でイラッとするけどね

91. 勇者しているフリーターさん（万華塔→ツェ＝チウ）
そこはまあまあ、環境がひとを作るんすよ

92. 勇者を見守る賢者さん（空中庭園）
んー、なんかおかしいな

《対象分析》

あー

93. 勇者を見守る操縦士さん（カルバ・ガルバ）
なによ?

94. 勇者を見守る暗殺者さん（レトヴァー）
問題発生かぁ?

95. 勇者を見守る学生さん（地球国家）
状況ｋｗｓｋ☆

96. 勇者を見守る賢者さん（空中庭園）
なんだこの術式、めっちゃくちゃ絡まってんぞ（笑）
えっとだなー、まず召喚チートはついてたけど勇者さんの身体の中にある召喚術を行使する膨大な回路と絡まっちゃって無意味になってる
で、とりあえず邪魔なだけなんで召喚チートはとっぱらってみたけど、世界をまたいじゃってるからか召喚獣たちと繋がる回路のバスが切れてる
つうか、世界移動の影響で回路閉じちゃってる

97. 勇者を見守る操縦士さん（カルバ・ガルバ）
まあ、召喚チートなんてあっても使わないんじゃないの、この勇者じゃ身体能力強化系なんでしょ?

98. 勇者しているフリーターさん（万華

塔→ツェ＝チウ）
先に本人に聞きましょうよ
勇者さん、今から剣とか扱えるようになったら、使いますか？
神聖術は……まあきっと駄目でしょうけど

99. 勇者している勇者さん（ソイロン→ノーダムルー）
    先にも言ったのである
    武器などを振り回すのは術が使えぬ者のとる手段である

100. 勇者を見守る暗殺者さん（レトヴァー）
     イラっとすんなぁ、ぇぇオイ？

101. 勇者を見守る学生さん（地球国家）
     世界にはいろんな考えかたのひともいるんだよー
     暗殺者さん、どうどう☆

102. 勇者しているフリーターさん（万華塔→ツェ＝チウ）
     まあ、勇者さんは元の世界で名声あるわけっすしねぇ
     いきなりジョブチェンジしろっつっても無駄じゃないですか？

103. 勇者している勇者さん（ソイロン→ノーダムルー）
     我は召喚獣を喚びだせるようになるのか、どうなのである

104. 勇者を見守る賢者さん（空中庭園）
     んー、ちょと待ってなー

     《対象能力分析》
     《対象能力解放》

     閉じてた回路は開いた、あとは元世界とのパスだな

105. 勇者を見守る学生さん（地球国家）
     これが賢者さんクオリティ☆なんだよ！

106. 勇者しているフリーターさん（万華塔→ツェ＝チウ）
     相変わらずさらっととんでもないことやるひとっすねえ

107. 勇者を見守る賢者さん（空中庭園）
     だからといって世界と世界を繋げちゃったらまずいよなあ

     《次元刻印：ソイロン》
     《直結》
     《空間位相断裂》
     《次元刻印：ノーダムルー》
     《時空位相痕跡固定》
     《時空位相解放：召喚獣限定》

     いけたか？

108. 勇者を見守る操縦士さん（カルバ・ガルバ）
     なによ、いけたの？

109. 勇者を見守る暗殺者さん（レトヴァー）
     できたのかぁ？

110. 勇者を見守る賢者さん（空中庭園）
     いや、ちょっと指定が曖昧（あいまい）で微妙

     ごめん勇者さん、勇チャ登録してくれる？
     で、本名と召喚獣との契約の儀式に

現役勇者板「同行者からの視線が痛い」 257

ついて教えてくれる?

111. 勇者している勇者さん(ソイロン→ノーダムルー)
それは門外不出だ

112. 勇者を見守る操縦士さん(カルバ・ガルバ)
でも、それをやらないとどうにもならないんでしょ?

113. 勇者しているフリーターさん(万華塔→ツェ=チウ)
賢者さんなら悪いようにはしないっす……多分

114. 勇者を見守る暗殺者さん(レトヴァー)
**あぁ、他人の研究結果を横取りしようなんざぁ肚はねぇわな
でもなきゃ200年もひきこもって嬉々として魔術の研究なんざするかよぉ**

115. 勇者を見守る学生さん(地球国家)
**ここは自分のためだと思って!
勇者さん、まかせてみよう!**

116. 勇者している勇者さん(ソイロン→ノーダムルー)
そこまで言われたら仕方がないのである

……勇チャとはこれか……これでよいのか?

117. 勇者を見守る賢者さん(空中庭園)
おっけーおっけー

**えっとだな、個人情報を伏せるために方法だけ報告しとく
対象指定は勇者さんのみにして、契約の儀式を通った幻獣だけ、時空移動できるようにパス繋いでみた**

どう?

118. 勇者している勇者さん(ソイロン→ノーダムルー)
待て、試すのである

《我が名において僕(しもべ)たる凍てつく気高き王よ来たれ、氷を冠する汝(なんじ)を我は契約のもとここに召喚せり、氷龍!》

**……おお!!
氷龍よ、久しいのである!**

119. 勇者を見守る暗殺者さん(レトヴァー)
おっ

120. 勇者を見守る学生さん(地球国家)
こーれは☆

121. 勇者しているフリーターさん(万華塔→ツェ=チウ)
**うまくいったみたいすね、よかったっす!
賢者さんもお手柄っす!**

122. 勇者を見守る暗殺者さん(レトヴァー)
**……つうか、よぉ
宿に泊まってるっつってやがったよなぁ?
てこたぁ、町中にいんじゃねぇのかぁ?
ンなとこでそんなもん喚んで、大丈**

夫なのかよぉ？

123. 勇者を見守る操縦士さん（カルバ・ガルバ）
あ、そういえば
え、ちょっと大丈夫なの!?

124. 勇者している勇者さん（ソイロン→ノーダムルー）
ふふふ……ははは、はーっはっはっは！

125. 勇者を見守る賢者さん（空中庭園）
えっと、勇者さん？

126. 勇者しているフリーターさん（万華塔→ツェ＝チウ）
あのー、勇者さん？

127. 勇者している勇者さん（ソイロン→ノーダムルー）
我を毛虫のごとく見ていた騎士どもも、神官どもも、目を剥（む）いているのである！
これが我の真骨頂よ！

128. 勇者を見守る学生さん（地球国家）
うわー これ は

あるべき姿に戻ったってことなんだろうけどー

129. 勇者を見守る操縦士さん（カルバ・ガルバ）
先行き不安なこと……この上ないわね

130. 勇者している勇者さん（ソイロン→ノーダムルー）
ふふふ、もはや我はお荷物でも役立たずでもなんでもないのである！
88の幻獣の威力、とくと見るがよいわ！

131. 勇者を見守る賢者さん（空中庭園）
自分でやっといてなんだけどさぁ
……不安だな

132. 勇者を見守る暗殺者さん（レトヴァー）
あぁ、不安だなぁ

133. 勇者しているフリーターさん（万華塔→ツェ＝チウ）
なんというか、これから勇者さんの無双が始まりそうっすね……

134. 勇者を見守る学生さん（地球国家）
でも、お荷物勇者よりはいいじゃなーい☆

勇者さん無双、がんば☆

現役勇者板

「もう帰りたい……」

もう帰りたい……

1. 勇者している勇者さん（タラネストク）
   俺だって、よ
   国家の命運を背負って、よ
   命を捨てる覚悟もしてきたんだ、よ

   なのにどうしてこうなった

2. 勇者を見守る学生さん（地球国家）
   なのにどうしてそうなった☆

   安心と安定の学生さん、参上☆

3. 勇者を見守る国王さん（アレーシア）
   これはなかなか複雑そうだね（笑）
   勇者が帰りたくなる状況、というのはどういうものかな？

4. 勇者を見守る賞金稼ぎさん（ジグルェイ）
   よ、とりあえずお疲れさん
   詳しい話が聞きたいな

5. 勇者を見守る会社員さん（継銀河系地球）
   どうもー
   召喚勇者終わってようやっと地球に戻ってきました

   俺だってものすごく、帰りたかった……！

6. 勇者を見守る外法師さん（ヴェヴェド）
   アン？　召喚が終わって……会社員だァ？
   誰だてめェ

7. 勇者を見守る会社員さん（継銀河系地球）
   あ、この名前じゃわからないか、なににしますかね

8. 勇者を見守る学生さん（地球国家）
   うーん、継銀河系地球世界からの召喚勇者さんっていったらー
   誰だろ？

9. 勇者を見守る言霊師さん（継銀河系地球）
   よっと
   どうですか

10. 勇者を見守る国王さん（アレーシア）
    言霊師（ことだまし）？

11. 勇者を見守る賞金稼ぎさん（ジグルェイ）
    言霊師っていったら……言葉を操って術を使う、あれだよな？

12. 勇者を見守る学生さん（地球国家）
    ああ！
    黒歴史さん！

13. 勇者を見守る外法師さん（ヴェヴェド）
    アンだよ！
    黒歴史かよ！

14. 勇者を見守る国王さん（アレーシア）
    ええと、黒歴史くん……っていうのかい？

15. 勇者を見守る黒歴史さん（継銀河系

地球)
……ちくしょう!

16. 勇者を見守る外法師さん(ヴェヴェド)
**クハハッ、そっちのが断然わかりやすいぜ(笑)
たァしかに、めちゃくちゃ帰りたがってたわなァ?**

17. 勇者を見守る学生さん(地球国家)
うーん、バッチリ☆

そんでー、黒歴史☆三昧(ざんまい)な旅は終わったんだ?

18. 勇者している勇者さん(タラネストク)
おい、黒歴史さんって……なんだよ?

19. 勇者を見守る外法師さん(ヴェヴェド)
**封印してた過去の痛ェ所業を召喚先で披露(ひろう)つうか実践することになりやがった、カーワイソーな奴だぜ(笑)
つ【現役勇者板「世界は俺に優しくない」】**

20. 勇者を見守る賞金稼ぎさん(ジグルェイ)
こりゃまた面白い……けどさ、おいおい、勇者さんの話はいいのか?(笑)

21. 勇者している勇者さん(タラネストク)
あーまあ、時間は嫌ってほどあるから構わねえよ

22. 勇者を見守る国王さん(アレーシア)
時間がたっぷりあって、帰りたい状況……というのも気になるけれどとりあえず……黒歴史くん、召喚勇者お疲れ様、かな

23. 勇者を見守る学生さん(地球国家)
おっつおっつー☆

**ていうか、会社員だったんだ?
……それで黒歴史実践かぁ、うん、痛い☆**

24. 勇者を見守る黒歴史さん(継銀河系地球)
**痛いのは誰よりも俺がわかってました!
でも、最後のほうはもうだいぶ感覚が麻痺してたのに気づいてもっと痛かった!**

25. 勇者を見守る外法師さん(ヴェヴェド)
なんだっけなァ?

……《爆彩炎(オーロラ・フレイム・バースト)》

26. 勇者を見守る黒歴史さん(継銀河系地球)
**言うなー!!
言わないでください!**

27. 勇者を見守る学生さん(地球国家)
**ちなみにー
魔王を倒した最終☆必殺☆呪文ってー、どんなんだったの?**

28. 勇者を見守る黒歴史さん(継銀河系地球)

言わせるなー!!
言わせないでください!!

29. 勇者している勇者さん（タラネストク）
スレ見てきたけどよ、面白ぇ運命の勇者もいるんだな（笑）

30. 勇者を見守る賞金稼ぎさん（ジグルェイ）
こっちは君の運命のほうにも興味津々なんだけどな（笑）
それで黒歴史さん、どんな長いオリジナル詠唱で魔王を倒したのさ？
というか、最終目的は魔王を倒すことだったのかい？

31. 勇者を見守る黒歴史さん（継銀河系地球）
あ、ラスボスは魔王でしたね

どんな詠唱か……については、もう……マジで言わせないでください
言いたくない
でも、一応これだけ

《隕終劇（ラグナロク・メテオ・カタストロフィ）》は恐ろしいものだった……
自分でやっといてその効果にびびりました
二度と使わない

32. 勇者を見守る学生さん（地球国家）
《隕終劇（ラグナロク・メテオ・カタストロフィ）》！

ははっぱ、あはっぱ
ひー、
ひどい！（笑）

33. 勇者を見守る賞金稼ぎさん（ジグルェイ）
なんていうか、さ
なんだろうな？（笑）

34. 勇者を見守る国王さん（アレーシア）
いや、もう使えないんだけどね（笑）
……使えない、んだよね？

35. 勇者を見守る黒歴史さん（継銀河系地球）
あ、使えません
マレスルイカ世界が言霊世界だからできたことで、地球ではまったく効果がありません、あってたまるか

36. 勇者を見守る外法師さん（ヴェヴェド）
なら問題ねェわな
とりあえずお疲れさん、ってこった

37. 勇者を見守る学生さん（地球国家）
ていうかー、
会社員なんだよね？
……けっこう長い無断欠勤だよね、だいじょぶだったの？

38. 勇者を見守る黒歴史さん（継銀河系地球）
失踪届け出されてましたよ……
だからって「異世界に召喚されてました」なんて言えるわけもないんで、ただひたすら「記憶がない」と言い張って警察病院警察病院……
会社は無断欠勤つうか失踪扱いだったんで、むしろ無事を喜んでくれました
で、とりあえず落ち着くまでってし

ばらく休職扱いです
ありがたい……

39. 勇者を見守る外法師さん（ヴェヴェド）
    クハハッ、不幸中の幸いだわなァ？

40. 勇者を見守る賞金稼ぎさん（ジグルェイ）
    なんというか、さ
    世知辛いな（笑）

41. 勇者を見守る国王さん（アレーシア）
    いや、幸運だった、と言うべきじゃないかい？
    職を失わずに済んだわけだろう？（笑）

42. 勇者を見守る学生さん（地球国家）
    まったくもー、帰還させる時、元の時間軸に戻してくれればいいのにねー

    でも、ひとまずよかったね☆

43. 勇者を見守る黒歴史さん（継銀河系地球）
    しばらく休んで……とりあえず黒歴史ノートは燃やします

44. 勇者を見守る学生さん（地球国家）
    えー、勿体（もったい）なーい☆

45. 勇者を見守る外法師さん（ヴェヴェド）
    オイオイ、高度呪文の宝庫なんだろ？（笑）

46. 勇者を見守る黒歴史さん（継銀河系地球）
    燃やします！
    ……かつてこれを燃やさなかったことがすべての元凶だ……

47. 勇者を見守る賞金稼ぎさん（ジグルェイ）
    まあ、好きにしたらいいんじゃないか？

    ところでさっきから勇者さんが入ってこられないみたいだな

48. 勇者を見守る国王さん（アレーシア）
    そういえば
    勇者くん？

49. 勇者している勇者さん（タラネストク）
    ……ふがっ！

50. 勇者を見守る外法師さん（ヴェヴェド）
    なにしてンだ（笑）

51. 勇者を見守る学生さん（地球国家）
    なにしてんの（笑）

52. 勇者している勇者さん（タラネストク）
    あ、ワリ、寝てた

53. 勇者を見守る賞金稼ぎさん（ジグルェイ）
    寝るなよ（笑）

54. 勇者している勇者さん（タラネストク）
    話が長えんだよ……

55. 勇者を見守る黒歴史さん（継銀河系

55. （続き 地球）
あ、すんません

56. 勇者している勇者さん（タラネストク）
あー違え、お前らのことじゃなくて

57. 勇者を見守る国王さん（アレーシア）
と、いうと？

58. 勇者を見守る賞金稼ぎさん（ジグルェイ）
時間がたっぷりある、と言っていたのと関係してるのかい？

59. 勇者している勇者さん（タラネストク）
まあなー
座りっぱなしで身体痛くなってきちまった

60. 勇者を見守る学生さん（地球国家）
どういう状況なの（笑）

61. 勇者を見守る黒歴史さん（継銀河系地球）
それじゃ、勇者さんの話を聞きますか
……黒歴史ノートを燃やす準備をしつつ

62. 勇者を見守る国王さん（アレーシア）
黒歴史くん（笑）

63. 勇者を見守る賞金稼ぎさん（ジグルェイ）
じゃあ勇者さん、最初からいこうか？

64. 勇者している勇者さん（タラネストク）
おうよ

俺はまあ、勇者として生まれ育ったんだよ
で、王に呼び出されて魔王のとこに行ってこいって言われたわけだ
つうかよ、魔物はあちこち荒し回っちゃいるけど魔族が攻めてくるわけでもなし、単にてめえが魔王領欲しいだけじゃねえか、とは思ったんだけどよ
勇者っつったら魔王を倒す……なんつうか、存在？　だろ？
だからまあ、旅に出たわけだ

65. 勇者を見守る国王さん（アレーシア）
魔王と敵対するのがすなわち勇者、というわけでもないけれどね

66. 勇者を見守る賞金稼ぎさん（ジグルェイ）
しかし、モチベーションがあがらなそうな旅だな（笑）

67. 勇者を見守る外法師さん（ヴェヴェド）
でもよ、命かけるつもりはあったッつってなかったか？

68. 勇者を見守る黒歴史さん（継銀河系地球）
というか、それむしろ平和な世界を戦乱に導く行為じゃないですか？

69. 勇者を見守る学生さん（地球国家）
うーん、問題アリアリ☆だねー

でもまあ、勇者と魔王の対比ってのはねー

70. 勇者を見守る黒歴史さん(継銀河系地球)
お約束みたいなところはありますけどねえ

71. 勇者している勇者さん(タラネストク)
そんで、魔王領に入ったんだけどよ、なんかやたら浮かれてるんだわ
お祭りムードってのか?

72. 勇者を見守る賞金稼ぎさん(ジグルェイ)
お祭りムード?

73. 勇者を見守る外法師さん(ヴェヴェド)
あんだ?

74. 勇者している勇者さん(タラネストク)
そんで、俺も殺人鬼じゃあるまいし、普通に生活してる魔族を無駄に殺したいわけでもねえから、普通に宿に泊まりつつ魔王城を目指してたんだよな

75. 勇者を見守る国王さん(アレーシア)
……本当に、魔王を倒すという行為は、ただの戦争の引き金じゃないかい?

76. 勇者を見守る賞金稼ぎさん(ジグルェイ)
いきなり国家元首に暗殺者を仕向けたようなものだよな?

77. 勇者している勇者さん(タラネストク)
そうは言われてもよ
王からは行けって言われたし、勇者の血は「魔王を倒せ!」つうんだよな
理屈じゃねえっつうか

78. 勇者を見守る学生さん(地球国家)
うーん、この辺は世界のありかたとー、生誕勇者さんにしかわからない問題かなー?

79. 勇者を見守る外法師さん(ヴェヴェド)
にしてもてめェはそれでよかったのかよ?
魔族は普通にてめェを宿に泊めたりしてくれたんだろ?

80. 勇者している勇者さん(タラネストク)
あー、なんつか、魔族の町を進むごとにだんだんいたたまれなくなってはいた

81. 勇者を見守る黒歴史さん(継銀河系地球)
まあ、そうですよね
敵対してるわけじゃないんですもんね

82. 勇者を見守る国王さん(アレーシア)
……命を下した王に問題がある、としか思えないな

83. 勇者を見守る賞金稼ぎさん(ジグルェイ)
タラネストク世界の魔王と勇者の関係についてこっちはわからないんだから、国王さんが深刻に思うこともないだろ?
本能的に敵対しあう存在である可能

現役勇者板「もう帰りたい……」 267

性だってあるさ

84. 勇者している勇者さん(タラネストク)
あー、本能
それはある、あるな

85. 勇者を見守る黒歴史さん(継銀河系地球)
なんというか……因果ですね

86. 勇者を見守る学生さん(地球国家)
世界にはいろいろあるからねー

87. 勇者を見守る外法師さん(ヴェヴェド)
つっても『魔王』は本能的に排除する敵ッつったって、『魔族』にまで手ェ出しちまわねェのはまだマシじゃねェか?

88. 勇者を見守る黒歴史さん(継銀河系地球)
そういうものですか?

89. 勇者を見守る賞金稼ぎさん(ジグルェイ)
それこそ、世界はいろいろ、さ

90. 勇者している勇者さん(タラネストク)
で、何泊かして気が緩んだんだよな
宿の魔族のおばちゃんに聞かれてうっかり答えちまったんだ
「旅人さん、人間みたいだけどどこに行くんだい?」
「あ、ちょっと魔王城……に」

正直、やっちまった、と思った

91. 勇者を見守る学生さん(地球国家)
アイター☆

92. 勇者を見守る国王さん(アレーシア)
それは……(笑)

93. 勇者を見守る外法師さん(ヴェヴェド)
気が緩むにもほどがあんだろ(笑)

94. 勇者している勇者さん(タラネストク)
やべえどうする、と焦る俺に、宿の魔族のおばちゃんはこう言った
「へえ、羨ましいねえ! もしかしてあんた呼ばれてんのかい?
遠いとこから嬉しいねえ、ならサービスしてやるよ!」

なぜか宿代がタダになった

95. 勇者を見守る黒歴史さん(継銀河系地球)
えっ

96. 勇者を見守る国王さん(アレーシア)
えっ

97. 勇者を見守る賞金稼ぎさん(ジグルェイ)
えっ

フギャッ!

98. 勇者を見守る外法師さん(ヴェヴェド)
賞金稼ぎ(笑)

99. 勇者を見守る学生さん(地球国家)
賞金稼ぎさん、今度はどしたの(笑)

100. 勇者を見守る賞金稼ぎさん（ジグルェイ）
**ごめん、本棚整理しながらスレ見てたんだけど、足に本落とした
耳と尻尾ブワッてなった（笑）**

101. 勇者を見守る学生さん（地球国家）
**賞金稼ぎさんってば、うっかりさーん☆
前は熱湯ひっくり返してたよね？**

102. 勇者を見守る黒歴史さん（継銀河系地球）
え、賞金稼ぎさんって耳と尻尾がついてるんですか？

103. 勇者している勇者さん（タラネストク）
賞金稼ぎさん……って、人間じゃねえのか？

104. 勇者を見守る外法師さん（ヴェヴェド）
アァ、こいつァ虎の半獣人だぜ

105. 勇者を見守る黒歴史さん（継銀河系地球）
へー……

106. 勇者している勇者さん（タラネストク）
へー……

107. 勇者を見守る国王さん（アレーシア）
**いろいろな勇者がいるものなんだよ（笑）
それで勇者くん、続きをどうぞ**

108. 勇者している勇者さん（タラネストク）
**おう
魔王城に近づくにつれて、町はどんどんお祭りムード一色になっていった
この辺で俺もなにかがおかしい、といろいろ気づき始めた

ちなみに「魔王城に行く」つうと、みんな「羨ましい」だとか「サービスだ」とか、そんな反応なんだよな
おまけに魔族の子どもたちが「まおうさまにあげてー」って花渡してくるんだ

俺の荷物は花でわっさわっさになった**

109. 勇者を見守る黒歴史さん（継銀河系地球）
……お祝い事、ですよね？

110. 勇者を見守る学生さん（地球国家）
うん、これはもう、お祝い事、だよねー

111. 勇者を見守る国王さん（アレーシア）
**……ふとスレを見返して、少し気になったところがあるんだけれど……
まあ、勇者くんの話を聞こうか**

112. 勇者を見守る外法師さん（ヴェヴェド）
アンだよ、国王？

113. 勇者を見守る国王さん（アレーシア）
いや、すぐにわかるよ（笑）

114. 勇者している勇者さん（タラネストク）
でもって辿り着いた魔王城

> 盛大なファンファーレとともに出迎えられた
> 「タラク国より、勇者殿がいらっしゃいました！」
> 拍手された

115. 勇者を見守る賞金稼ぎさん（ジグルェイ）
> は？

116. 勇者を見守る黒歴史さん（継銀河系地球）
> えーっと

117. 勇者を見守る学生さん（地球国家）
> 大☆歓☆迎

118. 勇者している勇者さん（タラネストク）
> そして扉が開いたと思ったら、そこに普通に魔王がいた
> 「よくぞ遠いところから来たな、勇者よ
> このたびの我が慶事に参列してくれること、嬉しく思うぞ！」
>
> ええー、と思った

119. 勇者を見守る国王さん（アレーシア）
> うん、そういうことだろうね（笑）

120. 勇者を見守る外法師さん（ヴェヴェド）
> どういうことだってんだよ？

121. 勇者している勇者さん（タラネストク）
> 思考停止しながらとりあえず道中で子どもたちに渡された花を渡した
> 魔王、めっちゃ嬉しそうだった、礼を言われた
>
> でもって、
> 「勇者には先に紹介しておこうか、こやつが我が伴侶（はんりょ）となる者だ」
>
> 魔王の……結婚式だった

122. 勇者を見守る黒歴史さん（継銀河系地球）
> ……これは勇者的に、アリなんですか？

123. 勇者を見守る賞金稼ぎさん（ジグルェイ）
> 戦争の……きっかけにならなかっただけ、よかったんじゃない、か？

124. 勇者を見守る学生さん（地球国家）
> ていうかー！
> 国王さん、どの辺で気づいたのー？

125. 勇者を見守る国王さん（アレーシア）
> よく読み返すとね
> 勇者くんの国の王は、「魔王のところに『行け』」と言ってはいるけれど、『倒せ』というようなことはまったく言っていないんだよ
> つまり、ただ使者を出しただけのつもりなんじゃないかい？

126. 勇者を見守る賞金稼ぎさん（ジグルェイ）
> ……ああ

127. 勇者している勇者さん（タラネストク）
> ……先に言え、っつの！
> なんで国を出るときにでかい宝玉渡

されたのか不思議に思ったけどよ、土産つうか祝いの品だなんてわかるか!?

128. 勇者を見守る賞金稼ぎさん（ジグルェイ）
わからないだろうな……

129. 勇者を見守る黒歴史さん（継銀河系地球）
わかりませんね……

130. 勇者を見守る外法師さん（ヴェヴェド）
魔王討伐のアイテムかなんかかと思うわな

131. 勇者を見守る学生さん（地球国家）
ていうかー、ほんとになにも聞いてなかったの？
王様の言うこと、ちゃんと聞いてた？
説明とか全然なかったの？

132. 勇者している勇者さん（タラネストク）
……魔王のところに行け、と言われて
戦うのかよ領土拡張かよこの欲深理、と思って、それから長い話のあいだ半分寝てたことは否定できねえ

133. 勇者を見守る黒歴史さん（継銀河系地球）
おい！

134. 勇者を見守る外法師さん（ヴェヴェド）
てめェよォ

135. 勇者を見守る国王さん（アレーシア）
勇者くんが先走った、ってことだね（笑）

136. 勇者を見守る学生さん（地球国家）
まったくもー
このスレにうっかりさんがふたりも！

137. 勇者を見守る賞金稼ぎさん（ジグルェイ）
悪かったな（笑）

138. 勇者している勇者さん（タラネストク）
うるせえ、自覚したっての

んで、今は結婚式に参列してんだわ
めっちゃいろんな奴が長演説かましててくそ眠い
旅に出る時の俺の覚悟はなんだったんだと聞きたい
そして帰りたい

139. 勇者を見守る国王さん（アレーシア）
平和の使者だと思って我慢するんだよ（笑）

140. 勇者を見守る賞金稼ぎさん（ジグルェイ）
まあ、演説なんておとなしく聞いてられない気持ちはわかるけどさ

141. 勇者を見守る外法師さん（ヴェヴェド）
……マァな

142. 勇者を見守る学生さん（地球国家）
……まーね☆

143. 勇者している勇者さん（タラネストク）
てか、え!?

144. 勇者を見守る黒歴史さん（継銀河系地球）
おっ

145. 勇者を見守る外法師さん（ヴェヴェド）
どうした？

146. 勇者を見守る学生さん（地球国家）
なにかあったのー？

147. 勇者している勇者さん（タラネストク）
話を振られた！

148. 勇者を見守る賞金稼ぎさん（ジグルェイ）
というと？

149. 勇者を見守る国王さん（アレーシア）
スピーチを頼まれた……のかな？

150. 勇者している勇者さん（タラネストク）
それだ！

**おいおいなんも用意してねえぞ！
どうしよう！**

151. 勇者を見守る学生さん（地球国家）
下手なこと言っちゃったらー、平和の使者☆大失敗、だよ！

152. 勇者を見守る黒歴史さん（継銀河系地球）
スピーチなんて、なんでもいいからでっちあげるんですよ（笑）

153. 勇者を見守る外法師さん（ヴェヴェド）
黒歴史に言われちまったら、まァ説得力があるわな（笑）

154. 勇者を見守る賞金稼ぎさん（ジグルェイ）
勇者さん、いける？

155. 勇者している勇者さん（タラネストク）
**無理だ！
とりあえず紹介されて立ち上がって拍手されてるけど無理だ！
なに言えばいい！
なに言えばいい！**

156. 勇者を見守る国王さん（アレーシア）
**……まったく、仕方がないな
勇者くん、勇チャを繋がないかい？
スピーチくらいだったら、即興で助けてあげられるよ**

157. 勇者を見守る学生さん（地球国家）
**さっすが、国王さん☆だねー
演説慣れしてるひとはちっがうー☆**

158. 勇者を見守る黒歴史さん（継銀河系地球）
**まあ、国王なんていったら国の代表ですからね
しかも勇者さん、結婚式スピーチのテンプレすら知らなそうですしね**

159. 勇者を見守る外法師さん（ヴェヴェド）
……なンで国は、こいつを平和の使者にしたんだよ？

どう考えても頭足りてねェじゃねェか

160. 勇者を見守る賞金稼ぎさん（ジグルェイ）
そりゃさ、魔王の慶事を勇者が祝う、なんてわかりやすい平和解決イベントだからじゃないか？
本能的に倒し合うはずのふたりが手と手を取るんだろ？

……それに、もし魔王に裏の目論みがあったときに、対処できるのが勇者だってこともあるし、さ

161. 勇者を見守る学生さん（地球国家）
あー、それはー
ありそう、かなー

162. 勇者を見守る国王さん（アレーシア）
さて、勇チャが繋がったから
いけるかい、勇者くん？

163. 勇者している勇者さん（タラネストク）
お、おう！

164. 勇者を見守る賞金稼ぎさん（ジグルェイ）
ま、頑張れよ
せいぜい感動的なスピーチにしてやってくれ、国王さん

165. 勇者を見守る外法師さん（ヴェヴェド）
世界平和、結構なこった
あーダリィ

166. 勇者を見守る黒歴史さん（継銀河系地球）

……黒歴史ノートがばちばち燃えている……燃えろ燃えろ……！
あと何冊あるんだ……!!

現役勇者板

「なにこの超展開」

なにこの超展開

1. 勇者している勇者さん（メディタータ）
いまの心情を一言で表すと

アホくさい

2. 勇者を見守る学生さん（地球国家）
どういうことなの（笑）

3. 勇者を見守る女帝さん（蓮源）
どうしたというのじゃ（笑）

4. 勇者を見守る軍人さん（グルム帝国）
いったいどうしてそうなった（笑）

5. 勇者を見守る神官さん（フロイ・レガス）
なにが起こったのですか（笑）

6. 勇者を見守る国王さん（アレーシア）
これは詳しく聞きたいな（笑）

7. 勇者している勇者さん（メディタータ）
他の言葉で表すとしたら

完全にお手上げ

8. 勇者を見守る国王さん（アレーシア）
ええと、勇者くんは勇者活動中……なんだよね？
なんでお手上げなんだい？

9. 勇者を見守る女帝さん（蓮源）
阿呆（あほう）臭くて、そしてお手上げときたか
これはまた面白そうじゃのう

10. 勇者を見守る軍人さん（グルム帝国）
状況を詳しく聞きてえなこりゃ

11. 勇者を見守る神官さん（フロイ・レガス）
なにがあったらそんな気分になるのですか

12. 勇者している勇者さん（メディタータ）
いつから俺の職業が勇者から三文芝居の観劇者になったのか、誰か教えてくれ

やってられねえ

13. 勇者を見守る学生さん（地球国家）
だから（笑）
どうして（笑）
そうなったの（笑）

14. 勇者を見守る神官さん（フロイ・レガス）
最初からきちんと伺いたいですね（笑）

15. 勇者を見守る女帝さん（蓮源）
経緯を詳しく語るのじゃ（笑）

16. 勇者を見守る国王さん（アレーシア）
三文芝居の観劇者……？
どういうことかな（笑）

17. 勇者を見守る軍人さん（グルム帝国）
なぜ職業が変わった（笑）

18. 勇者している勇者さん（メディ

タータ）
もう帰ってもいいんじゃねえかな、俺

19. 勇者を見守る国王さん（アレーシア）
ちなみに、今はどこにいるんだい？

20. 勇者している勇者さん（メディタータ）
魔王城（笑）

21. 勇者を見守る神官さん（フロイ・レガス）
魔王城……？
もう終盤も終盤ではありませんか

22. 勇者を見守る女帝さん（蓮源）
魔王城で三文芝居が繰り広げられておるのか？

23. 勇者を見守る学生さん（地球国家）
なんで三文芝居なんて始まっちゃったの（笑）
ていうかどんな三文芝居なの（笑）

24. 勇者を見守る軍人さん（グルム帝国）
そこまで来たならとっとと片づけて帰れよ（笑）

25. 勇者している勇者さん（メディタータ）
それができりゃあ苦労はしねえ（笑）

26. 勇者を見守る国王さん（アレーシア）
どういう状況なのかな（笑）

27. 勇者を見守る学生さん（地球国家）
ここは勇者さんにー、
最初っから経緯ｋｗｓｋ☆
お願いしたいねー

28. 勇者を見守る女帝さん（蓮源）
そうじゃな、勇者よ
順序立てて語ってくれぬかの

29. 勇者している勇者さん（メディタータ）
おうよ

俺はまあなんだ、勇者だ
といっても俺の国……てか世界？
では、勇者はなんだ、名誉職？
じゃねえな、ともかく名前だけみたいなもんなんだわ

100年にいちど世界が生まれたことを祝う地誕祭（ちたんさい）ってのがあるんだけどな、
その武闘大会で優勝した奴が、伝説の勇者の剣（笑）をあずかって勇者と呼ばれるようになる
で、俺は1年前の地誕祭でうっかり優勝しちまった剣闘士なわけで
仲間内で「お前が勇者かよー終わったなー（笑）」みてえな扱い受けてたわけだ

30. 勇者を見守る国王さん（アレーシア）
へえ、勇者といっても使命があるわけではないんだね
……おや、だけど魔王はいるんだよね？

31. 勇者を見守る軍人さん（グルム帝国）
だな、魔王城とかあるわけだろ？
で、魔王城に来てるわけだろ？

魔王と戦うとか、そういう使命はねえのかよ？

32. 勇者している勇者さん（メディ

タータ）
魔王だってこの世界の一員で国王なんだから、招かれて地誕祭に来てたっつの（笑）
敵対してるとか、ないない
普通に共存して暮らしてる

33. 勇者を見守る神官さん（フロイ・レガス）
それはまた……平和な世界ですね
おや、でも今は魔王城に……いるわけ、ですよね？

34. 勇者を見守る女帝さん（蓮源）
何故また左様なことになったのじゃ？

35. 勇者している勇者さん（メディタータ）
あー、地誕祭で魔王がなー、うちの国の王女を見初めたらしくてなー
さらってったんだわ

36. 勇者を見守る学生さん（地球国家）
えっ

37. 勇者を見守る軍人さん（グルム帝国）
えっ

38. 勇者を見守る神官さん（フロイ・レガス）
えっ

39. 勇者を見守る女帝さん（蓮源）
……そこは魔王、というわけか

40. 勇者している勇者さん（メディタータ）
そんでまあ、どうするよ？ってことになってな

穏便に済ませたいけどどうするよ？　って国の上の方で話し合いがあったらしくてな

「勇者いるじゃん」
「勇者に行かせればいいじゃん」
「とりあえず話し合いで」
「解決しなかったらどついて」
「王女は取り返してこい」

ざっくり言うと、こんな感じの結論が出た

41. 勇者を見守る学生さん（地球国家）
うわあ（笑）

42. 勇者を見守る国王さん（アレーシア）
それは、なんというか……

43. 勇者を見守る学生さん（地球国家）
ちょう☆貧乏くじ、だね！

44. 勇者している勇者さん（メディタータ）
勇者が勇者らしい活動するのなんて何千年単位でなかったみたいだっつうのにな
なんで俺の時に限ってこうなった

45. 勇者を見守る軍人さん（グルム帝国）
それはまあ……なっちまったもんは仕方ない

46. 勇者を見守る神官さん（フロイ・レガス）
ええ……仕方ないと思って諦めるしかありませんね

47. 勇者を見守る軍人さん（グルム帝国）
そんでまあ、魔王を倒す……わけ

じゃねえのか
とりあえず王女を救出しに魔王城まで来たわけだろ?

三文芝居ってのはなんだ

48. 勇者している勇者さん(メディタータ)
魔王は魔国を治めてるんだけどな、奴のやらかしたことを国民も知ってるらしくて、
「うちの魔王がほんとすみません、なんか初恋でハッスルしちゃったんです、すみません」
みたいな道中だった

めっちゃ協力的だった

49. 勇者を見守る神官さん(フロイ・レガス)
平和……ですね

50. 勇者を見守る軍人さん(グルム帝国)
いいこと……じゃないか

51. 勇者を見守る国王さん(アレーシア)
共存できて……いるわけですからね

52. 勇者を見守る学生さん(地球国家)
それで、魔国はちゃっちゃと通り抜けて、魔王城に辿り着いたの?

53. 勇者を見守る女帝さん(蓮源)
そこから始まる三文芝居、か……

54. 勇者している勇者さん(メディタータ)
おう、魔国はちゃっちゃと通り抜けて、魔王城に辿り着いた

で、魔王城に勤めてる魔族の奴らも
「なんかうちの王がすみません」
みたいな感じで、さっさと魔王とご対面ってことになった

55. 勇者を見守る国王さん(アレーシア)
展開が早いな(笑)

56. 勇者を見守る女帝さん(蓮源)
展開が早いわ(笑)

57. 勇者を見守る神官さん(フロイ・レガス)
まあ、敵対しているわけでもありませんからね
魔王は完全に……勝手にやらかした、というわけですね

58. 勇者している勇者さん(メディタータ)
そんでまあ、魔王とご対面して、まずは交渉したわけだ

「王女をさらうとか、誘拐(ゆうかい)だから誘拐、国際問題だから」
「だが、かの者こそが我の花嫁と直感したのだ!」
「だったら文通あたりから始めろよ、なんでさらうんだよ」
「もはやひと時たりとも離れてはいられなかったのだ!
これが……恋というものなのだ!」
「いや、恋したからって手順踏もうぜ
あんた、魔王
相手、一国の王女
問題になるだろ?」
「立場などで引き裂かれる我らではない!」

正直、話が通じねえ、と思った

現役勇者板「なにこの超展開」 279

59. 勇者を見守る女帝さん（蓮源）
　　恋に溺れた男子（おのこ）はこれだからして

60. 勇者を見守る国王さん（アレーシア）
　　それにしたって極端だな

61. 勇者を見守る軍人さん（グルム帝国）
　　まあ、魔王……だからな

62. 勇者を見守る神官さん（フロイ・レガス）
　　しかし本当に、国交があるのならば文通から始めればよいでしょうに

63. 勇者を見守る学生さん（地球国家）
　　魔王様☆を惑わせる、恋のパッション☆

64. 勇者している勇者さん（メディタータ）
　　んで、

　　「あんたがその気なら、実力行使しても構わないって言われてるんだけど」
　　「我から王女を奪うというのならば、受けて立とうではないか」

　　てなわけで、戦闘が始まったわけだ

65. 勇者を見守る軍人さん（グルム帝国）
　　おお

66. 勇者を見守る神官さん（フロイ・レガス）
　　まあ……

67. 勇者を見守る国王さん（アレーシア）
　　うーん、なんだかなあ（笑）

68. 勇者を見守る女帝さん（蓮源）
　　現時点で既に阿呆らしいと思うのは、妾（わらわ）だけかの？

69. 勇者を見守る学生さん（地球国家）
　　どうかーん☆

70. 勇者している勇者さん（メディタータ）
　　でもまあ、こちとら世界の腕自慢が集まる武闘大会の覇者なわけだし？　勇者の剣（笑）とかもなんか使い勝手もよかったわけだし？

　　ざくざく魔王を斬りつけながら、言ったわけだ

　　「えっとだな、さすがに殺すのは止められてるから、そろそろ降参してほしいんだけど」
　　「誰が降参などするか！　王女は我のものだ！」

　　聞いてもらえなかった

　　で、恋の力って怖えなー、どう決着つけるかなー、いっそオトして王女を連れ帰るかなー、とか算段してたら

　　ズバーン！
　　と、扉が開いた

71. 勇者を見守る女帝さん（蓮源）
　　ふむ？

72. 勇者を見守る神官さん（フロイ・レガス）
　　というと

73. 勇者を見守る国王さん（アレーシア）
魔王の助っ人……かな？

74. 勇者している勇者さん（メディタータ）
王女だった

75. 勇者を見守る学生さん（地球国家）
えっ

76. 勇者を見守る女帝さん（蓮源）
なぬ

77. 勇者している勇者さん（メディタータ）
ぼろぼろになって膝をつく魔王に駆け寄る王女
色つやよくてめっちゃ着飾ってていかにも大事にもてなされてたのがわかる王女

そして王女に睨まれる俺
「あなたはなんということを……！
魔王様がなにをしたというのです！」
魔王様は あなたを さらったのですよ

78. 勇者を見守る学生さん（地球国家）
えー（笑）

79. 勇者を見守る軍人さん（グルム帝国）
おい（笑）

80. 勇者を見守る国王さん（アレーシア）
おいおい（笑）

81. 勇者している勇者さん（メディタータ）
キラキラの王女はぼろぼろの魔王にすがりついた

「魔王様、お気を確かに……わたくしがついておりますわ！
わたくしはいつまでも、どこまでも、魔王様とご一緒ですわ！」

ええー、と思った
ていうか俺、悪役？　と思った

82. 勇者を見守る女帝さん（蓮源）
それは……なんとも、言えんな……

83. 勇者している勇者さん（メディタータ）
王女様はまだ続けた
「わたくしは……最初は、怖かったのですけれど、魔王様のお人柄に触れて、心惹（ひ）かれてしまいました……
魔王様がお許しくださるのならば、いつまでも共に……！」

魔王は言った
「王女よ……そなたがそのように思うてくれておるとは……
我は天下一の果報者よ……思い残すことはない
一目惚れだったとはいえ、我がそなたをさらったのが原因……
たとえ引き裂かれても、いつか必ず迎えに……！」
王女は泣いた
「いいえ、いいえ……！
わたくしはもはや、魔王様と離れることなどできませぬ！
父を、国を、裏切ることになろうとも、魔王様のお側にいさせてくださいませ！」

俺、ぽかーん
この三文芝居はなんだ、と呆然

現役勇者板「なにこの超展開」

84. 勇者を見守る神官さん（フロイ・レガス）
……でしょう、ね！

85. 勇者を見守る女帝さん（蓮源）
で、あろうな

86. 勇者を見守る軍人さん（グルム帝国）
マジで勇者、悪役だな（笑）

87. 勇者を見守る国王さん（アレーシア）
それは……なんというか、なんだろうね

88. 勇者を見守る女帝さん（蓮源）
王女を救出すると王命を受けたとて……
王女にその気がないのであればのう……

89. 勇者している勇者さん（メディタータ）
おまけに王女、俺が弾き飛ばしてた魔王の剣を持って、敵意満々で俺に立ち向かった
「魔王様とわたくしを引き離すというのであれば、容赦（ようしゃ）はいたしません！」

といっても王女、剣なんて持ったことないからよろっよろで、足とかぶるぶるしてた
魔王は超感動してたけどさ

この超展開にはさすがについていけなかった

90. 勇者を見守る国王さん（アレーシア）
王女に剣を向ける訳にもいかないしね……

91. 勇者を見守る軍人さん（グルム帝国）
なんつうか、本末転倒だなおい……

92. 勇者を見守る学生さん（地球国家）
でもさー、無理に引き離したとしてもー、ロミジュリ効果☆で燃え上がっちゃうだけじゃない？

93. 勇者を見守る女帝さん（蓮源）
ロミジュリ効果、とはなんじゃ？

94. 勇者を見守る学生さん（地球国家）
えっとー、簡単に言えばー
周囲が反対すれば反対するほど盛り上がっちゃう恋☆
みたいなの

95. 勇者を見守る軍人さん（グルム帝国）
あー、それはありそうだ

96. 勇者を見守る国王さん（アレーシア）
完全にそんな方向に行きそうだね

97. 勇者を見守る神官さん（フロイ・レガス）
……爆発すればいいのです

98. 勇者を見守る女帝さん（蓮源）
爆発？
なにがじゃ？

99. 勇者を見守る学生さん（地球国家）
女帝さん、ただのネットスラングだから（笑）

100. 勇者している勇者さん（メディタータ）
で、今は俺の前で剣を持った王女がふらふらしながら、あなたのこんなところが好きなんです！　って魔王

> と愛を叫び合ってるわけだが
> どうすりゃいいんだこれ

101. 勇者を見守る国王さん（アレーシア）
> そのテンションでは……連れては、帰れない、ね

102. 勇者を見守る軍人さん（グルム帝国）
> 連れて帰ってもすぐに王女は魔王のところに家出するんじゃないか？

103. 勇者を見守る女帝さん（蓮源）
> ロミジュリ効果とやらで悪化しそうな気がぶんぶんするぞえ

104. 勇者を見守る神官さん（フロイ・レガス）
> 爆発すればいいのです

105. 勇者を見守る学生さん（地球国家）
> 魔王に王女がさらわれてー、
> 王女を助けにやってきてー、
> なのに勇者さんが邪魔者でー、
>
> 王女と魔王が愛を叫ぶ☆
>
> カオスだね☆

106. 勇者を見守る国王さん（アレーシア）
> ……魔王と勇者くんの国は、敵対してはいないんだよね？

107. 勇者している勇者さん（メディタータ）
> おう、魔王が王女をさらうまで超平和

108. 勇者を見守る国王さん（アレーシア）
> だったら王女に一筆書かせて勇者くんだけ帰るか、いっそ王女と魔王を一緒に連れ帰って仲立ちするか、それくらいしか手段はないんじゃないかい？

109. 勇者を見守る学生さん（地球国家）
> あーもう、それしかないねー
> 王女様も魔王も、完全に恋は盲目☆状態だもんねー

110. 勇者を見守る女帝さん（蓮源）
> まったく……左様な事例もあるとはの

111. 勇者を見守る軍人さん（グルム帝国）
> よっぽど待遇がよかったんじゃねえか？

112. 勇者している勇者さん（メディタータ）
> つうか、魔王がやたらイケメンなのが悪いんじゃねえか？
>
> あーはいはいお似合いですよーこっちに敵意いりませんからねーはい王女様剣しまってー

113. 勇者を見守る神官さん（フロイ・レガス）
> 爆発すればいい！

勇者はいまだ現れず

1. 勇者しちゃった審査者さん（ビスコス）
   そろそろ人里におりたーい
   噂のお店でお買い物とかしたーい
   噂のお店でお茶とかしたーい
   噂のお店でお洒落とかしたーい

   もうもう、勇者早く！

2. 勇者しちゃった賢者さん（空中庭園）
   審査者さん（笑）
   おつー

3. 勇者しちゃった学生さん（地球国家）
   審査者さんに、おつなんだよ☆

4. 勇者しちゃった警備員さん（時空治安機構）
   審査者さん……まだなのか（笑）

5. 勇者しちゃった光の勇者さん（ジルーニア）
   ……どういうことですか？

6. 勇者しちゃった外法師さん（ヴェヴェド）
   さっぱりわかンねェな、オイ

7. 勇者しちゃった審査者さん（ビスコス）
   もー、最近のコってば質が悪すぎない？
   あの程度の腕前で勇者になろうとか考えちゃって

   ちょー無謀っていうか！

8. 勇者しちゃった学生さん（地球国家）
   ちょー無謀（笑）

9. 勇者しちゃった賢者さん（空中庭園）
   ちょー無謀なのか（笑）

10. 勇者しちゃった警備員さん（時空治安機構）
    って審査者さん、今は暇なのか？

11. 勇者しちゃった審査者さん（ビスコス）
    んーん、そんなことはないんだけどー
    昨日も来たんだけどー

12. 勇者しちゃった外法師さん（ヴェヴェド）
    なァおい、どういうことだよ……

13. 勇者しちゃった光の勇者さん（ジルーニア）
    他のみなさんはおわかりのようですが……

14. 勇者しちゃった賢者さん（空中庭園）
    え、昨日も来たんだ？
    で、やっぱり駄目だったんだ？

15. 勇者しちゃった審査者さん（ビスコス）
    3撃で秒殺！

16. 勇者しちゃった賢者さん（空中庭園）
    うわちゃー（笑）

17. 勇者しちゃった警備員さん（時空治安

安機構)
うわちゃー（笑）

18. 勇者しちゃった学生さん（地球国家）
アイター☆

19. 勇者しちゃった審査者さん（ビスコス）
根性ないよねー！
ってか、もっと鍛（きた）えてから来いって話じゃない？
んもー、いつになったら解放されるのー!?

20. 勇者しちゃった光の勇者さん（ジルーニア）
あの……ちょっと、いいですか？
さっぱりわけがわからないのですが……

21. 勇者しちゃった外法師さん（ヴェヴェド）
あァ、なァおい、説明欲しいんだけどよ

審査者……は、いたりなんだよな？
で……なにしてンだ？

22. 勇者しちゃった学生さん（地球国家）
審査者さんはねー、
その名の通り！
審査してるんだよ☆

23. 勇者しちゃった外法師さん（ヴェヴェド）
わかんねェよ！

24. 勇者しちゃった光の勇者さん（ジルーニア）
わかりませんよ！

25. 勇者しちゃった審査者さん（ビスコス）
そろそろお役ゴメンになりたいのにー
ほんっと最近のコってば頼りなくって！

山奥にいるの飽きたよー
人里におりたいよー
なんで勇者の祠（ほこら）ってば山奥にあるのもー

26. 勇者しちゃった賢者さん（空中庭園）
ていうか山奥に引っ込んでて、『噂の店』とか知ってるの？（笑）
それ人里の話だよな？
やっぱ術で調べてんの？

27. 勇者しちゃった審査者さん（ビスコス）
んーん、聞き取り調査！
候補者たちに教えてもらってんの！

リストがもう、ずらーっとできちゃってんの！
早く行きたーい！

28. 勇者しちゃった警備員さん（時空治安機構）
それを活かせる日はいつ来んだろなあ（笑）

29. 勇者しちゃった審査者さん（ビスコス）
何回も話に出てくる特に評判のいいお店とか、赤丸チェックしてるんだよー？
なのに、もー

30. 勇者しちゃった学生さん（地球国家）

じゃあもう、手加減☆しちゃえばー?(笑)

31. 勇者しちゃった審査者さん(ビスコス)
それはー、審査者として、ダメくない?
ていうか、弱っちいのに勇者任せらんないしー

32. 勇者しちゃった光の勇者さん(ジルーニア)
だから、どういうことなんですか……

33. 勇者しちゃった賢者さん(空中庭園)
あー、あのな
審査者さんの世界の『勇者』って、引き継ぎ制なんだよな
で、審査者さんは勇者としての役割を終えて、『審査者』になったわけだ

34. 勇者しちゃった警備員さん(時空治安機構)
で、今は次代の勇者を継承する者を審査してるってこった

35. 勇者しちゃった外法師さん(ヴェヴェド)
あァ……

36. 勇者しちゃった光の勇者さん(ジルーニア)
ああ、なるほど……

37. 勇者しちゃった学生さん(地球国家)
だけどー、来る候補者さんたちがよわよわでー、
審査者さんがいっつもボコって☆追い返してるんだよねー

38. 勇者しちゃった審査者さん(ビスコス)
でもでも、好きでボコって☆るんじゃないもーん
前代の勇者にボコられる☆程度の腕前しか持ってないのに、勇者を名乗ろうって方がおかしくない?

39. 勇者しちゃった賢者さん(空中庭園)
だからって次の勇者を決めないことには、人里には下りられないんだろ?(笑)

40. 勇者しちゃった審査者さん(ビスコス)
そうなんだよねー

もー待ちくたびれたよー

41. 勇者しちゃった警備員さん(時空治安機構)
でもま、その鬱憤を候補者をボコ☆ことで晴らしてんだろ?(笑)

42. 勇者しちゃった審査者さん(ビスコス)
そう言われちゃったらそうなんだけどー

43. 勇者しちゃった外法師さん(ヴェヴェド)
……本末転倒じゃねェか?

44. 勇者しちゃった光の勇者さん(ジルーニア)
実力が……足りない者に、勇者を継承できないのは……わかりますが

45. 勇者しちゃった審査者さん（ビスコス）
    そもそも！ なんだけどー

    勇者に必要なのってなんだと思う？

46. 勇者しちゃった賢者さん（空中庭園）
    えっ
    術式行使能力

47. 勇者しちゃった外法師さん（ヴェヴェド）
    術式行使能力

48. 勇者しちゃった警備員さん（時空治安機構）
    おいこら術式オタク組（笑）

49. 勇者しちゃった光の勇者さん（ジルーニア）
    剣の腕……ですか？

50. 勇者しちゃった審査者さん（ビスコス）
    もー、ちっがーう！
    そういう術脳とか脳筋とかじゃなくて！

51. 勇者しちゃった学生さん（地球国家）
    術脳（笑）
    脳筋（笑）

52. 勇者しちゃった審査者さん（ビスコス）
    心構えって言うのかな、そういうの！

53. 勇者しちゃった光の勇者さん（ジルーニア）
    心構えと言われても……僕は生まれついての勇者ですから
    なんでしょうか

54. 勇者しちゃった賢者さん（空中庭園）
    俺は王命で勇者になったからなあ
    心構えもなにも

55. 勇者しちゃった学生さん（地球国家）
    僕は召喚勇者だしー
    むしろ勇者なーんてやだったしー

56. 勇者しちゃった外法師さん（ヴェヴェド）
    俺ァ成果勇者だな
    勇者になろうなんてこたァ思ったこともねェよ

57. 勇者しちゃった警備員さん（時空治安機構）
    俺も仕事してたら勇者に認定されたしなー

    ビスコス世界みたいな、『勇者になる』つもりで勇者になる事例の方が珍しいんじゃね？

58. 勇者しちゃった審査者さん（ビスコス）
    あれ、そうなの？

    でもでもー、やっぱ勇者になるんならー、
    必要なものっていうか、逆に要らないものっていうか、あると思うんだよねー

59. 勇者しちゃった賢者さん（空中庭園）
    どゆこと？
    実力の話じゃないんだよな？

退役勇者板「勇者はいまだ現れず」

60. 勇者しちゃった光の勇者さん(ジルーニア)
    勇者になるために必要な……心構え、ですか……?

61. 勇者しちゃった審査者さん(ビスコス)
    ま ず!

    功名心とか、ダメダメなの!
    要らないの!

62. 勇者しちゃった外法師さん(ヴェヴェド)
    あー

63. 勇者しちゃった賢者さん(空中庭園)
    あー

64. 勇者しちゃった警備員さん(時空治安機構)
    なかったな

65. 勇者しちゃった学生さん(地球国家)
    ないねー

66. 勇者しちゃった審査者さん(ビスコス)
    功名心とかー、野心とかー、
    勇者になって名をあげてやるぜ!
    みたいなのはもう入口からダメッダメなの!

67. 勇者しちゃった光の勇者さん(ジルーニア)
    まぁ……それは、そうかもしれません

68. 勇者しちゃった審査者さん(ビスコス)
    あとー、
    下心! とかも、ダメダメなの!

69. 勇者しちゃった光の勇者さん(ジルーニア)
    下……心?

    それはまさかとは思いますが、ハーレム勇者になりたいだとか、そういうことですか?
    そんな不遜かつ不届きな考えですか!?

70. 勇者しちゃった学生さん(地球国家)
    光の勇者さん(笑)

71. 勇者しちゃった外法師さん(ヴェヴェド)
    光のよぉ(笑)

72. 勇者しちゃった審査者さん(ビスコス)
    うんうん、そんな感じそんな感じ!
    モテたいとかー、王家に取り入りたいとかー、そういう考え持ってちゃダメなの!
    邪心持ってちゃダメなの!

73. 勇者しちゃった警備員さん(時空治安機構)
    あー まーなぁ
    そんな奴には安心して勇者を引き継げねえわな

74. 勇者しちゃった学生さん(地球国家)
    賢者さんと真逆だね☆

75. 勇者しちゃった賢者さん(空中庭園)
    悪かったな(笑)

76. 勇者しちゃった外法師さん（ヴェヴェド）
どういうこった？

77. 勇者しちゃった光の勇者さん（ジルーニア）
確か賢者さんは、王家に取り込まれるのが嫌で逃げた……んでしたね

78. 勇者しちゃった賢者さん（空中庭園）
悪かったな（笑）

79. 勇者しちゃった審査者さん（ビスコス）
なのにねー
なかなか次代の勇者が現れないからって、
「俺ならいけるんじゃね？」みたいな、そういう邪念持った奴がぽろぽろ来るしー
王家も自分のとこから勇者出して箔（はく）をつけるために候補者送り込んでくるしー

そーんな考えの時点でダメダメなのにね！

80. 勇者しちゃった警備員さん（時空治安機構）
で、ボコって送り返してる、と（笑）

81. 勇者しちゃった賢者さん（空中庭園）
そして次の勇者がなかなか現れない、と（笑）

82. 勇者しちゃった外法師さん（ヴェヴェド）
でもよォ、勇者になろうなんて思ってお前に挑みに来るような奴ァ、邪念のひとつやふたつくらい持ってねェ方が珍しいんじゃねェのか？
勇者になろうってンなら、なんか企みあンだろ？

83. 勇者しちゃった審査者さん（ビスコス）
そーいうんじゃなくて！
正義に燃えた若者とか！
純粋に勇者に憧れる若者とか！
そーいうのが欲しいの！

84. 勇者しちゃった学生さん（地球国家）
って言われてもー

それで実力が足りなかったら、ボコって☆送り返すんでしょ？（笑）

85. 勇者しちゃった審査者さん（ビスコス）
……ちょっとは手加減するもん！

86. 勇者しちゃった賢者さん（空中庭園）
でも審査者さんの実力だもんなぁ……
ちょっとくらい手加減してもなぁ……

87. 勇者しちゃった光の勇者さん（ジルーニア）
審査者さんは、そんなに……お強いのですか？
少し手加減する、とは……具体的にはどのように？

88. 勇者しちゃった審査者さん（ビスコス）
えー？

剣が得意なコは剣で戦ってあげたり？

退役勇者板「勇者はいまだ現れず」

> 槍が得意なコは槍で戦ってあげたり?
> 斧が得意なコは斧で戦ってあげたり?
> 術が得意なコは術で戦ってあげたり?
> 術式耐性が弱ければ術を使わないであげたり?

89. 勇者しちゃった警備員さん(時空治安機構)
そんで、相手の得意な武器で戦って、高い鼻をぽっきり折っちまうんだろ?(笑)

90. 勇者しちゃった審査者さん(ビスコス)
> そんなつもりはないんだけどーなんかそうなってる、みたいな?

91. 勇者しちゃった賢者さん(空中庭園)
審査者さんは、万能選手だからなぁ……

92. 勇者しちゃった光の勇者さん(ジルーニア)
そう……なのですか

93. 勇者しちゃった学生さん(地球国家)
そうなんだよ☆
武力レベルも術式レベルも……すごいんだよねー(笑)

94. 勇者しちゃった外法師さん(ヴェヴェド)
ンじゃ、次の勇者なんざ現れるわけねェじゃねェか……

95. 勇者しちゃった警備員さん(時空治安機構)
つうかそもそも、ビスコス世界が平和なのが一因だと思うんだわな

96. 勇者しちゃった光の勇者さん(ジルーニア)
平和……なのですか?
ああ、だから切羽詰まって次代の勇者を選ばねばならない事態に陥らない、と

97. 勇者しちゃった賢者さん(空中庭園)
いや、違う(笑)

98. 勇者しちゃった警備員さん(時空治安機構)
それは違う(笑)

99. 勇者しちゃった学生さん(地球国家)
違うんだよねー(笑)

100. 勇者しちゃった外法師さん(ヴェヴェド)
ンあ?
どういうこった?

101. 勇者しちゃった賢者さん(空中庭園)
ヒント:審査者さんの名前はころころ変わる

102. 勇者しちゃった外法師さん(ヴェヴェド)
……どういうこった?

103. 勇者しちゃった光の勇者さん(ジルーニア)
どういう……ことですか?

104. 勇者しちゃった警備員さん(時空治安機構)
本当にころころ変わるよな(笑)

105. 勇者しちゃった学生さん（地球国家）
変わっちゃうんだよね☆

106. 勇者している審査者さん（ビスコス）
もー、それだって不本意なのにー！

107. 勇者しちゃった賢者さん（空中庭園）
審査者さん、不老不死でもないのによくやるよなあ（笑）

って、また名前変わった（笑）

108. 勇者しちゃった警備員さん（時空治安機構）
おっ

109. 勇者しちゃった学生さん（地球国家）
あちゃー☆

110. 勇者しちゃった光の勇者さん（ジルーニア）
えっ

111. 勇者しちゃった外法師さん（ヴェヴェド）
はァ！？

112. 勇者している審査者さん（ビスコス）
えーもーやだちょっとー
まーた魔王復活ー？

やだもー

113. 勇者しちゃった警備員さん（時空治安機構）
行ってらー

114. 勇者しちゃった学生さん（地球国家）
行ってらがんがれーノシ

115. 勇者しちゃった外法師さん（ヴェヴェド）
つまり……なんだ、オイ
なうと……いたりを繰り返してるってェことか……？

116. 勇者しちゃった光の勇者さん（ジルーニア）
お名前を見ると……そのようですね……

117. 勇者している審査者さん（ビスコス）
もー　しょーがないから！

老骨に鞭（むち）打って！
審査者婆（ばばあ）、ちょっと行ってきまーす！

118. 勇者しちゃった光の勇者さん（ジルーニア）
えっ

……老骨？

119. 勇者しちゃった外法師さん（ヴェヴェド）
えっ

……婆？

120. 勇者しちゃった賢者さん（空中庭園）
だから、審査者さんは不老不死じゃないわけで（笑）

121. 勇者しちゃった学生さん（地球国家）
でも元気だよねーかんっぜんに現役だよねー
あれ、審査者さんってばいま何歳くらいなんだっけ？

退役勇者板「勇者はいまだ現れず」

122. 勇者しちゃった警備員さん（時空治安機構）
こないだ 100 歳祝ったよな？

123. 勇者しちゃった光の勇者さん（ジルーニア）
えっ

124. 勇者しちゃった外法師さん（ヴェヴェド）
えっ

総合勇者板
「困った時には
ご相談☆スレ」

困った時にはご相談☆スレ

1. 勇者すなわち学生さん（地球国家）
パート……いくつ？
前のスレ消しちゃったの誰ー？
まったくもう！

    と も あ れ！

    困ったなうの勇者さん！
    困ったいたりの勇者さん！
    愚痴を吐きたい勇者さん！
    誰かに絡みたい勇者さん！

    書き込んでね☆

2. 勇者すなわち店主さん（ジステル公国）
旅に出た娘がまだ帰ってこない

    パパ心配
    パパ泣いちゃう

3. 勇者すなわち暗殺者さん（レトヴァー）
店主よぉ……テメエよぉ
俺ら巻き込んであんだけ盛大な飲み会までやらかしながら、まぁだぐだぐだぐだぐだ言ってやがんのかうっとおしいってんだよぉ
いい加減割り切りやがれ

4. 勇者すなわち操縦士さん（カルバ・ガルバ）
もう娘さんが勇者になってからだいぶ経ってるじゃない
そっちの時間の流れがどうなってるのかは知らないけど、そろそろ気持ちの整理をつけなさいよ

5. 勇者すなわち王子さん（イ・ダス）
そもそも、店主さんが勇者だった時は、どれくらいの期間旅をしたのですか？

6. 勇者すなわち店主さん（ジステル公国）
えっ
……3年？

7. 勇者すなわち行商人さん（ユユルウ）
しかも自分はその間に嫁さんを見つけたんだろう？

8. 勇者すなわち店主さん（ジステル公国）
えっ

    うん、まあ

9. 勇者すなわち王子さん（イ・ダス）
諦めなさい

10. 勇者すなわち暗殺者さん（レトヴァー）
諦めろやぁ

11. 勇者すなわち操縦士さん（カルバ・ガルバ）
観念しなさいよ

12. 勇者すなわち店主さん（ジステル公国）
できるかー!!

    心配なもんは心配なんだ！
    だってパパだもん!!

　　　　　かわいい娘だもん!!

13. 勇者すなわち操縦士さん（カルバ・ガルバ）
　　ムサイ親父が「だもん」とか言うんじゃないわようっとうしい

14. 勇者すなわち暗殺者さん（レトヴァー）
　　テメエを省みろっつーんだよぉ

15. 勇者すなわち合法ロリさん（ゼンドラーグ）
　　帰ってくる時には男連れですわね！
　　下手したら子どもだっているかもしれませんわ！
　　合法ロリちゃんの予言ですわよ！

16. 勇者すなわち店主さん（ジステル公国）
　　ふざけるなー!!
　　どこの馬の骨にもうちの娘はやらん!!
　　あまつさえ婚前交渉なんて断じて認めん!!

17. 勇者すなわち王子さん（イ・ダス）
　　まったく……親馬鹿にも限度というものがありますよ
　　呆れるしかありませんね

18. 勇者すなわち操縦士さん（カルバ・ガルバ）
　　本当よね……

19. 勇者すなわち合法ロリさん（ゼンドラーグ）
　　ぶっ○しても治らないんだからバカ親は仕方ありませんわ！
　　それより、合法ロリちゃんってばすっごーく、困っていますの！
　　お知恵をお貸しいただけますかしら！

20. 勇者すなわち暗殺者さん（レトヴァー）
　　どうせ神殺者だの白藍（はくらん）だのをひねり潰す方法を考えてくれってなもんだろぉ
　　テメエでどうにかしろやぁ

21. 勇者すなわち合法ロリさん（ゼンドラーグ）
　　まあ！
　　暗殺者さんってばエスパーですわね！

　　そう、あのドグサレ○○○だとか白モヤシなんかを○○して○○しつつ○○○○する方法を、合法ロリちゃんは一生懸命考えているんですの！
　　なのにアイツら実力だけはクッソありやがって素直に内臓飛び散らかしゃいいっつーのにさらっと流しやがってこちとら八晶（はっしょう）術まで使えるようになったってのにこの努力がなんで実らねえんだよッザケんな○○○○○!!

22. 勇者すなわち王子さん（イ・ダス）
　　合法ロリさんは、
　　本当に、
　　本当に、
　　いい加減にしなさい

　　店主さんよりも、絡み酒の巫女姫さんよりも、タチが悪いですよ

23. 勇者すなわち巫女姫さん（サレンダリア）

不遜ながら、どなたかにご助言できれば、と覗いてみたのですけれど……
どうしてわたくしの名前が出されていますの……？

24. 勇者すなわち王子さん（イ・ダス）
日頃の行いです

25. 勇者すなわち行商人さん（ユユルウ）
日頃の行いだよね

26. 勇者すなわち店主さん（ジステル公国）
日頃の行いだろ

27. 勇者すなわち学生さん（地球国家）
日頃の行いだね☆

28. 勇者すなわち巫女姫さん（サレンドリア）
……ご相談させてくださいませ
みなさまがわたくしを誤解しているようなのです
この誤解をどのように解けばよろしいのでしょうか？

29. 勇者すなわち女帝さん（蓮源）
巫女姫よ、正当なる評価は甘んじて受けるべきじゃぞ

30. 勇者すなわち巫女姫さん（サレンドリア）
女帝さんまで……!!

31. 勇者すなわち総帥さん（ナラハイダ）
女帝に同意する

32. 勇者すなわち妖白猫さん（極彩獣国）
どういにいっぴょうにゃ

33. 勇者すなわち巫女姫さん（サレンドリア）
総帥さん……妖白猫（ようしろねこ）さんまで……!!

嗚呼（ああ）……気付け薬、気付け薬はどこでしたかしら……

34. 勇者すなわち合法ロリさん（ゼンドラーグ）
あらあら、まあまあ！
すーぐに気付け薬に手を出して！
その行いがいけませんのよ！

35. 勇者すなわち巫女姫さん（サレンドリア）
あなたにだけは言われたくありませんわ!!

36. 勇者すなわち勇者さん（セレンゾ）
あの……相談いいですか？

37. 勇者すなわち巫女姫さん（サレンドリア）
あ、あら、申し訳ありませんわ、お見苦しいところを

どうぞ心行くまで、ご相談くださいな

38. 勇者すなわち学生さん（地球国家）
ていうか、えっとー
あれ、セレンゾ世界の勇者さん……って

……何人に、なったの？

39. 勇者すなわち勇者さん（セレンゾ）
4人……増えました……

40. 勇者すなわち暗殺者さん（レトヴァー）
おーう、なんだぁオイ、久しぶりじゃねェかテメエよくもまあノコノコ顔出せたもんだなぁ、ぇぇオイ？そんじゃ、いっくぜぇ

ハーレム！

41. 勇者すなわち行商人さん（ユユルウ）
勇者は！

42. 勇者すなわち学生さん（地球国家）
撲滅！

43. 勇者すなわち暗殺者さん（レトヴァー）
撲滅！

44. 勇者すなわち勇者さん（セレンゾ）
あああ もう始まった!!

45. 勇者すなわち行商人さん（ユユルウ）
ハーレム！

46. 勇者すなわち店主さん（ジステル公国）
勇者は！

47. 勇者すなわち暗殺者さん（レトヴァー）
根絶！

48. 勇者すなわち学生さん（地球国家）
根絶！

49. 勇者すなわち勇者さん（セレンゾ）
相談する前からやられるなんて……くそう

50. 勇者すなわち店主さん（ジステル公国）
月夜

51. 勇者すなわち暗殺者さん（レトヴァー）
ばかりと

52. 勇者すなわち行商人さん（ユユルウ）
思うなよ！

53. 勇者すなわち勇者さん（セレンゾ）
だから相談させてくださいってば……

54. 勇者すなわち暗殺者さん（レトヴァー）
ハーレム！

55. 勇者すなわち行商人さん（ユユルウ）
勇者は！

56. 勇者すなわち学生さん（地球国家）
巣に

57. 勇者すなわち店主さん（ジステル公国）
帰れ!!

ふー、お疲れさん！

58. 勇者すなわち女帝さん（蓮源）
なんじゃ、どこかで見かけたハーレム勇者ではないかえ？

59. 勇者すなわち学生さん（地球国家）
うん、とんでもなーい☆ハーレム勇者さんだよねー

つ【現役勇者板「ハーレムなんてく

> そくらえ！」]
>
> あの時点で10人はべらしてたのに—
> まーた4人増えたとかー

60. 勇者すなわち行商人さん（ユユルウ）
    これだからハーレム勇者は鼻持ちならないね！
    うん、通常運転だ！

61. 勇者すなわち暗殺者さん（レトヴァー）
    ……なんだ、聞くかぁ？
    一応聞いてやるかぁ、増えたメンツをよぉ？

62. 勇者すなわち勇者さん（セレンゾ）
    あ、はい

    ・翼魔人（よくまじん）
    ・獣魔人（じゅうまじん）
    ・獣魔人
    ・魔王

    です……

63. 勇者すなわち行商人さん（ユユルウ）
    ……は？

    あれ、ええと？

64. 勇者すなわち学生さん（地球国家）
    みーんな、魔族？
    ていうか、魔王？

65. 勇者すなわち暗殺者さん（レトヴァー）
    つまり、なんだぁ？

魔王領に入って、だぁ
魔王のところに辿り着いて、だぁ

……そこでもハーレムを作りやがったってぇ、そういうことかぁ？

66. 勇者すなわち女帝さん（蓮源）
    魔王……を、侍（はべ）らせたというに……名前を見たところ、まだ、なうなのかえ？
    倒したことと同等であろうに

67. 勇者すなわち王子さん（イ・ダス）
    そうですね、魔王を下しているわけですから
    どうなっているのですか？

68. 勇者すなわち勇者さん（セレンゾ）
    あ、まともに話してくれるひとが……!!

    ええと、魔王が……ですね、なんか、俺に、婿（むこ）入りしろと言ってまして
    魔王は逆に、俺を侍らせている……つもり、みたいなんですよね

69. 勇者すなわち光の勇者さん（ジルーニア）
    そうですか
    ちなみに、どこから斬られたいですか？

70. 勇者すなわち勇者さん（セレンゾ）
    えっ

71. 勇者すなわち女帝さん（蓮源）
    光のよ、落ち着け（笑）

    しかし実質的には、魔王はおぬしに

待っているわけじゃろう？
おぬしが魔王領から離れればついて
くるのではないかえ？
その時点で、力関係ははっきりして
おろう？

72. 勇者すなわち勇者さん（セレンゾ）
それが……離れるくらいなら殺す、
殺せば自分のものになる、みたいな
ことを考えてるらしくて……

73. 勇者すなわち光の勇者さん（ジルーニア）
そうですか
ちなみに、どこから折られたいですか？

74. 勇者すなわち王子さん（イ・ダス）
光の勇者さんには、このスレをいったん閉じることをお奨めします

しかし……あなたを含めて15人中、魔族は4人……で、いいんですよね？
ならば倒してしまえば良いのではありませんか？
そもそもあなたの使命は魔王を倒すことなのでしょう？

75. 勇者すなわち勇者さん（セレンゾ）
えっ

ええと……慕ってくれる女性を……
魔王とはいえ、手にかけるのは……

76. 勇者すなわち店主さん（ジステル公国）
甘いな

77. 勇者すなわち暗殺者さん（レトヴァー）
甘ぇなぁ

78. 勇者すなわち行商人さん（ユユルウ）
甘いね

けど、これがハーレム勇者の資質か……！

79. 勇者すなわち総帥さん（ナラハイダ）
しかし、それでは決着がつかん
主従関係を確定させるべきだ

80. 勇者すなわち学生さん（地球国家）
一度戦ってでも、だね☆

81. 勇者すなわち勇者さん（ヴェダリア）
あ、力こそすべて！ みたいな相手
だったら、戦うのって一番効率的か
もですよー

82. 勇者すなわち女帝さん（蓮源）
……うむ、何者じゃ？

83. 勇者すなわち学生さん（地球国家）
あれ、どしたのー？
えっとー、この勇者さんは、ほいっ

つ【退役勇者板「倒した魔王に懐かれた」】

84. 勇者すなわち勇者さん（ヴェダリア）
いや、俺も相談に来たんですけど

えっと、その魔王？ とか、魔族？ って、戦って優劣を決めたりしないの？

85. 勇者すなわち勇者さん（セレンゾ）
あ、聞いてみます

総合勇者板「困った時にはご相談☆スレ」

86. 勇者すなわち光の勇者さん（ジルーニア）
どこから……割ればいいでしょう

87. 勇者すなわち暗殺者さん（レトヴァー）
光のよぉ、ちったぁ落ち着け（笑）
気持ちはわかるけどよぉ（笑）

88. 勇者すなわち勇者さん（セレンゾ）
聞きました！
魔族の優劣は、魔力の質と量で決まるそうです

89. 勇者すなわち妖白猫さん（極彩獣国）
つまり、にゃんにゃ？

90. 勇者すなわち行商人さん（ユユルウ）
魔力で決まるっていうなら……まあ、強さで決まる、と似たようなものじゃないかい？

91. 勇者すなわち勇者さん（ヴェダリア）
なら、やっぱ一回戦ってみればなんか変わるんじゃないですかね

……というか、戦ったことないの？

92. 勇者すなわち勇者さん（セレンゾ）
ない……です

93. 勇者すなわち行商人さん（ユユルウ）
はっはー

一目惚れられたか！

94. 勇者すなわち店主さん（ジステル公国）
一目惚れられたか！

95. 勇者すなわち光の勇者さん（ジルーニア）
一目惚れられたんですか、魔王に、魔王に！

そんな現実、僕は信じない!!

96. 勇者すなわち学生さん（地球国家）
……ねえねえ、王子さん、いるー？
見てるー？
どんな気持ちで見てるー？

97. 勇者すなわち王子さん（イ・ダス）
帰ります

98. 勇者すなわち女帝さん（蓮源）
学生よ、王子を苛（いじ）めるでないわ（笑）

ならば勇者……ぅおほん、セレンゾ世界の勇者よ、手合わせという形であれ、ひとたび戦ってみたらどうじゃ？

99. 勇者すなわち勇者さん（セレンゾ）
はい、そうしてみます、ありがとうございました！

100. 勇者すなわち行商人さん（ユユルウ）
ハーレム！

101. 勇者すなわち店主さん（ジステル公国）
勇者は！

102. 勇者すなわち暗殺者さん（レトヴァー）
巣に！

103. 勇者すなわち学生さん（地球国家）

帰れ☆

ってことで、えっとー、ヴェダリア世界の勇者さん、ようこそー
あの後どうなったの？
ていうか、それを相談しにきたの？

104. 勇者すなわち勇者さん（ヴェダリア）
あ、もういい？

あれからダレアの勇者と相談して、俺はダレアに行くのは無理なんだけどどうする？
って聞いたら、「我が主にどこまでもついていくぞ！」と言われたんで、ヴィリスの俺の家に連れて帰ることになりました

105. 勇者すなわち総帥さん（ナラハイダ）
見上げた忠義だな

106. 勇者すなわち女帝さん（蓮源）
うむ……して、なんの問題があったのじゃ？

107. 勇者すなわち学生さん（地球国家）
**ヴェダリア世界って、種族間で上下とか差別とかないんだよね？
やっぱ信仰問題的なもの？**

108. 勇者すなわち勇者さん（ヴェダリア）
**いや、「見たこともない神よりも我に勝利した主だ！」って言ってるんで……そこは問題ないんだけど
俺、家族いるんです
父親は出稼ぎに行ってるんだけど、家には母親と妹がいる**

109. 勇者すなわち店主さん（ジステル公国）
そうか……

110. 勇者すなわち行商人さん（ユユルウ）
店主さん、遠い目にならない（笑）

それで、家族に反対でもされたのかい？

111. 勇者すなわち勇者さん（ヴェダリア）
すっかり……牙が、抜けた……

112. 勇者すなわち学生さん（地球国家）
えっ

113. 勇者すなわち総帥さん（ナラハイダ）
なぬ？

114. 勇者すなわち妖白猫さん（極彩獣国）
にゃ？

115. 勇者すなわち勇者さん（ヴェダリア）
うちの、ご近所の、アイドルに……なった

116. 勇者すなわち行商人さん（ユユルウ）
ええー　と？

117. 勇者すなわち暗殺者さん（レトヴァー）
なんだぁ？

118. 勇者すなわち合法ロリさん（ゼンドラーグ）
アイドルと聞いt

119. 勇者すなわち王子さん（イ・ダス）
どういうことですか、勇者さん？

120. 勇者すなわち合法ロリさん（ゼンドラーグ）

まあ、王子さんったら合法ロリちゃんの発言を遮るなんて！
……○○すぞ？

121. 勇者すなわち学生さん（地球国家）
あー、もしかして！

仔犬‼

122. 勇者すなわち勇者さん（ヴェダリア）
そう、仔犬‼

123. 勇者すなわち行商人さん（ユユルウ）
あー

124. 勇者すなわち店主さん（ジステル公国）
あー

125. 勇者すなわち妖白猫さん（極彩獣国）
かわいいもつよさにゃ

126. 勇者すなわち勇者さん（ヴェダリア）
まあ、そういうこと……なのかなあ

なんか、武力が絶対！ のダレアから来たもんで、ヴィリスに普通にあるものがなんでも珍しいみたいで、家事道具とか、水車とか風車とか建物とか
ダレアには水汲みポンプすらないみたいで大はしゃぎ
かまども造りから違うみたいで、火をつけたら大はしゃぎ

を、仔犬姿でしてたもんで……母親と妹にもっふもふにされた
おまけに外に出てもきょろきょろしてなにに見つけては大はしゃぎするもんで、もうご近所のアイドル

めちゃめちゃ撫でられてる、めちゃめちゃ美味いものもらってる

127. 勇者すなわち学生さん（地球国家）
うわあ、完全に飼いならされてる（笑）

128. 勇者すなわち王子さん（イ・ダス）
牙を抜かれた……なるほど

129. 勇者すなわち総帥さん（ナラハイダ）
……其れで、良いのか

130. 勇者すなわち勇者さん（ヴェダリア）
こないだようやく我に返って……落ち込んでました
「誇り高き獣犬族が……獣犬族の精鋭たる我が……」
って、肉屋さんにもらってめっちゃ喜んでがじがじした、ぶっとい牛の骨見ながら

131. 勇者すなわち行商人さん（ユユルウ）
（笑）

132. 勇者すなわち光の勇者さん（ジルーニア）
（笑）

133. 勇者すなわち女帝さん（蓮源）
それは（笑）

134. 勇者すなわち暗殺者さん（レトヴァー）
誇りもクソもあったもんじゃねえな（笑）

135. 勇者すなわち合法ロリさん（ゼンドラーグ）
まあ！

平和で素敵じゃありませんの！
なにをお困りなんですの!?

136. 勇者すなわち勇者さん（ヴェダリア）
えっと、なんか、平和に慣れてきちゃってる自分に危機感を持ったみたいで、最近「戦いたい！」とか言い出してるんだけど

どう見てもヤバいです
体型的に
ぽちゃぽちゃ

137. 勇者すなわち学生さん（地球国家）
うはっは！　ははっは！

138. 勇者すなわち暗殺者さん（レトヴァー）
あぁ……いいモンもらって食い過ぎて……んだわなぁ

139. 勇者すなわち行商人さん（ユユルウ）
そんな甘やかされた生活だと……うん、たるみもするね（笑）

140. 勇者すなわち総帥さん（ナラハイダ）
……うむ

141. 勇者すなわち妖白猫さん（極彩獣国）
ぽちゃぽちゃはよくにゃいにゃ
じぶんはわかってるにゃ？

142. 勇者すなわち勇者さん（ヴェダリア）
自覚……ありません
戦える……つもりです

やる気です
目だけは
顎（あご）はもふもふ三段だけど

143. 勇者すなわち王子さん（イ・ダス）
……ダイエット、ですね

144. 勇者すなわち女帝さん（蓮源）
ダイエット、じゃな

145. 勇者すなわち暗殺者さん（レトヴァー）
鍛え直しが必要だわなぁ

146. 勇者すなわち光の勇者さん（ジルーニア）
まずは過度の食事をやめさせることから……できますか？

147. 勇者すなわち勇者さん（ヴェダリア）
あ、それは多分大丈夫
母親と妹も「最近ヤバい」って言い始めてるから

148. 勇者すなわち巫女姫さん（サレンダリア）
ほかに、ダイエットとやらに必要なことというのは……なんなのでしょう？

149. 勇者すなわち操縦士さん（カルバ・ガルバ）
っとに巫女姫さんはダイエットも知らないとかどういうイヤミよ……!!

適度な運動！
適切な食事！

身体を動かして脂肪を燃焼させるの!!

150. 勇者すなわち学生さん（地球国家）
なら、戦えば☆

151. 勇者すなわち合法ロリさん（ゼンドラーグ）
まあ！
惨、敗！
になりますわよ！
わんちゃんの誇りが砕け散りますわよ!!

152. 勇者すなわち学生さん（地球国家）
うーん、でも自覚させないとでしょー？

だ か ら

今がヤバい！ ってことが一発でわかる方法、それは戦ってみる！
運動にもなって一石二鳥！

153. 勇者すなわち店主さん（ジステル公国）
ああ、確かにそれなら、手っ取り早いかもな

154. 勇者すなわち暗殺者さん（レトヴァー）
どうだぁ、勇者？

155. 勇者すなわち勇者さん（ヴェダリア）
あー、それは確かに
なら一回こてんぱんにしてみよう、どこでやるかな……てか、俺も腕が鈍ってないかちょっと確かめないと……

わかった、ありがとう！

156. 勇者すなわち行商人さん（ユユルウ）
がんばれよー

157. 勇者すなわち合法ロリさん（ゼンドラーグ）
ボッコボコにかましてくださいませ！

158. 勇者すなわちもやチートさん（平行世界8群）
いま大丈夫かな、失礼しまーす

賢者さんいません？

159. 勇者すなわち女帝さん（蓮源）
なんじゃ、もやチートか
賢者ならばおらんぞ
なにか用事かえ？

160. 勇者すなわちもやチートさん（平行世界8群）
あ、賢者さんじゃなくても、術系に特化してるひとに相談なんですけど……
誰か……

161. 勇者すなわち光の勇者さん（ジルーニア）
パスです

162. 勇者すなわち暗殺者さん（レトヴァー）
パスだなぁ

163. 勇者すなわち操縦士さん（カルバ・ガルバ）
パスね

164. 勇者すなわち王子さん（イ・ダス）
パスします

165. 勇者すなわち行商人さん（ユユルウ）
パスするよ

166. 勇者すなわち店主さん（ジステル公国）
パスだ

167. 勇者すなわち巫女姫さん（サレンダリア）
パスいたしますわ

168. 勇者すなわち女帝さん（蓮源）
パスじゃな

169. 勇者すなわち総帥さん（ナラハイダ）
ぱす

170. 勇者すなわち妖白猫さん（極彩獣国）
パスにゃ

171. 勇者すなわち学生さん（地球国家）
パスで☆

172. 勇者すなわち合法ロリさん（ゼンドラーグ）
術でも合法ロリちゃんが使うのは晶術ですから……

パスいたしますわ！

173. 勇者すなわちもやチートさん（平行世界8群）
え
ぜんめつ？

174. 勇者すなわち学生さん（地球国家）
ざーんねん☆

175. 勇者すなわち王子さん（イ・ダス）
メンバーが……無理ですね、これは

賢者さんと勇チャ登録はしていないんですか？

176. 勇者すなわちもやチートさん（平行世界8群）
してないんです……あー、ダメかー

177. 勇者すなわち巫女姫さん（サレンダリア）
ちなみに、いかがされたんですの？

178. 勇者すなわちもやチートさん（平行世界8群）
俺、肉体改造されちゃってるんですよね

179. 勇者すなわち女帝さん（蓮源）
ああ、超絶イケメン（笑）じゃろう？

180. 勇者すなわちもやチートさん（平行世界8群）
そうですそうです
で、地球に戻った時に、つじつまあわせるために「生まれた時から俺は超絶イケメン（笑）だった」って過去改変しちゃったんですよね

181. 勇者すなわち王子さん（イ・ダス）
それは聞いていますが……なにか？

182. 勇者すなわちもやチートさん（平行世界8群）
それやった後に賢者さんに「見た目だけでも元の姿に変化すればよかった」って言われて、その通りだ！　って気づいて、やろうとしたんですけど……そのためには、また過去改変し直さないといけないんですよね

183. 勇者すなわち店主さん（ジステル公国）

なんだよ、いいじゃねえか超絶イケメン（笑）
満喫しろよ（笑）

184. 勇者すなわちもやチートさん（平行世界8群）
それが！
無理だから！
俺は！
もやチート!!

こんな！
超絶イケメンは！
俺じゃ！
ねえ!!

185. 勇者すなわち光の勇者さん（ジルーニア）
……その、再度の過去改変ができない……のですか？

186. 勇者すなわちもやチートさん（平行世界8群）
できないのです……
いちど過去改変しちゃってるんで、修正するにはその術を取り除くか、上書きするかのどっちかなんですけど……1回目の過去改変の術の掛かりが強すぎみたいで、なんかうまくいかないんです……
だから術式関係に強いひとに相談したかったんですけど……

187. 勇者すなわち妖白猫さん(極彩獣国)
このめんつにゃむりにゃ

188. 勇者すなわち学生さん（地球国家）
うーん、賢者さんに勇チャしてみてるんだけど……寝てるっぽい？
出ないー

189. 勇者すなわち合法ロリさん（ゼンドラーグ）
ならば！
物は試しですわ！

190. 勇者すなわち行商人さん（ユユルウ）
おっ、なんだ？

191. 勇者すなわち店主さん（ジステル公国）
なんだなんだ？

192. 勇者すなわち合法ロリさん（ゼンドラーグ）
どうせならばいっそのことロリに変化して、人生を謳歌（おうか）すればよろしいのではなくて!?
この世の楽園が手に入りますわよ！
さあ！
さあ！

193. 勇者すなわち総帥さん（ナラハイダ）
……外法師や魔術師も連絡がつかんな

194. 勇者すなわち学生さん（地球国家）
総帥さんのスルー入りましたー☆

195. 勇者すなわち合法ロリさん（ゼンドラーグ）
まあ！
ひどいですわ総帥さん！
合法ロリちゃんはいつだって本気ですのに！

196. 勇者すなわち学生さん（地球国家）
うーん、術式関係強いひとに連絡ついたら、もやチートさんに勇チャしよっか？
ていうか、それこそ直接組合に行っ

て聞いてみればいいんじゃないかって気もするんだけど

197. 勇者すなわち女帝さん（蓮源）
ああ、組合ならば術式に強い……程度では済まぬ面子が揃っておるな

198. 勇者すなわちもやチートさん（平行世界8群）
**あっ、その手があったか‼
なら組合行ってみます‼**

199. 勇者すなわち行商人さん（ユユルウ）
相談窓口なら……桃草（とうそう）さんだっけ？

200. 勇者すなわち操縦士さん（カルバ・ガルバ）
桃草さんか紫布（しふ）さんね

201. 勇者すなわちもやチートさん（平行世界8群）
**わかりましたー！
どもー！**

202. 勇者すなわち王子さん（イ・ダス）
なんだか相談スレらしい決着がつきましたね（笑）

203. 勇者すなわち合法ロリさん（ゼンドラーグ）
珍しいこともありますわね！

204. 勇者すなわち暗殺者さん（レトヴァー）
テメエが言うな（笑）

205. 勇者すなわち勇者さん（ニィヌンナィネ）
ここは相談する場所か

少しいいか

206. 勇者すなわち学生さん（地球国家）
**どぞどぞー
えっとー、ニィヌンナィネ世界……だからー**

207. 勇者すなわち店主さん（ジステル公国）
おっ、お前か

つ【現役勇者板「魔王が目の前にいるんだが」】

208. 勇者すなわち行商人さん（ユユルウ）
**やあ、久しぶりだね
その後、魔王とは……どうなったんだい？**

209. 勇者すなわち勇者さん（ニィヌンナィネ）
**やはり意気投合した
今では友人関係だ**

210. 勇者すなわち操縦士さん（カルバ・ガルバ）
えっ

211. 勇者すなわち合法ロリさん（ゼンドラーグ）
まあ！

212. 勇者すなわち巫女姫さん（サレンダリア）
いろいろな世界が……ありますわね

213. 勇者すなわち女帝さん（蓮源）
**先のスレを見てきたが……なるほど
しかし、友人関係に落ち着いたということは、魔王は勇者を倒す気がな**

いのかえ？
勇者も魔王を倒さぬのであろう、どうするのじゃ？

214. 勇者すなわち巫女姫さん（サレンダリア）
今おふたりは、どちらでなにをされていますの？

215. 勇者すなわち勇者さん（ニィヌンナィネ）
俺は魔王を倒す気がなく、国に帰れない
魔王は魔王を続ける気がなく、国に帰らない

今は一緒に『咎人の地：ニィネ』にいる

216. 勇者すなわち王子さん（イ・ダス）
魔王は結局のところ、世界に対する脅威ではなかったのですか？

217. 勇者すなわち勇者さん（ニィヌンナィネ）
ああ、単に世襲制で王座に就いただけで、特に世界への影響力などはないらしい

218. 勇者すなわち行商人さん（ユユルウ）
……信じられるかい？

219. 勇者すなわち店主さん（ジステル公国）
信じられる、か？

220. 勇者すなわち合法ロリさん（ゼンドラーグ）
騙されていますわね！
間違いありませんわ！

221. 勇者すなわち勇者さん（ニィヌンナィネ）
そうなのか
魔王だけでなく、ニィネにいる魔族にも聞いたのだが……騙されているのか

222. 勇者すなわち操縦士さん（カルバ・ガルバ）
騙されてないわ、騙されてない、大丈夫よ!!

223. 勇者すなわち巫女姫さん（サレンダリア）
ええ、それならば問題ありませんわ!!

224. 勇者すなわち女帝さん（蓮源）
合法ロリよ、迂闊なことを言うでないわ

225. 勇者すなわち学生さん（地球国家）
でもそれが合法ロリさんクオリティ☆だよね！

226. 勇者すなわち合法ロリさん（ゼンドラーグ）
合法ロリちゃんはいつだって本心しか口にしませんわ！

227. 勇者すなわち店主さん（ジステル公国）
おい、だからってこの勇者にゃ冗談の類は通じねえんだからよ……

228. 勇者すなわち暗殺者さん（レトヴァー）
あぁ、そんな感じだわなぁ……

229. 勇者すなわち勇者さん（ニィヌンナ

ィネ）
そうか、騙されていないのか
ならばよかった

230. 勇者すなわち総帥さん（ナラハイダ）
何だ……不安な勇者だな

231. 勇者すなわち妖白猫さん（極彩獣国）
だにゃあ

232. 勇者すなわち光の勇者さん（ジルーニア）
それで、相談とはなんですか？

233. 勇者すなわち勇者さん（ニィヌンナィネ）
ああ、俺と魔王は生活するにあたってなにをすべきか話し合った
結果、必要なものがわかった
金だ

234. 勇者すなわち王子さん（イ・ダス）
それは……

235. 勇者すなわち操縦士さん（カルバ・ガルバ）
その通りだけど……

236. 勇者すなわち行商人さん（ユユルウ）
すぐに気づこうよ……

237. 勇者すなわち暗殺者さん（レトヴァー）
……こいつにゃ無理だろ

238. 勇者すなわち勇者さん（ニィヌンナィネ）
金を得るためになにをすべきか話し合った結果、互いに手札が同じ一枚しかないことがわかった
『戦闘』だ

239. 勇者すなわち妖白猫さん（極彩獣国）
うにゃあ……

240. 勇者すなわち総帥さん（ナラハイダ）
うむ……

241. 勇者すなわち女帝さん（蓮源）
……続きを聞こうぞ

242. 勇者すなわち勇者さん（ニィヌンナィネ）
おそらく互いの実力は拮抗（きっこう）しているだろうという前提のもと、魔王の提案で『決闘』を見せ物にすることになった
ニィネの外れの森を魔王が更地にして結界を張り、そこで俺たちは『決闘』をした
珍しい見せ物だったらしい、けっこうな金が手に入った

243. 勇者すなわち巫女姫さん（サレンダリア）
勇者と魔王の決闘を……見せ物にしてしまったんですの……
……気付け薬はどこに置きましたかしら

244. 勇者すなわち王子さん（イ・ダス）
確かに、魔王と勇者の決闘となれば、見応えもあるでしょうね

245. 勇者すなわち操縦士さん（カルバ・ガルバ）
……だからって見せ物にしていいの？
お金とっていいの？

総合勇者板「困った時にはご相談☆スレ」

246. 勇者すなわち暗殺者さん（レトヴァー）
……戦闘しかできねぇんだよぉ、言ってやるな

247. 勇者すなわち勇者さん（ニィヌンニィネ）
そうこうするうちに商人が後見となり、賭博（とばく）などの仕組みを作り、闘技場を造り上げ、挑戦者として腕自慢が名乗りを上げ、『決闘』はニィネで一大娯楽となった

248. 勇者すなわち行商人さん（ユユルウ）
その商人は先見の明があるね

249. 勇者すなわち総帥さん（ナラハイダ）
行商人
商魂を出すな

250. 勇者すなわち合法ロリさん（ゼンドラーグ）
まあ、まあ！
お金ががっぽりですわね、素敵ですわ！

251. 勇者すなわち光の勇者さん（ジルーニア）
素敵……ですか？

252. 勇者すなわち学生さん（地球国家）
挑戦者を募るってことはー、勇者さんと魔王はチャンピオン！ みたいな？

253. 勇者すなわち勇者さん（ニィヌンニィネ）
チャンピオン
それだ

254. 勇者すなわち暗殺者さん（レトヴァー）
で、めでたしめでたしってわけじゃねぇんだろぉ？
問題ってか相談はなんだってんだぁ？

255. 勇者すなわち勇者さん（ニィヌンニィネ）
さきほど商人……闘技場の支配人が、
「なんと来週、ネィラナンの大国ナナィヌから王族がお忍びで見物に来ますよ！」
と言ってきた

「ニィレネンの魔貴族達からもお忍びの通達が来ているんです！」
とも言っていた

ナナィヌ国は俺の故郷だ
ニィレネンは魔王の国だ

256. 勇者すなわち光の勇者さん（ジルーニア）
それは……あの

257. 勇者すなわち行商人さん（ユユルウ）
……興行として大規模になりすぎた弊害、というところかな
ニィネだけで開催されているからなおさら希少性があって、ネィラナンやニィレネンでも話題になって、珍しいものを好む地位の高い者が飛びついた、と

258. 勇者すなわち操縦士さん（カルバ・ガルバ）
え、でも
勇者が魔王と興行……って、バレたらやばいんでしょ？

どうするのよ？

259. 勇者すなわち勇者さん（ニィヌンナィネ）
どうしたらいい

260. 勇者すなわち学生さん（地球国家）
どうしようね☆

261. 勇者すなわち王子さん（イ・ダス）
あなたたちふたりが出場しない……
というわけにはいかないのですか？

262. 勇者すなわち勇者さん（ニィヌンナィネ）
最近は俺たちの片方が、勝ち抜いた挑戦者と戦う形式だったのだが、お忍びがある時には久々に俺と魔王の『決闘』を興行しようと支配人が張り切っている
どうしたらいい

263. 勇者すなわち暗殺者さん（レトヴァー）
まあよぉ……ある意味、目玉イベントだからなぁ……

264. 勇者すなわち巫女姫さん（サレンダリア）
ちなみにその、お国元に身元が判明してしまったら……どうなりますの？

265. 勇者すなわち店主さん（ジステル公国）
少なくとも魔王は連れ戻されるな

266. 勇者すなわち女帝さん（蓮源）
勇者も……連れ戻されるのではないかえ？

267. 勇者すなわち合法ロリさん（ゼンドラーグ）
そして戦いを強要されることになりますわね！
間違いありませんわ！

268. 勇者すなわち勇者さん（ニィヌンナィネ）
それは困る

269. 勇者すなわち王子さん（イ・ダス）
出ないわけにはいかない、替え玉も……おそらく無理ですね
となると……

270. 勇者すなわち妖白猫さん（極彩獣国）
へんそうするにゃ

271. 勇者すなわち総帥さん（ナラハイダ）
ふむ？

272. 勇者すなわち女帝さん（蓮源）
顔は……隠すべきじゃな

273. 勇者すなわち巫女姫さん（サレンダリア）
けれど、その……魔王、は魔力などから判別されたりしませんかしら？
魔力に特徴はありますの？

274. 勇者すなわち勇者さん（ニィヌンナィネ）
『質』の良し悪しというものはあるが、魔力は魔力だ

275. 勇者すなわち合法ロリさん（ゼンドラーグ）
ならば、仮装ですわね！
顔を隠すだけなんて生温いですわ、全身仮装ですわ！

頭のてっぺんから靴までゴッテゴテの装飾をつけた仮装をして、「王族にお見せするにあたっての正装はこれです！」と言い張ればよろしいのではなくて⁉

276. 勇者すなわち行商人さん（ユユルウ）
なんだ……と

277. 勇者すなわち王子さん（イ・ダス）
よもや、まさか……

278. 勇者すなわち暗殺者さん（レトヴァー）
合法ロリから……良案だとぉ……？

279. 勇者すなわち勇者さん（ニィヌンナィネ）
そうか、わかった
支配人に交渉する

280. 勇者すなわち光の勇者さん（ジルーニア）
がんばってくださいね！

281. 勇者すなわち魔王さん（三界）
おや、魔王という言葉が見えたから入ってみたんですが……遅かったようですね

282. 勇者すなわち学生さん（地球国家）
あー、やっほー魔王さーん♪

相談？

283. 勇者すなわち魔王さん（三界）
相談？
そんなものはありまんよ

284. 勇者すなわち女帝さん（蓮源）

そういえば、おぬしがもてなした勇者はどうなったのじゃ？

285. 勇者すなわち操縦士さん（カルバ・ガルバ）
もてなした？
ってなによ？

286. 勇者すなわち学生さん（地球国家）
つ【退役勇者板「勇者をもてなし中なう」】

287. 勇者すなわち行商人さん（ユユルウ）
これは……

288. 勇者すなわち光の勇者さん（ジルーニア）
鬼畜ですね……

289. 勇者すなわち魔王さん（三界）
ああ、そんなこともありましたねえ
簡単に片付きましたよ、いま彼は移民の町でせっせと警備兵をしています
充実しているようですよ？

290. 勇者すなわち暗殺者さん（レトヴァー）
舌先三寸で丸め込んだのかぁ？

291. 勇者すなわち女帝さん（蓮源）
……まさか、魔術で操ってはおらんだろうな？

292. 勇者すなわち魔王さん（三界）
嫌ですねえ、穏便な話し合いで解決しましたよ
僕を誰だと思っているんですか？

293. 勇者すなわち店主さん（ジステル

公国)
**魔王様だろ!
だから心配なんだよ!!**

294. 勇者すなわち魔王代行さん(キノッス)
すみません、ご相談してもよろしいでしょうか

---

295. 勇者すなわち学生さん(地球国家)
**おーっと魔王の名がつくひとがふたり揃いましたよー!
ドゾー**

で、
つ【退役勇者板「魔王がべそかいて逃げました」】

泣いて逃げた魔王は帰ってきたの?

---

296. 勇者すなわち魔王代行さん(キノッス)
**帰ってこないんです……
帰ってこないんですよ!
帰ってきていたら私はこんな名前にしていませんよ!!**

297. 勇者すなわち行商人さん(ユユルウ)
それもそうだな(笑)

でも、政務は回るようになったんじゃないのかい?

298. 勇者すなわち魔王代行さん(キノッス)
**ええ、円滑に回っていますよ……円滑にね
だからといって!
魔王が魔王の責務から逃げ出していいわけがありません!**

299. 勇者すなわち女帝さん(蓮源)
腐っても国主であるからな(笑)

300. 勇者すなわち総帥さん(ナラハイダ)
うむ

301. 勇者すなわち合法ロリさん(ゼンドラーグ)
**まあ!
ならば、ご相談というのは!?**

302. 勇者すなわち魔王代行さん(キノッス)
魔王を……連れ戻す、方法を……!!

303. 勇者すなわち王子さん(イ・ダス)
**居場所はわからないのですか?
魔術で探索などは?**

304. 勇者すなわち魔王代行さん(キノッス)
**魔術で探索……?
ハッ、そんなもの!
どこにいるのかなんてすぐにわかりますよ、飲み食い寝泊まり放蕩三昧の請求書が各地から届いておりますからね!!**

---

305. 勇者すなわち学生さん(地球国家)
うわあ

ぜんぜん
学習 して ない!(笑)

---

306. 勇者すなわち行商人さん(ユユルウ)
ああ、それはもう逆の意味でも連れ戻さないとだな……

307. 勇者すなわち巫女姫さん(サレンダリア)

総合勇者板「困った時にはご相談☆スレ」

居場所がわかっているのならば、迎えに行けばよいのではありませんの?

308. 勇者すなわち魔王代行さん（キノッス）
    あのガキ　決闘（ジェズ）で　逃げやがる！

309. 勇者すなわち行商人さん（ユユルウ）
    あのガキって言った（笑）

310. 勇者すなわち店主さん（ジステル公国）
    とうとう言った（笑）

311. 勇者すなわち光の勇者さん（ジルーニア）
    **決闘（ジェズ）……ああ、決闘システムなんですね
    それを使って……どうやって逃げるんですか？
    『宣言とともに魔術壁が出現する』んですよね？**

312. 勇者すなわち魔王代行さん（キノッス）
    ええ、だから他人に小金を握らせるのですよ……!!

313. 勇者すなわち妖白猫さん（極彩獣国）
    うにゃぁ？

314. 勇者すなわち暗殺者さん（レトヴァー）
    ……なるほどなぁ

315. 勇者すなわち合法ロリさん（ゼンドラーグ）
    まあ、暗殺者さんはおわかりなの!?

316. 勇者すなわち暗殺者さん（レトヴァー）
    **つまりだぁ、『決闘（ジェズ）』ってなぁ『宣言した者とされた者が魔術壁で隔離される』んだろぉ？
    なら誰か雇って、追っ手が現れたら決闘をしかけさせりゃいいじゃねぇかぁ
    そうすりゃ追っ手は雇われた奴と隔離されて、自分は簡単に逃げられるってこったぁ**

317. 勇者すなわち巫女姫さん（サレンダリア）
    まあ、なんと……

318. 勇者すなわち妖白猫さん（極彩獣国）
    わるぢえにゃ

319. 勇者すなわち魔王代行さん（キノッス）
    **ええ、そういう悪知恵だけは働くのですよ……!!
    だからといって政務を回すためには追っ手にあまり人数を割けず、かといって適当な者を行かせても魔王は魔王ですから決闘の必要もなく逃げ切られ……!!
    どうしたらいいんですか!!**

320. 勇者すなわち魔王さん（三界）
    **ふうん、そうですねえ
    ……魔王の地位にありながら、それはなかなか甘ったれですねえ

    協力しましょう**

321. 勇者すなわち学生さん（地球国家）

おっ、魔王さんがやる気出した☆

322. 勇者すなわち王子さん(イ・ダス)
そういえば、魔王さんならば魔術に明るい……もやチートさんは完全にすれ違いましたね

323. 勇者すなわち操縦士さん(カルバ・ガルバ)
あ、そうね

324. 勇者すなわち魔王さん(三界)
魔王代行さん、《強制転移》の魔術はそちらにありますか?

325. 勇者すなわち魔王代行さん(キノッス)
《強制転移》……?
いえ、聞いたことがありません

326. 勇者すなわち魔王さん(三界)
ならば……そうですね、勇チャを繋ぎませんか?
《捕捉》《指定》《強制転移》をお教えしますよ
……いきなり城の椅子に座らされて驚く魔王の顔、見たくはありませんかねえ?

327. 勇者すなわち魔王代行さん(キノッス)
それは……楽しそうですね
お願いいたします

328. 勇者すなわち魔王さん(三界)
では、落ちましょう

329. 勇者すなわち魔王代行さん(キノッス)
はい、失礼いたします

330. 勇者すなわち合法ロリさん(ゼンドラーグ)
まあ!
魔王と魔王代行、揃えば無敵ですわね!

331. 勇者すなわち行商人さん(ユユルウ)
どちらかというと……魔王さんが無敵なんじゃないかな

332. 勇者すなわち学生さん(地球国家)
にしても、立てたら怒濤(どとう)の相談だったねー
今日はそろそろお開きかなー
誰か残る?

333. 勇者すなわち巫女姫さん(サレンダリア)
そうですね、そういえば結構な時間g

334. 勇者すなわち妖メイドさん(ゼガンヅ)
うふぅン、人間領のあちらの国でもこちらの国でも、魔王領でも、ご主人様(げぼく)たちがワタシを呼び求めてくれちゃってぇン
もぉン、毎日転移してばっかりだわぁン
忙しくって困ってるのよぉン

335. 勇者すなわち巫女姫さん(サレンダリア)
去りなさい破廉恥(はれんち)娘!
汚らわしい!

336. 勇者すなわち妖メイドさん(ゼガンヅ)
あぁン、巫女姫さんのこの反応ぉン
カワイクってしかたがないわぁン

総合勇者板「困った時にはご相談☆スレ」」

337. 勇者すなわち合法ロリさん（ゼンドラーグ）
    まあ！
    妖メイドさんってば、タイミングを見計らって出ていらっしゃいましたのね！
    合法ロリちゃんの目はごまかせませんわよ！

338. 勇者すなわち妖メイドさん（ゼガンヅ）
    あぁら、バレちゃったぁン？
    だってぇン、巫女姫さんってばワタシを見ると逃げるんだものぉン
    そんなところもカワイイんだけどぉン

339. 勇者すなわち巫女姫さん（サレンダリア）
    汚らわしい！

340. 勇者すなわち女帝さん（蓮源）
    巫女姫よ、おぬしがそう過剰反応するから……いや、もうなにを言うても遅いな

    男子（おのこ）どもは一斉に黙りよって

341. 勇者すなわち行商人さん（ユユルウ）
    だって……なあ？

342. 勇者すなわち店主さん（ジステル公国）
    なあ？

343. 勇者すなわち機械工さん（モラガーダ）
    やべえ!!

344. 勇者すなわち王子さん（イ・ダス）
    えっ

345. 勇者すなわち暗殺者さん（レトヴァー）
    おっ

346. 勇者すなわち妖白猫さん（極彩獣国）
    にゃっ

347. 勇者すなわち学生さん（地球国家）
    わっ、どしたの？
    えっと、モラガーダ世界だから……
    あっ

    つ［現役勇者板「現実を直視したくない」］

    召喚先……っていうか、未来からは戻った……んだ？
    名前も機械工になってるし

348. 勇者すなわち機械工さん（モラガーダ）
    戻った……つうか、完全にタイムパラドックスを起こした……

349. 勇者すなわち操縦士さん（カルバ・ガルバ）
    えっ

350. 勇者すなわち王子さん（イ・ダス）
    えっ

351. 勇者すなわち総帥さん（ナラハイダ）
    ……なぬ？

352. 勇者すなわち店主さん（ジステル公国）
    タイムパラドックス……ってな

んだ?

353. 勇者すなわち女帝さん(蓮源)
あれじゃな、過去を変えたら未来が変わる……ん?
機械工は過去より未来に召喚されたのであろう?
未来の出来事を変えたら過去が変わった……などということはあるのかえ?

354. 勇者すなわち機械工さん(モラガーダ)
いや、つうか、なんだ、おい

未来で……造ったんだ

355. 勇者すなわち学生さん(地球国家)
なにを一?

ていうか、追加召喚はできたの?

356. 勇者すなわち機械工さん(モラガーダ)
あ、ああ、チームの仲間を喚んでもらおうとしたんだが……召喚者が張り切って、工場丸ごと召喚しやがった

357. 勇者すなわち光の勇者さん(ジルーニア)
えっ

358. 勇者すなわち暗殺者さん(レトヴァー)
あぁ?

359. 勇者すなわち行商人さん(ユユルウ)
場所召喚……かい

360. 勇者すなわち機械工さん(モラガーダ)
で、工場が召喚されたんで素材もあったし、上からの予算がどうのっつう圧力なんかもないしでああだこうだ好き勝手にやりたい放題試行錯誤して……新兵器を、まあ、造ったんだ
造れたんだ

361. 勇者すなわち操縦士さん(カルバ・ガルバ)
……ちょっと待って、スレ読んできたんだけど
召喚された工場に……パイロットはいたの?
もしくはパイロットを育成できる人間

362. 勇者すなわち機械工さん(モラガーダ)
いや、いなかった
から
パイロットが必要ない……簡単に言っちまえば、遠距離魔導砲を造り上げた
工場の計器で計測したら、未来の魔素は潤沢(じゅんたく)だったからよ、えれぇもんができた
雅使徒(そとからくるもの)を一撃で薙ぎ払えるレベルのもんが
俺らに配分されるレベルの予算だと到底作れねえバケモンが

363. 勇者すなわち学生さん(地球国家)
これぞ☆やりたい放題
だ ね!

364. 勇者すなわち機械工さん(モラガーダ)

で、やったぜーできたぜーってな具合にチームの面子で喜んでたら……
景色が歪んで
過去に戻った

365. 勇者すなわち操縦士さん（カルバ・ガルバ）
えっ

366. 勇者すなわち合法ロリさん（ゼンドラーグ）
まあ！

367. 勇者すなわち妖メイドさん（ゼガンヅ）
あらぁン

368. 勇者すなわち巫女姫さん（サレンダリア）
まだいましたの破廉恥娘！

369. 勇者すなわち機械工さん（モラガーダ）
俺ら、ポカーン
あれ、夢？
でも、ある

バケモン遠距離魔導砲の設計図。頭の中にある
話し合ってみたら全員が覚えてる

370. 勇者すなわち王子さん（イ・ダス）
と、いうことは、つまり……

371. 勇者すなわち暗殺者さん（レトヴァー）
過去……機械工の世界では、本来その兵器ってぇのは造られねぇ、はずだった
けど、造っちまった

機械工の時代の人間達が、揃って、だ

372. 勇者すなわち操縦士さん（カルバ・ガルバ）
それは、それまで苦戦していた敵を……一撃で薙ぎ払えるくらいの、シロモノ、なのよね

373. 勇者すなわち総帥さん（ナラハイダ）
召喚されたが故に造った
が、しかし
知識あらば、帰還しても造れる事になるな

374. 勇者すなわち妖白猫さん（極彩獣国）
……つくれにゃいぶきを、つくっちゃったにゃ

375. 勇者すなわち王子さん（イ・ダス）
もしも機械工さんの時代の文明が敵によって滅ぼされていたのならば……
容易に対抗できる武器を開発したことで、同じ道を辿らなくなる可能性が……ありますね

376. 勇者すなわち合法ロリさん（ゼンドラーグ）
まあ！
まあ！

それは素晴らしい、タイムパラドックスですわね！

377. 勇者すなわち機械工さん（モラガーダ）
素晴らしくねえ！
いいのかこれ！

378. 勇者すなわち学生さん（地球国家）
うーん、

いいんじゃない☆

総合勇者板

「[鍵] どうか助けてください」

【鍵】どうか助けてください

1. 勇者すなわち＊＊さん（＊＊）
   表立っては言えないことなのですが、私の手には負えない事態が起きてしまいました
   ひとりでも多くのかたのお知恵をお借りしたいです
   どうかご協力をお願いします

---

2. 《救国の革命児》すなわち国王さん（アレーシア）
   なにがあったのかな？
   詳しく話してくれるかい？

3. 《救国の革命児》すなわち国王さん（アレーシア）
   えっ

4. 《護国の砦》すなわち軍人さん（グルム帝国）
   参上した

5. 《覇道の末姫》すなわち女帝さん（蓮源）
   何があったのじゃ？
   話を聞かせてもらえるかえ？

6. 《白銀の戦神》すなわち総帥さん（ナラハイダ）
   務めご苦労
   経緯が聞きたい

7. 《斬り込み大将》すなわち冒険者さん（デイラ）
   おう、来たぞ
   協力できる分野ならいくらでもするぜ

8. 《闇鴉》すなわち暗殺者さん（レトヴァー）
   なんだぁ、なにがありやがったぁ？
   落ち着いて話せやぁ

9. 《さらにげ破壊神》すなわち賢者さん（空中庭園）
   とりあえず、おつー/ゞ
   術式関係ならそこそこ力になれるかな？

10. 《木刀のカリスマ》すなわち剣士さん（ディーライゼン）
    鍵モードか……
    どんな重大事件に巻き込まれてるんだ？

11. 《二家の色ボケ次男》すなわち店主さん（ジステル公国）
    おう、どうした？
    話なら聞くぞ
    知恵はまあ、足りんかもしれんが

12. 《護国の砦》すなわち軍人さん（グルム帝国）
    って……なんだ!?

13. 《狡猾なる知将》すなわち学者さん（時空図書館）
    お邪魔します
    何があったのか、詳しく聞かせていただけますか？

14. 《暁の咆哮》すなわち獣爪王さん（けものふ）

暇ぞ
話せ

15. 《一夜の夢人》すなわち遊び人さん（レンド連邦）
   どうも、お邪魔
   知恵を借りたいってなにがあったのかなー？

16. 《ラドゥの伝説》すなわち騎士長さん（レヴィランド）
   安心して、なんでもご相談ください
   力の限りご協力いたします

17. 《商売繁盛の勇者》すなわち行商人さん（ユユルウ）
   やあ、邪魔するよ

18. 《印を持つ者》すなわち村長さん（タ・バタ）
   頭は足りねえかもしれんが、まあ来たぞ

19. 《闇鴉》すなわち暗殺者さん（レトヴァー）
   ……あんだぁ？

20. 《ガナルの英雄》すなわち操縦士さん（カルバ・ガルバ）
   お邪魔するわね
   なにがあったのよ？

21. 《ラドゥの伝説》すなわち騎士長さん（レヴィランド）
   えっ

22. 《さらにげ破壊神》すなわち賢者さん（空中庭園）
   こりゃまた
   うっはあ（笑）

23. 《一夜の夢人》すなわち遊び人さん（レンド連邦）
   どういうこと……だろうな？

24. 《覇道の末姫》すなわち女帝さん（蓮源）
   これは……なんじゃ

25. 《ガナルの英雄》すなわち操縦士さん（カルバ・ガルバ）
   ちょっと、なによこれ!?

26. 《木刀のカリスマ》すなわち剣士さん（ディーライゼン）
   ってえ、おい！

27. 《印を持つ者》すなわち村長さん（タ・バタ）
   全員……みたい、だな

28. 《狡猾なる知将》すなわち学者さん（時空図書館）
   ……まんまと、やられましたね

29. 《斬り込み大将》すなわち冒険者さん（デイラ）
   どうなってんだ、おい!?

30. 《二家の色ボケ次男》すなわち店主さん（ジステル公国）
   ……なんだってんだ

31. 《暁の咆哮》すなわち獣爪王さん（けものふ）
   懐かしき
   名ぞ

32. 《救国の革命児》すなわち国王さん（アレーシア）
   ああ、学者くんの言うとおり、まん

まとやられたみたいだね

33. 《白銀の戦神》すなわち総帥さん（ナラハイダ）
其の様だ

34. 《闇鴉》すなわち暗殺者さん（レトヴァー）
こんなクッソふざけたことぉすんのは、ひとりっきゃいねぇわなぁ

35. 《覇道の末姫》すなわち女帝さん（蓮源）
……そうじゃな

36. 《傾国の麗君》すなわち王子さん（イ・ダス）
**鍵モードでしか言えないこととは……なんでしょう
伺います**

37. 《傾国の麗君》すなわち王子さん（イ・ダス）
帰ります

38. 《あの勇者》すなわち学生さん（地球国家）
**うはっは！　ははっは！
王子さんってば、もー☆**

**ひー
お腹痛い☆**

39. 《護国の砦》すなわち軍人さん（グルム帝国）
出たな学生の！

40. 《印を持つ者》すなわち村長さん（タ・バタ）
学生てめえ！

41. 《二家の色ボケ次男》すなわち店主さん（ジステル公国）
学生てめえ！

42. 《斬り込み大将》すなわち冒険者さん（デイラ）
学生てめえ！

43. 《白銀の戦神》すなわち総帥さん（ナラハイダ）
説明しろ

44. 《あの勇者》すなわち学生さん（地球国家）
はーい☆

**このスレはー、
組合のひとに協力してもらった、釣りスレでーす☆**

**みんな、勇者時代に呼ばれちゃってた痛ーい二つ名とかあるよねー？
それを自動で！　表示してくれるスレでーす！**

45. 《ガナルの英雄》すなわち操縦士さん（カルバ・ガルバ）
**ちょっと、組合の中のひとまでこんなふざけたことに手を貸してんの!?
誰よそのバカ！**

46. 《あの勇者》すなわち学生さん（地球国家）
えー、金冠（きんかん）さーん☆

47. 《救国の革命児》すなわち国王さん（アレーシア）
ああ……

48. 《さらにげ破壊神》すなわち賢者さん（空中庭園）
    ああ……

49. 《一夜の夢人》すなわち遊び人さん（レンド連邦）
    ちょっと待て
    金冠さん……って、あの金冠さんか？

50. 《斬り込み大将》すなわち冒険者さん（デイラ）
    どの金冠……さん、だ？

51. 《傾国の麗君》すなわち王子さん（イ・ダス）
    組合のトップのひとりが……なにをやっているのですか!!

52. 《狡猾なる知将》すなわち学者さん（時空図書館）
    組合の創設者のおひとりですよ……しかし……金冠さんの性格ならば……喜んで、やるでしょうね……

53. 《あの勇者》すなわち学生さん（地球国家）
    うーん、いま国で高い地位に就いてるひととかは、けっこう普通なニつ名？

    だ　け　ど

    説明欲しいひともいるなー
    王子さんはすぐわかるけど☆

54. 《傾国の麗君》すなわち王子さん（イ・ダス）
    帰ります

55. 《闇鴉》すなわち暗殺者さん（レトヴァー）
    まあ、なんだぁ、こうなっちまったら、だぁ

    ……賢者、テメエの二つ名ぁわかんねえんだよぉ
    《さらにげ破壊神》ってなぁなんだぁ？

56. 《さらにげ破壊神》すなわち賢者さん（空中庭園）
    あー　はっぱっは

    「更地になるから逃げろ破壊神が来るぞ」
    の略です（笑）

57. 《狡猾なる知将》すなわち学者さん（時空図書館）
    賢者さん（笑）

58. 《木刀のカリスマ》すなわち剣士さん（ディーライゼン）
    賢者（笑）

59. 《覇道の末姫》すなわち女帝さん（蓮源）
    賢者よ（笑）

60. 《印を持つ者》すなわち村長さん（タ・バタ）
    そりゃバケモン扱いされるわ王家に（笑）

61. 《闇鴉》すなわち暗殺者さん（レトヴァー）
    どっちが魔王だかわかりゃしねぇなぁ、オイ？

62. 《さらにげ破壊神》すなわち賢者さん（空中庭園）
いやー、あの頃はちょっと魔術がひとより使えることに調子に乗ってた時期でさー
若気の至りだよ（笑）

俺も剣士さんにものすごく聞きたいんだけど
なんで《木刀のカリスマ》？

63. 《白銀の戦神》すなわち総帥さん（ナラハイダ）
其れは
気になるな

64. 《木刀のカリスマ》すなわち剣士さん（ディーライゼン）
……最初のうちは貧乏で剣を買う金もなかったんだよくしょう！

65. 《あの勇者》すなわち学生さん（地球国家）
えー、だからってー、ずいぶーん長いこと、
木刀だけ！
で戦ってないと、そんな名前で呼ばれるようにならないでしょー？

66. 《ラドゥの伝説》すなわち騎士長さん（レヴィランド）
どれだけ木刀に固執したのですか（笑）

67. 《一夜の夢人》すなわち遊び人さん（レンド連邦）
なんでカリスマまでいっちゃったんだよ（笑）

68. 《木刀のカリスマ》すなわち剣士さん（ディーライゼン）
俺だってそんなつもりはなかったわ！

69. 《暁の咆哮》すなわち獣爪王さん（けものふ）
店主は

70. 《二家の色ボケ次男》すなわち店主さん（ジステル公国）
あー、勇者になって旅に出てから、けっこう早いうちに嫁に出会ったからな

71. 《ガナルの英雄》すなわち操縦士さん（カルバ・ガルバ）
だからって……いいの？
勇者の二つ名がそれでいいの？

っていうか行商人もあんた、なによそれ！

72. 《商売繁盛の勇者》すなわち行商人さん（ユユルウ）
うちは勇者になるにあたって、どんな神の加護を受けているのか、最初に神託を受けるんだよ
そしたらこれさ（笑）
あたってたけどね（笑）

73. 《さらにげ破壊神》すなわち賢者さん（空中庭園）
あたってたね（笑）

74. 《二家の色ボケ次男》すなわち店主さん（ジステル公国）
あたってたな（笑）

75. 《魔弾の半獣》すなわち賞金稼ぎさん（ジグルェイ）

何があったのさ？
とりあえず来たけどね

76. 《領域を超えし者》すなわち外法師さん（ヴェヴェド）
なァにがありやがった？
相談くれェなら聞くぜ

77. 《トラップ名人》すなわち警備員さん（時空治安機構）
たいきーん

即、にゅうしーつ

78. 《蒼の若獅子》すなわち聖騎士さん（リューエン）
鍵モードでしかできないようなご相談、ですか……
お聞きしましょう

79. 《筋肉壁の加護者》すなわち神官さん（フロイ・レガス）
お邪魔します
神のご加護があなたにありますように

80. 《ギュルバ崖昇り》すなわち会社員さん（平行世界8群）
ほいほい、来たぞー
気楽に行きたいとこだけど、さて？

81. 《平等なる暴君》すなわち魔王さん（三界）
ふぅん、なんですかねえ
気になりますねえ

82. 《救世主》すなわちフリーターさん（万華塔→ツェ＝チウ）
どもー
力になれるならなりますよー

83. 《トラップ名人》すなわち警備員さん（時空治安機構）
うげっ
釣られた!!

84. 《ギュルバ崖昇り》すなわち会社員さん（平行世界8群）
こりゃ……あー、釣られたわ

85. 《トンデモ魔術マニア》すなわち魔術師さん（ミリュ・ミ）
来てみたけどよ、なにがあったんだよ？

86. 《二家の色ボケ次男》すなわち店主さん（ジステル公国）
犠牲者が増えたな（笑）

87. 《さらにげ破壊神》すなわち賢者さん（空中庭園）
犠牲者が増えたな（笑）

88. 《放蕩末皇子》すなわち渡り鳥さん（久遠宮）
どうも、アタシも協力しましょうや

89. 《あの勇者》すなわち学生さん（地球国家）
うはっは！　あはっは！

神官さん！
神官さん！
《筋肉壁（マッスルバリアー）の加護者》!!

ははっひーげっほ

90. 《筋肉壁の加護者》すなわち神官さん（フロイ・レガス）
な、なんですかこれは!!

総合勇者板「[鍵] どうか助けてください」

91. 《一夜の夢人》すなわち遊び人さん（レンド連邦）
過去ログ見ろ（笑）

92. 《魔弾の半獣》すなわち賞金稼ぎさん（ジグルェイ）
うわあ、いやーな名前だ（笑）
久々に見たな（笑）

93. 《トンデモ魔術マニア》すなわち魔術師さん（ミリュ・ミ）
……あー

こんな名前……組合のひとたちを見てりゃ俺ごとき、とか思うっつの

94. 《覇道の末姫》すなわち女帝さん（蓮源）
賞金稼ぎよ、どういうことじゃ？

95. 《魔弾の半獣》すなわち賞金稼ぎさん（ジグルェイ）
賞賛と侮蔑が混ざってるんだよ、これ
「銃の腕は比類ないけど、しょせん亜人だ」ってさ

96. 《一夜の夢人》すなわち遊び人さん（レンド連邦）
ああ、そういうことか……
そういう形で内心を表わしちゃうのは、人間ってやつのダメなところだよなー

97. 《狡猾なる知将》すなわち学者さん（時空図書館）
フリーターさんは、幾多の世界で勇者の使命を終えた結果が……それですか？

98. 《救世主》すなわちフリーターさん（万華塔→ツェ＝チウ）
完全に釣られたっすね（笑）

あ、世界によっていろいろ二つ名あったんですけど、総合するとこれになる……のかな？
そんな感じっす

99. 《放蕩末皇子》すなわち渡り鳥さん（久遠宮）
アタシはそのまんますがねェ、
……会社員さんの名前の意味がわかりやせんねェ？

100. 《トラップ名人》すなわち警備員さん（時空治安機構）
あ、それは気になる

101. 《あの勇者》すなわち学生さん（地球国家）
ｋｗｓｋ☆

102. 《ギュルバ崖昇り》すなわち会社員さん（平行世界8群）
え、まんま
ギュルバ崖って絶壁を素手で登ったらこう呼ばれるようになった（笑）

103. 《領域を超えし者》すなわち外法師さん（ヴェヴェド）
えっ

104. 《魔弾の半獣》すなわち賞金稼ぎさん（ジグルェイ）
えっ

105. 《筋肉壁の加護者》すなわち神官さん（フロイ・レガス）
えっ

106.《平等なる暴君》すなわち魔王さん（三界）
ふうん、素手ですか？

107.《狡猾なる知将》すなわち学者さん（時空図書館）
ギュルバ崖……といえば、あのエエイン世界の絶壁ですか!?
あれを、素手で!?

108.《ギュルバ崖昇り》すなわち会社員さん（平行世界8群）
ああ俺、フリークライミング……ボルダリングとかパルクールとかが趣味なんだわ
だから張り切って登ってみたんだけど

めっちゃ驚かれた（笑）

109.《あの勇者》すなわち学生さん（地球国家）
ヘー、意外な趣味☆

110.《狡猾なる知将》すなわち学者さん（時空図書館）
驚かれもしますよ、簡単にできるようなことではありません！
エエイン世界の『難攻不落の絶壁』ですよ!?

111.《木刀のカリスマ》すなわち剣士さん（ディーライゼン）
よくわからねえけど会社員がとんでもないらしいことはわかった

112.《救国の革命児》すなわち国王さん（アレーシア）
だね（笑）

113.《酒乱さえなくば完璧なお方》すなわち巫女姫さん（サレンダリア）
お邪魔いたしますわ
お力になれればよいのですが……

114.《あの勇者》すなわち学生さん（地球国家）
ようこそ、巫女姫さーん☆

115.《酒乱さえなくば完璧なお方》すなわち巫女姫さん（サレンダリア）
……えっ!?

な、な、なんですのこれは!?

116.《白銀の戦神》すなわち総帥さん（ナラハイダ）
うむ？
巫女姫は勇者だが
世に出たこともなかったのではないか？
如何（いか）な経緯で、何者に呼ばれてのその名なのだ？

117.《覇道の末姫》すなわち女帝さん（蓮源）
そういえば、どうなっておるのじゃ？

118.《あの勇者》すなわち学生さん（地球国家）
ふっふーん☆

そういうひとはー、
周りに『一番多く言われてた呼び名』が表示されるようにしてありまーす！

119.《酒乱さえなくば完璧なお方》すなわち巫女姫さん（サレンダリア）

えっ

120. 《暁の咆哮》すなわち獣爪王さん（けものふ）
得心ぞ

121. 《闇鴉》すなわち暗殺者さん（レトヴァー）
納得だわなぁ

122. 《平等なる暴君》すなわち魔王さん（三界）
ふぅん、そういうことですか

123. 《酒乱さえなくば完璧なお方》すなわち巫女姫さん（サレンダリア）
えっ

    わ、わたくし、周囲にこのように思われておりますの!?
    う、嘘ですわよね!?

124. 《魔弾の半獣》すなわち賞金稼ぎさん（ジグレェイ）
俺の二つ名は正しいけど？（笑）

125. 《領域を超えし者》すなわち外法師さん（ヴェヴェド）
俺も身に覚えがアンナァ（笑）

126. 《ラドゥの伝説》すなわち騎士長さん（レヴィランド）
確かに私も……このように呼ばれていますね

127. 《ガナルの英雄》すなわち操縦士さん（カルバ・ガルバ）
まあ、不本意ではあるけど……言われるわね

128. 《酒乱さえなくば完璧なお方》すなわち巫女姫さん（サレンダリア）
なんということですの……気付け薬、気付け薬を……!!

129. 《筋肉壁の加護者》すなわち神官さん（フロイ・レガス）
ですから、それが……

130. 《救世主》すなわちフリーターさん（万華塔→ツェ＝チウ）
日頃の行いって、大切っすね……

131. 《放蕩末皇子》すなわち渡り鳥さん（久遠宮）
自業自得ってやつでさぁ（笑）

132. 《扇舞当千》すなわち稀乃鬼さん（天天）
おうおう、楽しげな催しと見て来てやったわい

133. 《一閃鋭勇》すなわち剣聖さん（シェユラ）
学生も可笑しきことをするぞや

134. 《風雅天粋》すなわち仙人さん（位相軸地球）
ほうぅ、
金冠殿も愉快なことをするのう

135. 《天裂》すなわち龍主さん（ロイル・レム）
ぬ

136. 《トンデモ魔術マニア》すなわち魔術師さん（ミリュ・ミ）
わかってて入ってきやがった……!!

137. 《トラップ名人》すなわち警備員さ

ん（時空治安機構）
まあ、古参のみなさんならそうだろうなあ（笑）

138.《扇舞当千》すなわち稀乃鬼さん（天天）
なんじゃおのれら、洒落た名前をつけられよって
《一閃鋭勇（いっせんえいゆう）》に《風雅天粋（ふうがてんすい）》、《天裂（てんれつ）》とはな

139.《一閃鋭勇》すなわち剣聖さん（セェユラ）
稀乃鬼が言えることではないぞや
《扇舞当千（せんぶとうせん）》ぞな

140.《風雅天粋》すなわち仙人さん（位相軸地球）
ほうほう、
妙に風流なのは、時代なのかのう

141.《天裂》すなわち龍主さん（ロイル・レム）
ぬ

142.《竜将軍の従者》すなわち勇者さん（オーザムン）
お力になれるかはわかりませんが、お邪魔してもよろしいでしょうか？

143.《扇舞当千》すなわち稀乃鬼さん（天天）
なんじゃ、来よ来よ
何者じゃ？

144.《あの勇者》すなわち学生さん（地球国家）
あっれー、お久しぶりノシ

つ【現役勇者板「もしかして、これが、恋？」】
の勇者さん、だね！

……あの後どうなったかは、もう一目でわかるね☆

145.《酒乱さえなくば完璧なお方》すなわち巫女姫さん（サレンダリア）
まあ……

146.《ガナルの英雄》すなわち操縦士さん（カルバ・ガルバ）
そう、ね……

147.《覇道の末姫》すなわち女帝さん（蓮源）
なんじゃ、良かった……な？

148.《竜将軍の従者》すなわち勇者さん（オーザムン）
え、え？
どういうこと……でしょうか

あ、ありがとうございます
毎日が充実しております！

149.《魔弾の半獣》すなわち賞金稼ぎさん（ジグレイ）
そっか、まあ、よかった（笑）

150.《慧眼果敢な名探偵》すなわち探偵さん（平行世界4群）
お邪魔してもよろしいでしょうか
……鍵モードはタイミングが掴みにくいですね

151.《黒鎧の勇者》すなわちもやチートさん（平行世界8群）
ども、失礼しまーす

総合勇者板「[鍵] どうか助けてください」

協力できればいいんですけど

152. 《光の勇者》すなわち光の勇者さん（ジルーニア）
遅くなりました……か？
失礼します

153. 《終焉の使者》すなわち審査者さん（ビスコス）
来ったよー
どんな感じー？

154. 《暴発炸裂小娘》すなわち合法ロリさん（ゼンドラーグ）
任せて安心、合法ロリちゃん降臨ですわ!!

155. 《あの勇者》すなわち学生さん（地球国家）
わーい、いらっしゃーい☆

156. 《黒鎧の勇者》すなわちもやチートさん（平行世界8群）
あー、釣りスレだったー！

157. 《慧眼果敢な名探偵》すなわち探偵さん（平行世界4群）
……ああ、そういうことでしたか……

158. 《暴発炸裂小娘》すなわち合法ロリさん（ゼンドラーグ）
まあ！
これが噂の釣りスレですのね!?

159. 《終焉の使者》すなわち審査者さん（ビスコス）
ひっどーい！
こーんな婆の若気の至りの名前とかさらさないでよー!!

160. 《ギュルバ崖昇り》すなわち会社員さん（平行世界8群）
うん、なんかみんなわかるけど……もやチートさんだけわからない（笑）

161. 《商売繁盛の勇者》すなわち行商人さん（ユユルウ）
あ、同意（笑）

162. 《放蕩末皇子》すなわち渡り鳥さん（久遠宮）
《黒鎧（こくがい）の勇者》……ですかィ？

163. 《領域を超えし者》すなわち外法師さん（ヴェヴェド）
光の勇者なンざ、まンまじゃねェか

164. 《平等なる暴君》すなわち魔王さん（三界）
ふうん、つまらないかたもいるみたいですねえ

165. 《白銀の戦神》すなわち総帥さん（ナラハイダ）
其れも
在る事だ

166. 《黒鎧の勇者》すなわちもやチートさん（平行世界8群）
あぁー……俺、召喚された時に神様に、肉体改造されたんですよね

167. 《あの勇者》すなわち学生さん（地球国家）
超絶イケメンだよね☆

168. 《救国の革命児》すなわち国王さん（アレーシア）
目が合えば失神するほどの、だった

ね（笑）

169.《黒鎧の勇者》すなわちもやチートさん（平行世界8群）
　　　です
　　　……そんなんで普通に顔出して、旅できると思いますか？

170.《扇舞当千》すなわち稀乃鬼さん（天天）
　　　できぬわな

171.《一閃鋭勇》すなわち剣聖さん（セェユラ）
　　　面（つら）など所詮皮一枚よ

172.《風雅天粋》すなわち仙人さん（位相軸地球）
　　　ほうほう剣聖殿、そうは言うてものう
　　　相手を失神させるほどの威力は、ちょいといかんのう

173.《天裂》すなわち龍主さん（ロイル・レム）
　　　ぬ

174.《狡猾なる知将》すなわち学者さん（時空図書館）
　　　ああ、それで鎧……ですか

175.《ガナルの英雄》すなわち操縦士さん（カルバ・ガルバ）
　　　外見を隠した……ってことね

176.《斬り込み大将》すなわち冒険者さん（デイラ）
　　　てこたあ、全身鎧か

177.《二家の色ボケ次男》すなわち店主さん（ジステル公国）
　　　それはそれで怪しいな（笑）

178.《黒鎧の勇者》すなわちもやチートさん（平行世界8群）
　　　もやしでチキンな俺は、どっちにしろ観賞用（パンダ）になるなら怪しい目で見られるほうがマシだったんです！

179.《覇道の末姫》すなわち女帝さん（蓮源）
　　　ま、もやチートじゃからな

180.《扇舞当千》すなわち稀乃鬼さん（天天）
　　　それにしてもじゃ、まだ足りぬな
　　　仙人、あちらは任せたわ

181.《風雅天粋》すなわち仙人さん（位相軸地球）
　　　ほうほう、
　　　承知しておるのう

182.《あの勇者》すなわち学生さん（地球国家）
　　　おっとー
　　　おじーちゃんたちが悪ノリを始めました☆

183.《さらにげ破壊神》すなわち賢者さん（空中庭園）
　　　なにする気だ……!!

184.《救国の革命児》すなわち国王さん（アレーシア）
　　　なにをする、のかな？

185.《平等なる暴君》すなわち魔王さん（三界）

ふうん、なんでしょうねえ？

186. 《トンデモ魔術マニア》すなわち魔術師さん（ミリュ・ミ）
逃げる準備が必要か……？

187. 《印を持つ者》すなわち村長さん（タ・バタ）
え、マジでなんだ

188. 《無常識メイド》すなわち法術メイドさん（サレンダリア）
きゅっぴーん♪

お呼ばれしまして法術メイド、アドバイスに来ましたでっす！

189. 《オーバーデストロイ》すなわち戦メイドさん（クァーリィ）
**失礼いたします、
招集をいただき馳せ参じました**

190. 《我らが至高のメイド様》すなわち妖メイドさん（ゼガンヅ）
なぁンかコールされたんだけどォンなにかしらォン？

**相談スレよねぇン？
ワタシの力が必要なのォン？**

191. 《暁の咆哮》すなわち獣爪王さん（けものふ）
何と

192. 《蒼の若獅子》すなわち聖騎士さん（リューエン）
これ、は……

193. 《放蕩末皇子》すなわち渡り鳥さん（久遠宮）

おやまあ

194. 《無常識メイド》すなわち法術メイドさん（サレンダリア）
**あれ？
相談スレじゃなかったんですぅ？
法術メイド、なんで呼ばれたんです？**

195. 《オーバーデストロイ》すなわち戦メイドさん（クァーリィ）
**申しあげます、
事態の理解のためにスレッドをさかのぼります**

196. 《一夜の夢人》すなわち遊び人さん（レンド連邦）
爆裂メイド三人娘の招集……だと

197. 《商売繁盛の勇者》すなわち行商人さん（ユユルウ）
終わったね

198. 《護国の砦》すなわち軍人さん（グルム帝国）
なにがだ

199. 《印を持つ者》すなわち村長さん（タ・バタ）
いや、終わった（笑）

200. 《我らが至高のメイド様》すなわち妖メイドさん（ゼガンヅ）
**あらぁン、やぁだ、ワタシの呼び名が表示されてるじゃないのォン
恥ずかしいわぁン**

201. 《酒乱さえなくば完璧なお方》すなわち巫女姫さん（サレンダリア）
あなたに恥があるものですか！

この破廉恥娘‼

202.《至高の言霊師》すなわち黒歴史さん（継銀河系地球）
入っていいですか？
失礼しまーす

203.《至高の言霊師》すなわち黒歴史さん（継銀河系地球）
ぐはっ！
二つ名の羅列……だと……⁉

204.《あの勇者》すなわち学生さん（地球国家）
あー これ は
黒歴史さんには刺激が強いね☆

205.《救国の革命児》すなわち国王さん（アレーシア）
しかし爆裂メイド三人娘くんたちは……
なんというか、うん

206.《筋肉壁の加護者》すなわち神官さん（フロイ・レガス）
ええ

207.《扇舞当千》すなわち稀乃鬼さん（天天）
納得するしかないわな

208.《風雅天粋》すなわち仙人さん（位相軸地球）
ほうほう、
こちらも済んだのう

209.《狡猾なる知将》すなわち学者さん（時空図書館）
……なにが済んだのですか？

210.《鮮菜戦士ベジタヴォーン》すなわち勇者さん（平行世界4群）
えっと、入っていいかな？
呼ばれたんで、失礼します

211.《パティシエール・マカロン》すなわち魔法少女さん（位相軸地球）
ご相談に乗れるかどうかわからないんですけど……
なんでコールされたのかな

212.《パティシエール・マカロン》すなわち魔法少女さん（位相軸地球）
えっ ちょっ
なんですかこれ⁉

213.《鮮菜戦士ベジタヴォーン》すなわち勇者さん（平行世界4群）
うわあああ罠か‼

214.《あの勇者》すなわち学生さん（地球国家）
魔法少女さんキター‼

215.《ギュルバ崖昇り》すなわち会社員さん（平行世界8群）
ベジタヴォーンさんキター‼

216.《ガナルの英雄》すなわち操縦士さん（カルバ・ガルバ）
え、本物⁉

217.《酒乱さえなくば完璧なお方》すなわち巫女姫さん（サレンダリア）
まあベジタヴォーンさん、お久しぶりですわ！

218.《放蕩末皇子》すなわち渡り鳥さん（久遠宮）
あらまァ、ようこそいらっしゃいま

総合勇者板「[[鍵] どうか助けてください」

して

219. 《二家の色ポケ次男》すなわち店主さん（ジステル公国）
おお、最近噂の地球系列世界二大勇者じゃねえか!!

220. 《暴発炸裂小娘》すなわち合法ロリさん（ゼンドラーグ）
まあ!
まあ!
お話は聞いておりますわよ!!

221. 《印を持つ者》すなわち村長さん（タ・バタ）
うおっすげえ!
マジもんか!

パティシエール・マカロン!!

222. 《パティシエール・マカロン》すなわち魔法少女さん（位相軸地球）
いやあああ!!
呼ばないでええぇ!!

223. 《木刀のカリスマ》すなわち剣士さん（ディーライゼン）
この反応はマジもんだ……

224. 《一夜の夢人》すなわち遊び人さん（レンド連邦）
そうだね、すごいなー

実物かー

225. 《あの勇者》すなわち学生さん（地球国家）
地球系列世界産の痛い勇者さん、ようこそー!

226. 《鮮菜戦士ベジタヴォーン》すなわち勇者さん（平行世界4群）
痛い言うなー!!
誰よりも自分が自覚してますから!!

227. 《白銀の戦神》すなわち総帥さん（ナラハイダ）
然（しか）し
良く来たな

228. 《さらにげ破壊神》すなわち賢者さん（空中庭園）
……どうやって呼んだんですか稀乃鬼さん、仙人さん

229. 《扇舞当千》すなわち稀乃鬼さん（天天）
ふん、我らの手にかかればちょちょいのちょいじゃ

230. 《風雅天粋》すなわち仙人さん（位相軸地球）
ほうほう、
ちょいと勇チャを偽装しただけのう

231. 《一閃鋭勇》すなわち剣聖さん（セェユラ）
術式馬鹿のやることぞや、
なにがあろうと可笑しくないぞな

232. 《天裂》すなわち龍主さん（ロイル・レム）
ぬ

233. 《トンデモ魔術マニア》すなわち魔術師さん（ミリュ・ミ）
……やっぱ俺、名前負けしてるよな?

234. 《さらにげ破壊神》すなわち賢者さん（空中庭園）
まあまあ（笑）

235. 《蒼の若獅子》すなわち聖騎士さん（リューエン）
それよりも、ひとつ不満があるのですが

236. 《筋肉壁の加護者》すなわち神官さん（フロイ・レガス）
ひとつどころではなくこのスレの存在自体が不満ではありますが、確かに特に不満な点がありますね

237. 《二家の色ボケ次男》すなわち店主さん（ジステル公国）
なんだよ？

238. 《傾国の麗君》すなわち王子さん（イ・ダス）
……学生ですよ

239. 《さらにげ破壊神》すなわち賢者さん（空中庭園）
ああ（笑）

240. 《光の勇者》すなわち光の勇者さん（ジルーニア）
どういうことですか？

241. 《扇舞当千》すなわち稀乃鬼さん（天天）
ふん、《あの勇者》と来よったか

242. 《無常識メイド》すなわち法術メイドさん（サレンダリア）
**あれれぇ？
学生さんのお名前、どういうことです？**

243. 《オーバーデストロイ》すなわち戦メイドさん（クァーリィ）
**推察します、
学生様は勇者活動時に「あの勇者」と呼ばれていらしたのではありませんか？**

244. 《領域を超えし者》すなわち外法師さん（ヴェヴェド）
安全圏じゃねェか！

245. 《斬り込み大将》すなわち冒険者さん（デイラ）
安全圏じゃねえか！

246. 《傾国の麗君》すなわち王子さん（イ・ダス）
**このようなスレを立てて他人の古傷を抉っておきながら、自分だけはのほほんと安全圏にいるとは……
いえ、学生のことですから、それがわかっていたからこそこんなスレを立てたのでしょうね**

247. 《さらにげ破壊神》すなわち賢者さん（空中庭園）
まさに学生クオリティだなあ（笑）

248. 《魔弾の半獣》すなわち賞金稼ぎさん（ジグルェイ）
うん、学生クオリティだな（笑）

249. 《あの勇者》すなわち学生さん（地球国家）
**え一、ひっどーい！
みーんな、みーんな、言いがかり！
僕だって同じ土俵だよ？
平等☆だよ？**

……なーんて、ね！

総合勇者板「[鍵] どうか助けてください」

笑わせてくれたみんな、ありがとー！
じゃねー☆ミ

あとがき

　この度は文庫版『勇者互助組合　交流型掲示板2』をお手にとっていただき、ありがとうございます。掲示板形式という、小説……とは口が裂けても言えない読み物ですが、少しでも楽しんでいただけたのならなによりです。
　本作は、それぞれ独立したスレッドで構成された、短編集に近い形を取っています。ですが後のスレでその後が語られる勇者さんもいますので、連作短編とも呼べるのでしょうか。
　この辺りは自分で書いておきながら、いまいちわかっておりません。ともあれ、せっかくあとがきのスペースをいただいたので、ちょこっとおまけの裏話など──

　スレの作り方については、基本的にふたつパターンがあります。オチを決めてから、それに向かってプロットを作る方法。それから、タイトルを決めてから内容をひねり出す方法。
　そりゃ前者が一般的だろう、と思われるかもしれませんが、第2巻収録のスレを読み返してみて驚きました。前者と後者がそれぞれ半々。
　本作はアイデア第一、あとはノリと勢いでどこまで突っ走れるかが勝負の分かれ目ですから、そういうこともある……のかな。物書きを自称するには邪道を進んでいる気がひしひしとしますが、それを考えたらおそらく負けです。
　それはともかく。

　スレの流れが決まり、さて書くぞ、というところで、登場人物をピックアップします。
　まずスレ主。当然です。次に学生さん。固定です。そしてスレの流れに必要な人物。任意です。

最後に賑やかし（笑）のいたりの方々。ランダムです。
　……このランダムの方々を選ぶのに、実は時間がかかります。本作は掲示板形式。地の文がありません。会話のみで話が進んでいきます。
　もちろんそれぞれ違う人物、考え方も性格も異なりますので、展開が同じでも発言内容はひとりひとり異なります。
　けれども繰り返しますが、本作は掲示板形式。会話で話を繋げます。いちいち名前欄を確認しなくても、発言のみでそれが誰なのかわかるようにするべきではないか。テンポよく読んでいただくために、その努力は必要なのではないか。それが掲示板形式を選んだ責任ではないかと……

　……すみません、調子に乗って格好つけました。
　ぶっちゃけます。口調が似ている方が揃うと面倒くさいのです。やたらと特徴的な方もいますが、大多数がくだけた話し言葉、もしくは敬語です。
　くだけた話し言葉ならばまだしも、敬語キャラのみでテンポよく話が進むかというと……堅苦しいですね。堅苦しすぎますね。そしてその中でひとり弾ける学生さん。なんというカオス。現役勇者さんが気楽に相談できる環境ではありません（笑）。なので、特に敬語の人物はなるべく被らないようにしています。

　最後に、第１巻から引き続き、Web版から応援してくださる読者様、書籍から楽しんでくださっている読者様、そしてこのイロモノヨミモノに素晴らしい表紙詐欺（笑）をしてくださったKASEN先生と、漫画版にご尽力いただいているあきやまねねひさ先生へ多大なる感謝を申し上げます。

二〇一五年一月　おけむら

かつてないスケールの
ゲート

柳内たくみ
Yanai Takumi

自衛隊 彼の地にて、斯く戦えり

累計150万部!

最新外伝4巻 大好評発売中!

単行本

ついに「門」開通!外伝シリーズ堂々完結!
大ヒット!シリーズ累計150万部突破!

2015年 TVアニメ化!
アニメ公式サイト http://gate-anime.com/

各定価:本体1700円+税　イラスト:Daisuke Izuka

ネットで人気爆発作品が続々文庫化！

アルファライト文庫 大好評発売中!!

白の皇国物語 1～5

金も恋人も将来もない……すべてを諦めた男が皇王候補に!?

白沢戌亥 Inui Shirasawa　illustration：マグチモ

転生したら英雄に!?
平凡青年は崩壊危機の皇国を救えるか!?

何事にも諦めがちな性格の男は、一度命を落とした後、異世界にあるアルトデステニア皇国で生き返る。行き場のない彼を助けたのは、大貴族の令嬢メリエラだった。彼女の話によれば、皇国に崩壊の危機が迫っており、それを救えるのは"皇王になる資格を持つ"彼しかいないという……。ネットで人気の異世界英雄ファンタジー、待望の文庫化!

文庫判 各定価：本体610円+税

ネットで人気爆発作品が続々文庫化！

アルファライト文庫 大好評発売中!!

ぶっとび兄妹が魔法の世界に強制召喚!?
最強妹と平凡兄が異世界を救う！

エンジェル・フォール！ 1〜2

五月蓬 Gogatsu Yomogi　illustration：がおう

**才色兼備の最強妹と超平凡な兄が、
天使になって異世界の救世主に!?**

平凡な男子高校生ウスハは、ある日突然、妹アキカと共に異世界に召喚される。魔物に侵略された世界の危機を救って欲しいと懇願され戸惑うウスハに対し、アキカは強力な魔法を次々と修得してやる気満々。ところが、実は兄ウスハこそが最強だった——。ネットで大人気の異世界兄妹ファンタジー、待望の文庫化！

文庫判 各定価：本体610円＋税

アルファポリス 作家・出版原稿 募集！

アルファポリスでは才能ある作家 魅力ある出版原稿を募集しています！

アルファポリスではWebコンテンツ大賞など
出版化にチャレンジできる様々な企画・コーナーを用意しています。

まずはアクセス！

アルファポリス　検索

▶ アルファポリスからデビューした作家たち

ファンタジー

柳内たくみ
『ゲート』シリーズ
150万部突破！

あずみ圭
『月が導く異世界道中』シリーズ

如月ゆすら
『リセット』シリーズ

恋愛

井上美珠
『君が好きだから』

一般文芸

秋川滝美
『居酒屋ぼったくり』シリーズ

市川拓司
『Separation』『VOICE』
TVドラマ化！

児童書

川口雅幸
『虹色ほたる』『からくり夢時計』
映画化！

ホラー・ミステリー

椙本孝思
『THE CHAT』『THE QUIZ』
TVドラマ化！

---

*次の方は直接編集部までメール下さい。
- ● 既に出版経験のある方（自費出版除く）
- ● 特定の専門分野で著名、有識の方

詳しくはサイトをご覧下さい。

アルファポリスでは出版にあたって
著者から費用を頂くことは一切ありません。

フォトエッセイ

吉井春樹
「しあわせが、しあわせを、みつけたら」「ふたいち」

ビジネス

佐藤光浩
『40歳から成功した男たち』

アルファライト文庫

本書は、2013年1月当社より単行本として
刊行されたものを文庫化したものです。

勇者互助組合　交流型掲示板２
おけむら

2015年 2月 27日初版発行

文庫編集ー中野大樹／宮坂剛／太田鉄平
編集長ー塙綾子
発行者ー梶本雄介
発行所ー株式会社アルファポリス
　〒150-0013東京都渋谷区恵比寿4-20-3恵比寿ガーデンプレイスタワー5F
　TEL 03-6277-1601（営業）　03-6277-1602（編集）
　URL http://www.alphapolis.co.jp/
発売元ー株式会社星雲社
　〒112-0012東京都文京区大塚3-21-10
　TEL 03-3947-1021
装丁・本文イラストーKASEN
装丁デザインーansyyqdesign
印刷ー株式会社廣済堂

価格はカバーに表示されてあります。
落丁乱丁の場合はアルファポリスまでご連絡ください。
送料は小社負担でお取り替えします。
© Okemura 2015. Printed in Japan
ISBN978-4-434-20206-3 C0193